Tiempos de swing

Zadie Smith (Londres, 1975) estudió Filología Inglesa en la Universidad de Cambridge. En 2003 fue incluida por la revista *Granta* entre los veinte mejores autores jóvenes británicos, distinción que también mereció en 2013. Miembro de la Royal Society of Literature y de la American Academy of Arts and Letters, en la actualidad es profesora de narrativa en la Universidad de Nueva York y colaboradora habitual de las revistas *The New Yorker* y *The New York Review of Books*. Ha publicado con gran éxito de crítica y público las novelas *Dientes blancos* (ganadora del premio Whitbread a la mejor primera novela), *El cazador de autógrafos* (ganadora del premio Jewish Quarterly-Wingate), *Sobre la belleza* (ganadora del premio Orange de ficción), *NW London* y *Tiempos de swing*; los libros de ensayos *Cambiar de idea*, *Contemplaciones* y *Con total libertad* (merecedor del National Book Critics Circle Award en la categoría de crítica); y las recopilaciones de relatos *El libro de los otros* y *Grand Union*. Su última novela es *La impostura* (2024).

ZADIE SMITH

Tiempos de swing

Traducción de
Eugenia Vázquez Nacarino

DEBOLS!LLO

Papel certificado por el Forest Stewardship Council®

MIXTO
Papel | Apoyando la silvicultura responsable
FSC® C117695

Penguin Random House Grupo Editorial

Título original: *Swing Time*

Primera edición en Debolsillo: octubre de 2024

Diseño de la cubierta: Penguin Random House Grupo Editorial / Claudia Sánchez

Printed in Spain – Impreso en España

ISBN: 978-84-663-7722-5
Depósito legal: B-11.396-2024

Impreso en Novoprint
Sant Andreu de la Barca (Barcelona)

P 3 7 7 2 2 5

A mi madre, Yvonne

Cuando la música cambia, también cambia la danza.

PROVERBIO HAUSA

Prólogo

Fue el primer día de mi humillación. Me metieron en un vuelo de vuelta a casa, a Inglaterra, y me instalaron temporalmente en un piso de alquiler en St. John's Wood. Era un octavo, las ventanas daban al estadio de críquet. Lo habían elegido, creo, por el conserje, que ahuyentaba a los curiosos. No salí para nada. El teléfono de la pared de la cocina sonaba una y otra vez, pero me advirtieron que no contestara y que dejara el móvil apagado. Miraba los partidos de críquet, un juego que no entiendo, que no llegaba a distraerme de verdad, pero aun así era mejor que contemplar el interior de aquel apartamento de lujo en el que todo estaba diseñado para resultar perfectamente neutro, con los cantos redondeados, como un iPhone. Cuando se acababa el críquet, me quedaba mirando la pulcra máquina de café encastrada en la pared, y dos imágenes de Buda —uno en bronce, el otro en madera—, así como la fotografía de un elefante arrodillado junto a un niño indio, también de rodillas. Las habitaciones eran sobrias y grises, unidas por un prístino corredor con moqueta de lana canela. Me abstraía mirando las estrías del tejido.

Así pasaron dos días. Al tercero, el conserje llamó desde abajo y dijo que el vestíbulo estaba despejado. Eché una ojeada a mi teléfono, que seguía sobre la encimera en modo avión. Había estado setenta y dos horas desconectada, y recuerdo que pensé que debía considerarse una proeza de estoicismo personal y resistencia moral en nuestros tiempos. Me puse la chaqueta y bajé por las escaleras.

En el vestíbulo me encontré con el conserje. Aprovechó la ocasión para quejarse y refunfuñar («No tiene ni idea de lo que han sido estos días aquí abajo, ¡caramba, si parecía Piccadilly Circus!»), aunque no logró ocultar cierta contrariedad, e incluso un punto de desilusión: para él era una lástima que aquello se calmara, se había sentido muy importante durante cuarenta y ocho horas. Con orgullo me contó que había mandado a varios listos «a paseo», que les había hecho saber a éste y al otro que si creían que iba a dejarlos pasar ya podían «esperar sentados». Me acodé en su mostrador mientras lo escuchaba. Llevaba fuera de Inglaterra el tiempo suficiente para que muchas de aquellas simples frases coloquiales me sonaran exóticas, incluso absurdas. Le pregunté si creía que a última hora vendría más gente, y dijo que le parecía que no, no había venido nadie desde el día anterior. Quise saber si era prudente recibir una visita durante la noche.

—No creo que haya problema —dijo, con un tono que me hizo sentir ridícula por preguntar tal cosa—. Siempre está la puerta de atrás.

Suspiró, y justo entonces una mujer se paró a pedirle si podía recoger la ropa que le llevarían de la tintorería mientras ella estaba fuera. Me pareció grosera e impaciente, hablaba con el conserje mirando el calendario del mostrador, un bloque gris con pantalla digital que informaba a quien estuviera delante de en qué momento exacto se encontraban. Era el día veinticinco del mes de octubre, del año dos mil ocho, a las doce y treinta y seis con veintitrés segundos. Me volví para marcharme; el conserje despachó a la mujer y se apresuró a dar la vuelta al mostrador para abrirme la puerta del vestíbulo. Me preguntó adónde iba; le dije que no lo sabía. Eché a caminar por la ciudad. Era una magnífica tarde de otoño londinense, fresca pero luminosa, bajo algunos árboles había una hojarasca dorada. Dejé atrás el campo de críquet y la mezquita, Madame Tussauds, subí Goodge Street y torcí por Tottenham Court Road, atravesé Trafalgar Square, y cuando me di cuenta había llegado a Embankment y estaba cruzando el puente. Pensé, como a menudo pienso al cruzar ese puente, en dos jóvenes estudiantes a los que asaltaron allí una noche a altas horas y los tiraron al Támesis por encima de la baranda. Uno salió con vida y uno murió. Nunca he entendido cómo se las arregló el que sobrevivió, a oscuras, en medio del frío absoluto, conmocionado y con los zapatos puestos. Pensando en él, me pegué al lado derecho del puente, paralelo a la vía del tren, y evité mirar el agua. Cuando llegué a la orilla sur, lo primero que vi fue un cartel que anunciaba un «diálogo», esa misma tarde, con un cineasta austríaco. Empezaba al cabo de veinte minutos en el Royal Festival Hall, y en un impulso decidí comprar una entrada. Conseguí una butaca en la galería, en la última fila. No esperaba demasiado, sólo quería distraerme un rato de mis problemas, sentarme a oscuras y oír hablar de películas que nunca había visto, pero en la mitad de la charla el director pidió al moderador que pusiera un corte de *Swing Time*, una película que conozco muy bien, de niña no me cansaba de verla. Me erguí en la butaca. En la enorme pantalla delante de mí, Fred Astaire bailaba con tres figuras recortadas a contraluz. Las figuras no pueden seguirle, empiezan a perder el ritmo. Finalmente las tres tiran la toalla, haciendo ese gesto tan americano de «¡Bah!» con la mano izquierda, y abandonan el escenario. Astaire sigue bailando solo. Entendí que las tres siluetas en sombra también eran Fred Astaire. ¿Me había dado cuenta, de niña? Nadie acaricia el aire igual, ningún otro bailarín dobla las rodillas de esa manera. Mientras tanto, el director hablaba de una teoría suya sobre el «cine puro», que empezó a definir como la «interacción de luz y oscuridad, expresada como una especie de ritmo, en el curso del tiempo», pero esa noción se me antojó aburrida y difícil de seguir. Detrás de él, por alguna razón, volvió a reproducirse el mismo corte de la película, y mis pies, al son de la música, empezaron a tamborilear en el asiento de delante. Sentí una ligereza maravillosa en el cuerpo, una felicidad absurda que parecía surgida de la nada. Había perdido mi trabajo, cierta versión de mi vida, mi intimidad, pero aun así todas esas cosas me parecieron insignificantes comparadas con la sensación de alegría que experimenté al ver el baile y seguir sus ritmos precisos con todo mi ser. Empecé a perder la noción del espacio que me rodeaba, elevándome por encima de mi cuerpo, contemplando mi vida desde un punto muy lejano, suspendida en el aire. Me recordó a los trances que explica la gente que ha tomado drogas alucinógenas. Vi pasar todos los años de mi vida de golpe, pero no asentados uno sobre otro, experiencia tras experiencia, forjando algo con sustancia... Todo lo contrario. Se me estaba revelando una certeza: que siempre había intentado arrimarme a la luz de los otros, que nunca había brillado con luz propia. Me vi a mí misma como una especie de sombra.

Cuando terminó el acto, volví a recorrer la ciudad hasta el apartamento, telefoneé a Lamin, que esperaba en una cafetería cercana, y le dije que todo estaba en calma. A él también lo habían despedido, pero en lugar de dejarle volver a casa, a Senegal, me lo había traído conmigo aquí, a Londres. Llegó a las once, cubriéndose con la capucha de la sudadera por si había cámaras. El vestíbulo estaba despejado. Con la capucha estaba aún más joven y más guapo, y me pareció casi escandaloso ser incapaz de sentir nada por él. Después nos quedamos tumbados en la cama con nuestros portátiles y, para no revisar el correo electrónico, me puse a navegar en Google sin un propósito concreto hasta que me acordé del fragmento de *Swing Time* y lo busqué. Quería enseñárselo a Lamin, me picaba la curiosidad por ver qué opinaba, ahora que también era bailarín, pero me dijo que no sabía quién era Astaire ni lo había visto nunca. Mientras pasaba la escena, Lamin se enderezó en la cama y frunció el ceño. A duras penas pude entender lo que estábamos viendo: Fred Astaire con la cara pintada de negro. En el Royal Festival Hall me había sentado en la galería, sin gafas, y la escena se abre con Astaire en un plano general. Sin embargo, nada de eso explicaba cómo me las había ingeniado para anular en mi memoria la imagen de la infancia: los ojos saltones, los guantes blancos, la sonrisa de Bojangles. Me sentí estúpida, cerré el portátil y me acosté. A la mañana siguiente me desperté temprano y dejé a Lamin en la cama, fui rápidamente a la cocina y encendí mi teléfono móvil. Esperaba cientos de mensajes, miles. A lo sumo tenía treinta. Era Aimee quien en otros tiempos me mandaba cientos de mensajes en un solo día, y de pronto comprendí al fin que ya nunca volvería a mandarme ninguno. No sé por qué tardé tanto en comprender algo tan obvio. Fui pasando una lista deprimente: una prima lejana, unos pocos amigos, varios periodistas. Entonces vi uno titulado «PUTA». Tenía una dirección absurda de números y letras y un vídeo adjunto que no se abría. El cuerpo del mensaje era una única frase: «Ahora todo el mundo sabe quién eres en realidad.» Parecía una de esas notas que podría mandar una cría de siete años resentida y con una idea implacable de la justicia. Y por supuesto, si puede ignorarse el paso del tiempo, era exactamente eso.

PRIMERA PARTE

Los comienzos

1

Si todos los sábados de 1982 pueden concebirse como un mismo día, conocí a Tracey a las diez de la mañana de aquel sábado, caminando por la gravilla polvorienta del patio de una iglesia, cada una de la mano de su madre. Allí había muchas más niñas, pero por razones obvias nos fijamos una en la otra, en nuestras similitudes y diferencias, como suelen hacer las niñas. Ambas teníamos exactamente el mismo tono de piel morena, como si a las dos nos hubieran cortado del mismo rollo de tela marrón, nuestras pecas se concentraban en las mismas áreas y éramos de la misma altura. Sin embargo, mi cara era más recia y melancólica, con una nariz larga, seria, y los ojos un poco mustios, igual que la boca. La cara de Tracey era vivaracha y redonda, parecía una Shirley Temple oscura, salvo porque tenía una nariz tan problemática como la mía, enseguida me di cuenta, una nariz ridícula: apuntaba hacia arriba como la de un cerdito. Bonita, pero también obscena: las fosas estaban en exposición permanente. Podría decirse que en cuestión de narices empatábamos. En cuanto al pelo, en cambio, ella ganaba de calle. Tenía unos tirabuzones que le caían hasta la cintura, recogidos en dos trenzas brillantes por algún aceite, prendidas en la punta con unos lacitos de raso amarillo. Los lacitos de raso amarillo eran un fenómeno desconocido para mi madre, que simplemente me echaba hacia atrás el pelo crespo formando una nube enorme y lo sujetaba con una cinta negra. Mi madre era feminista. Llevaba el pelo a lo afro y muy corto, su cráneo estaba perfectamente modelado, nunca usaba maquillaje y nos vestía a las dos con la mayor sencillez posible. El pelo no es esencial cuando te pareces a Nefertiti. Ella no tenía necesidad de maquillaje, productos de belleza, joyería o ropa cara, y así su situación económica, sus ideas políticas y su estética encajaban a la perfección, muy oportunamente. Los accesorios sólo entorpecían el conjunto, incluida (o así lo sentía yo entonces) la niña de siete años con cara de caballo que iba a su lado. Al mirar a Tracey diagnostiqué el problema opuesto: su madre era blanca, obesa, aquejada de acné. Llevaba el pelo rubio y ralo peinado hacia atrás, muy tirante, en lo que sabía que mi madre llamaría un «lífting estilo Kilburn». Pero el encanto personal de Tracey era la solución: ella se había convertido en el accesorio más llamativo de su madre. El aire de la familia, aunque no encajara con los gustos de mi madre, me fascinó: logos, pulseras y aros de bisutería, estrás a mansalva, deportivas caras de esas que mi madre se negaba a reconocer como una realidad del mundo («Eso no son zapatos»). A pesar de las apariencias, sin embargo, nuestros orígenes no eran tan distintos. Tanto su familia como la mía vivían en los bloques de protección oficial, sin subsidios. (Una cuestión de orgullo para mi madre, un ultraje para la de Tracey: había intentado muchas veces que le dieran «la paga de discapacidad», en vano.) Según mi madre, eran precisamente esas similitudes superficiales las que concedían tanta importancia al buen gusto. Ella se vestía para un futuro que aún no existía, pero que esperaba conocer. Para eso servían sus pantalones lisos de lino blanco, su camiseta «bretona» a rayas blancas y azules, sus alpargatas con la suela deshilachada, su severa y hermosa cabeza africana: todo tan sencillo, tan austero, completamente desacorde con el espíritu de la época y con el lugar. Un día nosotras «saldríamos de aquí», ella acabaría sus estudios, se convertiría en una mujer radical y sofisticada de verdad, a quien tal vez incluso se nombrara junto a Angela Davis o Gloria Steinem... Las sandalias de esparto formaban parte de esa visión enérgica, apuntaban sutilmente a los ideales más elevados. Yo era un accesorio sólo en el sentido de que mi propia falta de gracia constituía un símbolo admirable de contención materna, porque se consideraba de mal gusto (en los círculos a los que aspiraba mi madre) vestir a tu hija como una buscona. Tracey, en cambio, encarnaba sin ningún pudor las aspiraciones frustradas de su madre, era su única alegría, con aquellos electrizantes lacitos amarillos, una falda de tutú con muchas capas y un top que dejaba al descubierto una franja de la barriguita infantil y aceitunada, y cuando nos apretujamos con ellas para entrar a la iglesia arrastradas por la corriente de madres e hijas, observé con interés que la madre hacía pasar a Tracey delante —de ella, y también de nosotras—, valiéndose de su propio cuerpo para atajarnos, la carne de sus brazos temblando como gelatina, hasta que llegó a la clase de danza de la señorita Isabel con una expresión que delataba su orgullo y su nerviosismo, dispuesta a depositar su preciosa carga al cuidado provisional de terceros. La actitud de mi madre era en cambio de resignación y hastío, con un punto de sorna, porque la clase de danza le parecía ridícula, ella tenía mejores cosas que hacer, y al cabo de unos cuantos sábados (en los que se desplomaba en una de las sillas de plástico alineadas ante la pared de la izquierda, disimulando a duras penas su desdén por toda la maniobra), empezó a acompañarme mi padre en vez de ella. Esperaba que el padre de Tracey se encargara de llevarla también, pero no fue así. Resultó, como mi madre había adivinado a la primera, que no había ningún «padre de Tracey», al menos en el sentido convencional de matrimonio al uso. Eso también era un ejemplo de mal gusto.

2

Ahora quiero describir la iglesia y a la señorita Isabel. Un edificio del siglo XIX sin pretensiones, con grandes bloques de arenisca en la fachada, no muy distintos del revestimiento barato que veías en las casas más feúchas, aunque no podían ser lo mismo, y un decoroso campanario rematado en punta sobre un interior desangelado, como el de un granero. Era la iglesia de St. Christopher. Se parecía a la silueta que trazábamos con los dedos cuando cantábamos:

Ésta es la iglesia,
con su campanario,
que abre las puertas
a la gente del barrio.

Los vitrales contaban la historia de san Cristóbal llevando a hombros al niño Jesús hasta la otra margen de un río. La escena era tosca: el santo parecía mutilado, con un solo brazo. Las vidrieras originales habían quedado destruidas durante la guerra. Enfrente de la iglesia se alzaba un bloque alto con mala reputación, y allí era donde vivía Tracey. (El mío era más bonito, y no tan alto, en la calle de al lado.) Construido en los años sesenta, reemplazó una hilera de casas victorianas destruidas en el mismo bombardeo que provocó los destrozos en la iglesia, pero la relación entre los dos edificios acababa ahí. La iglesia, incapaz de tentar a los residentes de la otra acera de la calle para que se acercaran a Dios, había tomado la decisión pragmática de diversificarse en otras áreas: una guardería, clases de inglés para extranjeros, autoescuela. Eran iniciativas populares y bien afianzadas, pero las clases de danza del sábado por la mañana eran una propuesta nueva y nadie había sacado aún nada en limpio. La clase en sí costaba dos libras y media, pero entre las madres corrían rumores sobre el precio de las zapatillas de ballet, una mujer había oído que costaban tres libras, otra que siete, la de más allá juraba que el único sitio donde se conseguían era Freed, en Covent Garden, y allí te soplaban diez libras con sólo mirarte, y entonces, ¿qué pasaba con «claqué» y con «moderno»? ¿Las zapatillas de ballet servían también para moderno? ¿Qué era «moderno»? No había nadie a quien pudieras preguntárselo, nadie que ya lo hubiera hecho, ibas perdida. Raro era el caso en que la curiosidad de una madre la impulsaba a llamar al número que aparecía en los folletos hechos a mano y grapados por los árboles del barrio. Muchas niñas que podrían haber sido magníficas bailarinas ni siquiera llegaron a cruzar la calle, por temor a un folleto hecho a mano.

Mi madre era un caso raro: los folletos hechos a mano no la asustaban. Tenía un instinto increíble para las convenciones de la clase media. Sabía, por ejemplo, que un rastrillo, a pesar de ese nombre tan poco prometedor, era donde podías encontrar a la gente de más nivel, y también sus viejas ediciones de bolsillo, a veces libros de Orwell, pastilleros antiguos de porcelana, loza de Cornualles agrietada, tornos de alfarería desvencijados. Nuestro piso estaba lleno de cosas así. Nada de flores de plástico en casa, centelleantes de rocío falso, ni figuritas de cristal. Todo formaba parte del plan. Incluso las cosas que yo detestaba (como las alpargatas de mi madre) solían parecerles atractivas a la clase de gente que intentábamos atraer, y aprendí a no cuestionar sus métodos por más que me avergonzaran. Una semana antes de que empezaran las clases la oí hablar con su voz pretenciosa por el teléfono de la cocina, pero cuando colgó tenía todas las respuestas: cinco libras por las zapatillas de ballet —si ibas al polígono comercial en lugar de al centro de la ciudad— y los zapatos de claqué podían esperar hasta más adelante. Las zapatillas de ballet también servían para moderno. ¿Qué era «moderno»? Eso no lo había preguntado. Podía hacerse pasar por madre preocupada, pero nunca, jamás, por ignorante.

Le tocó a mi padre ir a comprar las zapatillas. El cuero resultó ser de un rosa más claro del que me esperaba, parecía la tripa de un cachorro, y la suela era de un gris sucio como la lengua de un gato, y no llevaban las largas cintas de raso que se entrelazan alrededor del tobillo, no, sólo una triste goma elástica que mi padre había cosido por su cuenta. Me llevé un chasco enorme, pero ¿no serían, como las alpargatas, «sencillas» a propósito, en aras del buen gusto? Pude aferrarme a esa idea justo hasta el momento en que, tras entrar en el salón parroquial, nos dijeron que nos pusiéramos la ropa de danza junto a las sillas de plástico y formáramos una fila en la pared de enfrente, junto a la barra. Casi todas las chicas tenían las zapatillas rosa de satén, no las de cuero pálido como la piel de un cochinillo que me habían endosado a mí, y algunas (niñas que sabía que vivían a base de ayudas, o sin padre, o ambas cosas) tenían las zapatillas con largas cintas de raso entrelazadas alrededor de los tobillos. Las de Tracey, que estaba a mi lado, con el pie izquierdo en la mano de su madre, tenían ambas cosas, satén de un rosa muy vivo y cintas, y además llevaba un tutú completo, una posibilidad que a nadie más se le había ocurrido siquiera, como tampoco se les habría pasado por la cabeza ir a una primera clase de natación con un traje de buceo. La señorita Isabel, por su parte, tenía una cara dulce y era simpática, pero muy mayor, puede que hasta hubiera cumplido los cuarenta y cinco años. Fue otra decepción. De constitución recia, parecía más la mujer de un granjero que una bailarina de ballet, y toda ella era rosa y amarilla, rosa y amarilla. Su pelo era amarillo, no rubio, amarillo como un canario. Tenía la piel muy sonrosada, como en carne viva, y pensándolo ahora creo que tal vez padeciera rosácea. Llevaba un maillot rosa, un pantalón de chándal rosa, una rebeca de angora rosa; en cambio, sus zapatillas eran de seda y amarillas, del mismo tono que el pelo. Eso también me indignó. ¡Dónde se había visto el amarillo en ballet! A su lado, en el rincón, había un hombre blanco muy viejo, con un sombrero de fieltro, sentado a un piano vertical y tocando *Night and Day*, una canción que me encantaba y que me enorgulleció reconocer. Las canciones antiguas me venían de mi padre, a quien a su vez le venían del suyo, que había sido un asiduo cantante de pub, uno de esos hombres cuyos delitos de poca monta delataban al menos en parte, o así lo creía mi padre, cierta vena creativa frustrada. El pianista era el señor Booth. Tarareé la melodía bien alta mientras él tocaba, deseando que me oyeran, poniendo mucho vibrato en la voz. Se me daba mejor cantar que bailar —de hecho, no tenía ningún don para el baile—, aunque me sentía demasiado orgullosa de mi capacidad para el canto y sabía que eso irritaba a mi madre. Cantar me salía de dentro con naturalidad, pero las cosas que a las mujeres les salen con naturalidad no impresionaban a mi madre en absoluto. Para ella era como sentirse orgullosa de respirar o caminar o parir.

Nuestras madres nos daban estabilidad, un punto de apoyo. Poníamos una mano en sus hombros, colocábamos un pie en sus rodillas dobladas. Mi cuerpo estaba en ese momento en manos de mi madre (que me izaba y me ataba los cordones, me abrochaba y me enderezaba, me alisaba la ropa), pero quien acaparaba mi atención era Tracey, la suela de sus zapatillas de ballet, en las que ahora podía leer «FREED» nítidamente estampado en el cuero. Los arcos de sus pies eran dos colibríes levantando el vuelo, curvados sobre sí mismos por naturaleza. Mis pies eran cuadrados y planos, parecían chirriar con cada cambio de posición. Me sentía como una cría pequeña colocando bloques de madera en una serie de ángulos rectos. Brisé, brisé, brisé, decía la señorita Isabel, así, Tracey, precioso. Tracey echaba la cabeza atrás al oír los elogios y su pequeña nariz de cerdito se hinchaba espantosamente. Aparte de eso, era la perfección misma, me tenía embelesada. Su madre parecía igual de subyugada, su compromiso con las clases de baile era el único indicio coherente de lo que hoy en día llamaríamos «la crianza» de su hija. Acudía con más frecuencia que cualquier otra madre, y mientras estaba allí su atención rara vez se desviaba de los pies de su hija. Mi madre, en cambio, siempre tenía la cabeza en otra cosa. Sencillamente no era capaz de sentarse en un sitio y pasar el rato, ella tenía que estar aprendiendo algo. Llegaba al principio de la clase con *Los jacobinos negros* bajo el brazo, pongamos por caso, y cuando me acercaba a pedirle que me cambiara las zapatillas de ballet por los zapatos de claqué ya se había leído cien páginas. Más adelante, cuando mi padre tomó el relevo, o se dormía o se iba «a dar un paseo», el eufemismo de los padres para fumar en el patio de la iglesia.

Al principio, Tracey y yo no éramos amigas ni enemigas, ni siquiera conocidas: apenas hablábamos. Aun así, siempre hubo esa conciencia mutua, un hilo invisible entre las dos que nos unía e impedía que nos apartáramos demasiado estableciendo relación con otras niñas. En sentido estricto, yo hablaba más con Lily Bingham, que iba a mi colegio, y la compañera de turno de Tracey era la pobre Danika Babić, con sus medias rotas y su fuerte acento, que vivía en su mismo rellano. Sin embargo, aunque nos reíamos por lo bajo y bromeábamos con esas niñas en clase, y aunque tenían todo el derecho a pensar que les hacíamos caso, que eran nuestro interés principal —que éramos, con ellas, tan buenas amigas como aparentábamos ser—, en cuanto llegaba la hora del descanso y el zumo con galletas, Tracey y yo nos poníamos en la cola juntas, una y otra vez, casi inconscientemente, como dos limaduras de hierro atraídas por un imán.

Resultó que Tracey sentía tanta curiosidad por mi familia como yo por la suya, y expuso, con cierta autoridad, que nosotros íbamos «al revés de todo el mundo». Escuché su teoría un día durante el descanso, mientras mojaba una galleta ávidamente en el zumo de naranja.

—En las demás parejas es el padre —dijo, y como yo sabía que eso era más o menos cierto no se me ocurrió nada para rebatirlo. Continuó—: Cuando tu padre es blanco significa que...

Pero en ese momento llegó Lily Bingham y se quedó a nuestro lado, así que nunca supe qué significaba cuando tu padre era blanco. Lily era larguirucha, un palmo más alta que el resto de las niñas. Tenía una melena rubia y muy lisa, las mejillas sonrosadas y un carácter alegre, abierto, que tanto a Tracey como a mí nos parecía la consecuencia directa de vivir en el número 29 de Exeter Road, una casa entera para su familia, a la que me habían invitado hacía poco, y entusiasmada le hablé a Tracey, que nunca había estado allí, del jardín privado, de un enorme tarro de mermelada lleno de «calderilla» y de un reloj Swatch del tamaño de un hombre que colgaba de la pared de un dormitorio. Así que había cosas que no podían hablarse delante de Lily Bingham, y Tracey cerró la boca, alzó la nariz y cruzó la sala para pedirle a su madre las zapatillas de ballet.

3

¿Qué queremos de nuestras madres cuando somos niños? Sumisión absoluta.

Ah, es muy bonito y racional y respetable decir que una mujer tiene todo el derecho a elegir su vida, sus ambiciones, sus necesidades y demás: es lo que siempre he reivindicado para mí misma. Pero de niña, no; la verdad es que es una guerra de desgaste, la racionalidad no interviene ni por asomo, lo único que quieres de tu madre es que de una vez por todas reconozca que es tu madre y nada más que tu madre y que deje de librar cualquier otra batalla. Debe deponer las armas y acudir a ti. Y si no lo hace, entonces hay una guerra en serio, y mi madre y yo estábamos en guerra. Sólo de adulta llegué a admirarla de verdad, sobre todo los últimos años de su vida, los más dolorosos, por todo lo que había hecho para arañar un espacio propio en este mundo. De pequeña, su negativa a someterse a mí me confundía y me dolía, y más aún porque no creía que su resistencia se justificara con ninguno de los argumentos típicos. Era su única hija y ella entonces no trabajaba, todavía, y prácticamente no se hablaba con el resto de su familia. A mi modo de ver disponía de todo el tiempo del mundo, ¡y aun así no conseguía su sumisión absoluta! La impresión más temprana que conservo de ella es la de una mujer tramando una huida, de mí, del propio papel de la maternidad. Me compadecía de mi padre. Aún era un hombre bastante joven, la quería, quería más hijos —discutían a diario por eso—, pero en este aspecto, como en todos los demás, ella se negaba a ceder. Su madre había parido siete hijos, y su abuela, once. No pensaba pasar por lo mismo. Creía que mi padre quería más hijos para atraparla, y en esencia no iba desencaminada, aunque «atrapar» en este caso era sólo otra forma de decir «amar». La amaba más de lo que ella alcanzaba a imaginar o se molestaba en reconocer. Era una mujer que vivía en su propia fantasía de escapismo, que daba por hecho que todo el mundo a su alrededor se sentía en todo momento igual que ella. Y por eso cuando empezó, primero poco a poco, y luego cada vez más rápido, a dejar atrás a mi padre, tanto en el terreno intelectual como en el personal, naturalmente dio por supuesto que él experimentaba el mismo proceso al mismo tiempo. Sin embargo, él siguió como antes. Cuidándome, queriéndola, procurando estar al día, leyendo el *Manifiesto comunista* con su empeño pausado y diligente.

—Hay quien lleva consigo la Biblia —me decía mi padre con orgullo—. Ésta es mi biblia.

La frase sonaba impresionante (pretendía impresionar a mi madre), pero yo ya había advertido que, por lo visto, siempre leía ese libro y poco más, se lo llevaba a mis clases de danza, y aun así nunca pasó de las primeras veinte páginas. En el contexto del matrimonio era un gesto romántico: se habían conocido en una reunión del Partido Socialista de los Trabajadores, en Dollis Hill. Pero incluso eso fue un malentendido, porque mi padre había ido a conocer a chicas progres y laicas con minifalda, mientras que mi madre realmente estaba allí por Karl Marx. Mi infancia transcurrió en esa brecha entre ambos, que cada vez se ensanchaba más. Vi como mi madre, una autodidacta, le tomaba la delantera a mi padre, rápidamente y sin esfuerzo. Las estanterías del salón, hechas por él, se llenaron de libros de segunda mano, manuales de la Open University, tratados de política, de historia, libros sobre la raza, sobre género, «todos los ismos», como a mi padre le gustaba llamarlos siempre que pasaba un vecino y se fijaba en aquel cúmulo variopinto.

El sábado era el «día libre» de mi madre. ¿Libre de qué? De nosotros. Necesitaba enfrascarse en la lectura de sus ismos. Después de que mi padre me acompañara a la clase de danza teníamos que seguir vagando, buscar algo que hacer, quedarnos fuera de casa hasta la hora de cenar. Acabamos por adoptar el ritual de viajar en una serie de autobuses en dirección sur, muy al sur del río, hasta la casa de mi tío Lambert, el hermano de mi madre y confidente de mi padre. Era el mayor del clan, la única persona de mi familia materna a quien yo veía alguna vez. Había criado a mi madre y al resto de los hermanos, aún en la isla, cuando mi abuela emigró a Inglaterra para trabajar limpiando en un asilo de ancianos. Sabía con qué estaba lidiando mi padre.

—Doy un paso hacia ella —oí quejarse a mi padre, un día, en pleno verano—, ¡y ella da un paso atrás!

—No hay remedio con esa chica. Siempre ha sido igual.

Yo estaba en el jardín, entre las tomateras. Era un huerto, en realidad, sin nada decorativo o destinado a la mera contemplación: todo tenía que ser comestible y crecía en hileras largas, rectas, emparrado con cañas de bambú. Al fondo había una letrina, la última que vi en Inglaterra. El tío Lambert y mi padre se sentaban en unas hamacas junto a la puerta de atrás y fumaban marihuana. Eran viejos amigos —Lambert era la única persona que aparecía en la foto de la boda de mis padres, aparte de ellos— y tenían el trabajo en común: Lambert era cartero y mi padre dirigía una oficina de correos. Compartían un sentido del humor seco e idéntica falta de ambiciones, y mi madre veía ambas cosas con malos ojos. Mientras fumaban y despotricaban de todo lo que no se podía hacer con ella, yo me dedicaba a meter los brazos entre las tomateras dejando que los zarcillos se me enroscaran alrededor de las muñecas. La mayoría de las plantas de Lambert me parecían amenazadoras, eran el doble de altas que yo y todo lo que había sembrado allí crecía desenfrenadamente: una maraña de enredaderas, hierbas altas, obscenas calabazas abotargadas. La tierra es más fértil en el sur de Londres —en el norte es demasiado arcillosa—, pero yo entonces no lo sabía y estaba hecha un lío: creía que cuando iba a casa de Lambert me trasladaba a Jamaica, para mí el huerto de Lambert era Jamaica, olía a Jamaica, y allí se tomaba helado de coco, e incluso ahora, en mi memoria, siempre hace calor en el huerto de Lambert, y estoy sedienta y me asustan los insectos. Era un terreno alargado y estrecho orientado hacia el sur, el retrete lindaba con la cerca de la derecha, así que el sol se ponía por detrás de la caseta, rielando en el cielo mientras se ocultaba. Me moría de ganas de ir al baño, pero había decidido aguantarme hasta que volviéramos a ver el norte de Londres; aquel retrete me daba miedo. El suelo era de madera y entre los tablones crecían cosas, briznas de hierba y cardos y molinillos de diente de león que te rozaban la rodilla cuando te remangabas para arrimarte a la taza del váter. Las telarañas conectaban los rincones. Era un vergel de abundancia y decadencia: los tomates estaban demasiado maduros, la marihuana era demasiado fuerte, había cochinillas escondidas debajo de cualquier cosa. Lambert vivía allí solo, y a mí me parecía un lugar moribundo. Incluso a esa edad me extrañaba que mi padre recorriera trece kilómetros hasta aquella casa en busca de consuelo, cuando todo apuntaba a que Lambert había sufrido ya el abandono que mi padre tanto temía.

Cansada de andar entre las hileras de hortalizas, volvía merodeando por el jardín, y me fijé en que los dos hombres escondían el porro, a duras penas, ahuecando el puño.

—¿Aburrida? —preguntó Lambert.

Confesé que sí.

—Antes, chica, la casa estaba llena de chamacos—dijo Lambert—, pero ahora esos niños ya tienen niños también.

La imagen que se me quedó fue de niños de mi edad con bebés en brazos: ése era el destino que relacionaba con el sur de Londres. Sabía que mi madre se había marchado de casa para no caer en el mismo patrón, para que ninguna hija suya fuese nunca una niña con un hijo, para que cualquier hija suya hiciese algo más que limitarse a sobrevivir, como había hecho ella, y por eso tenía que prosperar, aprendiendo muchas habilidades innecesarias, como bailar claqué. Mi padre me tendió los brazos y yo me acurruqué en su regazo, cubriéndole la calva incipiente con la mano y notando los mechones ralos de pelo mojado que se peinaba para tapársela.

—Vergonzosa, ¿eh? ¿No digas que te da vergüenza con tu tío Lambert?

Lambert tenía los ojos inyectados en sangre, y sus pecas eran como las mías pero con relieve; su cara era redonda y dulce, con unos ojos color avellana que confirmaban, presuntamente, que había sangre china en el árbol genealógico. Pero a mí me avergonzaba. Mi madre, que nunca lo visitaba, salvo por Navidad, ponía un curioso énfasis en que mi padre y yo fuésemos a verlo, aunque siempre a condición de que estuviéramos alerta, que nunca nos dejáramos «arrastrar». ¿Arrastrar a qué? Me enrosqué alrededor del cuerpo de mi padre hasta que pude ver las cuatro greñas largas que se dejaba crecer en el cogote, y que tanto se empeñaba en mantener. Aunque era treintañero, nunca había visto a mi padre con todo el pelo, nunca lo había conocido rubio, y nunca llegaría a conocerlo canoso. Siempre fue de ese castaño postizo que se te impregnaba en los dedos si lo tocabas, y cuyo verdadero origen era una lata redonda y chata que se quedaba abierta en el filo de la bañera dejando un cerco aceitoso parduzco, gastada justo por el centro, igual que la cabeza de mi padre.

—Esta niña necesita compañía —se desesperaba—. No basta con un libro, ¿entiendes? No basta con una película. Necesitas compañía de carne y hueso.

—Nada que hacer con esa mujer. Lo sé desde que era chica. Tiene una voluntad de hierro.

Era cierto. No había nada que hacer. Cuando volvimos a casa, ella estaba viendo una conferencia de la Open University, lápiz y cuaderno en mano, hermosa y serena, acurrucada en el sofá con los pies descalzos bajo las nalgas, pero cuando se volvió a mirarnos me di cuenta de que estaba molesta, habíamos vuelto demasiado temprano, quería más tiempo, más paz, más silencio, para poder estudiar. Éramos los vándalos en el templo. Mi madre estaba estudiando Sociología y Políticas. Nosotros no sabíamos por qué.

4

Si Fred Astaire representaba la aristocracia, yo representaba el proletariado, dijo Gene Kelly, y según esa lógica mi bailarín debería haber sido Bill *Bojangles* Robinson, porque Bojangles bailaba para el tipo fino de Harlem, para el chaval del suburbio, para el aparcero sureño: para todos los descendientes de los esclavos. Sin embargo, para mí un bailarín era un hombre de ninguna parte, sin padres ni hermanos, sin nación o pueblo, sin obligaciones de ningún tipo, y esa cualidad era precisamente la que me fascinaba. Todos los demás detalles se desvanecían. Ignoraba las ridículas tramas de aquellas películas: las idas y venidas operísticas, los reveses de la fortuna, los empalagosos chico-conoce-chica, las serenatas, las doncellas y los mayordomos. Para mí sólo eran los caminos que llevaban al baile. La historia era el precio que había que pagar por el ritmo. «*Pardon me, boy, is that the Chattanooga choo choo?*» Cada sílaba hallaba su movimiento correspondiente en las piernas, el torso, las caderas, los pies. A la hora de ballet, en cambio, bailábamos piezas clásicas («música blanca», como Tracey la llamaba sin tapujos) que la señorita Isabel grababa de la radio en una serie de casetes. Pero yo apenas las identificaba como música, mi oído no detectaba los tiempos, y aunque la señorita Isabel intentaba ayudarnos marcando el compás a gritos, nunca conseguí relacionar de ninguna manera esos números con el mar de melodía que me asaltaba con los violines o el embate atronador de una sección de vientos. Aun así, sabía más que Tracey: sabía que algo no encajaba del todo con sus categorías rígidas (música negra, música blanca), que en algún sitio debía de existir un mundo en el que ambas se combinaban. En películas y fotografías había visto hombres blancos sentados a sus pianos con chicas negras de pie a su lado, cantando. ¡Ah, yo quería ser como esas chicas!

A las once y cuarto, justo después de ballet, en mitad de nuestro primer descanso, el señor Booth entraba en la sala cargado con un gran maletín negro de cuero, como los que antiguamente llevaban los médicos rurales, y en ese maletín guardaba las partituras para la clase. Siempre que yo estaba libre (o sea, si podía escaparme de Tracey), me apresuraba a acudir a su lado, siguiéndolo mientras él se acercaba despacio al piano, y luego, colocándome como las chicas que había visto en la pantalla, le pedía que tocara *All of Me*, o *Autumn in New York*, o *42nd Street.* En las clases de claqué, el señor Booth tenía que tocar las mismas cuatro canciones una y otra vez, y yo tenía que bailarlas, pero antes de la clase, mientras el resto de la gente se entretenía charlando, tomando un tentempié o un refresco, disponíamos de ese momento para nosotros, y yo le pedía que me ayudara a trabajar una melodía, cantando más bajo que el piano si me sentía tímida o más fuerte en el caso contrario. A veces, cuando cantaba, los padres que salían a fumar bajo los cerezos entraban a escuchar, y las chicas que estaban ocupadas preparándose para sus bailes (subiéndose las medias, atándose las cintas) interrumpían esas tareas y se volvían a mirarme. Me di cuenta de que mi voz, siempre que no cantara deliberadamente por debajo del volumen del piano, poseía cierto carisma y atraía a la gente. No se trataba de virtuosismo, porque mi registro era muy limitado, sino de sentimiento: de algún modo era capaz de expresar las emociones con intensidad y conseguía «dar el pego». Hacía que las canciones tristes sonaran muy tristes, y las canciones alegres llenas de júbilo. Cuando llegó el momento de pasar las «pruebas de interpretación», aprendí a usar la voz como una forma de distracción, del mismo modo que algunos prestidigitadores te hacen mirarles la boca cuando deberías estar mirándoles las manos. A Tracey, sin embargo, no pude engañarla. Mientras abandonaba el escenario la vi de pie entre los bastidores, cruzada de brazos y levantando la barbilla con desdén. A pesar de que ella siempre quedaba por encima de todo el mundo y de que el tablero de corcho de la cocina de su madre rebosaba de medallas de oro, nunca estaba satisfecha, ella quería el oro también en «mi» categoría (canto y baile), aunque apenas podía entonar una nota. Me costaba entenderlo, estaba convencida de que si yo hubiese podido bailar como Tracey, no habría deseado nada más en este mundo. Otras chicas tenían el ritmo en los brazos y las piernas, algunas en las caderas o en sus pequeños traseros, pero ella tenía el ritmo en cada uno de sus ligamentos, probablemente en cada célula de su cuerpo. Todos sus movimientos eran tan definidos y precisos como cabría esperar en una niña de su edad, su cuerpo era capaz de amoldarse a cualquier compás, por intrincado que fuera. Quizá podía objetarse que a veces era demasiado precisa, que no destacaba por ser creativa o que le faltaba sensibilidad, pero nadie en su sano juicio podía cuestionar su técnica. A mí me sobrecogía —me sobrecoge aún— la técnica de Tracey. Sabía hacer cada cosa en el momento justo.

5

Un domingo a finales de verano. Me había asomado al balcón a mirar a unas chicas de nuestro rellano que saltaban a la doble comba junto a los bidones de la basura. Oí que mi madre me llamaba. Al volverme la vi entrando en el patio comunitario, acompañada de la señorita Isabel. Saludé desde arriba, y ella levantó la vista, sonriendo.

—¡Quédate ahí! —gritó.

Nunca había visto a mi madre y la señorita Isabel juntas fuera de la clase de danza, y supe, incluso desde lejos, que estaba intentando convencerla de algo. Me hubiera gustado ir a sondear a mi padre, que estaba pintando una pared de la sala de estar, pero sabía que mi madre, tan encantadora con los desconocidos, tenía poca paciencia con los suyos, y que «¡Quédate ahí!» significaba exactamente eso. Observé a la extraña pareja atravesar el patio hasta la escalera, refractada en los ladrillos de vidrio como un borrón de amarillo, rosa y caoba. Entretanto, las chicas junto a los bidones empezaron a darle a la comba al revés mientras una nueva chica tomaba carrerilla para meterse con valentía en el perverso tirabuzón, y empezó una nueva cantilena, la del mono que mascaba tabaco.

Finalmente mi madre llegó a mi lado, me examinó (aunque con una mirada esquiva) y sin mayores preámbulos dijo:

—Quítate los zapatos.

—Bueno, tampoco es necesario que lo hagamos ahora mismo —murmuró la señorita Isabel.

—Más vale saberlo cuanto antes —replicó mi madre, y desapareció en el piso para reaparecer un minuto después con un paquete grande de harina de fuerza que empezó a esparcir por el balcón hasta que en el suelo quedó una fina capa blanca, como de una primera nevada. Me pidieron que caminara descalza. Pensé en Tracey. Me pregunté si la señorita Isabel visitaba una por una las casas de todas las niñas. ¡Qué desperdicio de harina! La señorita Isabel se agachó a observar. Mi madre se acodó en el balcón, fumando un cigarrillo. Estaba ladeada sobre la baranda, y el cigarrillo quedaba ladeado en su boca, y llevaba una boina, como si llevar una boina fuera lo más natural del mundo. Se quedó así, ladeada hacia mí en un ángulo irónico. Llegué a la otra punta del balcón y di media vuelta para mirar mis huellas.

—Pues sí, ahí está —dijo la señorita Isabel.

¿Y dónde estaba? En la tierra de los pies planos. Mi profesora se quitó un zapato y pisó con firmeza para que comparásemos: en su huella sólo se veían los dedos, la parte anterior y el talón, mientras que en la mía se marcaba todo el contorno de la pisada. Mi madre parecía muy interesada en el resultado, pero la señorita Isabel, viéndome la cara, se apiadó de mí:

—Para ser bailarina de ballet se necesita puente, sí, pero se puede hacer claqué con los pies planos, ¿sabes? Claro que se puede.

No la creí, pero fue amable y me aferré a sus palabras y seguí yendo a las clases, y así continué viéndome con Tracey, que precisamente, como comprendí con el tiempo, era lo que mi madre había querido cortar. Había llegado a la conclusión de que, como Tracey y yo íbamos a escuelas distintas, en barrios distintos, nuestro único vínculo eran las clases de baile, pero cuando llegó el verano y las clases terminaron nada cambió, nos unimos cada vez más y en agosto ya quedábamos casi cada día. Desde mi balcón se alcanzaba a ver su edificio, y viceversa, no hacían falta llamadas telefónicas, ni formalidades, y a pesar de que nuestras madres apenas se saludaban por la calle, empezó a resultarnos natural entrar y salir a nuestras anchas del bloque de la otra.

6

En cada casa nos comportábamos de una manera. En la de Tracey jugábamos y probábamos juguetes nuevos, de los que parecía haber un suministro inagotable. El catálogo de Argos, del que me dejaban elegir tres artículos baratos en Navidad y uno por mi cumpleaños, era para Tracey una biblia cotidiana que leía religiosamente, a menudo conmigo a su lado, marcando los que elegía con un pequeño bolígrafo rojo que reservaba para ese fin. Su cuarto fue una revelación para mí, aniquiló todas las ideas que me había hecho sobre nuestra situación común. Su cama tenía la forma del descapotable rosa de Barbie, las cortinas eran de volantes, todos los muebles eran blancos y satinados, y en medio de la habitación parecía sencillamente que alguien hubiese volcado el trineo de Santa Claus en la alfombra. Tenías que nadar entre los juguetes. Los juguetes rotos formaban una especie de lecho rocoso sobre el que se vertía cada nuevo cargamento, en estratos arqueológicos que más o menos se correspondían con los anuncios de los juguetes que salieran en la tele en ese momento. Ése fue el verano de la muñeca meona. Le dabas agua y se meaba por todas partes. Tracey tenía varias versiones de aquel sofisticado artefacto, y era capaz de provocar con él toda clase de situaciones dramáticas. A veces azotaba a la muñeca por hacerse pis. A veces la sentaba en el rincón, avergonzada y desnuda, con las piernas de plástico torcidas en ángulo recto respecto al culito con hoyuelos. Las dos hacíamos de padres de la pobre criatura incontinente, y en el diálogo que Tracey me asignaba a veces me parecía oír ecos extraños y desconcertantes de su vida doméstica, o quizá de las telenovelas que veía, no estaba segura.

—Te toca. Di: «Golfa, ¡ni siquiera es hija mía! ¿Tengo yo la culpa de que se mee encima?» Vamos, ¡te toca!

—Golfa, ¡si ni siquiera es hija mía! ¿Tengo yo la culpa de que se mee encima?

—«Mira, macho, ¡llévatela! ¡Llévatela y a ver cómo te apañas!» Ahora tú di: «¡Lo tienes claro, nena!»

Un sábado le mencioné a mi madre, con pies de plomo, que existían muñecas meonas, poniendo cuidado en decir «hacer pipí» en lugar de «mear». Ella estaba estudiando. Levantó la vista de sus libros y me miró con una mezcla de incredulidad y repugnancia.

—¿Y Tracey tiene una?

—Tracey tiene cuatro.

—Ven aquí un momento.

Abrió los brazos, y yo apreté la cara contra su pecho y sentí la piel tersa y cálida, completamente vital, como si dentro de mi madre hubiera una segunda mujer grácil y joven pugnando por salir. Se había dejado crecer el pelo, hacía poco que se había hecho un «peinado», trenzándolo en un espectacular recogido en forma de caracola por encima de la nuca, como una pieza escultórica.

—¿Sabes sobre qué estaba leyendo ahora mismo?

—No.

—Estaba leyendo sobre el símbolo *sankofa*. ¿Sabes qué es?

—No.

—Representa un ave que vuelve la cabeza sobre sí misma, así. —Giró su hermosa cabeza torciendo el cuello hasta donde pudo—. De África. Mira hacia atrás, hacia el pasado, y aprende de lo que ha sucedido antes. Hay quien no aprende nunca.

Mi padre estaba en la minúscula cocina preparando la comida en silencio (en casa, era el cocinero oficial), y esa conversación en realidad iba dirigida a él, se suponía que era quien debía oírla. Habían empezado a discutir tanto entre ellos que a menudo yo era el único conducto por el que podía circular la información, a veces hasta límites abusivos («Explícaselo tú a tu madre» o «Ya puedes decírselo a tu padre de mi parte»), y a veces así, con una ironía delicada, casi hermosa.

—Ah —musité.

No veía la conexión con las muñecas meonas. Sabía que mi madre estaba en proceso, o en el intento, de convertirse en «una intelectual», porque cuando discutían mi padre a menudo la definía con esa palabra con intención de ofenderla, pero a mí se me escapaba el sentido, más allá de que un intelectual era alguien que estudiaba en la universidad a distancia, le gustaba llevar boina, solía usar la frase «el Ángel de la Historia», suspiraba cuando el resto de la familia quería ver la tele el sábado por la noche y se paraba a enzarzarse con los trotskistas de Kilburn High Road cuando los demás cruzaban la calle con tal de evitarlos. Aun así, para mí la principal consecuencia de su transformación era esa nueva deriva desconcertante de su conversación. Siempre parecía estar haciendo bromas de mayores que yo no captaba, por divertirse o para fastidiar a mi padre.

—Cuando estás con esa niña —explicó mi madre—, es un acto de bondad jugar con ella, pero la han criado de cierta manera, y el presente es lo único que tiene. A ti te han criado de otra manera: no lo olvides. Esas ridículas clases de baile para ella son el mundo entero. No es culpa suya, la han criado así. Pero tú eres inteligente. No importa que tengas los pies planos; no importa, porque tú eres inteligente y sabes de dónde vienes y hacia dónde vas.

Asentí en silencio. Oía a mi padre trajinando con las sartenes y golpeándolas elocuentemente.

—¿No olvidarás lo que acabo de decirte?

Prometí que no lo olvidaría.

En nuestra casa no había muñecas de ninguna clase, así que cuando Tracey venía se veía obligada a cambiar de hábitos. Allí escribíamos, con cierto frenesí, en los cuadernos amarillos pautados de tamaño folio que mi padre llevaba a casa del trabajo. Era un proyecto colaborativo. Tracey, por su dislexia (aunque entonces no supiéramos que se llamaba así), prefería dictar, mientras que a mí me tocaba seguir el hilo de su imaginación, sinuoso y melodramático por naturaleza. La mayoría de nuestras historias implicaban a una primera bailarina cruel y cursi de «Oxford Street» que en el último momento se rompía una pierna y propiciaba así que nuestra valerosa heroína (normalmente una modesta encargada de vestuario, o una chica humilde que limpiaba los aseos del teatro) interviniera y salvara la situación. Me fijé en que esas chicas atrevidas siempre eran rubias, con el pelo «como la seda» y grandes ojos azules. Una vez intenté escribir «ojos castaños» y Tracey me arrebató el bolígrafo y lo tachó. Escribíamos bocabajo, tumbadas en el suelo de mi cuarto, y si a mi madre le daba por echar un vistazo y nos encontraba así, era el único instante en que miraba a Tracey con cierto cariño. Yo aprovechaba esos momentos para ganar concesiones para mi amiga («¿Tracey puede quedarse a merendar?» «¿Tracey puede quedarse a dormir?»), a pesar de que sabía que si a mi madre se le ocurría alguna vez leer lo que escribíamos en aquellos cuadernos amarillos, Tracey no volvería a pisar mi casa. En varias historias, hombres africanos «merodeaban entre las sombras» con barras de hierro para romper las rodillas de las bailarinas, blancas como las azucenas; en una, la primera bailarina ocultaba un secreto terrible: era «mestiza», y lo escribí temblando, pues sabía por experiencia cuánto enfurecía a mi madre esa palabra. Pero aunque esos detalles me dieran cierto reparo, no hacían sombra al placer de nuestra colaboración. Las historias de Tracey me embelesaban, quedaba subyugada por la postergación permanente del suspense, que quizá también procediera de las telenovelas o de las duras lecciones que la vida le estaba dando. Porque justo cuando creías que llegaba el final feliz, Tracey encontraba una manera increíble y nueva de destruirlo o eludirlo, con lo que el momento apoteósico (que para ambas, creo, era simplemente la ovación del público en pie) parecía no llegar nunca. Ojalá conservara aún aquellos cuadernos. De los miles de palabras que escribimos sobre bailarinas en diversas tesituras peligrosas, sólo una frase ha quedado en mi memoria: «Tiffany dio un gran salto para besar a su príncipe y se puso en puntas oh qué sexy estaba pero entonces fue cuando la bala le atravesó el muslo.»

7

En otoño Tracey volvió a la escuela, en Neasden, un colegio sólo para niñas donde casi todas eran indias o pakistaníes y rebeldes: solía ver a las mayores en la parada del autobús, con los uniformes adaptados (camisa sin abotonar, falda remangada), gritando obscenidades a los chicos blancos que pasaban. Un colegio conflictivo con muchas peleas. Mi escuela, en Willesden, era más tranquila, más heterogénea: la mitad negros, una cuarta parte blancos, la otra cuarta parte surasiáticos. De la mitad negra, al menos un tercio eran «mestizos», una nación minoritaria dentro de otra nación, aunque la verdad es que a mí me irritaba fijarme en ellos. Quería creer que Tracey y yo éramos hermanas y almas gemelas, que estábamos solas en el mundo y nos necesitábamos, pero no podía evitar ver delante de mis narices a todos esos niños a los que mi madre me había animado a acercarme durante el verano, niños de orígenes similares con lo que mi madre denominaba «horizontes más anchos». Había una niña que se llamaba Tasha, mitad guyanesa, mitad tamil, y como a mi madre la impresionaba mucho que su padre fuese un auténtico Tigre Tamil, yo no quería ver a aquella chica ni en pintura. También había una niña dentuda que se llamaba Irie, siempre la mejor de la clase, cuyos padres eran como los míos, pero se había mudado de nuestro bloque y ahora vivía en Willesden Green, en un adosado elegante. Luego estaba Anoushka, con padre de Santa Lucía y madre rusa, y según mi madre su tío era «el poeta revolucionario más importante del Caribe», pero casi todas las palabras de ese elogio me resultaban incomprensibles. Yo no tenía la cabeza en la escuela ni en la gente de allí. En el patio me dedicaba a clavarme chinchetas en las suelas de los zapatos, y a veces me pasaba la media hora del recreo bailando sola, contenta de no tener amigos. Y cuando llegábamos a casa (antes que mi madre, y por tanto fuera de su jurisdicción), soltaba la mochila, dejaba a mi padre preparando la cena y me iba directa a casa de Tracey, a practicar nuestros pasos de claqué en su balcón, y a continuación cada una tomaba un cuenco de mousse de sobre Angel Delight, que mi madre decía que «no es comida», pero a mí me parecía deliciosa. Cuando volvía a casa me encontraba una discusión en pleno apogeo, en la que los dos bandos ya eran irreconciliables. Mi padre se obcecaba con alguna nimiedad doméstica: quién había pasado el aspirador, dónde y cuándo, quién había ido o debería haber ido a la lavandería. En tanto que mi madre, al contestarle, se desviaba hacia temas muy distintos: la importancia de tener conciencia revolucionaria, o la relativa insignificancia del amor carnal frente a las luchas populares, o el legado de la esclavitud en el corazón y la mentalidad de los jóvenes, cosas por el estilo. Entonces ella ya había acabado los estudios de bachillerato y se había matriculado en la Politécnica de Middlesex, en Hendon, y nosotros dábamos menos la talla que nunca, éramos una decepción, tenía que estar continuamente explicando los términos que usaba.

En casa de Tracey, las únicas voces subidas de tono salían del televisor. Supuestamente debía compadecer a Tracey por no tener padre (la peste que marcaba todas las demás puertas de nuestro rellano) y dar gracias de que mis padres estuvieran casados, pero cuando me sentaba en su enorme canapé blanco de cuero saboreando la mousse y viendo en paz *Desfile de Pascua* o *Las zapatillas rojas* —la madre de Tracey sólo toleraba los musicales en tecnicolor—, no podía sino reparar en la placidez de un hogar pequeño donde únicamente vivían mujeres. En casa de Tracey, la falta de fe en el hombre era historia antigua: nunca habían puesto verdaderas esperanzas en él, porque apenas había estado presente. Nadie se sorprendía de que el padre de Tracey hubiera fracasado en fomentar la revolución y en todo lo demás. Aun así, Tracey guardaba una lealtad inquebrantable a su memoria, y era más probable que ella defendiera a su padre ausente que oírme dedicarle una palabra amable al mío, por abnegado que fuera. Siempre que su madre echaba pestes de aquel hombre, Tracey se aseguraba de llevarme a su cuarto o algún otro sitio privado, y rápidamente integraba lo que su madre acababa de decir en su propia historia oficial, que era que su padre no la había abandonado, ni mucho menos, sólo estaba muy ocupado porque era uno de los bailarines que acompañaban a Michael Jackson. Pocos podían seguir a Michael Jackson cuando bailaba... vaya, casi nadie podía, a lo sumo había veinte bailarines en el mundo entero capaces de hacerlo. Y el padre de Tracey era uno de ellos. Ni siquiera le hizo falta terminar la audición: era tan bueno que se dieron cuenta enseguida. Por eso apenas pasaba por casa, estaba de gira mundial perpetua. Quizá no volvería a pasar por allí hasta las navidades siguientes, cuando Michael actuara en Wembley. En un día claro, alcanzábamos a ver el estadio desde el balcón de Tracey. Ahora me cuesta ponderar cuánto crédito le daba yo a esa historia de pequeña, aunque desde luego una parte de mí sabía que entonces Michael Jackson, liberado al fin de su familia, bailaba solo; pero, al igual que Tracey, nunca la mencioné delante de mi madre. A decir verdad, para mí era a la vez absolutamente cierta y evidentemente falsa, y tal vez sólo los niños son capaces de conciliar esa clase de ambivalencias.

8

Estaba en casa de Tracey, viendo *Top of the Pops*, cuando emitieron el videoclip de *Thriller*, era la primera vez que lo veíamos. La madre de Tracey se entusiasmó muchísimo: sin llegar a levantarse, bailaba desaforadamente, meneándose de arriba abajo entre las grietas de su sillón reclinable.

—¡Va, chicas! ¡Dejaos llevar! ¡A mover el esqueleto, venga!

Nos despegamos del sofá y empezamos a deslizarnos atrás y adelante por la alfombra, yo sin gracia, Tracey con mucha desenvoltura. Girábamos, levantábamos la pierna derecha y dejábamos el pie colgando como marionetas, sacudíamos nuestros cuerpos de zombi. Era una avalancha de información nueva: los pantalones rojos de cuero, la chaqueta roja de cuero, el antiguo pelo a lo afro transformado ahora en algo más increíble incluso que los tirabuzones de Tracey. Y por supuesto aquella chica preciosa de azul, la víctima potencial. ¿Era también «mestiza»?

> «DEBIDO A MIS SÓLIDAS CONVICCIONES PERSONALES, DESEO RECALCAR QUE ESTA PELÍCULA NO PROMUEVE EN MODO ALGUNO CREENCIAS OCULTISTAS.»

Eso se leía en los créditos, al principio, eran las palabras del propio Michael, pero ¿qué querían decir? Sólo entendimos la rotundidad de la palabra «película». No estábamos viendo un vídeo musical, no, era una obra de arte que correspondía ver en una sala de cine, era realmente un acontecimiento mundial, una llamada a la acción. ¡Éramos modernas! ¡Ésa era la vida moderna! Por lo general, la vida moderna y la música que llevaba consigo me dejaban fría (mi madre había hecho de mí un ave *sankofa*), pero daba la casualidad de que mi padre me había contado que el mismísimo Fred Astaire había ido una vez a casa de Michael, visitándolo como una especie de discípulo, y le había suplicado que le enseñara a hacer el *moonwalk*, y creo que tiene sentido, incluso ahora, porque un gran bailarín es atemporal, no tiene edad, se mueve eternamente por el mundo, así que cualquier bailarín de cualquier época podría reconocerlo. Picasso sería incomprensible para Rembrandt, pero Nijinsky entendería a Michael Jackson.

—¡No paréis ahora, chicas! ¡Arriba! —gritó la madre de Tracey, cuando dejamos de bailar un momento para recostarnos en el sofá—. ¡Seguid hasta que no podáis más! ¡A moverse!

Qué larga parecía aquella canción, más larga que la vida. Sentí que no acabaría nunca, que estábamos atrapadas en un bucle temporal y tendríamos que bailar aquella danza endemoniada para siempre, como la pobre Moira Shearer en *Las zapatillas rojas*: «El tiempo pasa volando, el amor pasa volando, la vida pasa volando, pero las zapatillas rojas bailan sin cesar...» Pero entonces acabó.

—Ha sido la hostia —suspiró la madre de Tracey, olvidando los modales, y nosotras saludamos e hicimos una reverencia y fuimos corriendo al cuarto de Tracey.

—Le encanta verlo en la tele —me confió Tracey cuando estuvimos a solas—. Así su amor se hace más fuerte. Ella lo ve y sabe que todavía la quiere.

—¿Cuál de ellos era? —le pregunté.

—El de la segunda fila, al final, a la derecha —contestó Tracey sin pestañear.

No intenté —no era posible— integrar esos «datos» sobre el padre de Tracey con las contadas ocasiones en que llegué a verlo en persona. La primera vez fue la más terrible, fue a principios de noviembre, no mucho después de que viéramos *Thriller*. Estábamos las tres en la cocina, intentando hacer patatas asadas rellenas de queso y beicon, íbamos a envolverlas en papel de aluminio y llevárnoslas a Roundwood Park, donde pensábamos ver los fuegos artificiales. Las cocinas del bloque de pisos donde vivía Tracey eran aún más pequeñas que las de nuestro edificio: cuando abrías la puerta del horno, casi rozaba la pared de enfrente. Para que allí cupieran tres personas a la vez, una (Tracey, en este caso) tenía que sentarse en la encimera. Ella se encargaba de desprender la piel de la patata, y luego yo, de pie a su lado, mezclaba la patata con el queso rallado y las tiras de beicon cortadas con unas tijeras, y después su madre volvía a envolverlo todo en la piel y las metía de nuevo en el horno para dorarlas. A pesar de que mi madre siempre insinuaba que la madre de Tracey era dejada, un imán para el caos, su cocina me parecía más limpia y más ordenada que la nuestra. Nunca había comida sana, y sin embargo cualquier cosa se preparaba con solemnidad y esmero, mientras que mi madre, que aspiraba a que nos alimentáramos bien, no podía pasar quince minutos en una cocina sin acabar reducida a una especie de maniática autocompasiva, y a menudo el experimento más torpe (hacer una lasaña vegetariana, preparar «algo» con ocra) se convertía en tal tortura para todos que armaba un escándalo y salía hecha una furia, chillando. Acabábamos comiendo otra vez tortitas crujientes Findus. En casa de Tracey, las cosas eran más sencillas: se empezaba ya con la clara intención de hacer tortitas crujientes Findus o pizza (congelada) o salchichas con chips de bolsa, y todo estaba delicioso y nadie chistaba. Esas patatas rellenas eran un capricho especial, una tradición de la noche de los fuegos artificiales. Afuera estaba oscuro, aunque sólo eran las cinco de la tarde, y olía a pólvora por todo el edificio. Cada piso tenía su arsenal privado, y los petardos esporádicos y los pequeños incendios aislados habían comenzado dos semanas antes, en cuanto las tiendas de chucherías empezaron a vender cohetes. Nadie esperaba a los festejos oficiales. Los gatos eran las víctimas más frecuentes de esta piromanía generalizada, pero de vez en cuando algún crío acababa en Urgencias. A causa de todo aquel estruendo, y de lo acostumbradas que estábamos al ruido, al principio los golpes en la puerta de Tracey pasaron inadvertidos, pero entonces oímos a alguien que hablaba medio gritando y medio susurrando, y reconocimos el pánico y la cautela batallando entre sí. Era una voz de hombre, apremiante:

—Déjame entrar. ¡Déjame entrar! ¿Estás ahí? ¡Abre la puerta, mujer!

Tracey y yo nos quedamos mirando a su madre, que nos miraba perpleja, sosteniendo una bandeja de apetitosas patatas rellenas de queso. Aturullada, intentó dejar la bandeja en la encimera, pero calculó mal y se le cayó.

—¿Louie? —dijo.

Nos agarró a las dos, bajó a Tracey de la encimera, pisoteamos las patatas. Tiró de nosotras por el pasillo y nos metió a empujones en el cuarto de Tracey. No debíamos mover un solo músculo. Cerró la puerta y nos dejó solas. Tracey fue derecha a la cama, se acostó y empezó a jugar al Comecocos. Ni me miró. Obviamente no podía preguntarle nada, ni siquiera si su padre se llamaba Louie. Me quedé de pie donde su madre me había dejado y esperé. Nunca había oído un escándalo así en casa de Tracey. Quienquiera que fuese el tal Louie, lo habían dejado entrar (o se había metido a la fuerza) y cada dos por tres se oía «joder», y porrazos sordos y estrépitos cuando derribaba algún mueble, y unos desgarradores alaridos de mujer que sonaban como el aullido de un coyote. Aguardé junto a la puerta mirando a Tracey, que seguía arropada en su cama de Barbie, pero no parecía oír lo mismo que yo o recordar siquiera que yo estaba allí: no levantó la vista del videojuego en ningún momento. Diez minutos más tarde, todo acabó: oímos que la puerta de la entrada se cerraba de golpe. Tracey se quedó en la cama y yo me quedé donde me habían plantado, incapaz de hacer ningún movimiento. Al cabo de un rato llamaron suavemente a la puerta, y la madre de Tracey entró, sofocada por el llanto, llevando una bandeja con mousse del mismo color rosa que su cara. Nos sentamos y comimos en silencio, y luego, más tarde, fuimos a ver los fuegos artificiales.

9

Había una especie de despreocupación entre las madres que conocíamos, o algo que desde fuera podía parecer despreocupación, aunque nosotras lo llamábamos de otra manera. A los maestros de la escuela probablemente les daba la impresión de que a nuestras madres ni siquiera les importaba asistir a las reuniones del colegio, donde uno tras otro los maestros se sentaban a sus mesas, con la mirada perdida, esperando pacientemente a esas madres que nunca llegaban. Y comprendo que parecieran un poco despreocupadas cuando, si las informaban de algún mal comportamiento en el patio, empezaban a chillarle al maestro en lugar de darle una reprimenda al crío. Nosotras entendíamos a nuestras madres un poco mejor. Sabíamos que ellas, en su época, también habían temido la escuela, que temían las normas arbitrarias que las avergonzaban, al igual que los uniformes nuevos que no podían permitirse comprar, la desconcertante obsesión con el silencio, la corrección incesante de sus acentos criollos o de los barrios populares de Londres, la sensación de que de todos modos nunca conseguirían hacer nada a derechas. Siempre angustiadas por que les cayera «un rapapolvo» —por ser quienes eran, por lo que habían hecho o dejado de hacer, y ahora por las fechorías de sus propias hijas...—. Ese miedo nunca abandonaba a nuestras madres, muchas de las cuales lo eran desde muy jóvenes. Y por eso reunirse con los maestros no les parecía tan distinto a quedarse castigadas después de clase. Seguía siendo el lugar donde podían avergonzarlas. La diferencia estribaba en que ahora eran adultas y no podían obligarlas a asistir.

Digo «nuestras madres», aunque desde luego la mía era distinta: sentía la rabia, pero no la vergüenza. Ella iba a la reunión de la escuela, siempre. Aquel año, por alguna razón, cayó en el día de san Valentín: el vestíbulo estaba decorado sin mucho esmero con corazones rosa de papel grapados a las paredes, y en cada pupitre lucía una rosa mustia de papel de seda arrugado en la punta de un palito de escobilla verde. Yo la seguía cansinamente mientras recorría el aula, intimidando a los maestros, haciendo caso omiso de todos los intentos de hablar de mis progresos que ellos hacían, dando en cambio una serie de charlas improvisadas sobre la incompetencia de la administración educativa, la ceguera y la estupidez del consejo municipal, la acuciante falta de «maestros de color»... Creo que ésa fue la primera vez que oí el nuevo eufemismo, «de color». Aquellos pobres maestros se aferraban a los bordes de sus mesas como a una tabla de salvación. En un momento dado, llevada por la vehemencia, mi madre aporreó un pupitre con el puño, haciendo saltar la rosa de papel y varios lápices que se desperdigaron por el suelo.

—¡Estos niños merecen más!

No se refería a mí en particular: «estos niños». Cómo la recuerdo en ese momento, y qué magnífica estaba, como una reina... Me sentí orgullosa de ser su hija, de tener la única madre libre de toda vergüenza que había en nuestro barrio. Nos marchamos majestuosamente por el pasillo, mi madre triunfal, yo sobrecogida, sin que ninguna de las dos nos hubiéramos enterado de cómo me iba en la escuela.

Recuerdo una situación en que sí pasó vergüenza. Fue pocos días antes de Navidad, una tarde de sábado a última hora, después de la clase de danza, después de visitar a Lambert, y yo estaba viendo un número de Fred y Ginger, *Pick Yourself Up*, en mi casa, con Tracey, una y otra vez. Tracey aspiraba a recrear algún día ella misma ese número —ahora eso me parece como mirar la Capilla Sixtina y desear recrearla en el techo de tu habitación—, aunque sólo practicaba el papel masculino, porque a ninguna de las dos se nos pasó jamás por la cabeza aprendernos un papel de Ginger. Tracey estaba en la puerta de la sala bailando claqué, porque allí no había moqueta, y yo arrodillada junto al VHS, rebobinando y parando la cinta sobre la marcha. Mi madre estudiaba en la cocina, sentada en un taburete alto. Mi padre, cosa rara, había salido a eso de las cuatro de la tarde, sin dar más explicaciones ni mencionar un propósito concreto o un recado pendiente. En un momento dado me asomé a la cocina para coger dos botellines de Ribena. En vez de ver a mi madre enfrascada en sus libros, con los tapones de los oídos puestos, ajena a mí, la encontré mirando por la ventana, llorando. Cuando me vio se sobresaltó un poco, como si yo fuera un fantasma.

—Están aquí —dijo, casi para sí.

Seguí su mirada y vi a mi padre cruzando el patio hacia nuestro bloque con dos jóvenes blancos detrás, un chico de unos veinte años y una quinceañera.

—¿Quiénes?

—Unas personas a quienes tu padre quiere que conozcas.

Y la vergüenza que sentía, creo, era la de no tener el control: no podía dominar aquella situación ni protegerme de sus consecuencias, pues por una vez no tenía demasiado que ver con ella. Se apresuró a ir al salón y pedirle a Tracey que se marchara, pero Tracey recogió sus cosas con parsimonia deliberada: no quería irse sin echarles un buen vistazo. Había que verlos. De cerca el chico tenía el pelo rubio greñudo y barba, llevaba ropa sucia y fea que parecía vieja, sus vaqueros estaban remendados y tenía un montón de chapas de grupos de rock prendidas a la mochila de lona raída: daba la impresión de pregonar sin ningún pudor su pobreza. La chica era igual de peculiar, pero más pulcra, realmente «blanca como la nieve», como en los cuentos de hadas, con una estricta melena morena a lo paje y flequillo recto. Iba toda de negro, con unas recias botas Dr. Martens también negras, y era menuda, de rasgos delicados, excepto por unos pechos grandes, indecentes, que parecía tratar de disimular con todo aquel negro. Tracey y yo nos quedamos allí plantadas, mirándolos de hito en hito.

—Creo que va siendo hora de que te vayas a casa —le dijo mi padre a Tracey, y al verla irse me di cuenta de lo unidas que estábamos, a pesar de todo, porque sin ella, en ese momento, me sentí completamente desprotegida.

Los chavales blancos se escabulleron hacia nuestro saloncito. Mi padre les pidió que se sentaran, pero sólo la chica lo hizo. Me inquieté al ver a mi madre, que por lo general no era una mujer nada neurótica, aturullada y nerviosa, tartamudeando al hablar. El chico, que se llamaba John, no consintió en sentarse. Cuando mi madre lo invitó a ponerse cómodo, no la miró ni le contestó, y entonces mi padre le habló con una aspereza impropia de él, y acto seguido John tomó la puerta y se fue. Corrí hasta el balcón y lo vi allí, en la zona comunitaria, sin ir a ninguna parte —tenía que esperar a la chica—, pateando el césped en un pequeño círculo, haciendo crujir la escarcha bajo los pies. Así que sólo quedó la chica. Se llamaba Emma. Cuando volví a entrar, mi madre me dijo que me sentara a su lado.

—Ésta es tu hermana —anunció mi padre, y fue a preparar una taza de té.

Mi madre se quedó de pie junto al árbol de Navidad, fingiendo hacer algo útil con las luces. La chica se volvió hacia mí, y nos miramos sin reservas. No detecté rasgos comunes, nada, todo aquello era ridículo, y me di cuenta de que la tal Emma pensaba exactamente lo mismo. Aparte de la ironía evidente de que yo era negra y ella blanca, yo era de huesos grandes mientras que ella era de constitución delgada, yo era alta para mi edad y ella bajita para la suya, mis ojos eran grandes y castaños y los suyos rasgados y verdes. Y aun así, en ese mismo instante, sentí que las dos lo veíamos; las comisuras de la boca hacia abajo, los ojos tristes. No recuerdo pensar con lógica, no me pregunté, por ejemplo, quién era la madre de aquella Emma o cómo y cuándo habría conocido a mi padre. Mi cabeza no fue tan lejos. Sólo pensé: engendró a una como yo y a una como ella. ¿Cómo pueden tener dos criaturas tan diferentes un mismo origen? Mi padre volvió al salón con una bandeja de té.

—Bueno, vaya sorpresa, ¿eh? —dijo, tendiéndole a Emma una taza—. Para todos. Hacía mucho tiempo que no veía... Pero resulta que tu madre de repente decidió... Bueno, es una mujer impulsiva, ¿verdad? —Mi hermana miraba impasible a mi padre, e inmediatamente él renunció a rematar lo que estaba intentando decir y se puso hablar de cosas más triviales—. En fin, me han dicho que Emma hace danza. Eso es algo que las dos tenéis en común. Estuvo en el Royal Ballet un tiempo, becada, pero tuvo que dejarlo.

¿Bailar en escena, quería decir? ¿En Covent Garden? ¿Como principal? ¿O de «comparsa», como decía Tracey? No, no... «becada» sonaba académico. Entonces, ¿acaso había una «Escuela del Royal Ballet»? Pero si eso existía, ¿por qué no me habían mandado a mí allí? Y si a la tal Emma la habían mandado, ¿quién se lo había pagado? ¿Por qué había tenido que dejarlo? ¿Por tener unos pechos tan grandes? ¿O quizá una bala le atravesó el muslo?

—¡A lo mejor un día bailaréis juntas! —exclamó mi madre para romper el silencio, que era la clase de necedad maternal a la que ella rara vez sucumbía. Emma la miró temerosa (era la primera vez que se atrevía a mirarla directamente), y no sé lo que vio, pero tuvo el poder de horrorizarla: rompió a llorar. Mi madre salió del salón.

—Sal un rato fuera —me dijo mi padre—. Va. Ponte el abrigo.

Me deslicé del sofá, cogí mi abrigo de paño del perchero y me escabullí. Bajé por la pasarela cubierta, intentando recomponer las pocas piezas que conocía del pasado de mi padre con aquella nueva realidad. Era de Whitechapel, hijo de una familia numerosa del East End de Londres, no tan grande como la de mi madre, pero por poco, y su padre había sido un delincuente de poca monta que entraba y salía de la cárcel, y por eso, me explicó mi madre una vez, mi padre había puesto tanto empeño en cuidarme de niña: cocinando, llevándome a la escuela y a la clase de danza, envolviéndome el almuerzo y demás tareas, todas insólitas para un padre en esa época. Yo era la compensación, la revancha, por su propia infancia. Sabía también que él había sido, en un momento dado, una «calamidad». Una vez estábamos viendo la tele y salió algo sobre los gemelos Kray, y mi padre dijo con naturalidad:

—Bueno, todo el mundo los conocía, era inevitable conocerlos, en aquellos tiempos.

Sus muchos hermanos eran una «calamidad», el East End en general era una «calamidad», y todo eso contribuyó a afianzar mi idea de nuestro reducto de Londres como una pequeña cumbre donde se respiraba aire puro, por encima de la ciénaga de alrededor, en la que podías verte arrastrado de nuevo a la pobreza y el crimen desde varios frentes. Sin embargo, nadie había mencionado nunca un hijo o una hija.

Bajé las escaleras hasta el patio comunitario y me recosté en una columna de hormigón a observar cómo mi «hermano» levantaba la turba medio helada con la punta del zapato. Con su pelo largo y su larga barba y aquella cara también larga, me recordó a Jesucristo, al que yo sólo conocía por un crucifijo que colgaba de la pared en la clase de danza de la señorita Isabel. A diferencia de mi reacción hacia la chica —que se trataba sencillamente de algún tipo de fraude—, al mirarlo a él no pude negar su legitimidad esencial. Vi que era el hijo legítimo de mi padre, bastaba con mirarlo para entender que tenía sentido. Quien dejaba de tener sentido era yo. Se apoderó de mí una frialdad objetiva: el mismo instinto que me permitía separar mi voz de mi garganta para analizarla y modularla me asaltó en ese momento, y miré a ese chico y pensé: sí, él encaja y yo no, qué curioso, ¿verdad? Supongo que habría podido verme como la hija verdadera y a él como el impostor, pero no fue así.

Se dio la vuelta y me vio. Algo en su cara me dijo que sentía lástima por mí, y me conmoví cuando, con una ternura forzada, empezó a jugar al escondite entre las columnas de hormigón. Cada vez que su cabeza rubia y greñuda asomaba detrás de un pilar, me asaltaba aquella sensación extracorpórea: ahí está el hijo de mi padre, que parece exactamente el hijo de mi padre, qué curioso, ¿verdad? Mientras jugábamos oímos voces airadas que venían de arriba. Traté de ignorarlas, pero mi nuevo compañero de juego dejó de correr y se quedó debajo del balcón, escuchando. En cierto momento, la rabia volvió a centellear en sus ojos y me habló:

—Deja que te diga una cosa: a él no le importa nadie. No es lo que parece. Está tarado de la cabeza. ¡Casarse con esa condenada negra!

Y entonces la chica bajó corriendo por las escaleras. Nadie iba tras ella, ni mi padre ni mi madre. Aún seguía llorando, y fue hacia el chico y se abrazaron, y abrazados cruzaron el césped y se marcharon. La nieve caía con suavidad. Los miré mientras se alejaban. No volví a verlos hasta que murió mi padre, y en mi casa no se volvió a hablar de ellos a lo largo de mi infancia. Durante mucho tiempo pensé que todo había sido una alucinación mía, o quizá que lo había sacado de una mala película. Cuando Tracey me preguntó, le conté la verdad, aunque un poco adornada: aseguré que un edificio ante el que pasábamos cada día, en Willesden Lane, el del toldo azul raído, era la Escuela del Royal Ballet, y que mi cruel y remilgada hermana blanca estudiaba allí y tenía mucho éxito, pero se negaba incluso a saludarme por la ventana, ¿te lo puedes creer? Mientras Tracey me escuchaba, en su expresión advertí la enorme lucha que libraba por creerlo, manifestada sobre todo en sus fosas nasales. Era muy posible que Tracey hubiera estado dentro de aquel edificio, claro, y supiera perfectamente qué era en realidad: un salón de actos destartalado donde por poco dinero se celebraban muchas de las bodas del barrio y a veces se organizaba el bingo. Unas semanas más tarde, desde el asiento trasero del ridículo coche de mi madre (un dos caballos francés, blanco, con una pegatina de la Campaña por el Desarme Nuclear junto al adhesivo del impuesto de circulación), alcancé a ver a una novia taciturna, medio engullida por el velo y los tirabuzones, de pie en la puerta de mi Royal Ballet, fumando un pitillo, pero no dejé que esa visión calara en mi fantasía. A esas alturas ya había aprendido a hacerme impermeable a la realidad, igual que mi amiga. Y ahora, como si ambas intentáramos montarnos en un balancín a la vez, ninguna de las dos presionaba demasiado a fin de mantener el delicado equilibrio. Yo podía conservar a mi malvada bailarina si ella podía conservar a su bailarín del elenco de Michael Jackson. Quizá nunca abandoné esa tendencia a adornar. Veinte años más tarde, durante un almuerzo difícil, revisité la historia de mis hermanos espectrales con mi madre, que suspiró, encendió un cigarrillo y dijo:

—Típico de ti añadir la nieve.

10

Mucho antes de dedicarse profesionalmente, mi madre tenía ya una mentalidad política. Ya de niña me daba cuenta, e intuía que había algo distante e insensible en su capacidad de analizar con tanta precisión a las personas entre las que vivía: sus amigos, su comunidad, su propia familia. A todos nos conocía bien y nos quería, pero a la vez éramos objetos de estudio, personificaciones de todo lo que ella parecía aprender en la Politécnica de Middlesex. Ella hacía rancho aparte, siempre. Nunca se sometió, por ejemplo, al culto que se rendía en el barrio a la «elegancia» —la pasión por los conjuntos satinados de nailon y las piedras preciosas de bisutería, por pasarse el día entero en la peluquería, niños con deportivas de cincuenta libras, sofás que se pagaban en cuotas durante varios años—, aunque tampoco llegaba a condenarlo del todo. La gente no es pobre por su mala cabeza, solía decir mi madre, la gente tiene mala cabeza porque es pobre. Pero a pesar de que hacía una lectura serena y antropológica de esas cuestiones en sus trabajos de la universidad, o adoctrinándonos a mí y a mi padre durante la cena, yo sabía que en la vida real a menudo la exasperaban. Ya nunca venía a buscarme a la escuela, lo hacía mi padre, porque la escena la sacaba de quicio, y en particular ver como todas las tardes el tiempo se desintegraba y aquellas madres volvían a ser unas niñas, niñas que iban a buscar a sus niños, y todos aquellos chavales juntos se alejaban del colegio con alivio, libres al fin para hablar unos con otros a su manera, y reírse y bromear y tomar un helado de la furgoneta ambulante, armando un escándalo que les parecía de lo más natural. Mi madre ya no encajaba con todo eso. Seguía preocupándose por el colectivo, desde un punto de vista intelectual, político, pero ya no era una de ellos.

De vez en cuando caía en aquellas redes, normalmente por algún contratiempo inoportuno, y se veía atrapada en una conversación con alguna madre, a menudo la de Tracey, en Willesden Lane. En esas ocasiones podía llegar a ser cruel y se aseguraba de recalcar mis progresos académicos, o se inventaba algunos, aunque sabía que la madre de Tracey sólo podría ofrecer a cambio los elogios de la señorita Isabel, que para ella carecían de valor. A mi madre la enorgullecía poner más empeño que la madre de Tracey, que todas las otras madres, haber conseguido meterme en una escuela pública medio decente en lugar de cualquiera de las muchas desastrosas que había. Competía por ser la que más se preocupaba por el bien de su hija, por más que sus rivales, como la madre de Tracey, estaban tan poco preparadas en comparación con ella que la batalla era indefectiblemente desigual. Yo solía plantearme: ¿será una especie de contrapartida? ¿Acaso otros tienen que perder para que nosotros podamos ganar?

Una mañana, a principios de primavera, mi padre y yo nos encontramos a Tracey delante de nuestro portal, junto a los garajes. Me pareció nerviosa, y aunque dijo que sólo había atajado por nuestro bloque para ir a su casa, tuve la certeza de que estaba esperándome. Se la veía aterida de frío y me pregunté si habría ido a la escuela. Sabía que a veces se saltaba las clases con permiso de su madre. (A mi madre le chocó verlas juntas una tarde en horario escolar, saliendo del What She Wants de la avenida, riéndose, cargadas con un montón de bolsas de la compra.) Me fijé en que mi padre saludaba a Tracey cariñosamente. A diferencia de mi madre, él no la veía con malos ojos, su entrega inquebrantable a la danza lo enternecía, y creo que también le parecía admirable —apelaba a su ética del trabajo—, y se notaba que Tracey adoraba a mi padre, que incluso estaba un poco enamorada de él. Resultaba conmovedor verla tan agradecida por que le hablara como un padre, pero a veces él se excedía en ese papel, sin entender que después de que te presten a un padre unos minutos viene el dolor inevitable de tener que devolverlo.

—Se acercan los exámenes, ¿eh? —le preguntó entonces—. ¿Cómo los llevas?

Tracey alzó la nariz con soberbia.

—Me presentaré a las seis categorías.

—¡Así me gusta!

—Pero para moderno no lo haré sola, voy en pareja. El ballet es mi punto fuerte, luego el claqué, luego moderno, y luego canto y baile. Iré al menos a por tres oros, pero si fueran dos oros y cuatro platas ya estaría contenta.

—Y no sería para menos...

Tracey se colocó las manitas en las caderas.

—Entonces, ¿vendrás a vernos o qué?

—¡Oh, allí estaré! ¡Con toda la fanfarria! Animando a mis chicas.

A Tracey le encantaba presumir con mi padre, se crecía en su presencia, a veces hasta se ruborizaba, y los «sí» y «no» monosilábicos con que solía contestar a todos los demás adultos, incluida mi madre, desaparecían para dar paso a esas ráfagas parlanchinas, como si temiera que cualquier pausa pudiera distraerlo de la atención que le dedicaba.

—Tengo una noticia —dijo como si tal cosa volviéndose hacia mí, y entonces entendí por qué nos la habíamos encontrado—. Mi madre lo ha arreglado.

—¿Arreglado qué? —pregunté.

—Me cambio de colegio —respondió—. Voy a ir al tuyo.

Más tarde, en casa, le conté la noticia a mi madre y ella también se quedó sorprendida, y creo que incluso un poco contrariada, sobre todo por el empeño que la madre de Tracey ponía en el bien de su hija. Chasqueó la lengua.

—Vaya, nunca lo habría dicho.

11

Hizo falta que Tracey viniera a mi clase para que me diese cuenta de lo que mi clase era en realidad. Hasta entonces creía que era un aula llena de niños. De hecho, era un experimento sociológico. La hija de la cocinera del comedor compartía pupitre con el hijo de un crítico de arte, un chaval que tenía a su padre en la cárcel compartía pupitre con el hijo de un policía. La niña de un empleado de correos se sentaba con la niña de uno de los bailarines de Michael Jackson. Una de las primeras medidas de Tracey como mi nueva compañera de pupitre fue articular esas sutiles diferencias por medio de una analogía simple y rotunda: las Muñecas Repollo frente a la Pandilla Basura. Cada niño quedó clasificado en una u otra categoría, y Tracey dejó claro que cualquiera de mis amistades previas a su llegada en adelante sería considerada —en la medida en que se me hubiese ocurrido cruzar esa línea— nula y hueca, inútil, porque la verdad era que para empezar nunca había existido. No podía darse una amistad verdadera entre las Muñecas Repollo y la Pandilla Basura, por lo menos no en ese momento, no en Inglaterra. Sacó mi adorada colección de cromos de las Muñecas Repollo de nuestro pupitre y la sustituyó por sus cromos de la Pandilla Basura, que de inmediato pasó a ser, como casi todo lo que Tracey hacía en la escuela, la nueva moda. Incluso niños que a su juicio eran Muñecas Repollo empezaron a coleccionar los de la Pandilla Basura, hasta Lily Bingham los coleccionaba, y todos rivalizábamos por los cromos más repugnantes: el crío al que le chorreaban los mocos por la cara, o el que aparecía sentado en la taza del váter. La otra novedad sorprendente fue que se negaba a sentarse. Se quedaba de pie tras el pupitre, inclinándose para trabajar. Nuestro maestro, el señor Sherman, un hombre afable y enérgico, batalló una semana con ella, pero Tracey, como mi madre, tenía una voluntad de hierro, y al final el maestro la dejó a su aire. No creo que Tracey tuviera ningún afán especial por estar de pie, era una cuestión de principios. El principio podría haber sido cualquier otro, en realidad, pero la cuestión era salirse con la suya. Estaba claro que el señor Sherman, tras perder esa discusión, sintió que debía actuar con mano dura en algún otro frente, y una mañana, mientras estábamos todos intercambiando cromos de la Pandilla Basura en lugar de atender a sus explicaciones, de pronto perdió los estribos y se puso a gritar como un lunático, y fue de pupitre en pupitre requisando los cromos, a veces del cajón y a veces de las manos de los alumnos, hasta que reunió una buena pila en su mesa; luego los juntó en una torre inclinada y los barrió hasta un cajón antes de cerrarlo ostentosamente con una llavecita. Tracey no dijo nada, pero su nariz de cerdita aleteó y yo pensé: ay, ¿es que el señor Sherman no se da cuenta de que nunca lo perdonará?

Esa misma tarde, después del colegio, volvimos caminando juntas a casa. Tracey no me dirigía la palabra, seguía furiosa, pero cuando torcí para entrar en mi bloque me agarró de la muñeca y me arrastró hacia el suyo. En el ascensor continuamos en silencio. Presentí que estaba a punto de ocurrir algo trascendental. Notaba su rabia como un aura que la envolvía, casi vibrante. Cuando llegamos a su puerta vi que la aldaba de latón (un león de Judá con las fauces abiertas, comprado en uno de los tenderetes de la avenida que vendían artesanías africanas) estaba desencajada y colgaba de un solo clavo, y me pregunté si su padre había vuelto por allí. Seguí a Tracey hasta su cuarto. Una vez cerramos la puerta, se volvió hacia mí, con la mirada centelleante, como si yo fuera el señor Sherman, y me preguntó secamente qué quería hacer, ahora que estábamos allí. No supe qué decir: nunca me había pedido ideas para hacer algo, ella era la que siempre proponía todo, nunca hasta ese día habíamos seguido un plan mío.

—Bueno, ¿para qué coño vienes, si no lo sabes?

Se tiró en la cama, cogió la maquinita y se puso a jugar al Comecocos. Sentí que me ardía la cara. Dócilmente sugerí que practicáramos los triples para la clase de claqué, pero Tracey contestó con un gruñido.

—No me hace falta. He empezado con tijeras.

—Pero ¡yo aún no sé hacer tijeras!

—Mira —dijo sin levantar la vista de la pantalla—, no puedes ganar la plata sin hacer tijeras, y menos el oro. Así que ¿para qué va a venir tu padre a ver cómo la cagas? No vale la pena, ¿verdad?

Miré mis torpes pies, que no sabían hacer tijeras. Me senté y me eché a llorar en silencio. Como no servía de nada, enseguida me sentí patética y paré. Decidí entretenerme ordenando el vestuario de Barbie. Toda su ropa estaba apretujada en el descapotable de Ken. Me dispuse a sacarla, alisarla, colgarla de las perchitas y volver a guardarla en el ropero, la clase de juego al que en casa nunca me dejaban jugar por sus ecos de opresión doméstica. A mitad de la laboriosa tarea, a Tracey se le ablandó el corazón misteriosamente: salió de la cama y vino a sentarse conmigo en el suelo. Juntas pusimos en orden la vida de aquella diminuta mujer blanca.

12

Teníamos una cinta de vídeo favorita, etiquetada con el título «Dibujos animados del sábado y *Sombrero de copa*», que cada semana pasaba de mi casa a la de Tracey y volvía. De tanto ponerla, se había cascado y salían rayas por arriba y por abajo de la pantalla. Como no queríamos arriesgarnos a adelantarla mientras estaba puesta —aún se cascaba más—, la pasábamos «a ciegas», calculando el tiempo según la anchura del rollo mientras giraba de un carrete al otro. Tracey era una experta en adelantar películas, parecía notar en sus huesos el momento exacto en que se acababan los intrascendentes dibujos animados para detenerla cuando llegaba, por ejemplo, a la canción *Cheek to Cheek*. Ahora me doy cuenta de que si quiero ver ese mismo corte (como he hecho hace unos minutos, justo antes de escribir esto) no cuesta nada, se tarda un momento, tecleo mi petición en la barra del buscador y aparece. Entonces se necesitaba maña. Fuimos la primera generación que tuvo, en su propia casa, el medio para adelantar y rebobinar la realidad: incluso los niños muy pequeños podían apretar aquellos gruesos botones para que lo que había sido se convirtiese en lo que era, o en lo que iba a ser. Cuando Tracey se enfrascaba en ese proceso, se concentraba al máximo, no pulsaba el botón hasta que tenía a Fred y Ginger exactamente donde quería, en el balcón, entre las buganvillas y las columnas dóricas. Y entonces analizaba la danza como yo nunca conseguí analizarla, lo veía todo: las plumas de avestruz sueltas cayendo al suelo, los delicados músculos de la espalda de Ginger, el modo en que Fred la levantaba de un tirón desde cualquier posición supina, con un quiebro sutil, desbaratando la fluidez. Se fijaba en lo más importante de todo, que es la clase de baile que hay dentro de cada actuación. Con Fred y Ginger siempre puedes ver la clase de baile. De alguna manera, la clase es la propia interpretación. Él no la mira con amor, ni siquiera con el amor falso de las películas. La mira como la señorita Isabel nos miraba a nosotras: no te olvides de tal cosa, por favor ten en cuenta tal otra, el brazo bien arriba ahora, pierna hacia abajo, vuelta, déjate caer, arquéate.

—Mírala —dijo Tracey, con una sonrisa rara, pegando un dedo a la cara de Ginger en la pantalla—. Parece cagada de miedo.

Fue durante una de esas sesiones de vídeo cuando aprendí algo nuevo y relevante sobre Louie. En esa ocasión no había nadie en el piso, y como a la madre de Tracey le molestaba que viéramos la misma escena tantas veces, aquella tarde nos despachamos a gusto. En cuanto Fred se tomaba un respiro y se apoyaba en la balaustrada, Tracey se arrastraba a gatas y apretaba de nuevo el botón y, una vez más, volvíamos al principio. Debimos de ver el mismo corte de cinco minutos una docena de veces. Hasta que Tracey dijo basta: de pronto se levantó y me pidió que la siguiera. Afuera estaba oscuro. Me pregunté cuándo llegaría su madre. Pasamos de largo la cocina hacia el cuarto de baño. Era exactamente igual que el mío. El mismo suelo de corcho, los mismos sanitarios verde aguacate. Se puso de rodillas y empujó el panel lateral de la bañera: cedió con facilidad. Dentro de una caja de zapatos Clarks, junto a las tuberías, había una pequeña pistola. Tracey levantó la caja y me la enseñó. Dijo que era de su padre, que la había dejado allí, y que cuando Michael fuera a Wembley en navidades, Louie sería su guardaespaldas, además de uno de sus bailarines, que debía ser así para confundir a la gente, todo era alto secreto. Como se lo cuentes a alguien, me advirtió, estás muerta. Volvió a colocar el panel y fue a la cocina a prepararse la merienda. Yo me marché. Recuerdo cuánto envidié la fascinante vida de la familia de Tracey en comparación con la mía, su naturaleza secreta y explosiva, y caminé hacia mi casa tratando de pensar en alguna revelación asombrosa que pudiera ofrecerle a Tracey la próxima vez que la viera, una enfermedad terrible o un bebé nuevo, pero no había nada, nada, ¡nada!

13

Estábamos en el balcón. Tracey sostenía entre los dedos un cigarrillo que le había sisado a mi padre, y me acerqué a darle fuego. Sin darme tiempo a hacerlo, lo escupió y lo mandó hacia atrás de una patada y señaló a mi madre, que estaba justo debajo de nosotras en el patio comunitario, mirándonos sonriente. Era una mañana de domingo a mediados de mayo, cálida y radiante. Mi madre blandía una pala descomunal, como una granjera soviética, y llevaba un atuendo extravagante: peto tejano, top marrón claro ceñido como una segunda piel, recias sandalias anatómicas y la cabeza cubierta con un pañuelo amarillo doblado en forma de triángulo y atado a la nuca con un nudo desenfadado. Iba a encargarse, nos explicó, de excavar la hierba, un rectángulo de unos tres metros por uno que había en la zona comunitaria, con la idea de crear un huerto del que todo el mundo pudiera disfrutar. Tracey y yo la observamos. Cavó un rato, deteniéndose cada tanto a apoyar el pie en el filo de la pala y a hablarnos a voces sobre lechugas, de las distintas variedades, la mejor época para plantarlas, y aunque esas cosas no nos interesaban lo más mínimo, su atuendo hacía que todo sonara más fascinante. Vimos que algunos vecinos salían de sus pisos para expresar sus reservas o cuestionar con qué derecho hacía lo que estaba haciendo, pero no podían competir con ella, y nos admiramos ante la soltura con que despachó a los padres en cuestión de minutos (bastaba una mirada penetrante), mientras que con las madres encontró resistencia, sí, con las madres tuvo que esforzarse un poco más, ahogándolas en argumentos hasta que entendían que perdían pie y que el fino arroyo de sus objeciones quedaba completamente absorbido por las corrientes impetuosas de la palabrería de mi madre. Todo lo que decía sonaba tan convincente que era imposible contradecirla. Era un oleaje que te arrastraba, imparable. ¿A quién no le gustaban las rosas? ¿Quién podía ser tan mezquino para escatimarle a un chiquillo de barrio la oportunidad de plantar una semilla? ¿Acaso no éramos todos africanos, en el origen? ¿No éramos gente de la tierra?

Empezó a llover. Mi madre, que no iba vestida para la lluvia, entró a guarecerse. A la mañana siguiente, antes del colegio, aguardábamos ansiosas el espectáculo de verla de nuevo, como la mismísima Pam Grier, cavando un gran agujero ilegal sin permiso del ayuntamiento. Pero la pala estaba exactamente donde la había dejado, y la zanja inundada de agua. El hoyo parecía una tumba a medio cavar. Al día siguiente volvió a llover y ya no se cavó más. El tercer día, un fango parduzco empezó a subir y derramarse por el césped.

—Arcilla —dijo mi padre, hundiendo un dedo en la tierra—. Ahora tu madre tiene un problema.

Pero se equivocaba: era él quien tenía un problema. Alguien le había dicho a mi madre que la arcilla sólo es una capa de la tierra, y que si cavas bien hondo la traspasas, y entonces sólo tienes que ir al centro de jardinería a buscar un poco de abono y echarlo en tu gran hoyo ilegal... Nos asomamos al hoyo que ahora mi padre estaba cavando: debajo de la arcilla había más arcilla. Mi madre también bajó a asomarse, y aseguró que estaba «muy entusiasmada» con la arcilla. Nunca volvió a mencionar las hortalizas, y si alguien amagaba con mencionarlas, ella adoptaba sin fisuras la nueva línea del partido, según la cual la zanja nunca fue para plantar lechugas, sino para buscar arcilla. Y la búsqueda había dado sus frutos. ¡Vaya, si hasta tenía dos tornos de alfarería en casa! ¡Qué material tan estupendo para los niños!

Los tornos eran pequeños y muy pesados, mi madre los había comprado porque le parecían «pintorescos», un gélido mes de febrero en que los ascensores no funcionaban: mi padre dobló las rodillas, tensó los brazos y subió a pulso los dichosos artilugios tres tramos de escaleras. Eran muy básicos, brutales en cierto modo, un utensilio rústico, y en nuestra casa nunca se les había dado más uso que mantener abierta la puerta del salón. Ahora los usaríamos, teníamos que usarlos: de lo contrario, mi madre habría cavado un agujero enorme en el jardín comunitario para nada. A Tracey y a mí nos encargaron ir a buscar niños. Conseguimos convencer sólo a tres chavales del bloque: para maquillar los números añadimos a Lily Bingham. Mi padre llenaba a paladas capazos de barro y los acarreaba hasta nuestro piso. Mi madre colocó una mesa de caballetes en el balcón y dejó caer un gran taco de barro delante de cada uno de nosotros. Se puso todo hecho un asco, probablemente nos habría ido mejor quedarnos en el cuarto de baño o en la cocina, pero el balcón daba margen para la exhibición: desde allí arriba el nuevo concepto de crianza de mi madre quedaba a la vista de todos. En esencia le planteaba una pregunta a todo el bloque: ¿Y si no plantáramos a nuestros hijos delante de la caja tonta todos los días para ver los dibujos animados y las telenovelas? ¿Y si les dábamos en cambio un taco de barro, vertíamos agua encima y les enseñábamos a modelarlo haciéndolo girar hasta que sus manos le daban forma? ¿Qué clase de sociedad seríamos entonces? Observamos el barro resbalando entre sus palmas. Parecía un pene, un pene largo y marrón, aunque hasta que Tracey me susurró esa idea al oído ni siquiera me permití reconocer que yo también lo estaba pensando.

—Es un jarrón —anunció mi madre, y añadió, a modo de aclaración—. Para una sola flor.

Yo estaba impresionada. Miré a los otros niños. ¿A que a sus madres nunca se les había ocurrido extraer un jarrón de la propia tierra? ¿O cultivar una única flor para ponerla dentro? Tracey, en cambio, no se lo estaba tomando nada en serio, seguía frenética con la idea del pene de barro, y me hizo enfadar, y mi madre nos miró a las dos con severidad y se volvió hacia Lily Bingham y le preguntó qué quería hacer, si un jarrón o una taza. Tracey, una vez más, sugirió por lo bajo la obscena tercera opción.

Se estaba riendo de mi madre: era liberador. A mí nunca se me había ocurrido que mi madre pudiera o debiera ser objeto de burla, y sin embargo a Tracey le parecía ridícula: por el respeto con que nos hablaba, como si fuéramos adultos, dándonos opciones sobre cuestiones que Tracey no creía que nos correspondiera decidir, y por la permisividad con que nos trataba, dejándonos armar todo ese follón innecesario en su balcón (cuando todo el mundo sabía que una madre de verdad detestaba los follones), y encima tenía el descaro de llamarlo «artesanía», el descaro de llamarlo «manualidades». Cuando llegó el turno de Tracey y mi madre le preguntó qué quería hacer en el torno, si un jarrón o una taza, mi amiga dejó de reírse y se puso de morros.

—Ya veo —dijo mi madre—. Bueno, pues ¿qué te gustaría hacer?

Tracey se encogió de hombros.

—No tiene por qué ser un objeto útil —insistió mi madre—. ¡El fin del arte no es la utilidad! En África Occidental, por ejemplo, hace cien años, unas aldeanas se dedicaban a hacer unas vasijas de formas extrañas, vasijas que no tenían un fin práctico, y los antropólogos no lo entendían, pero era porque ellos, los científicos, esperaban que los mal llamados «pueblos primitivos» hicieran sólo cosas útiles, cuando en realidad ellas hacían esas vasijas sólo por su belleza, igual que un escultor, no para contener agua, ni para contener semillas, sino por su belleza, y para decir: «Estuvimos aquí, en este momento del tiempo, y esto es lo que dejamos.» Bueno, podrías hacer lo mismo, ¿no? Sí, podrías dedicarte a algo ornamental. ¡Ésa es tu libertad! ¡Aprovéchala! ¿Quién sabe? ¡A lo mejor llegas a ser la próxima Augusta Savage!

Yo estaba acostumbrada a los rollos de mi madre, tendía a desconectar en cuanto empezaba con sus discursos, y tampoco me extrañaba que dejara caer en cualquier conversación lo que estuviese estudiando esa semana, pero estoy segura de que hasta entonces Tracey nunca había oído nada parecido. No sabía lo que era un antropólogo, ni lo que hacía un escultor, ni quién era Augusta Savage, ni siquiera lo que significaba la palabra «ornamental». Pensó que mi madre pretendía dejarla en ridículo. ¿Cómo iba a saber Tracey que a mi madre le resultaba imposible hablar a los niños con naturalidad?

14

Cuando Tracey volvía del colegio casi nunca había nadie en su casa. ¿Quién sabía dónde estaba su madre? «Rondando por la avenida», decía la mía (con eso quería decir «bebiendo»), pero yo pasaba cada día por delante del pub Sir Colin Campbell y nunca la veía allí. Las pocas veces que me la cruzaba, la veía dándole la lata a alguien, a menudo llorando y secándose las lágrimas con un pañuelo, o sentada en la parada del autobús enfrente de los bloques, fumando, con la mirada perdida. Cualquier cosa menos quedarse encerrada en aquel piso minúsculo... y no la culpaba. A Tracey, en cambio, le gustaba mucho estar en casa, nunca quería ir a jugar al parque o a dar una vuelta. Guardaba una llave en el estuche, y nada más entrar se iba directa al sofá y se ponía a ver las telenovelas australianas hasta que empezaban las británicas, un proceso que se iniciaba a las cuatro de la tarde y acababa con los créditos que cerraban *Coronation Street*. En algún punto intermedio, o se hacía la merienda, o llegaba su madre con comida para llevar y se sentaba con ella en el sofá. A mí, al volver a casa, mi madre o mi padre siempre me preguntaban cómo había ido el día en la escuela, insistían mucho en eso, no me dejaban tranquila hasta que les contaba algo, así que naturalmente empecé a mentirles. En ese momento los veía como dos niños, más inocentes que yo, a los que me sentía obligada a proteger de la clase de sucesos desagradables que les harían pensar (a mi madre) o padecer (a mi padre) más de la cuenta. Ese verano el problema se agudizó porque la verdadera respuesta a «¿Cómo ha ido hoy en la escuela?» era «En el patio hay una obsesión por meter mano a las niñas». Tres chicos del bloque de Tracey habían iniciado el juego, pero ahora todo el mundo lo seguía, los niños irlandeses, los griegos, hasta el hijo del policía, Paul Barron, anglosajón de pies a cabeza. Era como el corre que te pillo, pero nunca pillaba una niña, sólo los niños, las niñas nos limitábamos a correr y correr hasta que nos veíamos acorraladas en algún sitio apartado, lejos de las miradas de las cocineras y los monitores del comedor, y entonces nos metían una mano en las braguitas hasta la vulva, nos hacían cosquillas a lo bruto, frenéticamente, y luego el niño echaba a correr, y todo volvía a empezar. Podías saber la popularidad de una niña según la duración y el afán con que la perseguían. Tracey, con su risa histérica (y su deliberada lentitud al correr) era, como de costumbre, la número uno. Yo, queriendo ser popular, a veces también corría despacio y, aunque me cueste reconocerlo, quería que me atraparan, me gustaba la electricidad que me recorría desde la vulva hasta las orejas anticipando la manita caliente... pero también es cierto que cuando la mano aparecía de verdad, un reflejo dentro de mí, un instinto atávico de supervivencia, heredado de mi madre, me hacía juntar las piernas con fuerza e intentaba evitar la mano, a pesar de que al final siempre era una batalla perdida. Sólo conseguía hacerme aún menos popular por debatirme en esos primeros momentos.

En cuanto a si preferías que te persiguiera tal o cual chico, no, eso a nadie le interesaba. No existía una jerarquía del deseo, porque el deseo era un elemento muy débil, prácticamente ajeno al juego. Lo importante era que te consideraran la clase de chica que merecía la pena perseguir. No era un juego de sexo sino de estatus, de poder. Nosotras no deseábamos o temíamos a los chicos en sí, sólo deseábamos o temíamos que quisieran irnos detrás o no. La excepción era un chico aquejado de un eczema terrible, que a todas nos espantaba de verdad, a Tracey tanto como la que más, porque te dejaba en las braguitas escamas grises de piel muerta. Cuando nuestro juego pasó de ser una travesura de patio a un reto en la clase, el niño con eczema se convirtió en mi pesadilla diaria. Ahora el juego iba así: un chico dejaba caer un lápiz al suelo, siempre en un momento en que el señor Sherman nos daba la espalda y miraba hacia la pizarra. El chico gateaba debajo de la mesa para recuperar el lápiz, se acercaba a la entrepierna de una niña, le apartaba las bragas y le metía los dedos, dejándolos todo el tiempo que se creyera capaz de aguantar sin que lo sorprendiera el maestro. Así, el elemento aleatorio desaparecía: sólo jugaban los tres chicos originales, y sólo visitaban a las chicas que estaban cerca de sus respectivos pupitres y que además se suponía que no iban a protestar. Tracey era una de esas niñas, y yo también, así como una de mi rellano que se llamaba Sasha Richards. Las chicas blancas, a las que generalmente perseguían en el patio, de pronto quedaron misteriosamente excluidas: era como si ni siquiera hubieran participado nunca. El niño con eczema se sentaba a un pupitre más allá del mío. Me repugnaban y me horrorizaban aquellas manos descamadas, y aun así, al mismo tiempo, no podía evitar disfrutar de la deliciosa e incontrolable electricidad que me subía de las braguitas hasta las orejas. No podía, desde luego, explicar cosas así a mis padres. De hecho, es la primera vez en mi vida que se las revelo a alguien, incluso a mí misma.

Resulta raro pensar ahora que entonces todos teníamos sólo nueve años. Pero sigo volviendo la mirada hacia esa época con cierta gratitud, porque he acabado por creer que, hasta cierto punto, tuve suerte. Fue el despertar del sexo, sí, pero también fue un momento, en todos los sentidos vitales, donde el sexo en sí no estaba presente, ¿y acaso no es ésa una buena definición de una infancia feliz? No fui consciente ni aprecié lo afortunada que había sido en este aspecto hasta que fui adulta, cuando empecé a descubrir, en más casos de los que habría imaginado, que entre mis amigas, al margen de su condición social, el despertar sexual había sido explotado y viciado por las fechorías de tíos y padres, primos, amigos, desconocidos. Pienso en Aimee: víctima de abusos a los siete años, violada a los diecisiete. Y, más allá de la suerte individual, está el azar geográfico e histórico. ¿Qué les ocurría a las chicas en las plantaciones o en los orfelinatos victorianos? Lo más cerca que estuve de algo semejante fue aquella vez en el almacén de música, y ni siquiera estuve muy cerca, y debo dar las gracias por eso al azar histórico, sin duda, pero también a Tracey, porque fue quien acudió a rescatarme, a su manera. Era un viernes, al final de la jornada, poco antes de que acabara el curso, y había ido al cuarto donde se guardaban las cosas de música a por una partitura, la de la canción *They All Laughed*, que Astaire cantaba tan bien y con tanta sencillez, porque pensaba dársela al señor Booth el sábado por la mañana para que nos ayudara a cantarla a dúo. Otro factor de mi buena suerte fue que el señor Sherman, el tutor de mi clase, también era el profesor de música, y tan entusiasta de las canciones antiguas como yo: tenía un archivador entero lleno de piezas de Gershwin, Porter y demás compositores, guardadas en el armario del almacén, y los viernes me daba permiso para llevarme prestado lo que quisiera, con tal de que lo devolviese el lunes. El espacio era el típico de esas escuelas en aquella época: caótico, demasiado pequeño, sin ventanas, faltaban varios plafones del techo. Había viejos estuches de violines y chelos apilados contra una pared, y fundas de plástico con flautas llenas de babas secas, las boquillas tan mordisqueadas como juguetes para perros. Había dos pianos, uno roto y tapado con un guardapolvo, el otro muy desafinado, y muchos juegos de tambores africanos, porque eran relativamente baratos y cualquiera podía tocarlos. La luz del techo no funcionaba. Tenías que decidir lo que buscabas con la puerta aún abierta, localizar dónde estaba, y entonces, si no te quedaba al alcance de la mano, dejar que la puerta se cerrara y tratar de encontrarlo a tientas. El señor Sherman me dijo que había dejado la carpeta que necesitaba encima del archivador gris de la esquina del fondo, a la izquierda, así que vi el archivador y dejé que la puerta se entornara. Me quedé completamente a oscuras, con la carpeta en una mano y de espaldas a la puerta. Una franja de luz atravesó el cuarto unos momentos y desapareció. Al volverme noté que dos pares de manos empezaban a sobarme. Unas las reconocí enseguida (el chico con eczema) y pronto comprendí que las otras eran las manos de su mejor amigo, un chaval larguirucho y de movimientos descoordinados que se llamaba Jordan y era bastante corto, manipulable y a veces peligrosamente impulsivo, una serie de síntomas que, en esa época, no tenían un diagnóstico concreto, o por lo menos a Jordan y a su madre nunca se lo dieron. Jordan iba a mi clase, pero yo nunca lo llamaba Jordan, sino Spaz, igual que todo el mundo, pero si alguna vez pretendió ser una burla de sus espasmos, hacía mucho que él había desactivado el insulto atendiendo al mote con la misma alegría que si lo llamáramos por su nombre. Su situación en nuestra clase era peculiar: a pesar de su problema, sea cual fuera, era alto y guapo. Mientras que los demás parecíamos niños, él parecía ya un adolescente, tenía los brazos musculosos y el pelo áspero, afeitado por las sienes en una auténtica barbería. Era un desastre en las tareas de la escuela, no tenía amigos de verdad, pero era un secuaz útil y pasivo para chicos con planes nefandos, y solía estar en el punto de mira de los profesores, que reaccionaban desproporcionadamente ante la menor interrupción por su parte, y eso a los demás nos resultaba interesante. Tracey podía —y de hecho lo hacía— decirle a un maestro «que te den» sin que siquiera la mandaran quedarse de pie en el pasillo, pero Jordan se pasaba la mayor parte del tiempo en ese pasillo por cosas que a los demás nos parecían pequeñas infracciones (replicar, o no quitarse una gorra), y con el tiempo empezamos a comprender que los maestros, en especial las mujeres blancas, lo temían. Eso lo respetábamos: parecía algo especial, un logro, conseguir despertar temor en una mujer adulta, aunque sólo tuvieras nueve años y fueras retrasado mental. Yo me llevaba bien con él: me había metido los dedos en las bragas varias veces, pero nunca llegué a convencerme de si sabía lo que hacía, y volviendo a casa, si coincidíamos por el camino, a veces yo le cantaba (la cortina musical de «Don Gato», unos dibujos animados con los que estaba obsesionado), y se calmaba y se ponía contento. Caminaba a mi lado, con la cabeza inclinada hacia mí, haciendo un gorgoteo grave, como un bebé satisfecho. No veía en él una amenaza, y sin embargo ahí estaba, en el almacén de música, toqueteándome por todas partes, riéndose como un poseso, siguiendo e imitando la risa del niño con eczema, más calculada, y estaba claro que aquello no era el juego del patio ni el juego de la clase, era algo nuevo y quizá peligroso que iba más allá. El niño del eczema se reía, y se suponía que yo debía reírme, se suponía que todo era una especie de broma, pero cada vez que intentaba subirme alguna prenda, ellos me la bajaban de un tirón, y se suponía que también debía reírme de eso. Entonces la risa paró y dio paso a cierta actividad febril, los chicos obraban en silencio, y yo también me quedé callada. En ese momento la franja de luz reapareció. Tracey estaba en la puerta: vi su silueta, recortada en el marco iluminado. Entró y la puerta se cerró. No habló enseguida. Se limitó a quedarse a nuestro lado a oscuras, en silencio, sin hacer nada. Las manos de los chicos permanecieron quietas: era la versión infantil de esas situaciones absurdas, comunes para un adulto, en que una pulsión sexual apremiante y devoradora de pronto parece (a menudo acompañada de una luz inoportuna) insignificante y vana, incluso patética. Miré a Tracey, que aún seguía grabada en mi retina en relieve: vi su perfil, la nariz respingona, las trenzas divididas a la perfección con sus lacitos de raso. Al final dio un paso atrás, abrió la puerta de par en par y la aguantó.

—Paul Barron te está esperando en la entrada —me dijo.

La miré embobada y repitió lo que había dicho, esta vez con irritación, como si le estuviera haciendo perder el tiempo. Me bajé la falda de un tirón y salí precipitadamente. Las dos sabíamos que no era posible que Paul Barron me estuviese esperando en la entrada, su madre lo iba a buscar cada día en un Volkswagen, su padre era policía, el labio superior le temblaba siempre y tenía unos ojos azules, grandes, llorosos como los de un cachorro. En mi vida había hablado más de dos palabras con Paul Barron. Tracey aseguraba que él le había metido los dedos en las bragas, pero yo lo había visto jugar a aquel juego y me había dado cuenta de que correteaba por el patio al tuntún, buscando un árbol tras el que esconderse. Tenía firmes sospechas de que no quería pillar a nadie. Pero nombrarlo a él en ese preciso momento fue un acierto. Los niños podían meterse conmigo porque me consideraban parte de ese elemento de la escuela que no esperaba ni merecía otra cosa, pero Paul Barron pertenecía al otro mundo, no podían meterse con él, y nuestro vínculo ficticio, por momentáneo que fuera, creó una especie de protección. Bajé corriendo la cuesta hasta la entrada de la escuela y encontré a mi padre esperándome. Compramos helados de la furgoneta ambulante y volvimos juntos caminando a casa. En el semáforo oí jaleo y vi a Tracey y al niño con eczema y al que apodábamos Spaz riendo y peleando y tonteando; soltaban tacos y parecían disfrutar escandalizando y con las miradas de desaprobación que los envolvían como una nube de mosquitos procedentes de la cola en la parada del bus, de los tenderos en las puertas de sus comercios, de las madres, de los padres. Mi padre, corto de vista, echó una ojeada hacia la acera de enfrente, de donde venía el alboroto.

—Ésa no es Tracey, ¿verdad?

SEGUNDA PARTE

Pronto y tarde

1

Todavía era una niña cuando Aimee se cruzó en mi camino por primera vez, pero ¿cómo voy a decir que nos unió el destino? Aimee se cruzó en el camino de todo el mundo en el mismo momento, la fama la catapultó más allá del espacio y el tiempo, y pasó a formar parte de la vida de todos —igual que la Reina de *Alicia en el País de las Maravillas*, todos los caminos eran su camino—, así que naturalmente millones de personas experimentaron lo mismo que yo. Cuando escuchaban sus discos, sentían que se encontraban con ella, y aún lo sienten. Lanzó su primer sencillo la misma semana en que cumplí diez años. Entonces ella tenía veintidós. Una vez me contó que antes de que acabara aquel año ya no podía caminar tranquila por la calle, ni en Melbourne, París, Nueva York, Londres o Tokio. Una vez, mientras sobrevolábamos juntas Londres con rumbo a Roma, comentando las virtudes y las pegas de Londres como ciudad, reconoció que nunca había ido en metro, ni una sola vez, y de hecho no acababa de hacerse a la idea de la experiencia. Sugerí que las redes de metro en esencia son iguales en todo el mundo, pero me dijo que la última vez que se había subido en un tren de cualquier clase fue al marcharse de Australia para vivir en Nueva York, veinte años antes. Entonces hacía apenas seis meses que había abandonado su aletargado pueblo natal, y en Melbourne se convirtió en una estrella alternativa tan rápido que le bastaron seis meses más en Nueva York para quitarse el calificativo. Desde entonces ha sido una estrella indiscutible, un hecho que ella encaja sin ninguna pena ni atisbos de neurosis o autocompasión, y ésa es una de las cosas sorprendentes de Aimee: carece de cualquier faceta trágica. Acepta que todo lo que le ha ocurrido forma parte de su destino, sin sorprenderse ni extrañarse de ser quien es más de lo que imagino a Cleopatra de ser Cleopatra.

Compré aquel sencillo de debut para regalárselo a Lily Bingham en su fiesta de cumpleaños, que era justo unos días antes que el mío. Tanto Tracey como yo estábamos invitadas, Lily nos dio las invitaciones de cartulina que ella misma había hecho en casa un sábado por la mañana en la clase de danza, inesperadamente. A mí me hizo mucha ilusión, pero Tracey, quizá sospechando que la incluían sólo por cumplir, aceptó la tarjeta con mala cara y se la pasó directamente a su madre, que se inquietó tanto como para abordar a la mía por la calle al cabo de unos días y acribillarla a preguntas. ¿Era una de esas fiestas en las que dejabas a la niña en la puerta de la casa o se suponía que la madre también tenía que entrar? La invitación mencionaba una salida al cine, pero ¿quién pagaba la entrada? ¿El invitado o el anfitrión? ¿Había que llevar regalo? ¿Qué clase de regalo llevaría yo? ¿A mi madre le importaría hacerle el favor de acompañarnos a las dos? Cualquiera habría dicho que la fiesta iba a celebrarse en algún país extranjero, y no a tres minutos a pie, en una casa al otro lado del parque. Mi madre, en un alarde de condescendencia, dijo que nos acompañaría a las dos y se quedaría si hacía falta. Sugirió que podíamos comprarle un disco, de algún artista pop, y dárselo de parte de las dos, un regalo barato, pero que siempre quedaba bien: nos llevaría al Woolworths de la avenida a buscar algo apropiado. Pero nosotras estábamos preparadas. Sabíamos exactamente qué disco queríamos, el título de la canción y la cantante, y sabíamos que mi madre, que nunca leía la prensa sensacionalista y únicamente escuchaba emisoras de reggae, no conocería la mala fama de Aimee. Sólo nos preocupaba la portada: no la habíamos visto y no sabíamos a qué atenernos. Por las letras de las canciones (y la actuación que habíamos visto, boquiabiertas, en *Top of the Pops*), intuíamos que cualquier cosa era posible. Quizá aparecía completamente desnuda en la portada, o encima de un hombre (o de una mujer) en una postura sexual, o levantando un dedo en actitud obscena, como en un momento dado hizo en directo en un programa infantil de televisión, justo el fin de semana anterior. Quizá sería una fotografía de Aimee ejecutando uno de sus alucinantes y provocadores pasos de baile, que nos fascinaban tanto como para aparcar a un lado a Fred Astaire temporalmente, porque en ese momento queríamos bailar sólo como Aimee, y la imitábamos siempre que se nos presentaba la ocasión y practicábamos en la intimidad el movimiento sinuoso de la cintura, como si una ola de deseo recorriera el cuerpo, y su forma de contonear las caderas, tan estrechas como las de un chico, y levantar los pequeños pechos de la caja torácica, una manipulación sutil de músculos que nosotras aún no teníamos, bajo unos pechos que aún no nos habían crecido. Cuando llegamos a Woolworths nos adelantamos corriendo y fuimos directamente a las mesas de discos. ¿Dónde estaría? Buscamos su pelo corto, decolorado y travieso, los ojos increíbles, de un azul tan claro que parecían grises, y aquella carita de duende, andrógina, con la barbilla puntiaguda, mitad Peter Pan, mitad Alicia. Pero no encontramos ninguna imagen de Aimee, ni desnuda ni de ninguna forma: sólo su nombre y el título de la canción a la izquierda de la carátula, mientras que el resto del espacio lo ocupaba la desconcertante (para nosotras) ilustración de una pirámide con un ojo suspendido encima, y ese ojo se sostenía sobre la punta de un triángulo. La carátula era de un verde sucio, y tanto encima como debajo de la pirámide había unas palabras escritas en una lengua que no sabíamos leer. Confundidas, aliviadas, se lo mostramos a mi madre, que lo miró de cerca, porque ella también era un poco corta de vista, aunque demasiado presumida para usar gafas; frunció el ceño y preguntó si era «una canción sobre el dinero». Fui muy cauta al contestar. Sabía que mi madre era mucho más mojigata en cuestión de dinero que de sexo.

—No habla de nada. Es sólo una canción.

—¿Creéis que a vuestra amiga le gustará?

—Le gustará —dijo Tracey—. A todo el mundo le encanta. ¿Podemos comprarnos uno para nosotras también?

Todavía frunciendo el ceño, mi madre suspiró, fue a buscar otro ejemplar del disco, se acercó al mostrador y pagó los dos.

• • •

Era una de esas fiestas donde los padres te dejaban y se iban —mi madre, siempre ávida por husmear en los interiores de la clase media, quedó decepcionada—, pero no parecía organizada como las fiestas que nosotras conocíamos, no había baile ni juegos, y la madre de Lily no iba arreglada, ni mucho menos, casi parecía una zarrapastrosa, ni siquiera se había peinado. Dejamos a mi madre en la puerta después de que cruzara unas palabras torpes con la madre de Lily, que al vernos había exclamado: «¡Qué estilazo, chicas!», y acto seguido nos había soltado con el resto de la tropa en el salón. Todas eran niñas, y ninguna llevaba la clase de creación rosa con volantes y estrás que se había puesto Tracey, pero tampoco un vestido seudovictoriano de terciopelo negro y cuello blanco como el que mi madre había pensado que sería «ideal» y que había «descubierto» para mí en la tienda de segunda mano del barrio. Las demás iban con petos vaqueros y jerséis divertidos, o con pichis sencillos de colores primarios, y cuando entramos en la habitación dejaron lo que estaban haciendo y nos miraron embobadas.

—¿A que son una monada? —dijo la madre de Lily, otra vez, y se marchó, abandonándonos a nuestra suerte.

Éramos las dos únicas niñas negras y, aparte de a Lily, no conocíamos a nadie. Tracey enseguida se puso agresiva. De camino a la fiesta habíamos discutido quién le daría a Lily nuestro regalo conjunto (y naturalmente Tracey había ganado), pero entonces dejó el disco envuelto en el sofá sin mencionarlo siquiera, y cuando oyó que íbamos al cine a ver *El libro de la selva*, la tachó de «infantil» porque eran «sólo dibujos animados» llenos de «animales bobos», en un tono que de pronto me pareció muy rudo, muy marcado, comiéndose demasiadas eses.

La madre de Lily reapareció. Nos apiñamos en un largo coche azul que tenía varias hileras de asientos, como un pequeño autobús, y cuando esos asientos se llenaron, a Tracey, a mí y a otras dos chicas nos dijeron que nos metiéramos atrás, en el maletero, que estaba tapizado con una mugrienta alfombra de cuadros escoceses cubierta de pelos de perro. Mi madre me había dado un billete de cinco libras por si cualquiera de las dos tenía que pagar algo, y me angustiaba perderlo: no dejaba de sacarlo del bolsillo del abrigo, alisarlo sobre la rodilla y luego doblarlo de nuevo en cuatro. Mientras tanto, Tracey entretenía a las otras dos niñas enseñándoles lo que solíamos hacer cuando nos sentábamos al fondo del autobús escolar que nos llevaba una vez por semana hasta el polideportivo de Paddington a hacer educación física: de rodillas, todo lo erguida que el espacio permitía, colocaba dos dedos en uve a ambos lados de la boca y empezaba a sacar y meter la lengua sin parar haciendo burlas al mortificado conductor del coche de atrás. Cuando al cabo de cinco minutos paramos en Willesden Lane, me alegró salir del coche, pero el destino fue descorazonador. Había imaginado que iríamos a una de las majestuosas salas del centro, pero aparcamos delante del cine Odeon del barrio, justo al final de Kilburn High Road. Tracey parecía encantada: era su territorio. Mientras la madre de Lily estaba distraída en la taquilla, ella enseñó a las demás a sacar una bolsa de chucherías sin pagarla, y luego, cuando entramos en la sala oscura, a sentarse en equilibrio en una butaca abatible para tapar la pantalla a la gente de atrás, a patear el asiento de delante hasta que quien lo ocupaba se daba la vuelta. «Bueno, ya basta», murmuraba a cada momento la madre de Lily, pero no podía hacer valer ninguna autoridad, su propio sentido de la vergüenza parecía bloquearla. No quería que hiciésemos ruido, pero al mismo tiempo no soportaba hacer el ruido que habría hecho falta para que dejáramos de hacer ruido, y tan pronto Tracey se dio cuenta de eso (y también de que a la madre de Lily no se le ocurriría darle una bofetada o insultarla o sacarla del cine de la oreja, como habrían hecho nuestras madres), ya no se cortó ni un pelo. Se pasó toda la película haciendo comentarios, ridiculizando la trama y las canciones y recreando las diversas alternativas violentas en que la historia se apartaría tanto de la versión de Kipling como de la de Disney si ella hubiese estado en el lugar de cualquier personaje, o de todos ellos. «¡Si yo fuera esa serpiente abriría la boca y me zamparía a ese idiota de un bocado!» o «¡Si yo fuera ese mono mataría a ese niño en cuanto pisara mi guarida!». Las demás invitadas a la fiesta estaban entusiasmadas con sus ocurrencias, y yo era la que más me reía.

Después, en el coche, la madre de Lily intentó entablar una conversación civilizada sobre los méritos de la película. Algunas chicas hicieron comentarios agradables, y entonces Tracey, de nuevo sentada atrás de todo (en un amago desleal, yo me había trasladado a la segunda fila de asientos), saltó.

—Ese Mowgli o como se llame... se parece al Kurshed, ¿sí o no? Ese que va a nuestra clase. ¿Sí o no?

—¡Es verdad! —exclamé—. Es idéntico a Kurshed, un niño de nuestra clase.

La madre de Lily se tomó un interés exagerado, volvió la cabeza cuando nos paramos en un semáforo.

—Quizá sea de padres indios.

—Qué va —dijo Tracey distraídamente, mirando por la ventanilla—. El Kurshed es paki.

Guardamos silencio el resto del camino hasta la casa.

Hubo tarta, aunque casera y apenas decorada, y cantamos el *Cumpleaños feliz*, pero luego todavía nos quedaba media hora antes de que nuestros padres fueran a recogernos, y la madre de Lily, al no haberlo previsto, pareció inquieta y nos preguntó qué queríamos hacer. Por la puerta de doble hoja de la cocina se alcanzaba a ver una parcela verde llena de maleza y enredaderas, y yo estaba deseando salir a jugar allí, pero quedó descartado: hacía demasiado frío.

—¿Por qué no subís a explorar las habitaciones? ¡Id de aventura!

Me di cuenta de que eso a Tracey le chocaba. Los adultos nos decían que no nos metiéramos en líos y que buscáramos una manera de entretenernos o hiciéramos algo de provecho, pero no estábamos acostumbradas a que nos dijeran (¡nos ordenaran!) que fuésemos de aventura. Era una frase de un mundo distinto. Lily —siempre encantadora, siempre amable, siempre simpática— llevó a todas las invitadas a su cuarto y nos enseñó sus juguetes, viejos y nuevos, cualquier cosa que nos apetecía, sin ningún indicio de mal humor o egoísmo. Incluso yo, que había estado sólo una vez en su casa, llegué a ponerme más egoísta con sus cosas que la propia Lily. Empecé a enseñarle a Tracey todas las virguerías del cuarto de Lily como si fuesen mías, controlando el tiempo que podía entretenerse con cada cosa, explicándole la procedencia de los adornos de las paredes. Le mostré el reloj Swatch gigante (advirtiéndole que no lo tocara) y le señalé un cartel que anunciaba una corrida de toros y que los Bingham habían comprado en unas vacaciones recientes en España; bajo la imagen del torero, en lugar del nombre del matador se leía, en grandes letras con florituras, LILY BINGHAM. Deseaba que a Tracey le fascinara tanto ese cartel como a mí la primera vez que lo vi, pero se limitó a hacer un gesto de indiferencia y se volvió hacia Lily.

—¿Tienes tocadiscos? Vamos a montar un espectáculo.

Tracey era muy buena inventando juegos, mejor que yo, y el juego que prefería a cualquier otro era «Montar un espectáculo». Jugábamos a menudo, siempre nosotras dos solas, pero entonces empezó a enrolar a aquella media docena de niñas en «nuestro» juego: a una la mandó abajo a por el disco envuelto para regalo que nos serviría de banda sonora, a otras las puso a preparar las entradas para el espectáculo que íbamos a dar, y luego un póster para anunciarlo, otras reunieron almohadas y cojines de varias habitaciones para usarlos de asientos, y Tracey les indicó dónde despejar una zona para el «escenario». El espectáculo tendría lugar en el cuarto del hermano adolescente de Lily, donde se guardaba el tocadiscos. El chico no estaba en casa, e invadimos su habitación como si nos correspondiera por derecho natural. Sin embargo, cuando todo estaba prácticamente listo, Tracey informó de repente a sus operarias de que al final en el espectáculo sólo actuaríamos ella y yo: todas las demás harían de público. Cuando algunas de las niñas se atrevieron a cuestionar esa decisión, Tracey las cuestionó a su vez con agresividad. ¿Acaso ellas iban a clases de danza? ¿Habían ganado alguna medalla de oro? ¿Tantas como ella? Varias niñas empezaron a lloriquear. Tracey aflojó, un poco: ésa y aquélla podían encargarse de la «iluminación», ésta y la otra podían hacer «attrezzo» y «vestuario» o presentar el espectáculo, y Lily Bingham podía grabarlo todo con la videocámara de su padre. Tracey les hablaba como si fueran criaturas, y me sorprendió ver qué rápido las aplacaba. Se pusieron manos a la obra con sus absurdas tareas inventadas, y parecían contentas. Entonces les prohibió a todas entrar en el cuarto de Lily mientras nosotras dos «ensayábamos». Fue en ese momento cuando me mostró el «vestuario»: dos combinaciones de encaje sacadas del cajón de la ropa interior de la señora Bingham. Antes de que me diera tiempo a hablar, Tracey me quitó el vestido por la cabeza.

—Para ti la roja —dijo.

Pusimos el disco, ensayamos. Yo notaba algo raro, que no se parecía a ningún baile que hubiésemos hecho antes, pero sentí que no podía hacer nada. Tracey era, como siempre, la coreógrafa: mi única función consistía en bailar lo mejor posible. Cuando decidió que estábamos a punto, invitamos a nuestro público a entrar de nuevo en el cuarto del hermano de Lily y sentarse en el suelo. Lily se quedó de pie al fondo, sosteniendo a duras penas la pesada cámara sobre el hombro, sus ojos azul claro llenos de confusión, incluso antes de que empezáramos a bailar, al ver a dos niñas vestidas con aquellas prendas sensuales de su madre que por supuesto ella no debía de haber visto en su vida. Apretó el botón que decía GRABAR, y al hacerlo desencadenó una sucesión de causas y efectos que, más de veinticinco años después, han acabado por parecer fruto del destino, sería casi imposible no considerarlos fruto del destino, aunque (sin importar lo que se entienda por destino) racionalmente puede afirmarse con certeza que tuvieron un resultado práctico: ahora no hay necesidad de que describa el baile en sí. Sin embargo, hubo cosas que la cámara no captó. Cuando llegamos al final del estribillo, justo en el momento en que estoy a horcajadas sobre Tracey, encima de la silla, fue también el momento en que la madre de Lily Bingham, que había subido a avisarnos de que la madre de tal o cual niña había llegado, abrió la puerta del cuarto de su hijo y nos vio. Por eso la grabación se corta de una forma tan abrupta. Se quedó petrificada en el umbral, inmóvil como la mujer de Lot. Y entonces estalló. Nos separó a tirones, nos arrancó los disfraces, ordenó a nuestras espectadoras que se fueran a la habitación de Lily y se plantó delante de nosotras en silencio mientras volvíamos a ponernos nuestros estúpidos vestidos. Yo me deshacía en disculpas. Tracey, que por norma no tenía más que insolencia para los adultos enfurecidos, no abrió la boca, pero destilaba desprecio en cada gesto, e incluso se las arregló para ponerse las medias descaradamente. Volvió a sonar el timbre. La madre de Lily Bingham bajó las escaleras. Nosotras no sabíamos si debíamos seguirla. Durante quince minutos, mientras el timbre sonaba una y otra vez, nos quedamos donde estábamos. Yo no hice nada, seguí allí de pie sin más, pero Tracey, con su habitual inventiva, hizo tres cosas. Sacó la cinta de vídeo de la grabadora, puso el disco de nuevo en la funda y guardó ambas en el bolsito rosa de seda fruncido con un cordón que su madre había creído oportuno colgarle al hombro.

Mi madre, que siempre llegaba tarde, a todo, fue la última en aparecer. La acompañaron arriba a buscarnos, como una abogada que fuera a hablar con sus clientes a través de los barrotes de una celda, mientras la madre de Lily le hacía una crónica muy elaborada de nuestras actividades que incluyó la pregunta retórica: «¿No te preguntas de dónde pueden sacar ideas así unas niñas de esta edad?» Mi madre se puso a la defensiva: soltó un taco y las dos mujeres discutieron brevemente. Me quedé helada. En ese momento no parecía distinta de todas aquellas otras madres cabreadas por la mala conducta de un hijo en la escuela, incluso recuperó su dejo criollo, y yo no estaba acostumbrada a verla perder el control. Nos agarró a las dos del cuello del vestido y las tres bajamos las escaleras volando, pero la madre de Lily nos siguió y en el pasillo repitió lo que Tracey había dicho sobre Kurshed. Fue su baza para ganar la partida. Mi madre habría descartado lo demás como «típica moralina burguesa», pero lo de «paki» no podía dejarlo pasar. En esa época éramos «negros y asiáticos», marcábamos la casilla NEGRO Y ASIÁTICO en los formularios médicos, asistíamos a los grupos de apoyo para familias negras y asiáticas y nos manteníamos fieles a las secciones de literatura negra y asiática de la biblioteca: se consideraba una cuestión de solidaridad. Y, a pesar de todo, mi madre defendió a Tracey:

—Es una niña, sólo repite lo que ha oído.

—Sin duda —contestó la madre de Lily por lo bajo.

Mi madre abrió la puerta de la casa, nos sacó de allí y cerró de un tremendo portazo. En cuanto estuvimos fuera, sin embargo, toda su furia cayó sobre nosotras, sólo nosotras, y nos arrastró como dos bolsas de basura por la calle, gritando:

—¿Creéis que sois una de ellos? ¿Es eso lo que creéis?

Recuerdo nítidamente la sensación de ser llevada a rastras, rozando la acera con los dedos de los pies, y la absoluta perplejidad al ver lágrimas en los ojos de mi madre, su hermosa cara deformada por el llanto. Recuerdo hasta el último detalle del día en que Lily Bingham cumplió diez años, y en cambio no hay rastro en mi memoria del día en que los cumplí yo.

Cuando llegamos a la calle que separaba nuestro bloque y el de Tracey, mi madre le soltó la mano y le endilgó un sermón breve pero devastador sobre la historia de los epítetos raciales. Agaché la cabeza y me eché a llorar en medio de la calle. Tracey no se inmutó. Levantó la barbilla y su nariz de cerdito, esperó a que acabara, y luego miró a mi madre fijamente a los ojos.

—Es sólo una palabra —dijo.

2

El día que nos enteramos de que Aimee iba a ir, al cabo de poco, a nuestras oficinas de Camden en Hawley Lane, la noticia fue una conmoción para todos, nadie quedó completamente inmune. Un murmullo de euforia recorrió la sala de reuniones, e incluso los redactores más curtidos de YTV se llevaron la taza de café a los labios, miraron hacia las aguas del canal fétido y sonrieron al recordar una versión anterior de sí mismos, bailando las sucias canciones disco de los primeros tiempos de Aimee, de niños en el salón de sus casas, o rompiendo con una novia del instituto mientras sonaba una de sus melosas baladas de los noventa. Allí una verdadera estrella del pop merecía respeto, al margen de cuáles fuesen nuestras preferencias musicales, y por Aimee había una consideración especial: su trayectoria y la de la cadena estaban unidas desde el principio. Era una artista del videoclip hasta la médula. Puedes oír las canciones de Michael Jackson sin necesidad de pensar en las imágenes que las acompañaban (y probablemente eso sólo signifique que su música tenía vida propia), pero la música de Aimee estaba contenida, y de hecho a veces parecía existir únicamente, dentro del mundo de sus vídeos, y siempre que escuchabas esas canciones (en una tienda, en un taxi, incluso el mero ritmo retumbando a través de los auriculares de un chaval al pasar), se activaba ante todo un recuerdo visual que te devolvía al movimiento de su mano o sus piernas o el tórax o la pelvis, el color de su pelo en esa época, su ropa, aquellos ojos gélidos. Por esa razón Aimee y todos sus imitadores fueron, para bien o para mal, la base de nuestro modelo de negocio. Sabíamos que en Estados Unidos se había construido la YTV, en parte, alrededor de su leyenda, como el santuario de una diosa duende, y el hecho de que se dignara siquiera a pisar nuestro pequeño templo británico, un lugar mucho más modesto, se consideró un gran golpe de efecto y puso a todo el mundo en nuestra particular versión de alerta máxima. Mi jefa de departamento, Zoe, convocó una reunión aparte, en exclusiva para nuestro equipo, porque en cierto modo Aimee recurría a nosotros, los de Promoción de Artistas y Nuevos Talentos, para grabar un discurso de aceptación de un premio que no podría recoger en persona en Zúrich al mes siguiente. Y sin duda habría que grabar varias cuñas promocionales para diversos mercados emergentes («¡Soy Aimee, y estáis viendo YTV Japón!») y quizá, si lográbamos convencerla, una entrevista para *YTV Noticias*, puede que incluso una actuación en directo, grabada en el sótano, para el programa de grandes éxitos bailables *Dance Time Charts*. Mi trabajo consistía en reunir todas esas peticiones a medida que nos llegaban (de nuestras oficinas europeas en España, Francia, Alemania y los países nórdicos, de Australia, de donde fuera) y presentarlas en un único dosier que se mandaría por fax a la gente de Aimee en Nueva York, antes de su llegada, para la que aún faltaban cuatro semanas. Y entonces, cuando la reunión tocaba a su fin, pasó algo maravilloso: Zoe se deslizó de la mesa donde estaba sentada, con sus pantalones de cuero y su top de tubo (que dejaba atisbar unos abdominales morenos duros como la roca y el destello de un piercing en el ombligo), sacudió su melena aleonada de rizos medio caribeños, se volvió hacia mí como sin pensarlo ni darle importancia y me dijo:

—Tendrás que recogerla abajo ese día y llevarla al estudio B12, quedarte con ella y encargarte de que no le falte de nada.

Salí de la sala de reuniones como Audrey Hepburn flotando por las escaleras en *My Fair Lady*, sobre una nube de crescendo musical, con ganas de bailar de punta a punta por la planta abierta de nuestras oficinas, dando vueltas y más vueltas hasta salir por la puerta y llegar a casa. Tenía veintidós años. Y, aun así, no me sorprendió especialmente: era como si todo lo que había visto y experimentado a lo largo del año anterior me hubiese llevado en esa dirección. Una efervescencia enloquecida rodeaba YTV en aquellos coletazos de los noventa, una atmósfera de éxito salvaje construido sobre cimientos tambaleantes, de algún modo simbolizado por el edificio que ocupábamos: tres plantas y el sótano de los antiguos estudios de televisión del programa matinal WAKE UP BRITAIN! en Camden (todavía teníamos un enorme sol naciente, amarillo como la yema de huevo y que ya no venía a cuento, encastrado en la fachada). La cadena VH1 estaba encajonada en la planta de arriba. Nuestro sistema exterior de calefacción tubular, pintado de chillones colores primarios, parecía el Pompidou de un pobre. El interior era pulcro y moderno, poco iluminado y con muebles oscuros, la guarida de un archienemigo de James Bond. En otros tiempos había sido la sede de una compraventa de coches usados, antes tanto de la televisión musical como de la televisión a la hora del desayuno, y la penumbra del local parecía calculada para enmascarar la precariedad de la construcción. Los conductos de ventilación estaban tan mal acabados que las ratas se colaban desde el canal de Regent y anidaban allí, sembrándolo todo de cagarrutas. En verano, cuando se encendía el aire acondicionado, plantas enteras de gente pillaban la gripe. Más de una vez, al darle a uno de los elegantes interruptores, te quedabas con la perilla en la mano.

Era una empresa que daba mucho valor a las apariencias. Veintitantas recepcionistas pasaron a ser asistentes de producción, sólo porque parecían «enrolladas» y «con empuje». Mi jefa, de treinta y un años, había dado el salto de becaria de producción a jefa de Promoción de Artistas en sólo cuatro años y medio. A mí, en los ocho meses que trabajé allí, me ascendieron dos veces. A menudo me pregunto qué habría pasado si me hubiera quedado, si el digital no hubiera matado a las estrellas de vídeo. Entonces me sentía afortunada: no tenía aspiraciones concretas, y aun así mi carrera progresaba de todos modos. La bebida tuvo su papel. En Hawley Lane beber era obligatorio: salir de copas, aguantar el alcohol, beber hasta tumbar a los demás, no rechazar nunca una copa, ni siquiera tomando antibióticos, ni siquiera estando enferma. Encantada, en esa época de mi vida, de evitar las noches a solas con mi padre, me apuntaba siempre a todos los copicheos y fiestas de la oficina, y tenía aguante para el alcohol, había perfeccionado esa habilidad tan británica desde los trece años. La gran diferencia en YTV era que bebíamos gratis. La empresa chapoteaba en dinero. «Obsequio» y «barra libre»: dos de los nombres que más se repetían en la oficina. Comparado con los trabajos que había tenido antes, incluso comparado con el instituto, era como estar en un largo período de recreo, esperando siempre la llegada de los adultos que nunca aparecían.

Una de mis primeras tareas fue recopilar las listas de invitados para nuestras fiestas de departamento, que se celebraban más o menos una vez al mes. Solían organizarse en sitios caros del centro de la ciudad, y siempre había obsequios a mansalva: camisetas, deportivas, reproductores de MiniDisc, lotes de CD. Oficialmente patrocinados por una u otra marca de vodka, extraoficialmente por cárteles de la droga colombianos. Entrábamos y salíamos de los lavabos en tropel. A la mañana siguiente los paseos de la vergüenza, la nariz sangrando, los zapatos de tacón en la mano. También me encargaba de archivar las facturas de taxi de la empresa. La gente reservaba taxis para volver a casa después de rollos de una noche o al aeropuerto para irse de vacaciones. Los reservaban a altas horas de la madrugada los fines de semana para ir y volver a las licorerías que abrían toda la noche o a fiestas privadas. Una vez yo pedí un taxi para ir a casa de mi tío Lambert. Un ejecutivo se hizo famoso en la oficina por ir en taxi a Manchester al perder el tren por haberse quedado dormido. Después de marcharme supe que hubo un recorte drástico, pero aquel año el gasto en transportes fue de más de cien mil libras. Una vez le pedí a Zoe que me explicara la lógica de todo aquello, y me dijo que las cintas de vídeo —que los empleados a menudo llevaban encima— podían «corromperse» en el metro. Pero la mayoría de nuestra gente ni siquiera sabía que ésa era la coartada oficial, viajar gratis era algo que se daba por hecho, como un derecho intrínseco para los que estábamos «en los medios», y consideraban que era lo mínimo que merecían. Y más comparado con lo que los antiguos compañeros de universidad (que se habían decantado por trabajar en la banca o en bufetes de abogados) encontraban cada Navidad en los sobres de bonificación.

Al menos los banqueros y abogados trabajaban a todas horas. A nosotros nos sobraba el tiempo. Yo misma solía dejar terminadas y zanjadas mis obligaciones hacia las once y media, y eso que me sentaba a trabajar a eso de las diez. ¡Ah, el tiempo entonces parecía otra cosa! Cuando me tomaba mi hora y media para almorzar, eso era lo único que hacía: almorzar. No había correo electrónico en nuestras oficinas, aún no, y yo no tenía teléfono móvil. Salía por la puerta del muelle de carga, que daba directamente al canal, y caminaba junto al agua, llevando en la mano el consabido sándwich británico envuelto en plástico, y me abstraía contemplando el día, los trapicheos de droga a cielo descubierto y los patos cebados con las migas de pan de los turistas, las casas flotantes decoradas, y los jóvenes góticos tristes con los pies colgando sobre el puente, saltándose las clases, sombras de mí misma una década antes. A menudo llegaba hasta el zoo. Allí me sentaba en el césped de la orilla y miraba el aviario de Snowdon, alrededor del cual revoloteaba una bandada de aves africanas, de plumaje marfileño y pico rojo sangre. Nunca supe cómo se llamaban hasta que las vi en su propio continente, donde de todos modos tenían otro nombre. Después de almorzar volvía paseando, a veces con un libro en la mano, sin especial prisa, y lo que me asombra ahora es que nada de eso me parecía inhabitual ni me hacía sentir especialmente afortunada. Yo, también, consideraba el tiempo libre un derecho providencial. Cierto que, ante los excesos de mis compañeros, me tenía por trabajadora, seria, con un sentido de la medida del que los demás carecían, por cómo me habían criado. Demasiado joven para ir a ninguno de sus múltiples viajes para «fomentar el espíritu de equipo», me encargaba de reservarles los billetes de avión —a Viena, a Budapest, a Nueva York— y en secreto me maravillaba de lo que costaba un asiento en clase ejecutiva, de que existiera la clase ejecutiva, incapaz siempre de decidir, cuando presentaba aquellos «gastos», si las cosas siempre habían sido así a mi alrededor, durante mi infancia (aunque invisibles para mí, en un nivel superior de mi conciencia), o me había hecho mayor de edad en un momento particularmente boyante en la historia de Inglaterra, un período en el que el dinero tenía usos y significados nuevos y el «obsequio» había pasado a ser una forma de principio social, insólito en mi barrio, pero normal en otros entornos. Una práctica envenenada: dar obsequios de cortesía a gente que no los necesita. Pensaba en todos los chavales del colegio que fácilmente podrían haber desempeñado mi trabajo allí —que sabían mucho más que yo de música, que de verdad estaban en la onda, gente «alternativa» auténtica, como en todas partes creían equivocadamente que era yo—, pero que tenían tantas posibilidades de aparecer en aquellas oficinas como de ir a la Luna. Y me preguntaba: ¿por qué yo?

En las grandes pilas de revistas de moda desperdigadas por la oficina, obsequios también, de pronto se hablaba de «glamur británico» —o de una versión de Gran Bretaña que incluso a mí me parecía la antítesis del glamur— y al cabo de un tiempo empecé a entender que la empresa debía de estar precisamente en la cresta de aquella ola de optimismo. Optimismo imbuido de nostalgia: los chicos de nuestra oficina parecían mods renovados, con los cortes de pelo que llevaban los Kinks treinta años antes, y las chicas eran rubias de bote con minifaldas y sombra negra en los ojos a lo Julie Christie. Todo el mundo iba en Vespa al trabajo, todos los cubículos parecían exhibir una foto de Michael Caine en *Alfie* o *Un trabajo en Italia.* Era nostalgia por una época y una cultura que para mí de entrada no habían significado nada, y quizá por eso a mis compañeros les parecía una chica interesante, por no ser como ellos. Los ejecutivos maduros llevaban discos del nuevo hip-hop americano a mi mesa solemnemente, dando por hecho que era una experta, y a decir verdad lo poco que sabía parecía mucho en ese contexto. Incluso estoy segura de que me encargaron que acompañara a Aimee aquel día porque daban por hecho que todas esas cosas me resbalaban. Suponían de entrada que nada me valía: «Ah, no, a ella ni te molestes en preguntarle, no le gustará.» Lo decían irónicamente, como se hacía entonces con todo, pero con cierta vena fría de orgullo a la defensiva.

Mi baza más inesperada resultó ser mi jefa, Zoe. Ella también había empezado como becaria, pero sin ser una niña consentida y de buena familia como los demás; al contrario que yo, ni siquiera podía apalancarse en la casa de sus padres para ahorrarse un alquiler. Había vivido en una cochambrosa casa de okupas en Chalk Farm y se pasó más de un año sin cobrar un sueldo, y aun así llegaba cada mañana a las nueve (la puntualidad se consideraba en YTV una virtud casi inconcebible), dispuesta a «dejarse la piel» trabajando hasta que salía. De pequeña había vivido con familias de acogida, entrando y saliendo de las residencias juveniles de Westminster, así que me resultaba familiar por otros chavales conocidos que habían pasado por lo mismo. Tenía esa misma avidez ante cualquier oportunidad que se le presentara, y una personalidad disociativa e hipomaníaca, rasgos que a veces encuentras en corresponsales de guerra o en soldados. Habría tenido todo el derecho a ser temerosa ante la vida. En cambio, era temeraria. Lo opuesto a mí. Aun así, en el contexto de la oficina, a Zoe y a mí nos veían tal para cual. Sus ideas políticas, igual que las mías, se daban por supuestas, aunque en su caso en la oficina iban muy desencaminados: era una thatcherista fervorosa, de las que creían que, como ella se había buscado la vida sin ayuda de nadie, todo el mundo debía seguir su ejemplo y hacer lo mismo. Por alguna razón, Zoe «se veía reflejada en mí». Yo admiraba su garra, pero no me veía reflejada en ella. A fin de cuentas, yo había ido a la universidad y ella no; ella era una farlopera y yo no; ella se vestía como la Spice Girl que parecía ser y no como la ejecutiva que era; hacía bromas de sexo sin gracia, se acostaba con los becarios greñudos que iban de alternativos pero eran niñatos blancos de papá; yo lo desaprobaba con mojigatería, pero le caía bien de todos modos. Cuando Zoe bebía o iba colocada, le gustaba recordarme que éramos hermanas, dos chicas de piel morena, y que debíamos hacer piña. Justo antes de Navidad me mandó a la gala de los Premios de Música Europea que organizábamos en Salzburgo, donde entre otras cosas tuve que acompañar a Whitney Houston a una prueba de sonido. No recuerdo qué canción cantó, y la verdad es que sus canciones nunca me gustaron, pero de pie en aquella sala de conciertos vacía, mientras la escuchaba cantar a pelo, sin respaldo musical de ninguna clase, sentí que la belleza de su voz, su monumental carga emotiva, el dolor que traslucía, sorteaban todas mis opiniones conscientes, mi inteligencia crítica o mi sentido de la emotividad, o lo que sea eso que la gente llama «buen gusto», y me recorrían la espina dorsal, tocándome una fibra y desarmándome por completo. Al fondo, junto al cartel de SALIDA, me eché a llorar. Cuando volví a Hawley Lane la anécdota ya había circulado por la oficina, aunque no me perjudicó, más bien al contrario: se tomó como una prueba genuina de mi devoción.

3

Ahora parece gracioso, casi patético —y quizá sólo la tecnología pueda cobrarse esa venganza cómica en nuestros recuerdos—, pero cuando venía un artista y necesitábamos hacer un dosier de prensa para los entrevistadores, anunciantes y demás, nos íbamos a la pequeña biblioteca que había en el sótano y consultábamos los cuatro volúmenes de una enciclopedia llamada *La biografía del rock*. Todo lo que aparecía en la entrada de Aimee, mayor o menor, ya me lo sabía (nacida en Bendigo, alérgica a las nueces), salvo un detalle: su color preferido era el verde. Tomé mis notas a mano, hice una lista de todas las peticiones relevantes, me quedé de pie en el cuarto de la fotocopiadora junto a un fax ruidoso y empecé a pasar los documentos uno por uno, pensando que en Nueva York (para mí, una ciudad de ensueño) habría alguien junto a un aparato similar recibiéndolos en el preciso momento en que yo los mandaba, y me pareció sumamente moderno, un triunfo sobre la distancia y el tiempo. Y claro, pensé también que para recibir a Aimee necesitaría ropa nueva, quizá un peinado nuevo, hablar y caminar con otra desenvoltura, una actitud completamente nueva ante la vida. ¿Qué me pondría? Entonces sólo compraba en el mercadillo de Camden, y me entusiasmó sacar entre aquel laberinto de Dr. Martens y mantos hippies unos enormes pantalones militares de una tela fina y suave como de paracaídas en un tono verde vivo, un top corto y ajustado también verde —que para colmo llevaba la ilustración del disco *The Low End Theory* resaltada en purpurina negra, verde y roja— y unas Air Jordan espaciales, también verdes. El toque final fue un aro de pega en la nariz. Nostálgica y futurista, rapera y alternativa, *rrriot girl* y *violent femme*. Las mujeres a menudo creen que la ropa solucionará un problema, de una manera u otra, pero aquel martes anterior a la llegada prevista de Aimee, entendí que nada de lo que me pusiera iba a ayudarme, estaba demasiado nerviosa, no podía trabajar ni concentrarme en nada. Me senté frente a mi gigantesco monitor gris escuchando el rumor del módem, pensando en el jueves, y tecleé, distraída, el nombre completo de Tracey en la barra blanca, una y otra vez. Es lo que hacía en el trabajo cuando estaba aburrida o angustiada, aunque nunca acababa de aplacar ni una sensación ni la otra. A esas alturas ya lo había hecho muchas veces, abrir el Netscape, esperar la lentísima conexión y encontrar siempre los mismos tres datos aislados: la ficha de Equity, la página personal de Tracey y un foro digital que frecuentaba con el alias Sincera-LeGon. El listado de Equity era estático, nunca cambiaba. Mencionaba su participación el año anterior en el coro de *Guys and Dolls*, pero no se añadían otros espectáculos, no aparecían noticias nuevas. Su página cambiaba sin cesar. A veces me daba por entrar dos veces en un día y me encontraba una canción distinta, o que en lugar del fondo de fuegos artificiales rosa parpadeaban corazones multicolores. Fue en esa página, un mes antes, donde mencionó el foro a través de un enlace con una nota, ¡¡¡A VECES LA VERDAD DUELE!!!, y no necesité más: la puerta estaba abierta y empecé a pasar por allí varias veces a la semana. No creo que nadie que siguiera aquel enlace, nadie aparte de mí, supiera que la «sincera» de aquellas estrafalarias conversaciones era la propia Tracey. Aunque también hay que decir que de todos modos, por lo que se veía, nadie leía su página. Había cierta pureza triste y austera en eso: elegía canciones que nadie escuchaba, escribía palabras —aforismos banales, por lo general («El arco del universo moral es largo, pero se inclina hacia la justicia»)— que nadie leía nunca, aparte de mí. Su única presencia en el mundo parecía limitarse a aquel foro, aunque era un mundo tan estrafalario, poblado sólo por los ecos de las voces de personas que por lo visto ya estaban de acuerdo. Me daba la impresión de que Tracey pasaba allí una barbaridad de tiempo, sobre todo a altas horas de la noche, y para entonces ya había leído sus intervenciones, tanto en hilos activos como archivados, hasta que fui capaz de captar la lógica de todo aquello (o quizá sea mejor decir que dejó de chocarme) y pude seguir y apreciar la línea de discusión. Se me quitaron las ganas de contarles a mis compañeros historias de mi antigua amiga loca Tracey, sus aventuras surrealistas en los foros de internet, sus obsesiones apocalípticas. No la había perdonado, ni tampoco olvidado, pero utilizarla de esa manera me pareció despreciable.

Una de las cosas más raras era que el hombre por el que parecía hechizada, el propio gurú, en otros tiempos había presentado un programa matinal de televisión, había trabajado en el mismo edificio donde yo estaba entonces, y recuerdo que de niñas Tracey y yo solíamos verlo juntas, sentadas con nuestros cuencos de cereales, esperando a que su aburrido programa para mayores terminara y empezaran los dibujos animados del sábado por la mañana. Una vez, durante mis primeras vacaciones de invierno en la universidad, fui a comprar unos libros de texto a una librería perteneciente a una cadena, en Finchley Road, y mientras deambulaba por la sección de cine lo vi en persona, presentando uno de sus libros en un rincón al fondo del local mastodóntico. Estaba sentado tras un escritorio blanco, vestido de blanco de pies a cabeza, con su mata de pelo prematuramente blanco, frente a un público considerable. Dos chicas empleadas allí estaban de pie a mi lado, y desde detrás de las estanterías atisbaban la peculiar concurrencia. Se reían de él. A mí, sin embargo, no me asombró tanto lo que él decía como la curiosa composición del público. Había varias mujeres blancas maduras, vestidas con jerséis abrigados de motivos navideños, no muy distintas de las amas de casa que lo admiraban una década antes, pero la mayoría del público eran con diferencia jóvenes negros, más o menos de mi edad, que sostenían ejemplares manoseados de sus libros sobre el regazo y escuchaban sumamente atentos y convencidos una de sus elaboradas teorías conspiratorias. Porque el mundo estaba gobernado por lagartos con forma humana: los Rockefeller eran lagartos, y los Kennedy, y casi todos los de Goldman Sachs, y William Hearst había sido un lagarto, al igual que Ronald Reagan y Napoleón: se trataba de un contubernio de lagartos a nivel global. Al cabo de un rato, las chicas de la librería se cansaron de hacer burlas y se alejaron. Yo me quedé hasta el final, profundamente afectada por lo que había visto, sin saber muy bien cómo interpretarlo. Sólo más tarde, cuando empecé a leer las intervenciones de Tracey en el foro (que eran, si podías dejar de lado la primera premisa delirante, admirables en su grado de detalle y perversa erudición, uniendo diversos períodos históricos e ideas políticas y hechos, combinándolos en una especie de teoría total, que incluso en su hilarante despropósito requerían cierta profundidad de análisis y perseverancia), sí, sólo entonces sentí que entendía mejor por qué todos aquellos jóvenes de gesto solemne se habían congregado aquel día en la librería. Alcancé a leer entre líneas. ¿Acaso todo aquello no era una forma de explicar el poder, al fin y al cabo? ¿El poder que sin duda existe en el mundo? ¿Que pocos ostentan y al que la mayoría nunca se acercan? ¿Un poder del que mi antigua amiga, en ese punto de su vida, debía de sentir que carecía totalmente?

—Mmm... ¿qué coño es eso?

Me di la vuelta en la silla giratoria y encontré a Zoe a mis espaldas, examinando una imagen parpadeante de un lagarto que llevaba, en su cabeza de reptil, las joyas de la corona. Minimicé la página.

—Portadas de discos. Malas.

—Oye, lo del jueves por la mañana: cuento contigo, han confirmado. ¿Estás lista? ¿Tienes todo lo que necesitas?

—No te preocupes. Irá bien.

—Ah, eso ya lo sé. Pero si necesitas una ayudita para armarte de valor —dijo Zoe, dándose unos toquecitos en la nariz—, dímelo.

Los tiros no fueron por ahí. Resulta difícil reconstruir exactamente por dónde fueron los tiros. Mi recuerdo y el de Aimee nunca han coincidido demasiado. La he oído decir que me contrató porque sintió que aquel día «conectamos enseguida», y otras veces ha comentado que le parecí muy capaz. Yo creo que fue porque sin querer la traté con rudeza, como poca gente se comportaba entonces con ella, y por eso dejé huella en su memoria. Dos semanas después, cuando de improviso necesitó una nueva ayudante, pensó en mí. La cuestión es que aquel primer día salió de un coche con las lunas ahumadas en plena discusión con la que entonces era su ayudante, Melanie Wu. Su representante, Judy Ryan, caminaba dos pasos por detrás de ellas, chillando por un teléfono. Las primeras palabras que oí decir a Aimee fueron un desplante:

—Todo lo que sale por tu boca ahora mismo me trae sin cuidado.

Me fijé en que no tenía acento australiano, ya no, aunque tampoco sonaba americano o británico, sino un acento global: Nueva York, París, Moscú, Los Ángeles y Londres combinados. Ahora un montón de gente habla así, pero la primera vez que lo oí fue en la versión de Aimee.

—Eres la antítesis de la eficiencia —añadió.

—Lo entiendo perfectamente —Melanie contestó.

Al cabo de un momento la pobre chica llegó hasta mí, me miró el pecho buscando una credencial con mi nombre, y cuando volvió a levantar la vista me di cuenta de que estaba destrozada y se esforzaba por no echarse a llorar.

—Bueno, vamos según lo previsto —dijo con tanta firmeza como pudo—, y sería genial que siguiéramos según lo previsto, ¿bien?

Subimos las cuatro en el ascensor, en silencio. Yo estaba resuelta a hablar, pero antes de que me decidiera Aimee se volvió hacia mí y señaló mi top con un mohín, como un adolescente guapo enfurruñado.

—Una elección interesante —le dijo, a Judy—. ¿Llevar la camiseta de otro artista cuando quedas con un artista? Muy profesional.

Me miré y se me subieron los colores.

—¡Oh! ¡No! Señora... o sea, señorita Aimee. No era mi intención hacer ninguna...

Judy soltó una risotada como el ladrido de una foca. Intenté decir algo más, pero las puertas del ascensor se abrieron y Aimee salió con paso firme.

Para llegar a nuestras diversas citas teníamos que recorrer los pasillos, y había gente a ambos lados, como por la avenida hasta el palacio de Buckingham en el funeral de Diana. Parecía que allí nadie trabajaba. Cuando nos parábamos en un estudio, todo el mundo perdía los papeles al momento, sin importar el cargo que ostentara. Vi a un director ejecutivo confesarle a Aimee que una de sus baladas fue la canción que abrió el baile de su boda. Escuché, muerta de vergüenza ajena, mientras Zoe se lanzaba a contar la implicación personal que *Move with Me* tenía para ella, cómo la había ayudado a hacerse mujer y entender el poder de las mujeres, y a no tener miedo de ser mujer y demás. Cuando por fin nos escapamos y fuimos por otro pasillo hasta otro ascensor para bajar al sótano (donde Aimee había accedido, para alegría de Zoe, a grabar una breve entrevista), me armé de valor y mencioné, con hastío de veinteañera, que imaginaba lo aburrido que debía de ser para ella oír todas las batallitas de la gente, día y noche, noche y día.

—A decir verdad, Pequeña Diosa Verde, me encanta.

—Ah, ya, sólo pensaba que...

—Sólo pensabas que desprecio a mi propia gente.

—¡No! Sólo... sólo...

—¿Sabes? Que tú no seas de los míos no quiere decir que no sean buena gente. Todo el mundo tiene su tribu. ¿En qué tribu estás tú, por cierto? —Me echó una segunda mirada, lenta e inquisitiva, de arriba abajo—. Ah, claro. Eso ya lo sabemos.

—¿Musicalmente, te refieres? —pregunté, y cometí el error de mirar a Melanie Wu de reojo, y por su cara entendí que la conversación debería haber terminado hacía rato, que ni siquiera debería haber empezado.

Aimee suspiró.

—Claro.

—Bueno... muchas cosas... Supongo que me tira la música de antes, como Billie Holiday. O Sarah Vaughan. Bessie Smith. Nina. Las cantantes de verdad. Bueno, no es que, o sea, tengo la sensación...

—Mmm, corrígeme si me equivoco —dijo Judy, con un fuerte dejo australiano intacto a pesar de las décadas—. La entrevista no va a hacerse en este ascensor, ¿verdad? Gracias.

Salimos al sótano. Mortificada, traté de caminar delante de ellas, pero Aimee sorteó a Judy y me agarró del brazo. Sentí que me daba un vuelco el corazón, como se decía en las canciones de antaño. Bajé la vista (ella mide menos de metro sesenta) y, por primera vez, vi su cara de cerca, curiosamente masculina y femenina al mismo tiempo, los ojos gélidos y grises de belleza felina, tan límpidos que el resto del mundo se teñía de color en ellos. La australiana más pálida que he visto en mi vida. A veces, sin maquillaje, ni siquiera parecía nativa de un planeta cálido, y procuraba mantenerse así, protegiéndose del sol a todas horas. Tenía un aire forastero, como si perteneciera a una tribu de una sola persona. Sin apenas darme cuenta, sonreí. Ella me devolvió la sonrisa.

—¿Cómo decías? —me preguntó.

—Ah... pues... Creo que tengo la sensación de que las voces son... son como...

Suspiró de nuevo, simulando mirar un reloj que no existía.

—Creo que las voces son como las prendas de ropa —dije rotundamente, como si fuese una idea madurada durante años en lugar de pillada al vuelo en ese momento—. Así que si ves una foto de 1968, sabes que es el 68 por la ropa que lleva la gente, y si oyes cantar a Janis, sabes que es el 68. Su voz es un símbolo de la época. Es historia, o... algo así.

Aimee enarcó una ceja devastadora.

—Ajá. —Me soltó el brazo—. Pero mi voz —dijo, con igual convicción—, mi voz es esta época. Si te suena como un ordenador, bueno, lo siento, pero eso es sólo porque se ajusta a esta época. Puede que no te guste, puede que vivas en el pasado, pero yo estoy cantando nuestro momento, joder, justo ahora.

—Pero ¡sí que me gusta!

Esbozó aquel gracioso mohín adolescente otra vez.

—No tanto como Tribe. O tu dichosa Lady Day.

Judy se acercó trotando.

—Perdona, ¿sabes a qué estudio vamos o tengo que...?

—¡Hey, Jude! ¡Que estoy hablando con esta joven!

Llegamos al estudio. Les abrí la puerta.

—Mira, sólo quiero que sepas que me parece que he empezado con mal... En serio, señorita... o sea, Aimee, yo tenía diez años cuando te vi por primera vez, me compré tu primer sencillo. Para mí es alucinante conocerte. ¡Soy de las tuyas!

Me sonrió de nuevo: había una especie de coquetería en su manera de hablarme, como la había en su manera de hablar a todo el mundo. Me agarró de la barbilla suavemente.

—No te creo —dijo, me arrancó el aro postizo de la nariz con un movimiento rápido y me lo puso en la mano.

4

Bueno, pues ahí está Aimee, en la pared de Tracey, un recuerdo clarísimo. Compartía el espacio con Michael y Janet Jackson, Prince, Madonna, James Brown. A lo largo de aquel verano convirtió su habitación en una especie de santuario en honor a sus bailarines favoritos, decorado con varios pósteres enormes que los capturaban siempre en mitad de un movimiento, así que sus paredes se leían como jeroglíficos, indescifrables para mí aunque sin duda eran un mensaje, construido a partir de gestos, codos y piernas doblados, manos crispadas, quiebros de cadera. No le gustaban las poses publicitarias, prefería fotogramas de los conciertos que no podíamos permitirnos, imágenes en las que se veía el sudor en la cara de un bailarín. Ésas, afirmaba ella, eran «reales». Mi cuarto también era un santuario de la danza, pero yo seguía apegada a la fantasía, iba a la biblioteca y sacaba viejas biografías de los setenta de los grandes ídolos de la MGM y la RKO, arrancaba los retratos almibarados donde aparecían en primer plano y los pegaba en mis paredes con Blu-Tack. Así descubrí a los hermanos Nicholas, Fayard y Harold: una foto suya abriéndose de piernas en el aire marcaba la entrada a mi habitación, los dos saltaban sobre el dintel de la puerta. Supe que habían aprendido por su cuenta, y aunque bailaban como los dioses no habían asistido a clases de danza. Sentía por ellos un orgullo personal, como si fueran mis hermanos, sangre de mi sangre. Me empeñé en contagiar a Tracey de mi entusiasmo (¿con cuál de los hermanos se casaría?, ¿con cuál preferiría besarse?), pero ella ya no soportaba ver ni una breve escena de una película en blanco y negro, todo eso la aburría. No era «real»: demasiado depurado, demasiado artificioso. Ella quería ver a un bailarín en escena, sudando, real, no engalanado con sombrero de copa y frac. A mí, en cambio, me atraía la elegancia. Me gustaba el modo en que ocultaba el sufrimiento.

Una noche soñé con el Cotton Club: por allí andaban Cab Calloway y Harold y Fayard, y yo estaba de pie en una tarima con una azucena prendida detrás de la oreja. En mi sueño éramos todos elegantes y no conocíamos el sufrimiento, nunca habíamos honrado las tristes páginas de los libros de historia que mi madre me compraba, nunca nos habían tachado de feos o estúpidos, ni habíamos entrado a los teatros por la puerta de atrás, bebido en fuentes segregadas u ocupado nuestros asientos al fondo de ningún autobús. Ninguno de los nuestros acabó colgado de un árbol, o se vio lanzado de pronto por la borda, con los grilletes puestos, al agua oscura: no, ¡en mi sueño éramos magníficos! No había nadie más hermoso o elegante que nosotros, éramos un pueblo tocado por la fortuna, allá donde nos encontraras, ya fuera en Nairobi, París, Berlín, Londres, o esa noche, en Harlem. Pero cuando la orquesta empezó a tocar, y mientras mi público aguardaba sentado junto a sus pequeñas mesas con una copa en la mano, satisfecho consigo mismo, expectante por oírme cantar, a mí, su hermana, abrí la boca y no salió ningún sonido. Al despertarme sobresaltada descubrí que había mojado la cama. Tenía once años.

Mi madre trataba de ayudar a su manera. Fíjate bien en ese Cotton Club, decía, ahí está el Renacimiento de Harlem. Mira: aquí están Langston Hughes y Paul Robeson. Fíjate bien en *Lo que el viento se llevó*: ahí está la Asociación Nacional para el Progreso de las Personas de Color. Pero en esa época las ideas políticas y literarias de mi madre no me interesaban tanto como los brazos y las piernas, como el ritmo y la canción, como la seda roja de las enaguas de Mammy o la estridencia desquiciada de la voz de Prissy. La información que buscaba, en la que sentía la necesidad de apuntalarme, la sacaba en cambio de un viejo libro robado de la biblioteca, *La historia del baile.* Leía sobre los pasos heredados a lo largo de los siglos, de generación en generación. Una versión de la historia distinta de la de mi madre, una versión que apenas consta por escrito, sino que se siente. Y me parecía muy importante, en ese momento, que Tracey sintiera también todo lo que yo sentía, y en el mismo momento que yo, aunque hubiera dejado de interesarle. Fui corriendo sin parar hasta su casa, irrumpí en su habitación y le dije, mira, cuando saltas y al caer te abres de piernas (era la única chica de la clase de la señorita Isabel capaz de hacerlo), tú sabes saltar y abrirte de piernas, y dijiste que tu padre puede hacerlo, también, así que lo has sacado de tu padre, y él lo sacó de Michael Jackson, y Jackson de Prince y puede que de James Brown, ¿no?, bueno, pues todos lo han sacado de los hermanos Nicholas, los hermanos Nicholas son los originales, los primeros, de manera que aunque no lo sepas o digas que no te importa, de todos modos bailas como ellos, lo sacas de ellos. Tracey estaba fumando uno de los cigarrillos de su madre en la ventana de su cuarto. Parecía mucho mayor que yo, aparentaba más cuarenta y cinco años que once, incluso sabía sacar el humo hinchando la nariz, y mientras yo le revelaba aquel supuesto hallazgo que había ido a contarle sentí que las palabras se convertían en ceniza en mi boca. Ni siquiera sabía lo que estaba diciendo o adónde quería ir a parar, la verdad. Para que la habitación no se llenase de humo, Tracey me daba la espalda, pero cuando acabé de exponer mi argumento, si eso es lo que era, se volvió hacia mí y dijo, muy fríamente, como si fuésemos unas perfectas desconocidas:

—No se te ocurra volver a hablar de mi padre nunca más.

5

—Esto no funciona.

Hacía apenas un mes que había empezado a trabajar para ella, para Aimee, y tan pronto lo dijo en voz alta vi que tenía razón: no funcionaba, y por mi culpa. Era joven e inexperta, y no parecía capaz de recuperar la primera impresión que me dio, el día que nos conocimos, de que podía ser una mujer humana como cualquier otra. Mi reacción instintiva había quedado en cambio soterrada por las reacciones de los demás (excompañeros, antiguos amigos de la escuela, mis propios padres), y cada una de ellas había dejado mella, cada grito ahogado o risa de incredulidad, así que todas las mañanas al llegar a casa de Aimee, en Knightsbridge, o a sus oficinas de Chelsea, debía luchar contra la poderosa sensación de irrealidad que me embargaba. ¿Qué pintaba yo allí? A menudo tartamudeaba al hablar, u olvidaba cosas básicas que me había dicho. Perdía el hilo de la conversación en las conferencias telefónicas, demasiado distraída por otra voz en mi interior que no paraba de decir: esta mujer no es real, nada de esto es real, todo son fantasías infantiles. Era una sorpresa, al final del día, cerrar la puerta negra maciza de su casa georgiana y no encontrarme en una ciudad de ensueño, sino en Londres, y a sólo unos pasos de la línea de metro de Piccadilly. Me sentaba junto al resto de los viajeros que leían el periódico local, a menudo yo también cogía uno, pero con la impresión de haber viajado más lejos: no sólo del centro al extrarradio, sino como si volviera de otro mundo al del resto de los mortales, de un mundo que a mis veintidós años me parecía que existía en el centro del centro: ése sobre el que todos leían tan enfrascados.

—No funciona porque no estás cómoda —me informó Aimee desde un gran sillón gris colocado enfrente del sillón idéntico donde estaba sentada yo—. Tienes que sentirte a gusto contigo misma para trabajar para mí. Y no te sientes a gusto.

Cerré el cuaderno sobre las piernas, agaché la cabeza y me sentí casi aliviada: así podría volver a mi verdadero trabajo, si todavía me aceptaban, y a la realidad. Pero en lugar de despedirme, Aimee me lanzó un cojín a la cabeza, bromeando.

—Bueno, ¿cómo podemos arreglarlo?

Intenté reírme y confesé que no lo sabía. Ella inclinó la cabeza hacia la ventana. En su expresión vi aquel descontento permanente, aquella impaciencia, a la que con el tiempo me acostumbraría, el vaivén de su inquietud que acabaría por modelar mi jornada laboral. Pero aquellos primeros días aún era una novedad para mí, y lo interpretaba como mero aburrimiento, en concreto aburrimiento y decepción conmigo, y sin saber qué hacer para arreglarlo, fui paseando la mirada de jarrón en jarrón por la enorme sala (Aimee inundaba de flores todos los espacios), y contemplé la belleza que se prolongaba fuera, los destellos del sol en los tejados de pizarra de Knightsbridge, y me devané los sesos tratando de decir algo interesante. Aún no entendía que la belleza formaba parte del hastío. De las paredes colgaban varios óleos victorianos oscuros, retratos de la aristocracia frente a sus casas solariegas, y en cambio no había nada contemporáneo, ni nada que a primera vista pareciera australiano, nada personal. Se suponía que era el hogar de Aimee en Londres, y aun así no tenía ni un solo objeto que indicara apego. El mobiliario era un alarde de buen gusto generalizado, ostentoso, como cualquier hotel europeo de categoría. La única pista de que en realidad Aimee vivía allí era un bronce que había cerca de la repisa de la ventana, grande y redondo como un plato, en el centro del cual se veían los pétalos y la flor de lo que al principio parecía un nenúfar, pero en realidad era el molde de una vagina: vulva, labios, clítoris... hasta el último detalle. No me atreví a preguntar de quién.

—Dime, ¿dónde te sientes más cómoda? —preguntó, volviéndose hacia mí.

Vi una idea nueva pintada en su cara, como con barra de labios.

—¿Te refieres a un lugar?

—En esta ciudad. Un lugar.

—Nunca lo he pensado.

Se levantó.

—Bueno, pues piénsalo y vamos.

Hampstead Heath fue el primer lugar que me vino a la cabeza. Pero el Londres de Aimee, como esos pequeños mapas que te dan en el aeropuerto, era una ciudad centrada alrededor de St. James's, bordeada al norte por Regent's Park, extendida hasta Kensington hacia el oeste (con incursiones esporádicas en los territorios silvestres de Ladbroke Grove), y hacia el este no más allá del Barbican. Ella sabía tan poco de lo que podía haber al sur del puente de Hungerford como al final de un arcoíris.

—Es una especie de parque grande —expliqué—, cerca de mi barrio.

—¡Estupendo! Bueno, vamos allí.

Cruzamos la ciudad en bicicleta, sorteando autobuses y compitiendo con alguno que otro mensajero, los tres en línea: su escolta en cabeza (se llamaba Granger), luego Aimee, y luego yo. A Judy le enfurecía la idea de que Aimee fuese en bicicleta por Londres, pero a ella le encantaba, decía que era su momento de libertad en la urbe, y quizá en uno de cada veinte semáforos un conductor se inclinaba sobre el volante, bajaba la ventanilla al ver que le sonaban de algo aquellos ojos azulados y felinos, aquella delicada barbilla triangular... Pero para cuando el semáforo cambiaba, nos habíamos ido. De todos modos, para esas salidas Aimee se vestía de camuflaje urbano (sujetador deportivo, camiseta y unos culotes roñosos y gastados en la entrepierna, todo de color negro), y sólo Granger parecía susceptible de llamar la atención de alguien: un negro de más de metro noventa y ciento diez kilos tambaleándose en una bici de carreras con cuadro de titanio, parándose de vez en cuando para sacar un callejero del bolsillo y estudiarlo con furia. Era de Harlem («donde todo es un damero»), y la incapacidad de los londinenses para numerar sus calles igual que allí le parecía imperdonable, le había hecho dar por perdida la ciudad entera. Para él, Londres era una aglomeración de mala comida y mal tiempo donde su única misión (encargarse de la seguridad de Aimee) se complicaba innecesariamente. En Swiss Cottage nos hizo señas hacia una isleta de tráfico y se quitó la cazadora de aviador para revelar un par de bíceps enormes.

—Os digo desde ya que no tengo ni idea de dónde está este sitio —protestó, azotando el manillar con el mapa—. Vas bajando un callejón estrechísimo, Christchurch Close, hasta la puta Hingleberry Corner, y cuando estás hacia la mitad este mamotreto me dice: SIGUE EN PÁGINA 53. Hijo de puta, voy en bicicleta.

—Arriba esos ánimos, Granger —dijo Aimee con un espantoso acento inglés, y lo hizo recostar la cabeza en su hombro un momento, estrujándolo cariñosamente. Granger se liberó y alzó la vista al sol con rencor.

—¿Desde cuándo hace tanto calor aquí?

—Bueno, es verano. Inglaterra a veces es calurosa en verano. Deberías haberte puesto pantalón corto.

—Yo no llevo pantalones cortos.

—No creo que esta conversación sea muy productiva. Estamos en una isleta.

—Se acabó. Damos media vuelta —dijo Granger.

Sonó muy tajante, y me sorprendí al oír a alguien hablarle así a Aimee.

—No vamos a dar media vuelta.

—Entonces, más vale que lleves tú esto —espetó Granger, metiendo el callejero en la cesta de la bicicleta de Aimee—. Porque yo no sé usarlo.

—Yo sé ir desde aquí —me ofrecí, avergonzada por ser la causante del problema—. No queda lejos, de verdad.

—Necesitamos un vehículo —insistió Granger, sin mirarme.

Casi nunca nos mirábamos. A veces me daba por imaginarnos a ambos como dos agentes secretos asignados por error a un mismo objetivo y que procuraban evitar el contacto visual para que el otro no descubriera su tapadera.

—He oído que por allí hay chicos guapos —dijo Aimee con un sonsonete que pretendía ser una imitación de Granger—. Están escondiiidos en los áaarboles.

Puso el pie en el pedal y se dio impulso, zigzagueando entre el tráfico.

—Yo no mezclo el juego con el trabajo —replicó Granger con altanería, volviendo a montarse en la primorosa bicicleta con porte digno—. Soy un profesional.

Enfilamos la cuesta, tremendamente empinada, resoplando y jadeando tras la risa de Aimee.

Siempre puedo encontrar Hampstead Heath —toda mi vida he tomado caminos que me llevan de vuelta allí, quiera o no quiera—, pero nunca he sido capaz de encontrar el palacio de Kenwood cuando me lo propongo. Simplemente me topo con él. Esta vez fue igual: guiaba a Granger y Aimee por los senderos, más allá de los estanques, pasando una loma, intentando pensar dónde podía estar el lugar más bonito, tranquilo pero interesante, para hacer un alto con una gran estrella que se aburría con demasiada facilidad, cuando vi la pequeña puerta de forja y, detrás de la arboleda, las chimeneas blancas.

—Nada de bicicletas —dijo Aimee, leyendo un cartel, y Granger, viendo lo que se avecinaba, empezó a protestar de nuevo, pero no le sirvió de nada.

—Estaremos una hora, más o menos —dijo ella, desmontando de su bicicleta y dejándola a su cuidado—. A lo sumo dos. Te llamaré. ¿Tienes aquello?

Granger cruzó los brazos sobre su pecho macizo.

—Sí, pero no pienso dártelo. No si no estoy contigo. Ni hablar. Olvídalo.

Mientras me bajaba de la bicicleta, sin embargo, vi que Aimee tendía su manita con firmeza hasta recibir algo envuelto en film transparente, y que luego la cerraba. Resultó ser un porro... para mí. Largo y liado al estilo americano, sin nada de tabaco. Nos instalamos bajo el magnolio, justo enfrente del palacio, y me recosté en el tronco y fumé mientras Aimee se quedaba tumbada en el césped con su gorra negra de béisbol sobre los ojos, pero con la cara vuelta hacia mí.

—¿Te encuentras mejor?

—Pero... ¿tú no vas a dar alguna calada?

—No fumo. Evidentemente.

Estaba sudando, igual que en el escenario, y entonces agarró la camiseta que llevaba y la sacudió para crear un túnel de aire, dejándome atisbar aquella franja pálida de vientre que una vez había fascinado al mundo.

—Tengo una Coca-Cola medio fresca en el bolso.

—No bebo esa mierda, y tú tampoco deberías.

Se enderezó sobre los codos para mirarme con detenimiento.

—No me parece que estés nada cómoda.

Suspiró y se puso bocabajo para contemplar a las hordas que en verano se arremolinaban al bajar a las antiguas caballerizas en busca de bollos y té o cruzaban las puertas de la mansión en busca de arte e historia.

—Tengo una pregunta —dije, a sabiendas de que yo estaba colocada y ella no, pero sin atinar a retener en la cabeza la segunda parte del enunciado—. ¿Haces esto con todas tus ayudantes?

Pensó antes de contestar.

—No, no esto exactamente. Cada persona es distinta. Siempre hago algo. No puedo pasar las veinticuatro horas del día con alguien que va a estar cohibida conmigo. No tengo tiempo. Y no puedo permitirme el lujo de conocerte poco a poco y con delicadeza o con la típica cortesía inglesa, diciendo por favor y gracias siempre que quiera que hagas algo: si trabajas para mí, has de estar al quite. Ya tengo tablas en esto, y me he dado cuenta de que unas horas intensas al principio ahorran mucho tiempo y malentendidos y chorradas más adelante. A ti te lo estoy poniendo fácil, créeme. A Melanie la metí conmigo en la bañera.

Traté de seguir la broma con un comentario bobo, esperando oírla reír de nuevo, pero en lugar de eso me miró recelosa.

—Otra cosa que deberías entender es que no es que no capte vuestro sarcasmo británico, es que simplemente no me gusta. Me parece adolescente. El noventa y nueve por ciento de las veces, cuando conozco a gente británica, me dan ganas de decir: ¡madurad de una vez! —Sus pensamientos volvieron a Melanie y aquella bañera—: Quería saber si sus pezones eran demasiado largos. Una paranoia.

—¿Y lo eran?

—¿Quiénes?

—Sus pezones. Largos.

—Eran como putos dedos.

Escupí Coca-Cola en la hierba.

—Eres graciosa.

—Provengo de un largo linaje de graciosos. Sabe Dios por qué los británicos se creen los únicos con derecho a ser graciosos en este mundo.

—Yo no soy tan británica.

—Ay, cielo, tanto como la que más.

Sacó el móvil del bolsillo y empezó a revisar los mensajes. Mucho antes de que se convirtiera en una enfermedad generalizada, Aimee vivía en su teléfono. Fue pionera en eso, igual que en muchas otras cosas.

—Granger, Granger, Granger, Granger. No sabe qué hacer si no tiene algo que hacer. Es como yo. Tenemos la misma manía. Él me recuerda lo agotadora que puedo ser. Para los demás. —Su pulgar vacilaba sobre la flamante BlackBerry—. Contigo aspiro a encontrar estas cosas: buena onda, calma, compostura. No me irá nada mal un poco de eso por aquí. Madre mía, me ha mandado ya como quince mensajes. Sólo tiene que aguantar las bicicletas. Dice que está cerca del... ¿qué demonios es «el estanque de los hombres»?

Se lo expliqué, con detalle. Puso una expresión escéptica.

—Conociendo a Granger, apostaría a que ni loco se está bañando en agua dulce, ése no se baña ni en Miami. Es un gran devoto del cloro. No, que se quede aguantando las bicicletas. —Me hundió un dedo en la barriga—. ¿Hemos terminado? Tengo otro canuto si lo necesitas. Esta oferta es única: aprovéchala. Una vez por ayudante. El resto del tiempo, cuando yo trabajo, tú trabajas. O sea, siempre.

—Estoy tan relajada ahora mismo...

—¡Genial! Pero ¿hay algo más que hacer por aquí, aparte de esto?

Y así fue como acabamos deambulando por el interior del palacio de Kenwood, seguidas, durante un rato, por una niña de seis años con ojo de lince cuya madre, distraída, no hizo caso de su corazonada. Yo, con los ojos enrojecidos, iba detrás de mi nueva jefa, advirtiendo por primera vez su muy particular modo de mirar los cuadros; cómo, por ejemplo, ignoraba a todos los hombres, no como artistas, sino como motivo pictórico, pasando de largo un autorretrato de Rembrandt sin detenerse, haciendo caso omiso de todos los condes y duques, y descartando de un plumazo («¡Córtate el pelo!») a un marino mercante con los ojos risueños de mi padre. Los paisajes tampoco le decían nada. Le encantaban los perros, la fruta, las telas y en especial las flores. Con los años aprendí a esperar que el ramo de anémonas que acabábamos de ver en el Prado o las peonías de la National Gallery reaparecieran, días después, en jarrones por cualquier rincón de la casa o el hotel donde parábamos en aquel momento. También los perritos falderos saltaban de los lienzos a su vida. Kenwood inspiró la llegada de *Colette*, una pequeña (e incontinente) spaniel como la de un óleo de Joshua Reynolds que compramos en París pocos meses después, a la que entonces me tocó sacar a pasear dos veces al día durante un año. Sin embargo, por encima de todo, ella adoraba los cuadros de mujeres: sus caras, sus fruslerías, sus peinados, su corsetería, sus zapatitos de punta.

—¡Dios mío, es Judy!

Aimee estaba al otro lado de la sala de damasco rojo, delante de un retrato a escala natural, riéndose. Me acerqué y desde atrás observé el Van Dyck en cuestión. No cabía ninguna duda: allí estaba Judy Ryan, en todo su horrendo esplendor, pero cuatrocientos años antes, luciendo un vestido blanco y negro de raso y encaje con miriñaques, muy poco favorecedor, y con la mano derecha (medio maternal, medio amenazante) sobre el hombro de un joven paje anónimo. Los ojos de sabueso, el espantoso flequillo, la cara alargada sin barbilla... su vivo retrato. Nos reímos tanto que me pareció que algo cambiaba entre nosotras, que cierta formalidad o temor desaparecía, así que cuando, al cabo de unos minutos, Aimee dijo que estaba embelesada por un óleo titulado *The Infant Academy*, me sentí con la libertad de por lo menos discrepar.

—Es un poco sentimental, ¿no? Y raro...

—¡A mí me gusta! Me gusta esa rareza. Bebés desnudos pintándose unos a otros desnudos. Ahora mismo se me cae la baba con los críos. —Miró con nostalgia a un chiquillo con cara de ángel y una sonrisita tímida—. Me recuerda a mi niño. ¿De verdad que no te gusta?

En ese momento no sabía que Aimee estaba embarazada de Kara, su segunda hija. Probablemente ella tampoco lo sabía. Para mí era obvio que toda la composición era ridícula, y los críos de mofletes sonrosados especialmente repulsivos, pero cuando la miré a la cara vi que se había puesto seria. ¿Y qué son los bebés, recuerdo que pensé, si pueden hacerles esto a las mujeres? ¿Acaso tienen la capacidad de reprogramar a sus madres? ¿De convertirlas en la clase de mujer que ellas mismas de jóvenes ni siquiera reconocerían? La idea me asustó. Me limité a alabar lo guapo que era su hijo Jay en comparación con aquellos querubines, sin mucha convicción o coherencia, gracias a la hierba, y Aimee se volvió hacia mí, frunciendo el ceño.

—Así que no quieres niños, ¿es eso? O crees que no los quieres.

—Ah, no: sé que no los quiero.

Me dio unas palmadas en la coronilla, como si no nos separaran doce años sino cuarenta.

—¿Qué edad tienes? ¿Veintitrés? Las cosas cambian. Yo era exactamente igual.

—No, yo siempre lo he sabido. Desde pequeña. No tengo instinto maternal. Nunca he querido y nunca querré tener niños. Vi lo que le pasó a mi madre por tenerlos.

—¿Qué le pasó?

Una pregunta tan directa me obligó a sopesar bien la respuesta.

—Fue madre muy joven, luego madre separada. Quería hacer cosas, pero no podía, entonces no pudo... estaba atrapada. Tuvo que recuperar a pulso un poco de tiempo para sí misma.

Aimee puso los brazos en jarras y adoptó un aire pedante.

—Bueno, yo soy madre soltera. Y puedo asegurarte que mi hijo no me impide hacer nada de nada. Joder, ahora mismo él es mi inspiración, por si te interesa. Hay que buscar un equilibrio, claro, pero basta con desearlo de verdad.

Pensé en la niñera jamaicana, Estelle, que me abría la puerta de la casa de Aimee todas las mañanas y luego desaparecía en el cuarto del niño. No daba la impresión de que a Aimee se le ocurriera que pudiera existir cualquier divergencia práctica entre la situación de mi madre y la suya, y ésa fue una de mis primera lecciones sobre su forma de entender las diferencias entre la gente, que nunca eran estructurales o económicas, sino siempre en esencia una cuestión de personalidad. Miré sus mejillas coloradas y me fijé en la posición de mis manos (tendidas hacia delante, como un político queriendo convencer al público), y me di cuenta del extraño y acalorado viraje que había dado nuestra discusión sin que ninguna de las dos lo pretendiéramos realmente, como si la propia palabra «bebé» fuese una especie de catalizador. Volví a bajar los brazos y sonreí.

—Es sólo que no es para mí, y ya está.

Emprendimos el regreso a través de las galerías, en busca de la salida, caminando a la par de un guía turístico que iba explicando un cuento que me sabía desde pequeña, sobre una joven mulata (hija de una esclava caribeña y su amo británico) a la que trajeron a Inglaterra y fue educada en esa gran mansión blanca por parientes acomodados, uno de los cuales resultó ser el presidente del Tribunal Supremo. Una de las anécdotas preferidas de mi madre. Salvo que mi madre no la contaba como el guía turístico, no creía que la compasión de un tío abuelo por su sobrina nieta mulata pudiese poner fin a la esclavitud en Inglaterra. Cogí uno de los folletos apilados en una consola y leí que los padres de la muchacha se «conocieron en el Caribe», como si hubiesen estado paseando por un complejo turístico costero a la hora del cóctel. Me hizo gracia y me volví para mostrárselo a Aimee, pero ella estaba en la sala contigua, escuchando detenidamente al guía, revoloteando en los márgenes del grupo de turistas como una más. Siempre la conmovían las historias que demostraban «la fuerza del amor», ¿y a mí qué más me daba, si era así? Pero no pude evitarlo, empecé a hacer de portavoz de mi madre, glosando con ironía los comentarios, hasta que el guía se molestó y dirigió a su grupo hacia fuera. Cuando nosotras nos encaminamos, también, hacia la salida, asumí el papel de guía para Aimee, conduciéndola medio a gachas por un túnel de hiedra enredada en una pérgola y describiendo el *Zong* como si aquel gran navío estuviera flotando allí mismo en el lago, justo delante de nosotras. Era una imagen fácil de conjurar, la llevaba grabada en lo más hondo, de niña había surcado muchas veces mis pesadillas. Durante la travesía a Jamaica, pero navegando muy alejado de su rumbo por un error de cálculo, con escasa agua potable, lleno de esclavos sedientos («¿Ah, sí?», dijo Aimee, arrancando una rosa silvestre de la enredadera) y capitaneado por un hombre que, temiendo que los esclavos no sobrevivieran al viaje, pero queriendo evitar un fiasco financiero en su primera expedición, reunió a ciento treinta y tres hombres, mujeres y niños y los lanzó por la borda, encadenados con grilletes unos a otros: cargamento malogrado que luego el seguro cubriría. El tío abuelo con fama de compasivo llevó aquel caso, también (le conté a Aimee, tal como me había contado mi madre), y falló en contra del capitán, pero sólo por el argumento de que el capitán había cometido una equivocación. Él, y no los aseguradores, debía correr con la pérdida. Aquellos cuerpos molidos a palos seguían siendo cargamento, podías echar por la borda parte del cargamento para proteger el resto. Sólo que no te lo iban a reembolsar. Aimee asintió, se prendió la rosa arrancada entre la oreja y la gorra de béisbol y se agachó de improviso a acariciar a varios perritos que paseaba un caminante solitario.

—Lo que no te mata te hace más fuerte —la oí decirle a un perro salchicha, y luego, irguiéndose y mirándome de frente, añadió—: ¿Si mi padre no hubiera muerto joven? Yo no estaría aquí. Es el sufrimiento. Judíos, gais, mujeres, negros... los malditos irlandeses. Ése es nuestro poder secreto, joder.

Pensé en mi madre, que no tenía ninguna paciencia con las lecturas sentimentales de la historia, y me morí de vergüenza. Dejamos a los perros y seguimos caminando. El cielo estaba despejado, el parque rebosante de flores y follaje, los estanques eran charcas doradas de luz, pero yo no conseguía librarme de esa sensación de incomodidad y vacilación, y al intentar rastrear su origen me encontré de nuevo frente a aquel paje anónimo en la galería, con un arete de oro en la oreja, que miraba implorante a la doble de Judy mientras nos burlábamos de ella. Ella no le devolvía la mirada, nunca podría, estaba pintada de manera que resultara imposible. Pero ¿acaso no había yo rehuido también la mirada del paje, como evitaba la de Granger y él la mía? Entonces pude ver a aquel joven moro con absoluta nitidez. Como si estuviera apostado en el sendero delante de mí.

Aimee insistió en que acabáramos aquella tarde peculiar dándonos un baño en el estanque de las mujeres. Granger esperó una vez más en la verja, con las tres bicicletas a sus pies, pasando con irritación las páginas de su Maquiavelo en la edición de Penguin. Un velo de polen se cernía sobre la superficie del agua, parecía apresado en el aire denso, perezoso, aunque el agua estaba helada. Me metí agarrotada, en bragas y camiseta, sumergiéndome muy despacio por la escalerilla mientras dos señoras inglesas sonrientes con recios bañadores Speedo y gorros de natación cabeceaban cerca, alentando sin que nadie se lo pidiera a todo el que hiciera el intento de unirse a ellas. («La verdad es que una vez dentro está buena.» «Patalea hasta que te sientas las piernas.» «¡Si la Woolf nadó aquí, tú también puedes!») A mi derecha y a mi izquierda las mujeres, algunas de las cuales triplicaban mi edad, se deslizaban de la pasarela al agua, pero yo no conseguía meterme hasta más allá de la cintura y, para ganar tiempo, me di la vuelta y fingí que admiraba la escena: ancianas de pelo blanco moviéndose en un círculo majestuoso a través de las apestosas plantas acuáticas. Una preciosa libélula vestida con el tono de verde favorito de Aimee pasó como un rayo. La vi aterrizar en la pasarela, justo al lado de mi mano, y cerrar las alas tornasoladas. ¿Dónde estaba Aimee? Por un instante la paranoia me inmovilizó, espoleada por la marihuana: ¿se habría metido en el agua mientras yo me atormentaba por quedarme en ropa interior? ¿Se habría ahogado? ¿Me obligarían a comparecer al día siguiente en el juzgado para explicarle al mundo por qué había dejado que una celebridad australiana querida en todo el planeta y asegurada por cifras astronómicas nadara sola en un estanque gélido del norte de Londres? Un aullido desquiciado atravesó la estampa civilizada: me volví y vi a Aimee, desnuda, corriendo desde el vestuario hacia mí, saltando por encima de mi cabeza y de la escalera, con los brazos en cruz, la espalda perfectamente arqueada, como si desde abajo la alzara un bailarín invisible, antes de caer al agua limpia y pura.

6

No sabía que el padre de Tracey había ido a la cárcel. Fue mi madre quien me lo contó, unos meses después de que ocurriera.

—Veo que está entre rejas otra vez.

No hizo falta que me dijera más, ni que me ordenara pasar menos tiempo con Tracey, porque de manera natural ya era así. Un enfriamiento: esas cosas que pasan entre chicas. Al principio fue una conmoción para mí, pensaba que sería definitivo, pero en realidad era sólo un paréntesis, de los muchos que tendríamos, de un par de meses de duración, a veces más, pero que siempre acababan (y no por casualidad) cuando su padre salía de nuevo, o bien volvía de Jamaica, adonde a menudo tenía que darse a la fuga, cuando las cosas se le ponían feas en el barrio. Era como si, cuando el padre estaba «dentro», o lejos, Tracey entrara en modo de suspensión, pausada como una cinta de vídeo. A pesar de que en clase ya no compartíamos pupitre (nos separaron después de la fiesta de Lily; mi madre fue a la escuela y lo pidió), la veía cada día y cuando en su casa había «jaleo» me daba cuenta enseguida, se notaba en todo lo que Tracey hacía o dejaba de hacer. Le complicaba la vida todo lo posible al maestro, no con una mala conducta explícita como los demás, no diciendo palabrotas o peleándose, sino con un abandono absoluto. Su cuerpo estaba allí, pero nada más. No contestaba las preguntas ni las hacía, no se involucraba en ninguna actividad ni copiaba nada, ni siquiera abría el libro de ejercicios, y yo entendía, esas veces, que para Tracey el tiempo se había detenido. Si el señor Sherman se ponía a gritar, se quedaba sentada impasible tras su pupitre, con la mirada fija en algún punto por encima de la cabeza del maestro, con la nariz alta, y nada de lo que él le dijera, ninguna amenaza o gradación de volumen, surtía efecto. Como me temía, nunca olvidó aquellos cromos de la Pandilla Basura. Y que la mandasen a la oficina de la directora no le infundía ningún temor: se levantaba con el abrigo, que de todos modos nunca se quitaba, y salía de la clase como si le diera igual adónde iba o lo que pudiera pasarle. Cuando Tracey caía en ese estado de ánimo, yo aprovechaba para hacer cosas que, cuando estaba con ella, me cohibían. Pasaba más tiempo con Lily Bingham, por ejemplo, gozando de su buen humor y su dulce manera de ser: ella todavía jugaba con muñecas, no sabía nada de sexo, le encantaba dibujar y hacer manualidades con cartulina y cola. En otras palabras, seguía siendo la niña que yo a veces añoraba poder ser. En sus juegos nadie moría ni tenía miedo ni se vengaba ni temía que lo desenmascararan, y desde luego no había blancos y negros, porque, como la propia Lily me explicó solemnemente un día mientras jugábamos, ella era «daltónica» y sólo veía lo que había en el corazón de una persona. Tenía un teatrillo de cartón del Ballet Ruso, comprado en Covent Garden, y para ella una tarde ideal consistía en mover al príncipe de cartón por el escenario, dejar que conociera a una princesa de cartón y se enamorara de ella, mientras de fondo sonaba *El lago de los cisnes* en un viejo disco rayado de su padre. Le fascinaba el ballet, aunque a ella no se le daba muy bien bailar y tenía las piernas demasiado arqueadas para hacerse ilusiones, y sabía el nombre de todos los pasos en francés y las trágicas biografías de Diaghilev y Pávlova. El claqué no le interesaba. Cuando vimos juntas mi baqueteada cinta de *Tiempo tormentoso*, reaccionó de un modo imprevisto, se indignó, hasta parecía dolida. ¿Por qué eran todos negros? Era ofensivo, dijo, que sólo saliera gente negra en una película, no era justo. Quizá en América se podía, pero no aquí, en Inglaterra, donde todos éramos iguales en todos los sentidos y no había necesidad «de dar la lata» con eso. Y a nosotras no nos gustaría, dijo, si alguien nos dijera que a la clase de danza de la señorita Isabel sólo podía ir gente negra, no sería bonito ni justo para nosotras, ¿a que no? Nos pondríamos tristes. O que sólo la gente negra podía ir a nuestra escuela. Eso no nos gustaría, ¿verdad? No dije nada. Volví a guardarme la película en la mochila y me fui a casa, caminando por Willesden bajo una puesta de sol de colores plomizos y nubes pasajeras, volviendo mentalmente una y otra vez a esa curiosa interpretación de Lily, preguntándome a qué se referiría al decir «nosotras».

7

Cuando las cosas con Tracey se tensaban, los sábados se me hacían cuesta arriba y me refugiaba en el señor Booth en busca de conversación y consejo. Le llevaba material nuevo (que sacaba de la biblioteca) y él lo completaba o me explicaba lo que no entendía. El señor Booth no sabía, por ejemplo, que Fred Astaire en realidad era Frederick Austerlitz, pero entendió lo que significaba el «Austerlitz», me explicó que el apellido debía de proceder no de Estados Unidos sino de Europa, probablemente sería alemán o austríaco, tal vez judío. Para mí Astaire era el símbolo de Estados Unidos, no me habría sorprendido verlo en la bandera nacional, pero entonces supe que había pasado mucho tiempo en Londres, de hecho, y que se había hecho famoso aquí, bailando con su hermana, y que si yo hubiera nacido sesenta años antes habría podido ir al Teatro Shaftesbury y verlo con mis propios ojos. Y para colmo, dijo el señor Booth, su hermana era mucho mejor bailarina que él, por lo que se decía, era la estrella, mientras que él era del montón, de los que no saben cantar, ni saben actuar, con una calvicie incipiente, aunque bailando se defendía, je, je, je, pero vaya lección les dio, ¿eh? Escuchando al señor Booth, me preguntaba si también sería posible que yo fuese una de esas personas que más adelante, mucho más adelante, demostraban hasta dónde podían llegar, y si algún día, al cabo de mucho tiempo, sería Tracey quien se sentara en la primera fila del Teatro Shaftesbury y me viera bailar, nuestros papeles completamente invertidos, mi talento al fin reconocido por el mundo. Y con el paso de los años, dijo el señor Booth, quitándome el libro de la biblioteca de las manos para seguir leyéndolo, con el paso de los años su rutina cotidiana apenas cambió respecto a la vida que siempre había llevado. Se levantaba a las cinco de la madrugada y desayunaba un huevo escalfado que mantenía su peso en una constante de sesenta kilos. Adicto a seriales de televisión como *Guiding Light* o *As the World Turns*, llamaba por teléfono a su casera si se perdía un capítulo, para saber qué había pasado. El señor Booth cerró el libro sonriendo.

—¡Vaya personaje! —dijo.

Cuando me quejé al señor Booth del único defecto de Astaire (que, en mi opinión, no sabía cantar), me pilló desprevenida la vehemencia con que me rebatió, porque normalmente coincidíamos en todo, y siempre nos reíamos juntos, pero entonces improvisó la melodía de *All of Me* con mucha sutileza en el piano y contestó:

—Pero cantar no es sólo tener un vozarrón, ¿verdad? No se trata sólo de quién hace más gorgoritos o llega más alto, no: es el fraseo, y la delicadeza, y extraer justo la emoción apropiada de una canción, su alma, de forma que dentro de ti pase algo de verdad cuando un hombre abre la boca para cantar, ¿y no prefieres sentir algo de verdad a que simplemente te taladren los pobres tímpanos?

Dejó de hablar y tocó *All of Me* de principio a fin, y yo lo acompañé con la voz, poniendo mucho empeño en modular cada frase a la manera en que Astaire lo hace en *La bella de Moscú* (musitando algunas líneas, dejando otras a medias), aunque no me parecía natural. El señor Booth y yo tratamos de imaginar cómo sería amar el este, el oeste, el norte y el sur de alguien, conquistarlo completamente, aun cuando ese alguien correspondiera amando sólo un pequeño porcentaje de ti. Por lo general yo solía cantar con una mano sobre el piano, mirando hacia fuera, porque así lo hacían las chicas en las películas, y de paso podía echar un ojo al reloj sobre la puerta de la iglesia y saber cuándo entraba la última niña, y por tanto cuándo debía parar, pero ese día el deseo de intentar cantar en armonía con aquella delicada melodía —ajustarme a la manera de tocarla del señor Booth, no sólo sacar mi «vozarrón», sino crear un verdadero sentimiento— me hizo volverme instintivamente hacia dentro, a mitad del estribillo, y entonces vi que el señor Booth estaba llorando, muy quedo, pero sin duda llorando. Dejé de cantar.

—Y está intentando hacerla bailar —dijo—. Fred quiere que Cyd baile, pero ella se niega, claro. Ella es lo que llamaríamos una intelectual, de Rusia, y no quiere bailar, y le dice: «El problema de bailar es que "vas, vas, vas, pero ¡no llegas a ninguna parte!"» Y Fred contesta: «¡A mí me lo vas a decir!» Precioso. ¡Precioso! Bueno, cielo, hora de volver a la clase. Más vale que vayas a ponerte las zapatillas.

Mientras nos atábamos los lazos y nos preparábamos para volver a ponernos en fila, Tracey le dijo a su madre sin importarle que yo la oyera:

—¿Ves? Adora todas esas viejas canciones raras.

Sonó a acusación. Yo sabía que a Tracey le encantaba la música pop, pero las melodías no me parecían tan bonitas, y ahora intenté decírselo. Tracey hizo un gesto de indiferencia que me cortó en seco. Sus gestos de indiferencia me anulaban. Podían zanjar cualquier tema. Se volvió hacia su madre otra vez y añadió:

—También le gustan los viejos salidos.

Me chocó la reacción de su madre: me miró y sonrió con malicia. En ese momento mi padre estaba fuera, en el patio, en su puesto habitual bajo los cerezos; alcanzaba a verlo con su petaca de tabaco en una mano y el papel de liar en la otra, ya no se molestaba en esconderme esas cosas. Pero no cabía en este mundo ni la menor posibilidad de que yo hiciese un comentario cruel a otro niño y mi padre (o mi madre) sonriera o se pusiera de mi lado bajo ningún concepto. Me di cuenta de que Tracey y su madre estaban en el mismo bando, y pensé que había algo antinatural en eso y que ellas debían de saberlo, porque en ciertos contextos lo ocultaban. De haber estado presente mi padre, seguro que la madre de Tracey no se habría atrevido a sonreír así.

—Mejor guardar las distancias con los viejos extraños —dijo, apuntándome con el dedo.

Cuando protesté y le aclaré que el señor Booth no era ningún extraño para nosotras, que era nuestro pianista y que le teníamos un gran cariño, la madre de Tracey pareció aburrirse de oírme, cruzó los brazos sobre su abundante pechera y miró al frente sin inmutarse.

—Mamá cree que es un pedófilo —se explicó Tracey.

• • •

Salí de aquella clase agarrada de la mano de mi padre, pero no le conté lo que había pasado. No se me ocurría pedir ayuda a mis padres para nada, ya no, en todo caso pensaba en protegerlos. Buscaba amparo en otro lugar. Los libros habían empezado a formar parte de mi vida. No los libros buenos, todavía, sino aquellas biografías rancias del mundo del espectáculo que leía a falta de textos sagrados, como si fueran textos sagrados, hallando una forma de consuelo en ellos, a pesar de que eran libros escritos a destajo y a cambio de dinero rápido, a los que sus autores apenas les daban importancia, pero para mí sí la tenían. Guardaba algunas páginas dobladas y las leía una y otra vez, como una dama victoriana con sus salmos. «No lo hace bien» era una frase muy relevante. Fred Astaire aseguraba que lo pensaba siempre que se veía en la pantalla, y me llamó la atención esa tercera persona. Entendí que Astaire no sentía un vínculo particular con la persona de la película. Y eso se me grabó en la cabeza, o más bien avivó una impresión que ya intuía: que en definitiva era importante considerarse uno mismo como un extraño, procurar verte con desapego y sin prejuicios. Creía que era imprescindible pensar así para conseguir cualquier cosa en este mundo. Sí, me parecía una actitud muy elegante. Y me obsesioné, también, con la famosa teoría de Katharine Hepburn sobre Fred y Ginger: «Él le da clase, ella le da sensualidad.» ¿Sería una regla general? ¿Acaso todas las amistades, todas las relaciones, entrañan ese intercambio discreto y misterioso de cualidades, ese intercambio de poder? ¿Se prolongaba también a los pueblos y las naciones o era algo que sucedía sólo entre individuos? ¿Qué le daba mi padre a mi madre, y viceversa? ¿Qué nos dábamos el señor Booth y yo? ¿Qué le daba yo a Tracey? ¿Qué me daba ella a mí?

TERCERA PARTE

Intermedio

1

Los gobiernos son inútiles, no se puede confiar en ellos, me explicó Aimee, y las organizaciones benéficas tienen sus propias prioridades, las iglesias se preocupan más por las almas que por los cuerpos. Y por eso, si queremos que algo cambie de verdad en este mundo, continuó, ajustando la inclinación de su cinta de correr hasta que yo, que caminaba en una cinta próxima, creí verla subiendo por una ladera del Kilimanjaro, bueno, entonces tenemos que ser nosotros mismos quienes lo hagamos, sí, tenemos que ser el cambio que queremos ver. Por «nosotros» se refería a personas como ella, con recursos financieros y alcance global, que además amaban la libertad y la igualdad, querían justicia, sentían la obligación de hacer buenas obras aprovechando su buena fortuna. Era una categoría moral, pero también económica. Y si seguías esa lógica hasta el final de la cinta infinita, al cabo de unos cuantos kilómetros llegabas a una idea nueva: que la riqueza y la ética son en esencia lo mismo, porque cuanto más dinero tuviera una persona, más bondad (o potencial para la bondad) atesoraba. Me sequé el sudor con la camiseta y eché un vistazo a nuestros monitores: diez kilómetros para Aimee, dos para mí. Al fin ella dio por acabada la sesión; bajamos de las máquinas, le pasé una toalla y fuimos juntas hacia la sala de edición. Aimee quería revisar una primera toma de un anuncio que estábamos haciendo para recaudar fondos, al que todavía había que incorporar la música y el sonido. Nos quedamos detrás del director y el editor y vimos una versión de

Aimee, una versión muda, que cavaba en el terreno donde se construiría la escuela, pala en mano, y colocaba la primera piedra de los cimientos con la ayuda de un anciano de la aldea. La vimos bailar con su hija de seis años, Kara, y un grupo de hermosas colegialas, vestidas con sus uniformes verdes y grises, al son de una música que no podíamos oír, mientras levantaban grandes nubes de polvo rojizo con los pies. Recordé todas esas escenas tal como las había visto meses antes, en la realidad, en el momento mismo en que sucedieron, y pensé qué distintas parecían ahora, en ese formato, a medida que el editor movía cosas de aquí para allá con la soltura que le permitía el programa de montaje, intercalando imágenes de Aimee en Estados Unidos con otras de Aimee en Europa y de Aimee en África, dotando los sucesos conocidos de un nuevo orden. Y así es como se cambian las cosas, anunció ella al cabo de quince minutos, satisfecha, y luego se levantó, le alborotó el pelo al editor y se encaminó a las duchas. Yo me quedé y ayudé a acabar la edición del vídeo. Habían colocado una cámara programada para grabar a intervalos automáticos en los terrenos en construcción, en febrero, así que ahora pudimos ver cómo se levantaba la escuela en cuestión de minutos, a medida que unos obreros que parecían hormigas, moviéndose demasiado rápido para distinguirlos unos de otros, trabajaban como un enjambre, una demostración surrealista de lo que era posible cuando la gente buena con recursos decidía cambiar las cosas. La clase de gente capaz de construir una escuela para niñas en una aldea rural de África Occidental, en cuestión de meses, simplemente porque eso era lo que habían decidido.

A mi madre le complacía tachar de «ingenua» la manera de Aimee de cambiar las cosas. Sin embargo, Aimee creía que ya había intentado actuar por la vía de mi madre, la vía política. Había dado la cara por candidatos presidenciales, allá en los ochenta y los noventa, ofreciendo cenas, contribuyendo a las campañas, arengando al público desde los escenarios de los estadios. Cuando me enrolé en su equipo ya se había cansado de todo eso, tanto como la generación a la que había alentado a acudir a las urnas, mi generación. Ahora su compromiso era lograr «cambios sobre el terreno», sólo quería «trabajar con comunidades a escala comunitaria», y yo respetaba sinceramente su compromiso, y sólo en contadas ocasiones (cuando algún otro benefactor con recursos iba a su casa en el valle del Hudson, a almorzar o a darse un baño, y a tratar de tal o cual iniciativa) se me hacía muy difícil no ver las cosas que veía mi madre. Esas veces sentía realmente a mi madre a mi lado, una conciencia invisible o una voz sarcástica que envenenaba mis oídos a miles de kilómetros de distancia, mientras yo trataba de escuchar a los diversos benefactores con recursos —famosos por tocar la guitarra o cantar o diseñar ropa o hacerse pasar por otros— charlando mientras tomaban cócteles sobre sus planes para atajar la malaria en Senegal o llevar pozos de agua potable a Sudán y cosas por el estilo. Aun así, sabía que Aimee no tenía ningún interés abstracto en el poder. Su motivación era otra: la impaciencia. Para Aimee la pobreza era una de las grandes chapuzas del mundo, una de tantas, que podría arreglarse fácilmente si la gente enfocara el problema de la misma manera que ella lo enfocaba todo. Aimee detestaba las reuniones y las discusiones interminables, le desagradaba contemplar una cuestión desde demasiados ángulos. Nada la aburría más que «por un lado esto» y «por otro lado aquello». Confiaba, en cambio, en el poder de sus propias decisiones, y esas decisiones las tomaba con el «corazón». A menudo eran impulsivas, y una vez las tomaba nunca cambiaban ni se revocaban, porque creía en su intuición para saber cuándo las circunstancias se alineaban, y en la alineación misma, como en una fuerza mística, una forma de destino que operaba en el plano global y cósmico tanto como en el personal. De hecho, para ella esos tres planos estaban conectados. Según su punto de vista, el destino se alineó para que la sede británica de YTV se quemara, el 20 de junio de 1998, seis días después de que ella nos visitara, a raíz de un cortocircuito, en mitad de la noche, desencadenando un incendio que destruyó los kilómetros y kilómetros de cintas de VHS que, hasta entonces, se habían mantenido a salvo de los riesgos nocivos del metro de Londres. Nos anunciaron que pasarían nueve meses antes de que las oficinas estuvieran rehabilitadas. Entretanto trasladaron a todo el mundo a un bloque feo y anodino de despachos en King's Cross. Yo tardaba veinte minutos más en llegar al trabajo, añoraba el canal, el mercado, las aves de Snowdon. Pero sólo pasé seis días en King's Cross. Todo terminó en el momento que Zoe llevó a mi escritorio un fax a mi nombre donde constaba un número de teléfono al que debía llamar, sin más explicaciones. Desde el otro lado me llegó la voz de la representante de Aimee, Judy Ryan. Me comunicó que Aimee en persona había solicitado que la chica morena de verde fuese a hacer una entrevista a sus oficinas de Chelsea para cubrir un posible puesto. Me quedé atónita. Me pasé media hora caminando arriba y abajo por la acera de aquel edificio antes de entrar, y no dejé de temblar en el ascensor ni mientras recorría el pasillo, pero cuando llegué a aquella sala vi que la decisión ya estaba tomada; lo vi allí mismo, en su cara. Aimee no padecía el menor nerviosismo, por supuesto: nada de aquello, según ella, era coincidencia o azar, ni siquiera un feliz accidente. Era el destino. «El gran incendio», como los empleados lo bautizaron, sólo era parte de un empeño deliberado, obra y gracia del universo, para unirnos a Aimee y a mí, un universo que al mismo tiempo se abstenía de intervenir en tantos otros asuntos.

2

Aimee encaraba el paso del tiempo con una actitud atípica, pero con una pureza que acabé por admirar. No era como el resto de su tribu. No necesitaba cirujanos, no vivía en el pasado, no amañaba fechas ni recurría a ningún otro ardid de distracción o distorsión. En su caso se trataba realmente de una cuestión de voluntad. A lo largo de diez años fui testigo de qué formidable podía ser esa voluntad, de cuánto podía lograr. Y todo el afán que ella le dedicaba —todo el ejercicio físico, toda la ceguera deliberada, el cultivo de la inocencia, las epifanías espirituales que de algún modo conseguía experimentar espontáneamente, las muy diversas maneras en que se enamoraba y se desenamoraba, como una adolescente—, todo eso acabó por parecerme una forma de energía en sí misma, una fuerza capaz de dilatar el tiempo, como si en verdad ella se moviera a la velocidad de la luz, distanciándose del resto de nosotros (anclados a la tierra y envejeciendo más rápido que ella), mientras nos miraba con superioridad y se preguntaba por qué.

Llamaba aún más la atención cuando uno de sus hermanos de Bendigo la visitaba, o cuando estaba con Judy, a quien conocía desde el instituto. ¿Qué tenía que ver cualquiera de aquellos carrozas, con familias taradas y arrugas y desengaños y matrimonios complicados y achaques a cuestas, qué tenía que ver cualquiera de ellos con Aimee? ¿Cómo podía ser que se hubieran criado juntos, o que alguna vez se acostaran con los mismos chicos o fueran capaces de correr de la misma forma a la misma velocidad por la misma calle el mismo año? Aimee no sólo parecía más joven, aunque desde luego lo parecía, sino que la juventud latía en ella con una fuerza casi increíble. Le nacía de dentro y se traslucía en su manera de sentarse, de moverse, de pensar, de hablar, en todo. Algunos, como Marco, su malhumorado chef italiano, hacían comentarios cínicos y amargos sobre el tema, aseguraban que sólo era cuestión de dinero, que todo era fruto del dinero y de no trabajar, que Aimee nunca había trabajado de verdad. Sin embargo, viajando con Aimee conocimos a mucha gente forrada de dinero que no daba un palo al agua, que hacía mucho menos que Aimee (a su manera, ella trabajaba duro), y la mayoría parecían más viejos que Matusalén. Y así era razonable suponer, como mucha gente hacía, que eran los amantes jóvenes lo que mantenía joven a Aimee, porque al fin y al cabo ése fue su propio argumento durante años. Ése, y el hecho de que no tenía hijos; pero esta teoría quedó desterrada a partir del año de la cancelación de las giras por Sudamérica y Europa, con la llegada de su hijo Jay, y dos años después la pequeña Kara, y de que despachara rápidamente al novio y padre del primero, un tipo maduro, y luego se liara y enseguida despachara aún más rápido al segundo padre y marido, que era, en efecto, poco más que un chaval. Seguro, pensó la gente, seguro que todas esas experiencias, en tan poco tiempo, dejarán secuelas. Sin embargo, mientras los demás implicados salieron de aquella vorágine exhaustos, hechos polvo, listos para pasar diez años en cama, Aimee demostró estar muy entera, era más o menos la de siempre, desbordante de una energía tremenda. Después de dar a luz a Kara volvió directamente al estudio, al gimnasio, a las giras, se contrataron más niñeras, aparecieron tutores y ella emergió, al cabo de pocos meses, con el aspecto de una mujer madura de veintiséis años. Tenía casi cuarenta y dos. Yo estaba a punto de cumplir los treinta, era uno de esos datos sobre mí que Aimee había decidido retener obsesivamente, y estuvo quince días insistiendo en que lo celebráramos con una «noche de chicas», solas las dos, sin teléfonos, sin distracciones, viviendo el momento, unos cócteles, y yo no esperaba ni había pedido nada de eso, pero ella siguió empeñada, y entonces por supuesto llegó el día y no volvió a mencionarse mi cumpleaños, sino que nos pasamos el día haciendo actos de promoción para Noruega, y después ella cenó con sus hijos mientras yo me iba sola a mi habitación e intentaba leer un poco. Aimee estaba todavía en el estudio de baile a las diez cuando Judy me interrumpió, asomando la cabeza por la puerta, con su eterno corte de pelo desfilado, vestigio de su juventud en Bendigo, para decirme, sin apartar la vista de su teléfono, que debía recordarle a Aimee que volábamos a Berlín a la mañana siguiente. Eso fue en Nueva York. El estudio era tan grande como un salón de baile, una caja revestida de espejos con una barra de nogal que recorría todo el perímetro. Se había construido en el sótano de su casa, en el centro de la ciudad. Cuando entré, la vi sentada con las piernas abiertas en horizontal, completamente quieta, como si estuviera muerta, con la cabeza echada hacia delante y el largo flequillo —por entonces pelirrojo— tapándole la cara. Estaba sonando una música. Esperé a ver si se volvía hacia mí. En lugar de eso, se levantó de un salto y empezó a practicar una coreografía, en todo momento de cara a su propio reflejo en los espejos. Hacía tiempo que no la veía bailar. Ya casi nunca me sentaba entre el público en los espectáculos: esa faceta de su vida se me antojaba muy ajena, la actuación artificial de alguien a quien había llegado a conocer demasiado bien a un nivel más profundo, esencial. Una persona en cuyo nombre pedía cita para abortar, para la que contrataba a paseadores de perros, encargaba flores, escribía las tarjetas el Día de la Madre, aplicaba cremas, administraba inyecciones, estrujaba espinillas, enjugaba esporádicas lágrimas de ruptura y un largo etcétera. La mayoría de los días ni me habría dado cuenta de que trabajaba para una artista. Mi trabajo con y para Aimee tenía lugar dentro de un coche, sobre todo, o en un sofá, en aviones u oficinas, en diversos tipos de pantallas y en miles de correos electrónicos.

Y sin embargo, allí estaba, bailando. Al ritmo de una canción que no reconocía —apenas me pasaba ya por el estudio, tampoco—, aunque los pasos sí me resultaban familiares, no habían cambiado mucho con los años. El elemento central de su número siempre ha consistido básicamente en una manera extravagante de caminar: unos andares poderosos, pausados, que marcan los límites del espacio que ocupa, sea cual sea, como un gran felino merodeando metódicamente de un lado a otro en su jaula. Lo que me sorprendió en ese momento fue comprobar que su carga erótica no había perdido fuerza. Normalmente, cuando elogiamos a una bailarina decimos: hace que parezca fácil. En el caso de Aimee no es así. Parte de su secreto, sentí mientras la miraba, es que consigue transmitir alegría a pesar del esfuerzo, porque ninguno de sus movimientos fluía de manera instintiva o natural del anterior, cada «paso» era muy visible, orquestado, y aun así, mientras ella sudaba ejecutándolos, el esfuerzo en sí resultaba erótico, era como presenciar el momento justo en que una mujer cruza la línea de meta al final de una maratón, o alcanza el orgasmo. La misma revelación extática de la voluntad de una mujer.

—¡Déjame acabar! —gritó a su reflejo.

Fui hacia el rincón del fondo, me dejé resbalar por la pared de espejo hasta sentarme en el suelo y volví a abrir mi libro. Había decidido establecer una nueva regla personal: leer media hora cada noche, a toda costa. El libro que había elegido no era largo, pero no había avanzado mucho. Leer era poco menos que imposible cuando trabajabas para Aimee, el resto del equipo lo consideraba una actividad superflua, y creo que de algún modo una muestra de deslealtad fundamental. Incluso en los viajes largos, incluso volando a Australia, la gente se dedicaba a contestar los correos electrónicos relacionados con Aimee o a hojear revistas, que siempre podía pasar por trabajo, porque o Aimee salía en la revista que tenías en la mano o estaba a punto de salir. Aimee sí leía, a veces libros decentes que yo le recomendaba, con más frecuencia cualquier bobada de autoayuda o nutrición que Judy o Granger le pusieran delante, pero su lectura era algo distinto, Aimee era Aimee y podía hacer lo que le venía en gana. A veces sacaba ideas de los libros que yo le daba (un período histórico o un personaje, una reflexión política) que luego acabarían, en una versión más vulgar y masticada, insertados en un videoclip o en una u otra canción. Pero eso no cambiaba la opinión de Judy sobre la lectura en general, que juzgaba una especie de vicio, pues consumía tiempo valioso que podría dedicarse a trabajar más para Aimee. Aun así, a veces resultaba imprescindible, incluso para Judy, leer un libro —porque se iba a filmar con él una película protagonizada por Aimee, o era necesario para un proyecto por algún motivo—, y en esas situaciones aprovechaba los vuelos largos para leer de un tirón un tercio de lo que fuera, con los pies en alto y cara de haber chupado un limón. Nunca leía más de un tercio («Así capto la idea básica») y al terminar daba uno de cuatro veredictos posibles. «Ágil» (que equivalía a bueno); «importante» (que era muy bueno); «controvertido» (que podía ser bueno o malo, nunca se sabía); o «literario», palabra que pronunciaba con un suspiro y los ojos en blanco y significaba muy malo. Si se me ocurría salir en defensa del libro en cuestión, Judy se encogía de hombros y rezongaba: «¿Qué sabré yo? Sólo soy una pobre pueblerina de Bendigo.» Y ese comentario, proferido cerca de Aimee, aniquilaba cualquier posible proyecto. Aimee nunca subestimaba la importancia del corazón del país y, aunque había dejado atrás Bendigo —ya no hablaba como su gente, siempre había cantado con un acento americano postizo y solía referirse a su infancia como una especie de muerte en vida—, todavía consideraba su tierra natal un símbolo potente, casi un barómetro. Según ella, una estrella tiene Nueva York y Los Ángeles en el bolsillo, una estrella puede conquistar París, Londres y Tokio, pero sólo una gran estrella conquista Cleveland, Hyderabad y Bendigo. Una gran estrella conquista a todo el mundo en todas partes.

—¿Qué estás leyendo?

Levanté el libro. Ella juntó las rodillas, después de abrirse de piernas otra vez, y miró la cubierta con desgana.

—No me suena de nada.

—¿Te suena *Cabaret*? Pues básicamente es lo mismo.

—¿Un libro sobre la película?

—El libro es anterior a la película. Pensé que, como vamos a Berlín, a lo mejor era útil. Judy me ha mandado a sacar el látigo.

Aimee hizo una mueca mirándose al espejo.

—Judy puede besarme el culo. Me lleva a maltraer últimamente. ¿Será que está menopáusica?

—¿Será que tú eres un plomo?

—Ja, ja.

Se tumbó, levantó la pierna derecha y esperó. Arrodillándome delante de ella, le doblé la rodilla hacia el pecho. Yo era de constitución mucho más robusta (más ancha, más alta, más recia), y cuando la ayudaba a estirar sentía que debía ir con cuidado, la veía frágil, como si pudiera romperla, aunque ella tenía músculos que yo ni alcanzaba a imaginar en mi cuerpo y la había visto alzar a bailarines jóvenes por encima de sus hombros.

—Los noruegos fueron sosos, ¿verdad? —murmuró, y de pronto se le ocurrió una idea, como si ninguna de nuestras conversaciones de las últimas semanas hubiera existido—. ¿Por qué no salimos? Ahora mismo, quiero decir. Sin que Judy se entere, por la puerta de atrás. Y tomamos unas copas, me apetece. No necesitamos un motivo especial.

Le sonreí. Pensé en cómo debía de ser vivir en un mundo de sucesos cambiantes que mutan o desaparecen en función de tu estado de ánimo.

—¿He dicho algo gracioso?

—No. Vámonos.

Se dio una ducha y se puso su ropa de calle: vaqueros y camiseta negros y gorra negra calada hasta el fondo, que hacía que las orejas le asomaran entre el pelo y le daba un aire inesperadamente bobalicón. La gente no me cree cuando digo que a Aimee le gustaba salir a bailar, y es cierto que no lo hacíamos a menudo, al menos los últimos años, pero pasaba, y nunca se armaba demasiado alboroto, probablemente porque íbamos tarde, y a locales de ambiente, y para cuando la reconocían todo el mundo solía estar colocado y contento y derrochaba buen rollo: querían cuidarla. Años atrás, Aimee había sido su diva, cuando aún no lo era de nadie, y cuidarla ahora era una manera de demostrar que todavía les pertenecía. Nadie pedía autógrafos ni la hacía posar en fotos, nadie llamaba a la prensa... Solamente bailábamos. Mi única función era dejar claro que no podía hacerle sombra, y no había necesidad de fingirlo, porque realmente no podía. Cuando me ardían las pantorrillas y estaba empapada en sudor como si me hubiera regado con una manguera, Aimee aún seguía bailando, y yo tenía que ir a sentarme y esperarla. En eso estaba justamente, tras la zona acordonada, cuando sentí un porrazo en el hombro y algo húmedo en la mejilla. Vi a Aimee a mi lado, sonriendo y mirándome, mientras el sudor de su cara me caía encima.

—En pie, soldado. Zarpamos ya.

Era la una de la madrugada. No muy tarde, pero yo quería irme a casa. Sin embargo, cuando estuvimos cerca del Village, Aimee bajó el panel de vidrio y le dijo a Errol que siguiera de largo, que se dirigiera a la Séptima con Grove, y cuando Errol intentó protestar, Aimee le sacó la lengua y subió el vidrio. Aparcamos delante de un minúsculo piano bar con aires de tugurio. Desde fuera ya pude oír una voz áspera y vibrante de solista de Broadway cantando un tema de *A Chorus Line*. Errol bajó la ventanilla y escudriñó la entrada con mala cara. No quería dejarla marchar. Me miró implorante, rogando solidaridad, como diciéndome que los dos estábamos en el mismo barco (Judy nos culparía por igual a la mañana siguiente), pero yo no podía hacer nada cuando Aimee decidía empeñarse en algo. Abrió la puerta del coche y tiró de mí hacia fuera. Tanto ella como yo estábamos bebidas: Aimee eufórica, con energías renovadas; yo exhausta, sensiblera. Nos sentamos en un rincón oscuro del local (uno de los muchos rincones oscuros) con un par de martinis de vodka que nos llevó un camarero más o menos de la edad de Aimee; se puso tan nervioso al servirla que no estaba claro si lograría dejarnos las copas delante sin desmayarse, así que se las quité de las manos temblorosas y aguanté mientras Aimee me contaba la historia de los disturbios de Stonewall, dale que te pego: Stonewall esto, Stonewall lo otro, como si yo nunca hubiera estado en Nueva York ni supiera nada de la ciudad. Junto al piano, un grupo de mujeres blancas en una despedida de soltera cantaban un tema de *El rey león*; sus voces eran horribles, estridentes, y se olvidaban de la letra a cada momento. Aun sabiendo que era pueril, me sentía rabiosa por mi cumpleaños, la rabia era lo único que me mantenía despierta, me alimentaba de esa indignación que sólo se sostiene si nunca expresas en voz alta el agravio al que te han sometido. Me tomé el martini de un trago y escuché sin abrir la boca mientras Aimee pasaba de Stonewall a sus comienzos como bailarina eventual, en Alphabet City, a finales de los setenta, cuando todos sus amigos eran «chicos negros descerebrados, maricas, divas; ya no queda ni uno vivo», historias que yo había oído tantas veces que casi podía repetirlas de memoria, y me desesperaba buscando una manera de hacerla callar cuando anunció que iba «al retrete», con un acento que sólo usaba cuando iba muy bebida. Sabía que su experiencia con los aseos públicos era limitada, pero antes de que pudiera ponerme de pie ya me sacaba veinte metros de ventaja. Mientras intentaba abrirme camino entre el grupo de las solteras, el pianista me miró esperanzado y me agarró de la muñeca.

—Eh, hermana. ¿Cantas?

Al mismo tiempo, Aimee bajó dando saltos las escaleras del sótano y se perdió de vista.

—¿Qué te parece esta misma? —Señaló su partitura con la cabeza y pasó una mano cansada por el ébano lustroso de su cabeza calva—. No soporto más a estas chicas. ¿Conoces esta canción? ¿Del musical *Gypsy*?

Paseó los dedos con elegancia por las teclas, y empecé a cantar los primeros compases, el famoso preámbulo, en el que sólo los muertos se quedan en casa, mientras que las personas como mamá Rose, oh, ésas son diferentes, no se limitan a aguantar lo que les echen, tienen sueños y tienen agallas, no piensan pudrirse ahí, siempre lucharán por levantarse... ¡y salir!

Apoyé una mano en el piano, me volví hacia él y cerré los ojos. Recuerdo que empecé con un hilo de voz, al menos eso era lo que pretendía, empezar así y seguir con un hilo de voz, cantando por debajo de la música para pasar desapercibida, o no llamar demasiado la atención, movida por mi antigua timidez. Pero también por deferencia hacia Aimee, que no era una cantante nata, aunque eso nunca se mencionaba entre nosotras. Que, de hecho, por naturaleza, no cantaba mejor que las mujeres de la despedida de soltera que sorbían sus mai-tais sentadas frente a mí en los taburetes de la barra. En cambio yo lo llevaba dentro, ¿no? Seguro que sí, a pesar de todo, ¿verdad? Y de pronto sentí que no podía mantener un hilo de voz, mis ojos seguían cerrados, pero mi voz se alzaba, y seguía alzándose, más y más fuerte, como si escapara a mi control, exactamente, la había liberado y ahora subía y subía hasta donde no podía alcanzarla. Levanté las manos en el aire y pataleé el suelo con fuerza. Sentí que atrapaba a todos los que estaban en la sala. Transportada por la emoción, incluso me vi a mí misma como eslabón de una larga hilera de hermanos y hermanas vigorosos, compositores, cantantes, músicos, bailarines, porque ¿acaso no compartía también el don que suele atribuirse a mi gente? Podía descomponer el tiempo en compases musicales, en ritmos y notas, ralentizándolo y acelerándolo, controlando el tiempo de mi vida, al fin, de una vez, por lo menos allí, sobre un escenario. Pensé en Nina Simone desgranando cada nota de la siguiente, con tanta saña, con tal precisión como Bach, su ídolo, le había enseñado a hacerlo, y pensé en que ella hablaba de «música clásica negra» (detestaba la palabra «jazz», porque la consideraba una palabra con que los blancos definían a los negros, se negaba a acatarla), y pensé en su voz, en cómo podía prolongar una nota hasta extremos intolerables y obligar a su público a traspasar ese límite y rendirse a su escala del tiempo, a su visión de la canción, sin hacer ninguna clase de concesiones, inquebrantable en su búsqueda de la libertad. Pero estaba tan enfrascada pensando en Nina que no vi venir el final, creí que aún quedaba otra estrofa, canté pisando el acorde de cierre, y no sé cómo seguí adelante hasta que me di cuenta, ah, sí, sí, déjalo ya, se ha acabado. Si hubo aplausos enloquecidos, ya no se oían, parecían haberse cortado en seco. Sólo noté que el pianista me daba un par de palmaditas rápidas en la espalda, pegajosa y fría por el sudor seco del club anterior. Abrí los ojos. Sí, el jaleo del bar había enmudecido, o quizá no había existido, todo parecía igual que antes, el pianista ya estaba hablando con el siguiente intérprete, las solteras bebían y charlaban animadamente como si nada. Eran las dos y media de la madrugada. Aimee no estaba en su sitio. No estaba en la barra. A trompicones, recorrí dos veces el local abarrotado y sofocante, abrí con el pie las puertas de los aseos inmundos, una por una, con el teléfono pegado a la oreja, llamándola sin parar y oyendo siempre el mensaje del contestador. Me abrí camino de nuevo hacia la barra y subí las escaleras hasta la calle. Jadeaba de pánico. Estaba lloviendo, y el pelo, que me había alisado con secador, se me empezó a rizar a una velocidad asombrosa, cada gota de lluvia que me caía disparaba un rizo, y al pasarme la mano por él fue como tocar lana de oveja, la aspereza húmeda, espesa y viva. Sonó un claxon. Me volví y vi a Errol aparcado en el mismo sitio donde lo habíamos dejado. La ventana trasera se bajó y vi que Aimee se asomaba y daba un aplauso lento.

—Oh, bravo.

Corrí hacia ella, deshaciéndome en disculpas. Abrió la puerta.

—Anda, sube.

Me senté a su lado, disculpándome todavía. Se inclinó hacia delante para hablar con Errol.

—Conduce hasta el centro de Manhattan y da la vuelta.

Errol se quitó las gafas y se pellizcó el caballete de la nariz.

—Son casi las tres —dije, pero el panel de vidrio subió y nos pusimos en marcha.

Recorrimos unas diez manzanas sin que Aimee dijera nada, y yo tampoco hablé. Mientras atravesábamos Union Square se volvió hacia mí.

—¿Estás contenta?

—¿Cómo?

—Contesta la pregunta.

—No entiendo por qué me haces esa pregunta.

Se chupó el pulgar y me limpió un poco de rímel que sin darme cuenta me chorreaba por la cara.

—Llevamos juntas... ¿qué? ¿Cinco años?

—Casi siete.

—Vale. Así que a estas alturas ya deberías saber que no quiero que la gente que trabaja para mí —explicó despacio, como si hablara con una idiota— esté descontenta trabajando para mí. No creo que tenga sentido.

—Pero ¡no estoy descontenta!

—Entonces ¿cómo estás?

—¡Contenta!

Se quitó la gorra y me la encasquetó en la cabeza.

—En esta vida —dijo, recostándose en la tapicería de cuero— has de saber lo que quieres. Has de visualizarlo, y entonces ir a por ello. Pero hemos hablado de esto muchas veces. Muchas veces.

Asentí y sonreí, demasiado ebria para mucho más. Con la cara encajada entre el revestimiento de nogal y la ventanilla, tenía una perspectiva nueva de la ciudad, de arriba abajo. Veía las plantas de un ático antes de ver a los pocos transeúntes que deambulaban a esa hora, chapoteando por las aceras encharcadas, y no dejaba de encontrar, desde esa perspectiva inhabitual, alineaciones perturbadoras, paranoicas. Una anciana china que recogía latas, con un anticuado sombrero cónico, arrastrando su carga (cientos, quizá miles, de latas reunidas en una enorme lámina de plástico) bajo las ventanas de un edificio donde vivía un millonario chino, amigo de Aimee, con quien una vez se había planteado abrir una cadena de hoteles.

—Y en esta ciudad has de saber de verdad lo que quieres —decía Aimee—, pero no creo que lo sepas todavía. Vale, eres lista, ya nos hemos dado cuenta. Crees que lo que te estoy diciendo no va contigo, pero te equivocas. El cerebro está conectado al corazón y al ojo, todo es visualización, todo. Lo quieres, lo ves, lo coges. Sin disculpas. ¡Yo jamás me disculpo por lo que quiero! En cambio, te miro a ti, ¡y veo que te pasas la vida disculpándote!

¡Es como si tuvieras el síndrome del superviviente o algo así! Pero ya no estamos en Bendigo. Te marchaste de Bendigo, ¿verdad? Igual que Baldwin se marchó de Harlem. Igual que Dylan se marchó... de a saber dónde. A veces hay que largarse, ¡salir del puto Bendigo! Gracias a Dios, las dos salimos de allí. Hace mucho. Bendigo queda atrás. Captas lo que te digo, ¿no?

Asentí muchas veces, aunque no tenía ni idea de qué hablaba, la verdad, salvo por la poderosa sensación que a menudo me embargaba con Aimee de que su historia tenía validez universal, y más que nunca cuando bebía, de que en esos momentos todos procedíamos de Bendigo, y todos nuestros padres habían muerto cuando aún éramos niños, y todos habíamos visualizado el camino hacia la fortuna y la habíamos atraído hacia nosotros. El límite entre Aimee y el resto del mundo se volvía difuso, difícil de precisar.

Me sentía mareada. Saqué la cabeza por la ventanilla como un perro asomándose a la noche neoyorquina.

—Mira, no vas a seguir haciendo esto toda la vida —la oí decir, un poco más tarde, cuando entrábamos en Times Square, pasando por debajo de una modelo somalí de veinticinco metros con una melena de medio metro a lo afro bailando por diversión en el lateral de un edificio con unos pantalones militares Gap de lo más corrientes—. Joder, eso cae por su propio peso. Así que la cuestión es: ¿qué piensas hacer después? ¿Qué vas a hacer con tu vida?

Supe que la respuesta correcta debía ser «llevar mi propio proyecto» de esto o aquello, o algo vagamente creativo como «escribir un libro» o «abrir un retiro de yoga», porque Aimee pensaba que para hacer cualquiera de esas cosas una persona sólo tenía que entrar, pongamos, en el despacho de un editor y anunciar sus intenciones. A ella le había ocurrido así. ¿Qué podía saber de las vueltas que da la vida de una persona, una tras otra? ¿Qué podía saber de la vida como lucha por la supervivencia, siempre provisional, en la que algo siempre se queda por el camino? Fijé la vista en la modelo somalí en pleno baile.

—¡Estoy bien! ¡Estoy contenta!

—Bueno, creo que le das demasiado al coco —dijo, dándose unos golpecitos en el suyo—. A lo mejor necesitas más sexo... No sé, pero parece que nunca te acuestas con nadie. Es decir: ¿es culpa mía? Te tengo atrapada, ¿no? A todas horas. Nunca me cuentas cómo te va.

La luz inundó el coche. Procedía de un inmenso anuncio digital de no sé qué, pero en el interior del coche creaba un efecto delicado y natural, como un amanecer. Aimee se restregó los ojos.

—Bueno, tengo proyectos para ti —dijo—, si es lo que quieres. Todos sabemos que puedes aspirar a más de lo que haces ahora. De la misma manera, si quieres abandonar el barco, ahora sería un buen momento para hacerlo. Voy en serio con ese proyecto en África... No, no me pongas esa cara; tendremos que pulir los detalles, por supuesto, ya lo sé, no soy tan ilusa. Pero la cosa va adelante. Judy ha hablado con tu madre. Sé que tampoco quieres oírlo, pero han hablado, y tu madre no tiene tantos pájaros en la cabeza como a ti te parece. Judy cree que la zona... Bueno, ahora mismo voy pedo y no recuerdo ahora mismo dónde está, un país muy pequeño, al oeste... Pero cree que ésa podría ser una dirección realmente interesante para nosotras, tiene potencial. Según Judy. Y resulta que tu excelentísima madre la conoce muy bien. Según Judy. La cuestión es que voy a necesitar a toda la tripulación, y a gente que quiera estar aquí —dijo, señalándose el corazón—. No a gente que aún se pregunte por qué está aquí.

—Quiero estar ahí —dije, mirando fijamente hacia ese punto, aunque bajo los efectos del vodka sus pequeños pechos se multiplicaban, se cruzaban y se confundían.

—¿Vuelvo ya? —preguntó Errol esperanzado, a través del micrófono.

Aimee suspiró.

—Vuelve ya. Bueno —dijo, regresando conmigo—, llevas meses actuando como una chiflada, desde Londres. Eso trae muy mala energía. Es la clase de mala energía que realmente hay que enterrar, porque si no sigue dando vueltas por el circuito, afectando a todo el mundo.

Ahí hizo una serie de gestos con las manos que sugerían alguna ley física hasta entonces desconocida.

—¿Pasó algo en Londres?

3

Cuando terminé de contestarle, habíamos dado la vuelta y llegado de nuevo a Union Square, donde al levantar la vista vi el número en el enorme tablero digital avanzando a toda velocidad, echando humo por el dantesco agujero rojo de su centro. Sentí que me quedaba sin aliento. Muchas de las cosas que pasaron durante aquellos meses en Londres me habían dejado sin aliento: por fin había dejado mi piso, que apenas usaba, y me había pasado toda una noche de pie en un acto electoral para ver a un hombre con una corbata azul subir al escenario y concederle la victoria a mi madre con un vestido rojo. Había visto un folleto que anunciaba una noche nostálgica de hip-hop de los noventa en el Jazz Café, y tenía unas ganas locas de ir, pero no se me ocurría un solo amigo al que pudiera llevar, sencillamente había viajado demasiado los últimos años, no frecuentaba los sitios de siempre, no mantenía correspondencia personal por correo electrónico, en parte por falta de tiempo y en parte porque Aimee no veía con buenos ojos que «socializáramos» así, por temor a que nos fuéramos de la lengua o se filtrara información. Sin apenas darme cuenta, había dejado que mis amistades se marchitaran. Así que fui sola, me emborraché y acabé acostándome con uno de los porteros, un estadounidense descomunal, de Filadelfia, que decía haber jugado al baloncesto profesional en otros tiempos. Como a la mayoría de los del ramo (Granger, sin ir más lejos), lo habían contratado por su altura y su color, por la amenaza que se consideraba implícita en esa combinación. Dos minutos fumando un cigarrillo con él revelaron un alma cándida en paz con el universo, que no encajaba con su papel. Yo llevaba encima una papela de coca que me había regalado el chef de Aimee, y a la hora del descanso de mi portero fuimos a los baños y nos metimos un montón, sobre una repisa reluciente detrás del váter que parecía diseñada justo para eso. Me contó que odiaba su trabajo, la agresividad, temía ponerle la mano encima a nadie. Cuando acabó su turno nos marchamos juntos, riéndonos en un taxi mientras me masajeaba los pies. Al llegar a mi piso, donde todo estaba embalado en cajas, listo para despacharlas al inmenso almacén de Aimee en Marylebone, se agarró de la barra fija que, con aspiraciones, yo había colocado encima de la puerta de mi cuarto y que nunca usaba, intentó hacer una dominada y arrancó la maldita barra de la pared, junto con parte del yeso. En la cama, sin embargo, apenas lo sentí dentro de mí, reseca por la coca, quizá. A él no pareció importarle. Se quedó dormido tan contento encima de mí como un gran oso y luego, con la misma alegría, a eso de las cinco de la madrugada, me deseó buena suerte y se marchó. Me desperté con la nariz sangrando y la lúcida sensación de que mi juventud, o al menos esa versión de mi juventud, se había acabado. Seis semanas después, un domingo por la mañana, mientras Judy y Aimee me mandaban frenéticamente mensajes sobre el archivo, en Milán, de una parte del vestuario que Aimee había llevado en escena entre el año 92 y el 98, sin que lo supieran, yo estaba en la clínica sin cita previa del Royal Free Hospital esperando los resultados de un análisis de enfermedades de transmisión sexual y VIH, mientras a varias personas, con menos suerte de la que yo tuve al final, las acompañaban a llorar a salas aparte. Sin embargo, a Aimee no le conté nada de eso: empecé a hablarle de Tracey. De Tracey, ni más ni menos. La historia de nuestra amistad, a pesar de que la cronología patinaba a merced del tiempo y del vodka, poniendo mucho énfasis en todos los rencores, soslayando o destruyendo los buenos momentos, y cuanto más hablaba, más claramente veía y comprendía (como si la verdad emergiera de un pozo de vodka para dar conmigo) que en realidad en Londres sólo había pasado una cosa: había visto a Tracey. Después de tantos años, la había vuelto a ver. El resto no importaba. Como si no hubiera sucedido nada entre aquella última vez y la anterior.

—Espera, espera... —dijo Aimee, demasiado ebria también para disimular su impaciencia con un monólogo ajeno—. Hablas de tu más vieja amiga, ¿verdad? Vale, vale. ¿La conozco?

—No.

—¿Y es bailarina?

—Sí.

—¡Esas personas son las mejores! ¡Se dejan llevar por lo que les dice el cuerpo!

Había ido sentada en el filo del asiento, pero entonces me desinflé y volví a recostar la cabeza en la fría esquina acolchada de vidrio ahumado, nogal y cuero.

—Bueno, no se pueden hacer viejos amigos nuevos —anunció Aimee, de tal modo que cualquiera habría pensado que el dicho era suyo—. ¿Qué haría yo sin mi querida Jude? ¡Juntas desde los quince años! ¡Se cepilló al chico que llevé al baile de fin de curso! Pero me habla sin pelos en la lengua, vaya que sí... Nadie más lo hace.

Estaba acostumbrada a que Aimee convirtiera todas las historias sobre mí en historias sobre ella, y normalmente se lo pasaba por alto, pero la bebida me había infundido el valor de creer, en ese momento, que las vidas de ambas tenían de verdad el mismo peso, merecían comentarse por igual, merecían tiempo por igual.

—Fue después de ir a almorzar aquel día con mi madre —expliqué, despacio—. ¿Te acuerdas de la noche que salí con aquel tal Daniel? ¿En Londres? ¿La cita desastrosa?

Aimee frunció el ceño.

—¿Daniel Kramer? ¡Yo os presenté! El economista, ¿no? ¿Ves? ¡No me contaste nada!

—Bueno, fue un desastre... Fuimos a ver un espectáculo. Y resultó que ella actuaba en el puto espectáculo.

—Y hablaste con ella.

—¡No! No hablo con ella desde hace ocho años. Acabo de decírtelo. ¿Me estás escuchando?

Aimee se llevó dos dedos a las sienes.

—Cuesta seguir el hilo —murmuró—. Y además me duele la cabeza. Mira... no sé... ¡a lo mejor deberías llamarla! Parece que es lo que quieres. Llámala ahora mismo... ¡joder, ya la llamo yo!

—¡No!

Me arrebató el teléfono de la mano (riéndose, revisando mis contactos) y cuando intenté quitárselo lo sacó por la ventanilla.

—¡Devuélvemelo!

—Ah, venga... le encantará.

Me abalancé sobre ella y conseguí arrancarle el teléfono y guardármelo entre los muslos.

—No lo entiendes, me hizo algo horrible. Teníamos veintidós años. Algo horrible.

Aimee enarcó una de sus cejas célebremente simétricas y subió el panel que Errol, queriendo saber hacia qué entrada de la casa nos dirigíamos, delantera o trasera, acababa de bajar.

—Bueno, ahora sí que me pica la curiosidad...

Torcimos al llegar al parque de Washington Square. Las casas que rodeaban la plaza se erguían en toda su nobleza, con las fachadas rojizas cálidamente iluminadas, pero el interior del parque estaba oscuro y mojado, vacío de gente, aparte de la media docena de vagabundos negros que había en la esquina derecha opuesta, sentados a las mesas de ajedrez, envueltos en bolsas de basura con agujeros para los brazos y las piernas. Acerqué la cara a la ventanilla, cerré los ojos, sentí la lluvia fina y conté la historia tal como la recordaba, la ficción y la realidad, a borbotones marcados por el dolor, como si corriera sobre cristales rotos, pero cuando abrí los ojos fue para volver a oír la risa de Aimee.

—¡No tiene gracia, joder!

—Espera, ¿hablas en serio? —Intentó morderse el labio para no reírse y preguntó—: ¿No crees que a lo mejor estás haciendo un mundo de algo que no es para tanto?

—¿Qué?

—Sinceramente, el único que me da pena en toda esa historia, en caso de que sea verdad, es tu padre. ¡Pobre hombre! Más solo que la una, intentando aliviarse un poco...

—¡Basta!

—Tampoco es que sea el Carnicero de Milwaukee.

—¡No es normal! ¡No es normal hacer una cosa así!

—¿Normal? ¿No entiendes que cualquier hombre con acceso a un ordenador en este mundo, incluido el presidente, está mirando coños en la pantalla ahora mismo, o justo acaba de dejar de hacerlo?

—No es lo mismo.

—Es exactamente lo mismo. Salvo que tu padre ni siquiera tenía ordenador. ¿Acaso crees que si George W. Bush busca en internet «Chochitos asiáticos» se convierte en un puto asesino en serie?

—Bueno...

—Tienes razón, es un mal ejemplo.

Se me escapó la risa, aun sin querer.

—Perdona. Quizá me estoy volviendo idiota. No lo pillo. ¿Por qué estás tan enfadada exactamente? ¿Porque tu amiga te lo contó? ¡Acabas de decir que creíste que era una patraña!

Me impactó, después de tantos años de alimentar mi lógica tortuosa, oír el problema simplificado en las palabras de Aimee, que siempre tiraba por la calle de en medio. Lo expuso con una claridad que me molestó.

—Siempre estaba mintiendo. Se le había metido en la cabeza la idea de que mi padre era perfecto, y quiso envilecerlo para hacerme daño, para que yo odiara a mi padre igual que ella odia al suyo. Después ya nunca pude mirarlo a los ojos. Y así fue hasta que murió.

Aimee suspiró.

—Joder, es la mayor estupidez que he oído en mi vida. Has estado pasándolo mal y amargándote sin ningún sentido.

Quiso ponerme una mano en el hombro, pero le di la espalda y me sequé una lágrima solitaria.

—Vaya estupidez, ¿eh?

—No. Todos tenemos nuestros demonios. Aun así, deberías llamar a tu amiga.

Enrolló su chaqueta para hacerse una almohada y recostó la cabeza en la ventanilla, y cuando cruzamos la Sexta Avenida ya estaba dormida. Era la reina de las siestas reparadoras; tenía que serlo, con la vida que llevaba.

4

A principios de ese mismo año, en Londres, pocos días antes de las elecciones municipales, fui a almorzar con mi madre. Era un día gris, húmedo, la gente cruzaba el puente sin alegría, azotada por la llovizna, e incluso los monumentos más majestuosos, incluso el Parlamento, se me antojaban lóbregos, tristes y anodinos. Me entraron ganas de estar ya en Nueva York. Añoraba las alturas y los destellos de los rascacielos de cristal, y después de Nueva York, Miami, y luego cinco paradas en Sudamérica, y por último la gira europea, veinte ciudades, para acabar de nuevo en Londres. Así, podía pasar un año entero. Me gustaba la idea. Otra gente veía pasar las estaciones, arrastrándose a duras penas de año en año. En el mundo de Aimee no vivíamos así. No podríamos aunque hubiéramos querido: nunca nos quedábamos tanto tiempo en un mismo lugar. Si no nos gustaba el invierno, migrábamos hacia el verano. Cuando nos cansábamos de las ciudades, íbamos a la playa, y viceversa. Estoy exagerando un poco, pero no demasiado. Mis últimos años antes de cumplir los treinta habían transcurrido en un extraño estado de atemporalidad, y ahora creo que no todo el mundo podría haberse amoldado a una vida así, que de alguna manera encajaba conmigo. Más adelante me pregunté si nos habían elegido sobre todo por esa razón, justamente porque tendíamos a ser personas con pocos vínculos externos, sin pareja ni hijos, con una familia reducida a la mínima expresión. Desde luego ese estilo de vida nos hacía seguir en las mismas. De las cuatro ayudantes personales de Aimee, sólo una fue madre, y ya con cuarenta y tantos años, tiempo después de dejarlo. En cuanto subías a bordo de aquel Learjet, tenías que cortar todas las ataduras. De lo contrario, no habría funcionado. A mí ya sólo me ataba una persona, mi madre, que pasaba por su mejor momento, igual que Aimee, aunque la diferencia era que mi madre apenas me necesitaba. Estaba volando alto, faltaban pocos días para que ganara el escaño de Brent West, y cuando giré a la izquierda para ir hacia la torre Oxo, dejando el Parlamento a mis espaldas, volví a sentirme insignificante al pensar en la magnitud de lo que ella había alcanzado en comparación con la frivolidad de mi trabajo, a pesar de todos sus empeños por guiarme hacia otros horizontes. Me pareció más imponente que nunca. Mientras cruzaba el puente, no me solté de la baranda en ningún momento hasta llegar al otro lado.

Había demasiada humedad para sentarnos en la terraza. Pasé varios minutos recorriendo el restaurante con la mirada, pero entonces vi a mi madre fuera, después de todo, guareciéndose de la llovizna bajo una de las sombrillas, y con Miriam, aunque por teléfono no había mencionado que la acompañaría. A mí Miriam no me caía mal. Ni mal ni bien, en realidad, era difícil sentir algo por ella, tan apocada y silenciosa y seria. Tenía las facciones sosas y apiñadas en el medio de la cara minúscula, y el pelo natural peinado en trencitas con dignas raíces canosas. Llevaba unas gafitas redondas con montura dorada que no se quitaba nunca y le hacían los ojos aún más diminutos de lo que eran. Se vestía en toda ocasión con prácticos forros polares marrones y pantalones negros. Un marco humano cuyo único propósito era dar realce a mi madre. Mi madre sólo la mencionaba alguna vez para decir: «Miriam me hace muy feliz.» Miriam, por su parte, nunca hablaba de sí misma, sólo de mi madre. Tuve que buscar su nombre en Google para descubrir que era de origen afrocubano, que había vivido en Lewisham, que anteriormente había trabajado en cooperación internacional, pero ahora daba clases en la Queen Mary (en un puesto precario de profesora adjunta) y que desde antes de conocerla yo —es decir, unos cuatro años— estaba escribiendo un libro «sobre la diáspora». Fue presentada ante el electorado de mi madre con el mínimo de escándalo en un acto de una escuela local, fotografiada a su lado, acurrucada como un lirón tímido junto a su leona, y el reportero del *Willesden and Brent Times* consiguió justo la misma frase que yo: «Miriam me hace muy feliz.» Nadie pareció especialmente interesado en el asunto, ni siquiera los jamaicanos viejos o los evangelistas africanos. Me dio la impresión de que sus posibles votantes en realidad no pensaban en mi madre y Miriam como amantes, sólo eran aquellas dos señoras tan majas de Willesden que habían salvado el antiguo cine y luchado por ampliar el polideportivo y establecido el Mes de la Historia Negra en la red de bibliotecas locales. Haciendo campaña, formaban una pareja eficiente: si mi madre te parecía avasalladora, podías refugiarte en la pasividad modesta de Miriam, en tanto que la gente que encontraba a Miriam aburrida, disfrutaba con el entusiasmo que despertaba mi madre allá adonde iba. Al observar ahora a Miriam asintiendo con gestos rápidos, receptivos, mientras mi madre hablaba sin parar, me di cuenta de que yo también agradecía su presencia: era un parachoques útil. Me acerqué y le puse una mano en el hombro a mi madre. No levantó la vista ni dejó de hablar, pero percibió mi roce y puso una mano sobre la mía, aceptando el beso que le estampaba en la mejilla. Retiré una silla y me senté.

—¿Cómo estás, mamá?

—¡Estresada!

—Tu madre está muy estresada —confirmó Miriam, y empezó a enumerar en voz baja todas las diversas causas del estrés de mi madre: los folletos por ensobrar y llevar al correo, lo ajustado de la última encuesta, las tácticas bajo mano de la oposición, y el supuesto doble juego de la única otra mujer negra en el Parlamento, diputada desde hacía veinte años, a quien mi madre consideraba, sin ninguna razón sensata, su amarga rival. Asentí en los momentos adecuados y ojeé el menú y conseguí pedir vino a un camarero que pasaba, todo sin interrumpir el hilo del discurso de Miriam, sus números y porcentajes, las esmeradas regurgitaciones de las muchas frases «brillantes» que mi madre le había dicho a fulano o mengano en tal o cual momento trascendental y de la penosa reacción de fulano o mengano a la brillante frase de mi madre.

—Pero vas a ganar —dije, en un tono que, me di cuenta demasiado tarde, quedaba torpemente a caballo entre la afirmación y la pregunta.

Mi madre, taciturna, desdobló su servilleta y se la puso en el regazo, como una reina a la que han preguntado, con impertinencia, si su pueblo todavía la ama.

—Si hay justicia —dijo.

Llegó la comida, mi madre había pedido por mí. Miriam empezó a hacer montoncitos en su plato (me recordó a un pequeño mamífero que se prepara para hibernar), pero mi madre dejó el cuchillo y el tenedor donde estaban y alargó el brazo hacia la silla vacía de al lado para sacar una copia del *Evening Standard*, abierto ya por una página donde aparecía una gran foto de Aimee en el escenario, junto a una imagen de archivo de varios niños africanos de algún lugar sumido en la miseria, no pude precisar cuál. No había visto el artículo y mi madre lo sostenía demasiado lejos para leer el texto, pero deduje la fuente: un reciente comunicado de prensa que anunciaba el compromiso de Aimee para «paliar la pobreza del mundo». Mi madre dio unos toquecitos en el abdomen de Aimee con un dedo.

—¿Va en serio con esto?

Sopesé la pregunta.

—Le pone mucha pasión.

Mi madre frunció el ceño y empuñó los cubiertos.

—«Paliar la pobreza.» Bueno, estupendo, pero ¿con qué política en concreto?

—Ella no se dedica a la política, mamá. No tiene políticas. Tiene una fundación.

—Bueno, ¿qué es lo que quiere hacer?

Le serví vino a mi madre y la hice detenerse un momento para brindar conmigo.

—Creo que en realidad quiere construir una escuela. Una escuela para niñas.

—Porque si va en serio —dijo mi madre, pisando mi respuesta—, deberías aconsejarle que hable con nosotros, que trabaje en colaboración con el gobierno de una manera u otra... Evidentemente ella tiene los recursos financieros y la atención del público, que está muy bien, pero sin entender la mecánica todo queda en buenas intenciones que no llegan a ninguna parte. Debe reunirse con las autoridades competentes.

Sonreí al oír a mi madre refiriéndose ya a sí misma como «gobierno».

A continuación dije algo que la irritó tanto que se volvió hacia Miriam para contestar.

—¡Cielo santo! Me gustaría que no te comportaras como si te estuviera pidiendo un gran favor. No tengo ningún interés en conocer a esa mujer, ninguno. Nunca lo he tenido. Estaba ofreciendo un poco de orientación. Pensé que sería bien recibida.

—Y lo es, mamá, gracias. Sólo que...

—¡Vaya, es que lo lógico sería que esa mujer quisiera hablar con nosotros! Le dimos el pasaporte británico, al fin y al cabo. Bueno, qué más da. Sólo parecía, viendo esto —levantó el periódico de nuevo— que sus intenciones eran serias, pero quizá no sea así, quizá sólo quiera hacer el ridículo, vete a saber. «Mujer blanca salva África», ¿es ésa la idea? Una idea muy vieja. Bueno, es tu mundo, no el mío, gracias a Dios. Pero de verdad creo que debería hablar con Miriam, al menos, porque resulta que ella tiene un montón de contactos útiles, contactos en las zonas rurales, en proyectos educativos: es demasiado modesta para decírtelo. Estuvo en Oxfam una década, caramba. La pobreza no es sólo un titular, cariño mío, es una realidad que la gente vive en carne propia, y la educación es el meollo del asunto.

—Sé lo que es la pobreza, mamá.

Mi madre sonrió con tristeza, y masticó un bocado.

—No, cielo, no lo sabes.

Mi teléfono, que estaba evitando mirar con toda mi fuerza de voluntad, vibró de nuevo (por enésima vez desde que me había sentado), y por fin lo saqué para intentar revisar rápidamente las llamadas perdidas mientras seguía comiendo con la otra mano. Miriam le planteó a mi madre un tedioso tema administrativo, como solía hacer al verse atrapada en alguna de nuestras discusiones, pero pronto quedó claro que mi madre se aburría.

—Estás enganchada a ese teléfono, ¿lo sabes?

No dejé de teclear, pero adopté una expresión lo más serena posible.

—Es trabajo, mamá. Así trabaja la gente hoy en día.

—¿Como esclavos, quieres decir?

Partió un panecillo en dos y le ofreció la parte más pequeña a Miriam, como la había visto hacer otras veces; era su versión de estar a dieta.

—No, como esclavos no. ¡Mamá, vivo muy bien!

Meditó sobre esto con la boca llena. Negó con la cabeza.

—No, eso no es cierto: no vives. La que vive es ella. Tiene sus hombres, sus hijos y su carrera: ella tiene una vida. Conocemos los detalles por la prensa. Tú le proporcionas esa vida. Es un ser monstruoso que te absorbe la juventud, que agota todo tu...

Para que dejara de hablar eché la silla hacia atrás y fui al baño, donde me demoré más de lo necesario delante de los espejos, mandando más correos electrónicos, pero cuando volví la conversación seguía ininterrumpida, como si el tiempo no hubiera pasado. Mi madre continuaba quejándose, pero con Miriam.

—... todo tu tiempo. Esa mujer lo distorsiona todo. Gracias a ella no voy a tener nietos.

—Mamá, en serio, mi situación reproductiva no tiene nada que...

—Estáis demasiado unidas, tú no te das cuenta. Te ha hecho recelar de todo el mundo.

Aunque lo negué, había dado en el blanco. ¿Acaso no era verdad que me había vuelto una persona recelosa, siempre en guardia? ¿Atenta a cualquier indicio de lo que Aimee y yo llamábamos, entre nosotras, «consumidores»? Un consumidor era, en nuestra jerga, alguien que me utilizaba a mí para acercarse a ella. A veces, los primeros años, si conseguía entablar una relación con alguien y, a pesar de todos los obstáculos del tiempo y la geografía, durábamos más de unos meses, reunía un poco de confianza y valor y se lo presentaba a Aimee. Siempre resultaba ser una mala idea. En cuanto el tipo en cuestión iba al baño o a fumar un cigarrillo, me apresuraba a preguntarle a Aimee: «¿Consumidor?» Y la respuesta era invariablemente: «Cariño, lo siento, pero se ve a la legua que es un consumidor.»

—Mira cómo tratas a tus viejos amigos. A Tracey. Erais casi como hermanas, crecisteis juntas, ¡ahora ni siquiera hablas con ella!

—Mamá, nunca soportaste a Tracey.

—Eso no viene a cuento. La gente viene de algún sitio, tiene raíces... tú has dejado que esa mujer arranque las tuyas de cuajo. No vives en ningún sitio, no tienes nada, siempre estás en un avión. ¿Hasta cuándo puedes vivir así? No creo ni que desee que seas feliz. Porque entonces podrías dejarla. Y entonces, ¿qué sería de ella?

Solté una carcajada, pero incluso a mí me sonó postiza.

—¡Le iría de maravilla! ¡Es Aimee! Sólo soy la ayudante número uno, ¿sabes? Hay tres más.

—Entiendo. Así que ella puede tener en su vida a toda la gente que quiera, pero tú sólo la puedes tener a ella.

—No, no lo entiendes. —Levanté la vista del teléfono—. De hecho esta noche voy a salir con alguien, ¿vale? Y me lo presentó Aimee.

—Bueno, eso está muy bien —intervino Miriam.

Lo que más le gustaba en la vida era ver un conflicto resuelto, cualquier conflicto, y por eso mi madre era un recurso magnífico: provocaba conflictos allá adonde iba, que luego Miriam tenía que resolver.

Mi madre saltó:

—¿Quién es?

—No lo conoces. Es de Nueva York.

—¿No puedo saber cómo se llama? ¿Es un secreto de Estado?

—Daniel Kramer. Se llama Daniel Kramer.

—Ah —le dijo mi madre a Miriam con una sonrisa enigmática. Cruzaron una exasperante mirada de complicidad—. Otro buen chico judío.

Cuando el camarero se acercó a recoger nuestros platos, apareció el sol en el cielo plomizo. Pequeños arcoíris traspasaron las copas de vino hasta los cubiertos mojados, atravesaron los respaldos de las sillas de metacrilato, se desplegaron desde el anillo de compromiso de Miriam hasta una servilleta de hilo que descansaba entre las tres. No quise postre, dije que tenía que ir tirando, pero al moverme para recoger mi impermeable del respaldo de la silla, mi madre le hizo un gesto a Miriam y ésta me pasó un dosier de aspecto oficial, encuadernado, con capítulos y fotografías, listas de contactos, sugerencias arquitectónicas, una breve historia de la educación en la región, un análisis del posible «impacto mediático», planes de colaboración gubernamental y demás: un «estudio de viabilidad». El sol se abrió paso en la grisura, la niebla mental se disipó y vi que en realidad todo el almuerzo había perseguido ese propósito, y que yo sólo era un conducto por el que la información debía llegar a Aimee. Mi madre también era consumidora.

Les di las gracias por el dosier y me quedé mirando la tapa, cerrada sobre mi regazo.

—¿Y cómo te sientes —preguntó Miriam, parpadeando nerviosa detrás de las lentes de sus gafas— por lo de tu padre? El martes es el aniversario, ¿no?

Era tan insólito enfrentarme a una pregunta personal durante un almuerzo con mi madre (y más que recordara una fecha relevante para mí) que al principio no estaba segura de que la cosa fuera conmigo. Mi madre también dio un respingo. A las dos nos dolió que nos recordaran que la última vez que nos habíamos visto había sido en el funeral, hacía ya un año. Una tarde extraña: el féretro fue entregado a las llamas, me senté junto a los hijos de mi padre (ya adultos, rondando la cuarentena y la cincuentena) y evoqué la única vez que los había visto antes: la hija lloró, el hijo se sentó recostado en la silla con los brazos cruzados, escéptico de la propia muerte. Y a mí, que no me salían las lágrimas, me asaltó de nuevo la idea de que ellos encajaban mucho mejor en el papel de hijos de mi padre de lo que yo lo había hecho en toda mi vida. Aun así, en nuestra familia, nunca habíamos querido admitir mi falta de credibilidad como hija suya, siempre desterrábamos la curiosidad banal y morbosa de los desconocidos («Pero ¿esta chica no crecerá confundida?» «¿Cómo podrá elegir entre las dos culturas?»), hasta el punto de que a veces llegué a sentir que el único fin de mi niñez era demostrar a los más obtusos que no estaba confundida y que no me suponía ningún problema elegir. «¡La vida es confusa!», era el imperioso desplante de mi madre. Sin embargo, ¿no existe también una profunda expectativa de identidad en los lazos de sangre? Creo que a mis padres les resultaba ajena, como una criatura cambiada al nacer que no pertenecía a ninguno de los dos, y aunque sin duda eso ocurre siempre, en última instancia (no somos nuestros padres ni ellos son nosotros), los hijos de mi padre habrían llegado a esa conclusión con cierta lentitud, con el paso de los años, quizá sólo comenzaban a comprenderlo del todo en ese mismo momento, mientras las llamas devoraban la madera de pino, en tanto que yo nací sabiéndolo, siempre lo he sabido, es una verdad que llevo estampada en la cara. Pero todo eso era mi drama íntimo: después, en la recepción, advertí que más allá de mi pérdida había un rumor de fondo, sí, que resonaba por todas partes en aquel crematorio, Aimee, Aimee, Aimee, más fuerte que el nombre de mi padre y más frecuente, mientras la gente trataba de averiguar si de verdad ella había asistido al funeral, y luego, más tarde (cuando decidieron que debía de haber asistido y ya se había marchado), se oyó de nuevo, en un eco triste, Aimee, Aimee, Aimee... Incluso oí a mi hermana preguntarle a mi hermano si la había visto. Estuvo allí en todo momento, oculta a plena vista de todos. Una mujer discreta, sorprendentemente bajita, sin maquillaje, tan pálida que era casi translúcida, con un sobrio traje de tweed y las pantorrillas surcadas de venas azules, llevando su pelo natural, castaño y liso.

—Creo que iré a llevar unas flores —dije, señalando vagamente al otro lado del río, hacia el norte de Londres—. Gracias por preguntar.

—¡Un día sin ir a trabajar! —dijo mi madre, volviéndose, subiéndose al tren de la conversación en una parada anterior—. El día del funeral de su padre. ¡Un día!

—Mamá, un día fue lo que pedí.

Mi madre se fingió dolida.

—Siempre habías estado muy unida a tu padre. Sé que siempre te alenté a estarlo. De verdad que no sé lo que pasó.

Por un momento deseé contárselo, pero opté por fijar la mirada en un barco de recreo que remontaba el Támesis. Había varias personas dispersas entre las hileras de asientos vacíos, contemplando el agua gris. Volví a revisar mi correo electrónico.

—Aquellos pobres chicos —oí decir a mi madre, y al levantar la mirada vi que señalaba con la cabeza el puente de Hungerford mientras el barco pasaba por debajo. Instantáneamente, afloró en mi mente la imagen que sin duda estaba en la suya: dos jóvenes tirados por la baranda, al agua. El que salió con vida y el que murió.

Me estremecí y me ajusté la chaqueta con fuerza sobre el pecho—. Y también había una chica —añadió mi madre, volcando un cuarto sobre de azúcar en un cappuccino espumoso—. No creo que tuviera aún dieciséis años. Prácticamente unos críos, todos. Qué tragedia. Todavía deben de estar en la cárcel.

—Por supuesto que siguen en la cárcel. Mataron a un hombre. —Saqué un palito de pan de un jarrón de porcelana estrecho y lo rompí en cuartos—. Él también sigue muerto. Otra tragedia.

—Eso ya lo sé —replicó mi madre—. Estuve en la galería del público casi todos los días que duró el juicio, por si no lo recuerdas.

Lo recordaba. No fue mucho después de que me marchara de casa, y mi madre había tomado por costumbre llamarme cada noche cuando llegaba del Tribunal Supremo para contarme las historias (aunque yo no pedía escucharlas), cada una con su particular tristeza grotesca, pero en cierto modo todas la misma: niños abandonados por madres o padres o por ambos, criados por abuelos, o sin que nadie los criara, infancias enteras cuidando a parientes enfermos, en bloques ruinosos que parecían una prisión, todos al sur del río, adolescentes expulsados de la escuela, o de casa, o de ambos sitios, consumo de drogas, abuso sexual, hurtos, dormir en cualquier sitio... Las mil y una maneras en las que una vida puede hundirse en la miseria casi antes de que comience. Recuerdo que uno de ellos había dejado el instituto. Otro tenía una hija de cinco años, muerta en un accidente de tráfico el día anterior. Todos eran ya delincuentes de poca monta. Y mi madre estaba fascinada con ellos, fantaseaba con la idea de escribir algo sobre el caso, para la que era, en aquel momento, su tesis. Nunca lo hizo.

—¿Te he disgustado? —preguntó, poniendo una mano sobre la mía.

—¡Dos chicos inocentes que pasaban por un puto puente!

Mientras hablaba golpeé la mesa con el puño que me quedaba libre, sin querer; una vieja costumbre de mi madre. Me miró con preocupación y puso de pie el salero derribado.

—Pero cariño, ¿quién discute eso?

—No todos podemos ser inocentes. —Por el rabillo del ojo vi a un camarero, que acababa de salir a traernos la cuenta, retirarse con discreción—. ¡Alguien tiene que ser culpable!

—De acuerdo —murmuró Miriam, angustiada, retorciendo una servilleta entre las manos—. No creo que nadie discuta eso, ¿verdad?

—No tuvieron ninguna posibilidad —dijo mi madre en voz baja, pero con firmeza, y sólo después, mientras cruzaba de nuevo el puente, cuando se me había pasado el malhumor, vi que era una frase que se movía en dos direcciones.

CUARTA PARTE

Travesía

1

El mejor bailarín que he visto en la vida fue el Kankurang. Sin embargo, en ese momento no sabía quién o qué era: una silueta anaranjada que se agitaba desenfrenadamente, de la altura de un hombre pero sin un rostro humano, cubierto bajo incontables capas de hojas que susurraban al rozarse unas con otras. Como un árbol en el apogeo del otoño en Nueva York que se arrancara de raíz y echara a bailar por la calle. Una pandilla de niños iban tras él entre la polvareda rojiza, seguidos de un escuadrón de mujeres con hojas de palma en las manos; sus madres, supuse. Las mujeres cantaban y daban pisotones en el suelo, batiendo el aire con las palmas, bailando y caminando a la vez. Me metieron a presión en un taxi, un Mercedes amarillo destartalado con una franja verde que lo recorría de punta a punta. Lamin iba a mi lado, en el asiento de atrás, junto con un abuelo, una mujer amamantando a un bebé que berreaba, dos colegialas adolescentes de uniforme, y uno de los maestros que enseñaban el Corán en la escuela. Era una escena caótica que Lamin afrontaba con calma, consciente en todo momento de su papel de profesor principiante, las manos entrelazadas sobre el regazo como las de un sacerdote, con el aspecto, como siempre —con la nariz larga, aplanada y de orificios amplios, y los ojos tristes, ligeramente amarillentos— de un gran gato en reposo. En el estéreo del coche sonaba reggae de la isla de mi madre, a un volumen enloquecedor. Sin embargo, aquello se acercaba a nosotros, fuera lo que fuese, bailaba unos ritmos a los que el reggae jamás se acerca. Compases tan rápidos, tan complejos, que hacía falta analizarlos (o verlos expresados a través del cuerpo de un bailarín) para entender lo que estabas oyendo. De lo contrario, podías confundirlo con una sola nota grave y retumbante. Podías pensar que era el rugido de los truenos.

¿Quién tocaba la percusión? Miré por la ventanilla y distinguí a tres hombres, con los tambores apresados entre las rodillas, caminando como cangrejos, y cuando llegaron a la altura de nuestro coche, la danza ambulante dejó de avanzar y echó raíces en el medio de la carretera, obligándonos a detenernos. Nada que ver con los controles habituales, los soldados hoscos con cara de niño, los fusiles de asalto colgados a la cadera. Cuando nos paraban los soldados (a menudo una docena de veces en un solo día) guardábamos silencio. Ahora, en cambio, el interior del vehículo estalló en charla, silbidos y risas, y las colegialas se asomaron por las ventanillas y forcejearon con la palanca rota hasta que la puerta del copiloto se abrió y todos excepto la mujer que daba el pecho salieron atropelladamente.

—¿Qué es eso? ¿Qué pasa? —le pregunté a Lamin.

Se suponía que era mi guía, pero ni siquiera parecía recordar mi presencia, y aún menos que debíamos dirigirnos al transbordador para cruzar el río hasta la ciudad, y de ahí al aeropuerto, a recibir a Aimee. Nada de eso importaba en ese momento. Sólo existía el instante presente, sólo el baile. Y resultó que Lamin llevaba el baile dentro. Lo advertí ese día, incluso antes de que Aimee lo conociera, mucho antes de que viese que era un bailarín nato. Lo vi en cada movimiento de su cadera, en cada gesto de su cabeza. Sin embargo, ya no podía distinguir a la aparición naranja, había tal gentío que sólo podía guiarme por el sonido: lo que debían de ser sus pies pateando el suelo, el tosco tintineo del metal con el metal, y un aullido penetrante, como de otro mundo, al que las mujeres replicaron con cantos, mientras ellas, también, bailaban. Incluso a mí me resultó imposible no bailar, apretujada entre la marea de cuerpos en movimiento. Repetía sin cesar aquellas preguntas («¿Qué es esto? ¿Qué pasa?»), pero el inglés, la «lengua oficial», aquella pesada capa formal que la gente sólo se ponía en mi presencia, y aun entonces con evidente hastío y dificultad, había caído al suelo, todo el mundo bailaba encima de ella, y pensé, no por primera vez aquella primera semana, que Aimee tendría que amoldarse cuando al fin llegara y descubriera, como yo ya había descubierto, el abismo entre un «estudio de viabilidad» y la vida tal cual se presenta ante tus ojos en la carretera y el transbordador, la aldea y la ciudad, entre la gente y en media docena de lenguas, en la comida y las caras y el mar y la luna y las estrellas.

Algunos se habían encaramado al coche para ver mejor. Busqué a Lamin y lo encontré, también, subiéndose al capó. La multitud empezó a dispersarse (riendo, gritando, corriendo) y al principio pensé que habían tirado un petardo. Varias mujeres huyeron hacia la izquierda, y de pronto vi por qué: el Kankurang blandía dos machetes, largos como un brazo.

—¡Ven! —me gritó Lamin, tendiéndome una mano, y me encaramé a su lado, agarrándome a su camisa blanca mientras él bailaba, tratando de no perder el equilibrio.

Desde arriba contemplé el frenesí que me rodeaba. Pensé: ésta es la alegría que he estado buscando toda mi vida.

A mis espaldas, más arriba, había una anciana sentada decorosamente en el techo de nuestro vehículo, comiendo cacahuetes de una bolsa; me recordó a una señora jamaicana en el estadio de Lord's tras una jornada de críquet. Se fijó en mí y me saludó con la mano.

—Buen día. ¿Cómo va la mañana? —dijo.

El mismo saludo cortés, automático, que me seguía por toda la aldea, sin importar la ropa que llevara o quién fuera conmigo, y que para entonces ya reconocía como un guiño a mi condición de extranjera, que era obvia para todos en todas partes. La anciana contempló sonriente los machetes mientras giraban, a los chicos que se desafiaban sin cesar a acercarse al árbol danzante y seguir sus movimientos desenfrenados, aunque a resguardo de las hojas de los cuchillos ondeantes, imitando con sus cuerpos esbeltos las convulsiones, los pisotones y quiebros y las flexiones de piernas y patadas al aire y la oleada eufórica de ritmos que la figura irradiaba hacia todos los puntos del horizonte, atravesando a las mujeres, a Lamin, a mí, a todos los que alcanzaba a ver, mientras bajo nuestros pies el coche temblaba y se mecía. La anciana señaló al Kankurang.

—Es un bailarín —explicó.

Un bailarín que viene a por los chicos. Para llevarlos al monte, donde se les circuncida, se les inicia en su cultura, se les explican las reglas y los límites, las tradiciones sagradas del mundo en el que vivirán, los nombres de las plantas que los ayudarán con tal o cual enfermedad y cómo emplearlas. Un bailarín que actúa como umbral entre la juventud y la madurez, que ahuyenta los espíritus malignos y custodia el orden y la justicia y la continuidad de su pueblo y entre sus habitantes. Es un guía que conduce a los jóvenes en la difícil travesía de la infancia a la adolescencia, y que a su vez es, sencillamente, también un hombre joven, anónimo, elegido con gran secretismo por los ancianos, cubierto por hojas de *faara* y embadurnado con pigmentos vegetales. Pero todo eso lo averigüé después con mi teléfono móvil, ya en Nueva York. En aquel momento intenté que mi guía me explicara qué significaba todo aquello, cómo encajaba o divergía de las prácticas islámicas locales, pero con la música no me oyó. O no quiso oírme. Volví a intentarlo, un poco más tarde, después de que el Kankurang prosiguiera con su danza y nos apretujáramos de nuevo en el taxi, junto con dos de los niños bailarines, que se sentaron sobre nuestras rodillas, pegajosos de sudor. Sin embargo, me di cuenta de que mis preguntas los incomodaban a todos, y para entonces la euforia se había extinguido. La desalentadora formalidad de Lamin, con la que encaraba cualquier trato conmigo, había vuelto.

—Una tradición mandinga —dijo, y luego se volvió hacia el conductor y el resto de los pasajeros para reírse y discutir y hablar de cosas que yo no acertaba a adivinar en una lengua que no conocía. Nos pusimos en marcha de nuevo. Me pregunté qué pasaba con las chicas. ¿Viene alguien a por las chicas? Si no es el Kankurang, ¿quién? ¿Sus madres? ¿Sus abuelas? ¿Una amiga?

2

Cuando a Tracey le llegó el momento, no había nadie para guiarla a traspasar el umbral, para aconsejarla o advertirle siquiera que lo estaba traspasando. Sin embargo, su cuerpo se desarrollaba más rápido que el de las demás, así que tuvo que improvisar, apañárselas como pudo. Su primera idea fue vestirse con ropa escandalosa. Las culpas cayeron sobre su madre, como suele ocurrir, pero estoy segura de que la madre apenas se daba cuenta, o sólo a medias. Aún dormía cuando su hija se iba a la escuela, y cuando Tracey volvía ella no estaba en casa todavía. Por fin había encontrado trabajo, creo que limpiaba un bloque de oficinas no sé dónde, pero mi madre y las demás lo criticaban casi tanto como habían criticado que estuviera en el paro. Antes había sido una «mala influencia», ahora se pasaba «todo el día fuera». Por lo visto era tan nociva su presencia como su ausencia, y los rumores que circulaban sobre Tracey empezaron a tomar una dimensión trágica, porque ¿acaso no son sólo los héroes trágicos los que no tienen opciones, ni caminos alternativos, nada salvo un destino inevitable? En pocos años Tracey se quedaría preñada, según mi madre, abandonaría los estudios, y el «ciclo de la pobreza» se cerraría, muy probablemente, en la cárcel. La cárcel se llevaba en la sangre. Por supuesto la cárcel corría por mi sangre, también, pero de algún modo a mí me guiaba otra estrella: yo no sería ni haría ninguna de esas cosas. La certeza de mi madre en este sentido me inquietaba, porque si estaba en lo cierto su dominio sobre la vida de los demás superaba los límites que yo había imaginado hasta entonces. Y aun así, si alguien lograba desafiar al destino, encarnado en la figura de mi madre, ¿acaso no iba a ser Tracey?

Sin embargo, las cosas pintaban mal. Ahora cuando a Tracey le pedían que se quitara el abrigo en clase ya no se negaba, sino que lo hacía con terrible placer, bajándose la cremallera despacio, mostrando provocativamente ante el resto de la clase unos pechos apenas contenidos por una camiseta ceñida que exhibía su abundancia donde las demás sólo teníamos todavía pezones y hueso. Todo el mundo «sabía» que costaba cincuenta peniques «tocarle las tetas a Tracey». Yo no tenía ni idea de si era verdad o no, pero todas las niñas se pusieron de acuerdo para darle de lado, negras, blancas y mulatas. Nosotras éramos buenas chicas. No dejábamos que nadie nos tocara las tetas inexistentes, ya no éramos las crías alocadas que habíamos sido en tercero. Ahora teníamos «novios», que las otras chicas elegían para nosotras, en notas que circulaban de pupitre en pupitre, o en largas, tortuosas llamadas telefónicas («¿Quieres saber quién te va detrás y le ha dicho a todo el mundo que le gustas?»), y una vez se asignaban formalmente esos novios, nos paseábamos de la mano con ellos por el patio al tenue sol del invierno, con gran solemnidad (las más de las veces les sacábamos una cabeza de altura), hasta que llegaba el momento de la inevitable ruptura (que también decidían nuestras amigas) y la ronda de notas y llamadas volvía a empezar. No podías participar en este proceso sin pertenecer a una pandilla de chicas, y a Tracey no le quedaban amigas aparte de mí, y sólo cuando le apetecía. Se acostumbró a pasar las horas del recreo en la portería donde los chicos jugaban a fútbol; a veces los insultaba, incluso atajaba el balón y detenía el juego, pero a menudo actuaba como su cómplice, riéndose con ellos mientras se burlaban de nosotras, sin un apego especial por ningún chico en concreto y aun así, en la imaginación de toda la escuela, manoseada por todos a su antojo. Si me veía a través de las barras, jugando con Lily o saltando a la doble comba con las otras niñas negras o mulatas, procuraba hacerse notar dándome la espalda, susurrando con los chicos, riendo, como si ella también opinara sobre si llevábamos o no sostén, o nos había venido la regla. Una vez pasé junto a la portería con la cabeza bien alta, de la mano de mi nuevo «novio» (Paul Barron, el hijo del policía), y ella dejó lo que estaba haciendo, se agarró a las barras de hierro y me sonrió. No fue una sonrisa agradable, sino sumamente sarcástica, como diciendo: «Eh, ¿de qué te las das ahora?»

3

Una vez logramos escapar del Kankurang y pasar todos los puestos de control que había en el trayecto, y después de que nuestro taxi consiguiera atravesar las bulliciosas calles llenas de baches del barrio del mercado hasta el muelle del transbordador, ya era demasiado tarde, no llegamos a tiempo, bajamos por la pasarela corriendo pero nos quedamos en tierra con al menos otro centenar de personas, mientras contemplábamos la imponente proa oxidada surcando el agua. El río dividía esa lengua de tierra por la mitad de punta a punta, y el aeropuerto quedaba en el otro lado. Me asombró el caótico cargamento repartido entre los tres pisos de la embarcación: madres con niños de pecho, colegiales, granjeros y peones, animales, coches, camiones, sacos de grano, quincalla para turistas, bidones de aceite, maletas, muebles. Los niños nos saludaron con la mano. Nadie parecía saber si aquél sería el último transbordador. Esperamos. El tiempo pasaba, el cielo se puso malva. Pensé en Aimee, en el aeropuerto, obligada a soportar la charla del ministro de Educación, y en Judy hecha una furia, encorvada sobre su teléfono móvil, llamándome sin parar y en vano, pero contra todo pronóstico no me angustié. Me tomé la espera con tranquilidad, resignada, junto a toda aquella otra gente que tampoco delataba ninguna impaciencia, o por lo menos no la expresaba con una actitud que me permitiera identificarla. No había cobertura, no podía hacer nada. Estaba completamente ilocalizable, por primera vez en años. Me embargó una inesperada pero nada desagradable sensación de calma, de ser ajena al tiempo: me recordó, en cierto modo, a la infancia. Esperé, apoyada en el capó del taxi. Otros se sentaron en su propio equipaje, o en las tapas de los bidones de aceite. Un anciano descansaba en la mitad del armazón de una cama gigante. Dos chiquillas estaban a horcajadas sobre una jaula de pollos. Periódicamente, los camiones articulados avanzaban un par de palmos por la pasarela, sofocándonos con el humo negro del gasóleo, tocando la bocina para avisar a quien pudiera estar sentado o durmiendo en su camino, pero al no poder ir a ningún sitio y sin nada que hacer, pronto se unieron a nosotros en aquella espera que parecía no tener principio ni fin: llevábamos desde siempre oteando el horizonte en busca del transbordador y seguiríamos siempre así. Al caer el sol, nuestro chófer tiró la toalla. Consiguió dar la vuelta con el taxi, avanzó muy despacio entre la multitud y desapareció. Intentando evitar a una mujer que se empeñaba en venderme un reloj, me alejé también y me senté cerca del agua; pero Lamin estaba preocupado por mí, siempre estaba preocupado por mí, una persona como yo debía estar en la sala de espera, que costaba dos de los billetes mugrientos que llevaba arrugados en el bolsillo, y por esa razón naturalmente no pensaba ir conmigo, pero aun así insistía en que yo debía ir allí, sí, la sala de espera era sin duda el lugar para alguien como yo.

—Pero ¿por qué no puedo quedarme aquí, sin más?

Me ofreció su sonrisa angustiada, la única que tenía.

—Para mí está bien, pero para ti...

Seguíamos a cuarenta grados en el exterior: la idea de meterme en una sala cerrada me daba náuseas. Al final conseguí que se sentara conmigo, con los pies colgando sobre el agua y los talones chocando contra los cúmulos de ostras muertas adheridos a los puntales del muelle. Todos los demás hombres jóvenes de la aldea llevaban música de baile en el teléfono, precisamente para escucharla en momentos como ésos, pero Lamin, un joven serio, prefería el boletín internacional de la BBC, y así, con un auricular cada uno, escuchamos una crónica sobre el coste de los estudios universitarios en Ghana. Más abajo, en la orilla, varios chicos fornidos con el torso al aire cargaban a hombros a algunos viajeros intrépidos, y los llevaban desde los escollos donde rompían las olas hasta unas barcazas de aspecto precario pintadas de vivos colores. Señalé a una mujer muy gorda, con un bebé envuelto en una faja a la espalda, a la que estaban aupando a los hombros de uno de los muchachos. Le aplastaba la cabeza sudorosa entre los muslos.

—¿Por qué no hacemos lo mismo? ¡Estaríamos al otro lado en veinte minutos!

—Para mí está bien —susurró Lamin (era como si por alguna razón cualquier conversación conmigo lo avergonzara y nadie debiera oírla)—, pero para ti no. Tú deberías ir a la sala de espera. Va para largo.

Observé mientras el joven playero, con el agua hasta los muslos, descargaba a la mujer en su asiento. Me pareció menos sofocado, después de trasladar semejante carga, de lo que Lamin parecía por el simple hecho de hablar conmigo.

Cuando empezaba a oscurecer, Lamin se mezcló entre la gente para preguntar, y entonces se convirtió en otro, nada que ver con el muchacho monosilábico que me hablaba en susurros, debía de ser el verdadero Lamin, serio y respetado por la gente, divertido y locuaz, que parecía conocer a todo el mundo, saludado con afecto cálido y fraternal por jóvenes encantadores allá adonde iba. Compañeros de su «quinta», los llamaba él, y eso podía significar que había crecido con ellos en la aldea, o que habían ido a la misma clase en la escuela, o bien en su misma promoción en la facultad de Magisterio. Era un país muy pequeño: había gente de su quinta por todas partes. La chica que nos vendió anacardos en el mercado, por ejemplo, o un vigilante de seguridad del aeropuerto. A veces uno de los jóvenes policías o cadetes del ejército que nos paraban en los puestos de control era compañero de quinta, y eso siempre parecía una suerte, la tensión se disipaba, apartaban las manos de los fusiles, se asomaban por la ventanilla y se dejaban llevar de buena gana por la nostalgia. Los compañeros de quinta te hacían un precio especial, te expedían los billetes más rápido, te daban paso con la mano. Y allí sucedió de nuevo, una chica pechugona en la oficina de los transbordadores, vestida con una de esas combinaciones de ropa desconcertantes que había visto en muchas chicas de la región y que me moría de ganas de enseñarle a Aimee, con esa superioridad de quien ha llegado una semana antes. Vaqueros ceñidos, de tiro bajo y tachuelas, una brevísima camiseta de tirantes que revelaba los bordes fosforescentes de un sostén de encaje, y un hiyab rojo escarlata enmarcando su cara con recato y prendido con un alfiler rosa reluciente. Observé a Lamin y a la chica largo rato mientras charlaban, en una de las varias lenguas locales que él hablaba, y traté de imaginar por qué derroteros las respuestas que precisábamos a las preguntas «¿Hay otro transbordador? ¿Cuándo vendrá?» podían dar lugar a un debate tan vehemente. Al otro lado del muelle oí una sirena y vi una gran silueta oscura aproximándose hacia nosotros por el agua. Me acerqué corriendo a Lamin y lo agarré del codo.

—¿Es ése? Lamin, ¿es ése?

La chica dejó de parlotear y se volvió a mirarme. Se dio cuenta de que no era ninguna compañera de su quinta. Examinó la ropa cómoda y sin gracia que me había comprado especialmente para usar en su país: pantalones caqui, una camisa de algodón arrugado de manga larga, unas maltrechas zapatillas Converse de un exnovio y un pañuelo negro que me había quitado de la cabeza porque me sentía tonta e incómoda con él y llevaba ahora alrededor del cuello.

—Ése es de carga —dijo, con lástima manifiesta—. Habéis perdido el último transbordador.

Pagamos una cantidad que Lamin consideró exorbitante por un pasaje en barcaza, a pesar de los acalorados regateos, y en el momento en que mi coloso me depositó en mi asiento, una docena de muchachos aparecieron de la nada y se montaron también, sentándose en cualquier hueco libre del casco y haciendo que el viaje privado que habíamos acordado acabara siendo público. Pero al llegar al otro lado y recuperar la cobertura, nos enteramos de que Aimee había decidido quedarse en uno de los hoteles de la playa y que partiría hacia la aldea al día siguiente. El coloso estaba encantado: le pagamos de nuevo y así subvencionamos otro viaje para unos cuantos muchachos más, volviendo a cruzar por donde habíamos llegado. Una vez en la orilla, hicimos el último tramo hasta la aldea en una furgoneta destartalada. A Lamin, la idea de tomar dos barcazas y dos taxis en un solo día lo mortificaba, aunque yo pagara el segundo trayecto, aunque con lo que costaba (que a él le parecía ultrajante) no me hubiera alcanzado ni para comprarme una botella de agua en Broadway. Se sentó en el techo del vehículo con otro chico que no cabía en los asientos, y mientras los demás pasajeros hablaban, dormían, rezaban, comían, daban el pecho a los bebés y le gritaban al chófer que parara en sitios que a primera vista eran cruces de caminos en medio de la nada, yo oía a Lamin tamborileando un ritmo en el techo, por encima de mi cabeza, y durante dos horas ésa fue la única lengua que pude entender. Llegamos a la aldea después de las diez de la noche. Me alojaba con una familia del pueblo, y a esa hora nunca había estado fuera de su complejo de cabañas ni sabía que a nuestro alrededor reinaba una oscuridad absoluta por la que Lamin caminaba ahora con total confianza, como a plena luz. Yo correteaba tras él por los angostos senderos de arena sembrados de basura que no alcanzaba a ver, dejando atrás las chapas onduladas que distinguían cada choza de bloques de hormigón de la siguiente, hasta que desembocamos en el complejo del Al Kalo, no más lujoso ni más alto que el resto, pero con una gran explanada delante donde al menos un centenar de niños, con el uniforme de su escuela (la escuela que en última instancia nos proponíamos reemplazar), se apiñaban bajo la copa de un enorme mango solitario. Habían esperado seis horas para recibir con su baile a una mujer llamada Aimee: le tocó a Lamin explicarles por qué esa mujer no iba a llegar ese día. Sin embargo, cuando Lamin acabó de hablar, el jefe del poblado fue a pedirle que se lo explicara todo de nuevo. Aguardé mientras los dos hombres hablaban, gesticulando mucho con las manos, mientras los niños se aburrían y se alborotaban por momentos, hasta que las mujeres apartaron los tambores que ya no iban a tocar y por fin dijeron a los niños que se levantaran y poco a poco los mandaron corriendo a casa. Saqué el teléfono, que arrojó su luz artificial sobre el Al Kalo. No era, pensé, el gran jefe africano que Aimee tenía en mente. Menudo, ceniciento, arrugado y sin dientes, con una camiseta raída del Manchester United, pantalones de deporte y unas chanclas Nike de plástico remendadas con cinta aislante. ¡Y cómo se sorprendería el Al Kalo, a su vez, de saber que se había convertido en todo un personaje para nosotros, en Nueva York! La cosa había empezado con un correo electrónico de Miriam (Asunto: *Protocolo*) en el que se esbozaba, según Miriam, lo que cualquier visitante debía obsequiar al Al Kalo al llegar a la aldea, en señal de respeto. Ojeándolo, Judy soltó su ladrido de foca y me puso el teléfono delante de las narices.

—¿Es una broma?

Leí la lista:

Gafas de lectura
Paracetamol
Aspirinas
Pilas
Gel de ducha
Pasta de dientes
Crema antiséptica

—No creo... Miriam no hace bromas.

Judy sonrió con candor a la pantalla.

—Bueno, creo que podemos arreglarlo.

Judy no se conmovía fácilmente, pero aquella lista la enterneció. A Aimee la enterneció aún más, y durante varias semanas, cuando alguna buena persona con recursos nos visitaba, ya fuera en la casa del valle del Hudson o en la de Washington Square, Aimee volvía a leer esa lista con fingida solemnidad y luego preguntaba a los presentes si no les parecía increíble, y todos confesaban que costaba de creer y parecían muy conmovidos y reconfortados por esa incapacidad suya de hacerse a la idea, se tomaba como una señal de pureza, tanto del Al Kalo como de sí mismos.

—Sin embargo, es tan estimulante hacer esa traducción... —comentó un joven de Silicon Valley, una de aquellas noches; estaba inclinado sobre la mesa, cerca de un candelabro, y su cara parecía iluminada por su propia perspicacia—. O sea, entre una realidad y la otra. Como pasar a través de la matriz. —Todos los comensales asintieron y le dieron la razón, y más tarde sorprendí a Aimee añadiendo esa frase lapidaria a renglón seguido de la ya famosa lista del Al Kalo, como si fuese de su propia cosecha.

—¿Qué está diciendo? —le susurré a Lamin.

Estaba cansada de esperar. Bajé el teléfono.

Lamin puso suavemente una mano en el hombro del jefe, pero el anciano prosiguió con su interminable y agitado discurso a la oscuridad.

—El Al Kalo está diciendo —susurró Lamin— que aquí las cosas están muy difíciles.

A la mañana siguiente fui con Lamin a la escuela y cargué mi teléfono en el despacho del director, en la única toma de corriente de la aldea, alimentada con un generador solar financiado años atrás por una organización benéfica italiana. Hacia mediodía volvió la cobertura misteriosamente. Leí por encima los cincuenta mensajes recibidos y comprobé que pasaría dos días más allí sola antes de volver al transbordador y recoger a Aimee: estaba «descansando» en un hotel de la ciudad. Al principio me entusiasmó la idea de esa soledad inesperada, y me sorprendí haciendo toda clase de planes. Le conté a Lamin que quería ir al famoso complejo de la esclava rebelde, a dos horas de viaje, y ver por fin con mis propios ojos la orilla desde donde habían zarpado los barcos, con su cargamento humano, rumbo a la isla de mi madre, y de ahí a las Américas y Gran Bretaña, llevando el azúcar y el algodón, antes de emprender el regreso para trazar así un triángulo que había dado origen, entre un sinfín de consecuencias, a mi propia existencia. Aunque apenas dos semanas antes, delante de mi madre y de Miriam, yo misma había dicho con desprecio que eso era «turismo de la diáspora». Viajaría por mi cuenta en una camioneta a los viejos fuertes donde antiguamente encerraron a mis ancestros esclavos, le dije a Lamin, que sonrió y pareció aprobar la idea, aunque llegado el momento se interpuso en todos mis planes. Se interponía en cualquier intento que yo hiciera de mantener tratos, personales o económicos, con aquella aldea incomprensible, con los ancianos y los niños, y encajaba cualquier pregunta o petición con su sonrisa nerviosa y su explicación predilecta, susurrada: «Aquí las cosas están difíciles.» No se me permitía salir a caminar por el monte, recoger mis propios anacardos, ayudar a preparar la comida o lavarme la ropa. Caí en la cuenta de que me veía casi como a una criatura, alguien a quien había que llevar en mantillas y exponer poco a poco a la realidad. Luego comprendí que el resto de la aldea me veía igual. Cuando las abuelas comían en cuclillas del cuenco compartido, apuntaladas sobre sus recias piernas, rebañando el arroz y pedacitos de malacho o berenjena con los dedos, a mí me llevaban una silla de plástico y cuchillo y tenedor, porque intuían que era demasiado enclenque para aguantar la postura, y no se equivocaban. Cuando malgastaba un litro entero de agua en el agujero de la letrina porque me daba asco una cucaracha, ninguna de la docena de niñas con las que vivía me hizo saber nunca exactamente cuánto había caminado aquel día para conseguir ese litro. Cuando me escabullí y fui sola al mercado a comprar un pareo rojo y morado para mi madre, Lamin esbozó su sonrisa nerviosa, pero me ahorró el detalle de saber qué proporción de lo que él ganaba como maestro en todo un año acababa de gastarme en un solo trozo de tela.

Hacia el final de esa primera semana me enteré de que los preparativos de mi cena empezaban poco después de que me sirvieran el desayuno, pero cuando intenté acercarme al rincón del patio donde todas las mujeres y niñas estaban agachadas en la tierra pelando, cortando, majando y salando los alimentos, se rieron de mí y me mandaron a seguir cruzada de brazos en la silla de plástico de mi cuarto oscuro, leyendo los periódicos estadounidenses que me había llevado (ya arrugados y tan irrelevantes que me parecían cómicos), así que nunca llegué a descubrir cómo, sin horno ni electricidad, preparaban aquellas patatas fritas crujientes que yo no quería, o los grandes cuencos de apetitoso arroz que cocinaban para ellas. Preparar la comida no era tarea para mí, ni lavar, ni ir a por agua o arrancar cebollas, ni siquiera dar de comer a las cabras y las gallinas. En el sentido más estricto de la expresión, era una inútil. Incluso cuando al dejarme coger a un bebé lo hacían con actitud irónica, y se reían de mí al verme con uno en brazos. Sí, procuraban en todo momento protegerme de la realidad. Habían conocido a personas como yo antes. Sabían que podemos soportar poca realidad.

El día que debíamos recoger a Aimee me desperté muy temprano, de madrugada, con la llamada a la oración y los cantos histéricos de los gallos, y al ver que todavía no hacía un calor infernal me vestí a oscuras y salí de mi choza sola, sin ninguna de las mujeres o niños del pequeño ejército con quienes vivía (justo lo que, según Lamin, se suponía que no debía hacer) y fui a buscar a mi guía. Quería avisarlo de que me iba a visitar el viejo fuerte de los esclavos, de que pensaba ir tanto si le gustaba como si no. Al amanecer vi que me seguían varios niños descalzos, curiosos («Buen día. ¿Cómo va la mañana?»), meras sombras, mientras me detenía aquí y allá a preguntar por Lamin a las decenas de mujeres con las que me cruzaba, ya de camino a trabajar las tierras de la comunidad. Asentían y señalaban hacia delante, a través de la maleza, por tal o cual sendero, bordeando la gran mezquita de cemento pintada de un verde reluciente, medio carcomida a ambos lados por unos termiteros de arena rojiza de más de tres metros, pasando una serie de patios polvorientos que barrían, a esa hora, muchachas hoscas a medio vestir que se apoyaban en las escobas para verme pasar. Allí donde mirara había mujeres atareadas: amamantando, cavando, acarreando, alimentando, limpiando, arrastrando, restregando, construyendo, arreglando lo que fuera. No vi a un solo hombre hasta que por fin encontré la choza de Lamin a las afueras de la aldea, antes de los campos de labranza. Estaba muy oscura y húmeda, incluso para los parámetros locales: no había puerta en la entrada, salvo una sábana, ni un aparatoso catre de madera, sólo una silla de plástico en el suelo pelado, de tierra, y una tina de agua donde al parecer acababa de asearse, porque Lamin estaba de rodillas al lado, empapado aún, y vestido tan sólo con unos pantalones cortos de fútbol. En la pared de bloques de hormigón distinguí un tosco escudo del Manchester United pintarrajeado en rojo. Con el torso desnudo, esbelto, puro músculo, la piel incandescente de la juventud: impecable. ¡Qué pálida parecía yo a su lado, poco menos que descolorida! Me hizo pensar en Tracey, en las numerosas veces que de niña acercaba su brazo al mío para comprobar que seguía siendo un poco más pálida que yo (como presumía) y cerciorarse de que eso no había cambiado a lo largo del verano o el invierno. No me atrevía a contarle que los días de calor me tumbaba en el balcón, aspirando justamente a esa cualidad que ella parecía temer: más color, piel oscura, para que todas mis pecas se unieran y se fundieran y me dejaran el mismo tono oscuro de mi madre. Pero Lamin, como la mayoría de los habitantes de la aldea, me aventajaba tanto como mi madre en grados de oscuridad, y al mirarlo en ese momento el contraste entre su belleza y el entorno me pareció, entre muchas otras cosas, irreal. Al verme allí de pie hizo un gesto de dolor: había roto un pacto tácito. Se excusó. Fue al otro lado de una cortina de harapos que pretendía separar una parte de aquel espacio desangelado de la otra, pero aun así alcancé a verlo mientras se ponía su impecable camisa blanca Calvin Klein con el monograma, y sus pantalones blancos de pinzas y sus sandalias blancas, una blancura que yo no imaginaba cómo podía mantener, cubierta como iba siempre de polvo rojizo. Sus padres y sus tíos usaban sobre todo chilabas, sus muchos primos y hermanos pequeños corrían por ahí con los omnipresentes pantalones de fútbol raídos y vaqueros deshilachados, descalzos, pero a Lamin solía verlo casi siempre con su vestimenta blanca occidental y un gran reloj de pulsera plateado, con engarces de circonita, y las manecillas detenidas a perpetuidad en las 10.04 h. El domingo, cuando todos los aldeanos se reunieron para la asamblea, se puso un conjunto de color canela, con cuello mao, y se sentó cerca de mí, susurrándome al oído como un delegado de Naciones Unidas, traduciendo tan sólo lo que le parecía conveniente. Todos los maestros jóvenes del pueblo vestían así, con los tradicionales cuellos mao o con pantalones de pinzas y camisas elegantes, con grandes relojes y carteras negras finas, sus teléfonos móviles anticuados o Android de pantallas enormes siempre en la mano, aunque no funcionaran. Era una actitud que yo recordaba de mi barrio, una forma de representarse, que en la aldea significaba vestirse para cierto papel: «Soy uno de los hombres jóvenes, serios y modernos. Soy el futuro de mi país.» Siempre me sentía ridícula a su lado. En comparación con su concepto del destino personal, parecía que yo estuviera en el mundo por mero accidente, sin haber pensado siquiera qué representaba, vestida con mis pantalones militares caqui arrugados y mis Converse mugrientas, arrastrando de aquí para allá una mochila maltrecha.

Lamin volvió a arrodillarse y retomó en silencio su primera oración del día; también se la había interrumpido. Escuchando su árabe susurrado, me pregunté qué forma adoptaban exactamente sus rezos. Aguardé. Contemplé a mi alrededor la pobreza que Aimee aspiraba a «paliar». Era lo único que podía ver, y sólo se me ocurrían esa clase de preguntas que hacen los niños: «¿Qué es esto? ¿Qué está pasando?» La misma desazón me había conducido, el día que llegué, hasta el despacho del director del colegio, donde me senté sudando bajo el tejado de chapa e intenté frenéticamente conectarme a internet, aunque desde luego podría haber buscado lo que quería en Nueva York, mucho más rápido, y con una facilidad infinitamente mayor, en cualquier momento de los seis meses anteriores. Allí era un proceso laborioso. Empezaba a cargarse una página, se colgaba, había bajadas de potencia del generador solar y a veces el suministro se cortaba del todo. Tardé más de una hora. Y cuando la equivalencia de la cantidad que había buscado apareció en el conversor de moneda de la pantalla, me limité a mirarla largo rato sin moverme. Resultaba que, en la comparación, Aimee incluso salía ganando un poco. Y así, sin más, el PIB de todo un país podía caber dentro de una sola persona, como una muñeca rusa en otra.

4

Durante nuestro último mes de junio en primaria el padre de Tracey salió y por fin lo conocí. Estaba de pie en el césped comunitario, mirándonos desde abajo, sonriendo. Sofisticado, moderno, derrochando una especie de alegría cinética en cada gesto, pero también en cierto modo clásico, fino, un Bojangles redivivo. Se mantenía en quinta posición, con las piernas separadas, luciendo una cazadora de aviador azul eléctrico con un dragón chino en la espalda y vaqueros blancos ceñidos. Un mostacho vistoso y el pelo al viejo estilo afro, sin degradado ni líneas rapadas o tupé. Tracey, contentísima, se asomó al balcón y tendió las manos como si quisiera tirar de su padre hacia arriba, gritándole que subiera, sube, papá, sube, pero él nos guiñó un ojo y dijo:

—Tengo una idea mejor, vayamos a la avenida.

Bajamos corriendo y echamos a andar dándole una mano cada una.

Lo primero que observé fue que tenía cuerpo de bailarín, y como tal se movía, rítmicamente, con fuerza, pero también con ligereza, de manera que los tres no sólo íbamos caminando por la avenida: nos paseábamos. Todo el mundo nos miraba, pavoneándonos al sol, y varias personas dejaron lo que estaban haciendo para saludarnos (para saludar a Louie) desde la otra acera, desde una ventana sucia encima de una peluquería, desde las puertas de los pubs. Cerca del local de apuestas, un elegante viejo antillano, con una gorra chata y un chaleco grueso de lana a pesar del calor, se interpuso en nuestro camino, impidiéndonos el paso.

—¿Son tus hijas? —preguntó.

Louie nos levantó la mano como si fuéramos dos púgiles.

—No —dijo, soltando la mía—, sólo ésta.

Tracey se iluminó, orgullosa.

—Me contaron que sólo te han caído trece meses —dijo el viejo, riendo entre dientes—. Un tipo con suerte, este Louie.

Le clavó los nudillos en sus compactos abdominales, ceñidos por un fino cinturón dorado, como un superhéroe. Pero Louie se ofendió, se apartó del viejo, con un deslizamiento en *plié*, y chasqueó la lengua con disgusto. Corrigió el dato: ni siquiera le habían caído siete.

El anciano sacó un periódico que llevaba doblado bajo el brazo, lo desplegó y le mostró una página a Louie, que tras estudiarla se agachó para enseñárnosla. Nos pidió que cerráramos los ojos y señaláramos a ciegas con un dedo, y cuando volvimos a abrirlos cada una había elegido el nombre de un caballo, aún me acuerdo de cómo se llamaba el mío, *Theory Test*, porque cinco minutos después Louie salió corriendo por la puerta del local de apuestas y me levantó del suelo y me lanzó hacia arriba. Jugando cinco libras, había ganado ciento cincuenta. Nos desvió hasta Woolworths y nos dijo que cada una podía elegir lo que quisiera. Dejé a Tracey en la sección de películas pensadas para niñas de nuestra edad (las comedias familiares, películas de acción, sagas espaciales) y fui directa a la gran canasta metálica, la «cesta de las gangas», apartada para los que tenían menos dinero u opciones. Allí siempre había muchos musicales, nadie los quería, ni siquiera las viejecitas, y me puse a rebuscar, la mar de contenta, cuando oí a Tracey, que no se había movido de la sección de películas modernas, preguntarle a Louie:

—Entonces, ¿cuántas podemos escoger?

Le dijo que cuatro, pero debíamos espabilar, porque tenía hambre. Elegí cuatro musicales, emocionada y temblorosa:

Ali Baba Goes to Town
Melodías de Broadway 1936
Swing Time
Siempre hace buen tiempo

De las que compró Tracey sólo recuerdo *Regreso al futuro*, que costó más que todas las mías juntas. La llevaba apretada contra el pecho, y sólo la soltó un momento para pasarla por la caja, pero la recuperó enseguida de un zarpazo.

Cuando llegamos al restaurante nos sentamos a la mejor mesa, justo al lado de los ventanales. Louie nos enseñó una manera curiosa de comer una Big Mac, desmantelando las capas y poniendo patatas fritas encima y debajo de cada hamburguesa, antes de montarla de nuevo.

—Entonces, ¿te vienes a vivir con nosotras? —preguntó Tracey.

—Mmm. Pues no lo sé. ¿Ella qué dice?

Tracey alzó su nariz de cerdito.

—Da igual lo que ella diga.

Vi que tenía los puños apretados.

—No le faltes al respeto a tu madre. Tu madre tiene sus propios problemas.

Louie volvió al mostrador a buscar los batidos. Cuando regresó parecía apesadumbrado, y empezó a hablarnos sin más preámbulos de cómo era estar dentro, de que allí dentro te dabas cuenta de que las cosas no eran como el barrio, no, ni mucho menos, eran muy diferentes, porque cuando estabas dentro todo el mundo entendía que había que cerrar filas, y que era así, había que «hacer piña con los tuyos», apenas se mezclaban unos con otros, no como en los bloques donde vivían, y no porque lo dijeran los guardias ni nadie, es que era así, las tribus se unen, y va incluso por gradaciones de color, explicó, remangándose la camisa y señalándose el brazo, así que todos los de piel oscura como yo, bueno, estábamos aquí, codo con codo, siempre —trazó una línea con el dedo en el tablero de fórmica—, y los mulatos como vosotras dos están allí, y los pakis allá, y los indios en otro sitio. Los blancos también tienen clanes: irlandeses, escoceses, ingleses. Y entre los ingleses hay algunos del PNB y algunos que son buena gente. La cuestión es que todo el mundo va con su gente, y es natural. Te da que pensar.

Nos quedamos sorbiendo los batidos, pensando.

Y aprendes un montón, continuó Louie, ¡aprendes quién es el verdadero Dios del hombre negro! No es ese Jesús de ojos azules y pelo largo, ¡no! Vamos a ver: ¿cómo es posible que yo nunca hubiera oído hablar de él ni supiera su nombre antes de estar ahí dentro? Ya me explicarás... Aprendes muchas cosas que no se aprenden en la escuela, porque esa chusma no te cuenta nada, nada de los reyes africanos, nada de las reinas egipcias, nada de Mahoma, te lo ocultan todo, ocultan toda nuestra historia para que creamos que no somos nada, creemos que estamos en la base de la pirámide, ése es el plan, pero ¡la verdad es que las putas pirámides las construimos nosotros! Ah, sí, hay mucha maldad en esa gente, pero un día, un día, si Dios quiere, la era del hombre blanco se acabará. Louie sentó a Tracey sobre sus rodillas y la meció como si fuese una cría, y luego empezó a moverle los brazos desde abajo, como a una marioneta, y así ella parecía bailar al son de la música que sonaba por los altavoces colgados a ambos lados de la cámara de vigilancia. ¿Sigues bailando? Fue una pregunta trivial, me di cuenta de que no estaba especialmente interesado en la respuesta, pero Tracey nunca dejaba pasar una oportunidad, por pequeña que fuera, y le contó a su padre muy contenta, con una avalancha de detalles, todas las medallas de baile que había ganado ese año, y el anterior, y lo que había dicho la señorita Isabel de su trabajo de puntas, todos los elogios que la gente hacía de su talento, y que pronto tenía una audición para entrar en la escuela de artes escénicas, un asunto del que yo ya estaba harta de oírle hablar. Mi madre se negaba a mandarme a la escuela de artes escénicas, ni aunque me diesen una beca completa como la que Tracey aspiraba a conseguir. Habíamos batallado mucho, mi madre y yo, desde que me enteré de que a Tracey le dejaban presentarse a una audición. ¡Me mortificaba la idea de tener que ir a una escuela normal mientras Tracey se pasaba el día bailando!

Mírame a mí, dijo Louie, cansado de repente de la charla de su hija, mírame a mí: no me hizo falta ninguna escuela de danza, ¡y era el rey de la pista! Esta niña sale a su padre. En serio, ¡sé hacer todos los pasos! ¡Que te lo diga tu madre! Hasta gané algún dinero en los viejos tiempos. ¿Qué? ¿No te lo crees?

Para demostrarlo, para despejar cualquier duda, resbaló del taburete y levantó la pierna, hizo un quiebro con la cabeza y una onda con los hombros, giró, paró en seco y acabó de puntillas. Un grupo de chicas sentadas en un reservado al otro lado del pasillo silbaron y aplaudieron, y al verlo entendí por qué Tracey había colocado a su padre y a Michael Jackson en una misma realidad, y no pensé que fuera una mentirosa, exactamente, o al menos sentí que en esa mentira había una verdad más profunda. Ambos llevaban el mismo legado en la sangre. Y que Louie no fuera un bailarín famoso como Michael, bueno, a Tracey apenas le importaba, se debía a un mero accidente del tiempo y el lugar, y ahora, recordando la manera de bailar de Louie, escribiendo sobre todo aquello, creo que Tracey tenía toda la razón.

Después decidimos volver caminando con nuestros enormes batidos por la avenida, parándonos otra vez a hablar con algunos amigos de Louie (o quizá no fueran más que conocidos que sabían lo suficiente para temerlo), entre ellos un joven albañil irlandés que estaba colgado de una mano de un andamio en la fachada del Teatro Tricycle, colorado y con la piel quemada de tanto trabajar al sol. Alargó un brazo para estrecharle la mano a Louie.

—¡Vaya, si es el donjuán de las Antillas!

Estaba reconstruyendo el tejado del Tricycle, y a Louie lo sorprendió mucho, no se había enterado del terrible incendio de hacía unos meses. Le preguntó al chico cuánto costaría reconstruirlo, cuánto cobraban él y los demás muchachos de Moran por hora, qué cemento usaban y quién era el mayorista, y vi que Tracey se henchía de orgullo al atisbar a otro posible Louie: emprendedor joven y respetable, rápido con los números, bueno con sus empleados, que llevaba a su hija a visitar la obra, agarrada bien fuerte de la mano. Deseé que todos los días pudieran ser así para ella.

No se me había ocurrido que nuestra pequeña excursión tendría consecuencias, pero antes incluso de que yo volviera a Willesden Lane alguien le había contado a mi madre dónde había estado y con quién. Me agarró en cuanto crucé la puerta y de un manotazo me tiró el batido, que chorreó por la pared de enfrente, rosa y espeso, inesperadamente dramático, y mientras seguimos viviendo allí coexistimos con una vaga mancha de fresa. Empezó a chillar. ¿Qué me creía? ¿Acaso sabía con quién había estado? Ignoré todas sus preguntas retóricas y le pregunté otra vez por qué no podía presentarme a una audición como Tracey.

—Sólo una idiota echa por la borda los estudios —replicó mi madre.

—Bueno, entonces quizá soy una idiota —dije.

Intenté esquivarla para ir a mi cuarto, procurando ocultar mi alijo de películas a la espalda, pero me cerró el paso, así que le dije sin rodeos que yo no era como ella y que nunca pensaba serlo, que no me importaban sus libros ni su ropa ni sus ideas ni nada, quería bailar y vivir mi vida. Mi padre apareció de dondequiera que hubiese estado escondido. Señalándolo, traté de escudarme en que, si de él dependiera, me habría permitido presentarme a una audición, porque mi padre creía en mí, igual que el padre de Tracey creía en ella. Mi madre suspiró.

—Claro que te dejaría —dijo—. No le preocupa, sabe que jamás entrarás.

—Por el amor de Dios —musitó mi padre, pero no pudo mirarme a los ojos y comprendí con una punzada de dolor que lo que decía mi madre debía de ser cierto.

—En este mundo sólo importa —explicó ella— lo que queda escrito. En cambio, lo que pasa con esto —señaló mi cuerpo— nunca importará, no en esta cultura, ni para esta gente, así que lo único que haces es seguir su juego según sus reglas, y si sigues ese juego, te garantizo que acabarás siendo una sombra de ti misma. Parirás un montón de críos, nunca dejarás estas calles, y serás otra de esas pobres desgraciadas que tanto da que existan como que no.

—La que no existe eres tú —le dije.

Me agarré a esa frase como una criatura se agarra a lo primero que pilla. El efecto que causó en mi madre superó todas mis expectativas. Empezó a temblarle la boca, y toda su entereza y su belleza la abandonaron. Rompió a llorar. Nos quedamos delante de la puerta de mi cuarto, ella con la cabeza gacha. Mi padre se había retirado, estábamos solas las dos. Tardó en recuperar la voz. Me advirtió, entre dientes, que no diera un paso más. En cuanto lo dijo, sin embargo, comprendió su error: acababa de reconocer que por fin yo podía dar un paso y apartarme de ella, muchos pasos, iba a cumplir doce años, ya era tan alta como ella, y hasta podía salir bailando de su vida, así que era inevitable que su autoridad quedara desplazada, tal como estaba ocurriendo en ese preciso momento. No dije nada, la esquivé para entrar en mi cuarto y cerré de un portazo.

5

Ali Baba Goes to Town es una película extraña. Es una variación de *Un yanqui en la corte del rey Arturo* en la que Eddie Cantor da vida a Al Babson, un pobre patán que de pronto se ve trabajando de figurante en una película al estilo de *Las mil y una noches*, en Hollywood. Durante el rodaje se queda dormido y sueña que regresa a la Arabia del siglo IX. Una escena me impresionó profundamente, quería enseñársela a Tracey, pero se había vuelto difícil dar con ella, no me llamaba, y cuando intentaba llamarla yo siempre se hacía un silencio en la línea antes de que su madre contestara que había salido. Sabía que tenía sus motivos, estaba ocupada preparando la audición de la escuela de artes escénicas (con la que el señor Booth amablemente había accedido a ayudarla), ensayaba casi todas las tardes entre semana en el salón parroquial. Aun así, me resistía a dejarla volar en libertad hacia su nueva vida. Intenté muchas veces tenderle una emboscada: las puertas de la iglesia estaban abiertas, el sol entraba a raudales por el vitral de colores, el señor Booth la acompañaba al piano, y si ella me veía de lejos espiándola me saludaba con el gesto adulto y distraído de una mujer ocupada, pero nunca salía a hablar conmigo. Por cierta oscura lógica preadolescente, decidí que era por culpa de mi cuerpo. Yo seguía siendo una cría larguirucha y lisa como una tabla que merodeaba en la puerta, mientras que Tracey, bailando a la luz radiante, era ya una mujercita. ¿Cómo iban a interesarle las cosas que todavía me interesaban a mí?

• • •

—Bah, no sé. ¿Cómo has dicho que se titula?

—Acabo de decírtelo. *Ali Baba Goes to Town*.

Me había atrevido a entrar en la iglesia al final de uno de sus ensayos. Estaba sentada en una silla de plástico quitándose los zapatos de claqué, mientras el señor Booth seguía en su rincón, a vueltas con la pieza *Can't Help Loving That Man of Mine*, acelerándola y ralentizándola, tocándola ahora como jazz, luego como ragtime.

—Estoy ocupada.

—Podrías venir ahora.

—Ahora estoy ocupada.

El señor Booth guardó sus partituras en la cartera y se acercó sin prisas. La nariz de Tracey se disparó hacia arriba, oliendo el elogio.

—Vaya, has estado increíble —dijo el viejo.

—¿He estado bien, en serio?

—Increíble. Eres una bailarina de ensueño.

Sonrió y le dio una palmada en el hombro, y Tracey se puso radiante de felicidad. Era el tipo de elogio que mi padre me hacía a diario, sin importar por qué, pero para ella debía de ser muy raro, porque después todo pareció cambiar, incluso conmigo. Mientras el señor Booth salía tranquilamente de la iglesia, Tracey sonrió, se echó la bolsa de danza al hombro y dijo:

—Anda, vamos.

La escena tiene lugar cerca del principio de la película. Hay un grupo de hombres sentados en la arena, parecen apáticos, deprimidos. Éstos son los músicos, le dice el sultán a Al, los africanos, a los que nadie puede entender porque hablan una lengua desconocida. Sin embargo, Al quiere hablar con ellos y lo intenta todo: inglés, francés, español, italiano, incluso yidis. No sirve de nada. De pronto, una idea brillante. «*Hi dee hi dee hi dee hi!*» La llamada de Cab Calloway, y los africanos, reconociéndola, se ponen en pie de un salto y aúllan la réplica: «*Ho dee ho dee ho dee ho!*» Entusiasmado, Cantor empieza a maquillarse de negro, allí mismo, pintándose la cara con un corcho quemado, dejando sólo los ojos saltones, la boca elástica.

—¿Qué es esto? ¡No quiero ver esto!

—Este trozo no es. Espera un momento, Trace, por favor. Espera.

Le quité el mando a distancia y le pedí que volviera a sentarse en el canapé. Ahora Al les cantaba a los africanos una estrofa que parecía dar un vuelco al tiempo, saltando mil años hacia delante, hasta un momento en que esos africanos ya no serían lo que eran entonces, una época del futuro en la que marcarían el ritmo al que el mundo quería bailar, en un lugar llamado Harlem. Al oír la noticia, los músicos se levantan con alegría y empiezan a bailar y cantar, en una tarima levantada en la plaza del pueblo. La sultana y sus consejeros miran desde un balcón, los árabes miran desde la calle. Los árabes son árabes de Hollywood, blancos, con trajes de Aladino. Los africanos son negros americanos disfrazados (taparrabos y plumas, turbantes estrafalarios) y tocan instrumentos musicales primitivos, una parodia de sus versiones futuras en el Cotton Club: trombones de hueso, clarinetes tallados a partir de palos huecos, cosas así. Y Cantor, fiel a los orígenes de su nombre, es el director de la orquesta que a golpe de silbato indica el final de un solo o hace salir a un intérprete del escenario. En el estribillo, les dice que el swing ha llegado para quedarse, que es inevitable, así que cada cual debe elegir a su pareja... y bailar. Entonces Cantor toca el silbato y se obra el prodigio. Una chica; llega una chica. Le pedí a Tracey que se sentara muy cerca de la pantalla, no quería que cupiera ninguna duda. La miré de reojo: sus labios se abrieron con sorpresa, como los míos la primera vez que vi la escena, y entonces supe que veía lo mismo que yo. Ah, la nariz era diferente, porque esa chica tenía una nariz normal y chata, y en sus ojos no había rastro del estigma de la crueldad de Tracey. En cambio la cara en forma de corazón, los mofletes adorables, el cuerpo compacto, pero las extremidades largas... Idéntica a Tracey: el parecido físico era enorme, a pesar de que ni siquiera bailaba como ella. La chica movía los brazos como aspas mientras caminaba, lanzaba las piernas al aire con desenfreno, era una corista de vodevil, no una virtuosa de la danza. Y tenía gracia: andando de puntillas o deteniéndose en seco un instante en una pose cómica absurda, sobre una pierna, los brazos en el aire, como una de esas efigies que adornan el capó de los coches caros. Vestía como los demás (falda de enea, plumas), pero nada podía opacarla.

En el número final, la chica volvía al escenario y se unía a aquellos americanos disfrazados de africanos, y al propio Cantor, y todos se ponían en fila e inclinaban el cuerpo entero hacia delante en un ángulo de cuarenta y cinco grados respecto al suelo. Era un movimiento que venía del futuro: un año después todos estaríamos intentándolo en el patio de la escuela, después de ver a Michael Jackson haciendo exactamente lo mismo en un videoclip. Y durante semanas, tras la primera emisión de aquel videoclip, Tracey y yo y muchos otros chavales nos empeñamos en imitar aquel movimiento, pero era imposible, nadie lo conseguía, nos caíamos de bruces. Entonces no sabíamos que había truco. Ahora lo sé: en el videoclip Michael usó cables y, pocos años después, para reproducir el efecto en los conciertos, llevaba unos zapatos «antigravedad», con una ranura en el talón que encajaba con una estaquilla fijada en el escenario, y el propio Michael figuró como coinventor, la patente está a su nombre.

Los africanos de *Ali Baba* clavaron los zapatos al suelo.

6

Desde el hotel de Aimee partimos en una caravana de todoterrenos. Estaba el circo en pleno, en aquel primer viaje: sus hijos y la niñera, Estelle, y por supuesto Judy, además de las otras tres ayudantes personales, una chica de relaciones públicas, Granger, un arquitecto francés al que yo no había visto en mi vida, una mujer del DFID, el Departamento de Desarrollo Internacional de Reino Unido, deslumbrada por la estrella, un periodista y un fotógrafo de *Rolling Stone*, y Fernando Carrapichano, nuestro jefe de proyecto. Me quedé observando a los botones del hotel, sudorosos con sus uniformes de lino blanco cargando el equipaje en los maleteros y ayudándonos a acomodarnos en los asientos, y me pregunté de qué aldea procedían. Esperaba viajar con Aimee en su coche, para darle cuatro pinceladas de mi avanzadilla de reconocimiento, pero cuando vio a Lamin abrió los ojos como platos y nada más saludarlo le dijo: «Tú deberías venir conmigo.» A mí me mandaron al segundo coche, con Carrapichano. Nos convenía pasar tiempo juntos, según dijeron, «puliendo los detalles».

El trayecto de regreso a la aldea fue raro. Todos los impedimentos que esperaba encontrar en el camino desaparecieron, como cuando en un sueño estás lúcido y eres capaz de manipular todo a tu antojo. Ya no había controles en las carreteras, ni baches que nos obligaran a detenernos, y en lugar del calor enervante y bochornoso, un ambiente perfectamente climatizado a veintiún grados y una botella de agua helada a mano. El convoy, que incluía un par de jeeps llenos de funcionarios del gobierno y una escolta policial, avanzaba a toda velocidad por calles que a veces parecían artificialmente despejadas, y otras veces artificialmente pobladas, con niños a ambos lados ondeando banderitas, como en un decorado, y luego tomamos una ruta distinta, más larga, serpenteando por la franja turística electrificada, y de ahí a través de una serie de enclaves suburbanos que yo ni siquiera sabía que existían, donde casas enormes a medio construir, plagadas de mallazo, pugnaban por levantarse tras sus muros de fortaleza. Embriagada por esa sensación de irrealidad, veía constantemente versiones de la cara de mi madre por todas partes, en muchachas que corrían calle abajo, en mujeres que vendían pescado en las plazas, e incluso en un hombre joven colgado del lateral de una furgoneta. Cuando llegamos al transbordador, estaba vacío salvo por nosotros y nuestros vehículos. Me hubiera gustado saber cómo interpretaba Lamin todo aquello.

A Carrapichano no lo conocía muy bien y en nuestra última conversación yo había quedado como una idiota. Fue en el vuelo a Togo, seis meses atrás, cuando Togo todavía estaba entre los países candidatos, antes de que Aimee ofendiese a aquella pequeña nación sugiriendo, en una entrevista, que su gobierno no hacía «nada por su pueblo».

—¿Cómo es? —le pregunté en el avión, inclinándome hacia él, mirando por la ventanilla, y refiriéndome, lo confieso, a «África».

—No he estado —contestó fríamente, sin mirarme.

—¡Si prácticamente vives allí! Leí tu currículum.

—No. En Senegal, Liberia, Costa de Marfil, Sudán, Etiopía, sí. En Togo, nunca.

—Ah, pero ya sabes a lo que me refiero...

Se volvió hacia mí, sonrojado.

—Si estuviésemos volando a Europa y quisieras saber cómo es Francia, ¿te ayudaría que te describiera Alemania? —me preguntó.

En el todoterreno intenté reconducir las cosas, charlar un poco, pero él leía absorto un enorme fajo de papeles, en los que distinguí gráficos que era capaz de interpretar, series de estadísticas del FMI. Sentí un poco de lástima por él, atrapado con nosotros y nuestra ignorancia, tan alejado de su entorno natural. Sabía que tenía cuarenta y seis años y un doctorado, que era economista de formación, con experiencia en desarrollo internacional, y que había trabajado en Oxfam muchos años como Miriam: fue ella quien nos lo recomendó en un principio. Carrapichano había pasado buena parte de los noventa dirigiendo proyectos de ayuda humanitaria en África Oriental y Occidental, en aldeas remotas sin televisión, y me parecía interesante que a raíz de eso no tuviera una idea muy clara de quién era Aimee, más allá de que asociara su nombre, vagamente, a un fenómeno de su juventud. Ahora debía estar a todas horas con ella, y por tanto con gente como Mary-Beth, la atolondrada segunda ayudante de Aimee, cuya función consistía enteramente en mandar correos electrónicos, dictados por Aimee, a otra gente, y luego leer sus respuestas en voz alta. O con la adusta Laura, ayudante número tres, que reinaba sobre los dolores musculares, los artículos de tocador y la nutrición de Aimee, y que casualmente creía que los aterrizajes en la Luna eran un montaje. Tenía que escuchar a Judy leer en voz alta el horóscopo cada mañana y planear su jornada en consecuencia. En medio de la locura del mundo de Aimee, yo debería haber sido lo más próximo a una aliada para él, pero cada conversación que entablábamos acababa torciéndose, su manera de entender el mundo me resultaba tan ajena como si habitara una realidad paralela con la que, pese a no dudar de su existencia, yo no conseguía «dialogar», por emplear su expresión favorita. A Aimee, tan impotente como yo ante un gráfico, le caía bien porque era brasileño y guapo, con el pelo moreno abundante y rizado y unas preciosas gafas doradas con las que parecía un actor haciendo el papel de economista en una película. Sin embargo, desde el principio se hizo evidente que habría problemas entre ellos. Aimee tenía una manera de comunicar sus ideas que partía de un entendimiento compartido (de la propia Aimee, de su «leyenda»), y «Fern», como lo llamaba ella, carecía de contexto en ese sentido. Era un maestro en pulir detalles: planos de obra, negociaciones con el gobierno, contratos de suelo... cualquier clase de factor práctico. En cambio, cuando se trataba de hablar directamente con Aimee sobre el proyecto en sí, que para ella era en esencia una cuestión personal y emocional, se perdía.

—Pero ¿a qué se refiere Aimee cuando me dice: «Hagámoslo con la onda iluminada»?

Se ajustó las gafas sobre la nariz noble y examinó sus muchas notas, el resultado, supuse, de haber transcrito diligentemente todas y cada una de las chorradas que habían salido de la boca de Aimee durante las ocho horas de vuelo juntos. Levantó el papel como si bastara con mirarlo el tiempo necesario para que cobrara sentido.

—¿Quizá lo entiendo mal? ¿En qué sentido puede ser una escuela «iluminada»?

—No, no, es una alusión a uno de sus álbumes: *Illuminated.* Del año 97. Ella cree que es su disco más «positivo», porque las letras son en plan: «Eh, chicas, perseguid vuestro sueño, bla, bla, sois fuertes, bla, bla, no os rindáis.» Cosas así, ¿entiendes? Así que básicamente está diciendo: quiero que ésta sea una escuela que dé armas a las chicas para enfrentarse a la vida.

Parecía perplejo.

—Pero entonces, ¿por qué no decirlo así, sin más?

Suavemente, le di una palmada en el hombro.

—Fernando, no te preocupes. Todo irá bien.

—¿Debería escuchar el disco?

—Sinceramente, creo que no ayudaría.

En el coche que iba delante del nuestro, alcanzaba a ver a Aimee asomada por la ventanilla del copiloto con el brazo sobre la portezuela, atendiendo encantada los saludos o silbidos o gritos alegres de la calle, que, más que por la propia Aimee, me temo que eran una reacción ante la reluciente caravana de todoterrenos que atravesaba zonas rurales donde ni uno solo de los doscientos habitantes tenía coche. En la aldea, por curiosidad, más de una vez les había arrebatado el teléfono a los maestros jóvenes y, con los cascos, había escuchado la treintena de canciones que solían poner en bucle, muchas de las cuales iban de regalo con la tarifa del teléfono, mientras que con otras, las más queridas, se habían gastado el preciado crédito para descargarlas. Hip-hop, soul, soca, reggae, ragga, grime, dub-step, hi-life... en los tonos de llamada se oían retazos de toda la gloriosa diáspora musical, pero rara vez temas de artistas blancos, y nunca de Aimee. Yo la veía sonreír y guiñar el ojo a los muchos soldados que, eximidos de su actividad habitual, aguardaban sin propósito junto a la carretera, con el fusil al costado, viéndonos pasar. Y allá donde hubiera música, donde hubiera chicos bailando, Aimee se ponía a dar palmas para llamar su atención e imitar sus movimientos lo mejor que podía desde el asiento del coche. Ese elemento trepidante y caótico a pie de carretera que tanto me afectaba y me turbaba, como un zoótropo de todas las variantes del drama humano: mujeres dando de comer a niños, cargándolos, hablándoles, besándolos, golpeándolos, hombres que hablaban, peleaban, comían, trabajaban, rezaban, animales viviendo y muriendo, deambulando por la calle mientras se desangraban degollados, chicos que corrían, andaban, bailaban, meaban, cagaban, chicas susurrando, riendo, frunciendo el ceño, sentándose, durmiendo. Todo ese escenario fascinaba a Aimee, se asomaba tanto por la ventanilla que pensé que resbalaría por su adorada matriz y caería justo encima. Hay que reconocer que le encantaba mezclarse con las multitudes indómitas. Hasta que su compañía de seguros se lo prohibió, solía lanzarse al público, y nunca se asustó, como me ocurría a mí, de que la asaltaran las hordas en un aeropuerto o el vestíbulo de un hotel. Mientras tanto, nada de lo que vi por el vidrio ahumado de mi ventanilla pareció sorprenderla o alarmarla, y cuando hice alusión a ello durante los pocos minutos que estuvimos juntas, de pie en la pasarela, viendo nuestros vehículos subir al transbordador, espectralmente vacío, y a sus hijos correr emocionados por la escalinata de hierro hasta la cubierta superior, se volvió hacia mí y me contestó con brusquedad:

—Uf, si te vas a quedar en shock por cada puto indicio de pobreza que veas aquí, el viaje se te va a hacer larguísimo. ¡Estás en África!

Como si por extrañarme de ver tanta luz, me hubiera dicho: «¡Es de día!»

7

Lo único que sabíamos era su nombre, lo encontramos en los créditos. Jeni LeGon. No teníamos ni idea de dónde procedía, si estaba viva o muerta, si había hecho alguna otra película: sólo aquellos cuatro minutos de *Ali Baba*. Bueno, yo los tenía. Si Tracey quería verlos, debía venir a mi casa; y empezó a venir, de vez en cuando, como Narciso asomado al estanque para contemplarse. Comprendí que no tardaría mucho en aprenderse la coreografía entera (salvo la inclinación imposible), pero no pensaba prestarle la película, no era tan ingenua como para desaprovechar mi baza. Y además había empezado a detectar a LeGon aquí y allá, pequeños papeles en películas que había visto muchas veces. Allí estaba como doncella de Ann Miller, luchando con un cachorro de dogo, y encarnando a una mulata que moría trágicamente en los brazos de Cab Calloway, y de nuevo de criada, ayudando a Betty Hutton a vestirse. Esos hallazgos, muy espaciados, a veces con meses de diferencia, me daban pie para llamar a Tracey, e incluso si contestaba su madre, Tracey venía enseguida, sin titubeos ni excusas. Se sentaba muy cerca del televisor, lista para señalar un movimiento o un gesto, una emoción en el rostro de Jeni, una variación de tal o cual paso, e interpretando cuanto veía con una sagacidad que a mí se me escapaba, que en ese momento me parecía exclusiva de Tracey. Un don en la mirada que parecía canalizarse y expresarse sólo allí, en el salón de mi casa, frente a la pantalla, y que ningún profesor reconoció nunca, ningún examen logró captar en toda su magnitud o advertir siquiera, y del que quizá estas memorias sean el único testimonio y registro verdadero.

Una cosa sí se le escapó, y no quise explicársela: mis padres habían roto. Incluso yo misma me enteré sólo porque mi madre me lo contó. Seguían viviendo en el mismo piso y durmiendo en la misma habitación. ¿Adónde iban a ir si no? Los divorcios de verdad eran para la gente que podía pagarse abogados y un nuevo sitio donde vivir. Además estaba la cuestión de las capacidades de mi madre. Los tres sabíamos que en los divorcios el padre se marchaba de casa, pero mi padre no podía marcharse, eso ni se cuestionaba. ¿Quién, en su ausencia, me vendaría la rodilla cuando me caía, o recordaría cuándo debía tomarme el medicamento, o me peinaría pacientemente para quitarme las liendres del pelo? ¿Quién acudiría a mí cuando me asaltaran los terrores nocturnos? ¿Quién lavaría mis sábanas apestosas y amarillentas a la mañana siguiente? No pretendo insinuar que mi madre no me quisiera, pero no era una persona doméstica: ella vivía en el plano de la mente. La aptitud fundamental de todas las madres —la gestión del tiempo— la superaba. Ella medía el tiempo en páginas. Media hora, para ella, eran diez páginas leídas, o catorce, según el cuerpo de letra, y cuando concibes el tiempo de ese modo no hay tiempo para nada más, no hay tiempo para ir al parque o a comprar helado, no hay tiempo para acostar a una niña en la cama, no hay tiempo para escuchar el relato desconsolado de una pesadilla. No, mi padre no podía marcharse.

Una mañana, mientras me cepillaba los dientes, mi madre entró en el cuarto de baño, se sentó en el borde de nuestra bañera color sauce y con una serie de eufemismos me resumió la nueva situación. Al principio apenas la entendía, tardaba en llegar al meollo de lo que realmente quería decir, hablando de teorías de psicología infantil, y de «lugares en África» donde a los niños no los criaban sus padres sino «la aldea», y otros temas que yo no comprendía o no me interesaban, hasta que por fin me atrajo hacia ella, me estrechó contra su pecho y dijo:

—Tu padre y yo... vamos a vivir como hermanos.

Recuerdo que me pareció la cosa más perversa que había oído nunca: yo sería hija única, mientras que mis padres se hacían hermanos. La reacción inicial de mi padre debió de ser similar, porque durante varios días se desató una guerra en casa, una guerra sin cuartel, y tuve que dormir tapándome los oídos con dos almohadas. Pero cuando al fin entendió que mi madre no bromeaba, que no cambiaría de opinión, mi padre cayó en una depresión. Empezó a pasar fines de semana enteros en el sofá, viendo la televisión, mientras mi madre se quedaba en la cocina y en su taburete alto, ocupada con sus trabajos de la universidad. Yo me iba sola a la clase de danza. Merendaba con uno o con el otro, pero ya no con los dos juntos.

Poco después del anuncio de mi madre, mi padre tomó una decisión desconcertante: volvió a hacer de cartero. Había tardado diez años en ser director de la oficina de correos, pero sumido en la pena leyó *Subir a por aire*, de Orwell, y esa novela lo convenció de que era preferible dedicarse a un «trabajo honesto», según sus propias palabras, y disponer del resto del día libre para «cultivar la educación que nunca había tenido», a malgastar todo su tiempo en un tedioso empleo administrativo. Era una de esas decisiones íntegras y ajenas al pragmatismo que mi madre solía valorar, y que él diera la noticia en ese momento no me pareció casual. De todos modos, si su idea era recuperarla no le salió bien: se levantaba otra vez a las tres de la madrugada y volvía a la una de la tarde, a menudo leyendo con ostentación algún manual de sociología afanado de las estanterías de mi madre, pero aunque ella le preguntaba respetuosamente cómo le había ido en el trabajo, y a veces por la lectura, no volvió a enamorarse de él. Al cabo de un tiempo dejaron de hablarse. El ambiente en casa se enrareció. Antes, para meter baza, no me quedaba más remedio que esperar uno de los raros huecos en la discusión que mis padres mantenían desde hacía una década, mientras que ahora, si quería, podía hablar sin interrupción con cualquiera de los dos, aunque ya era demasiado tarde. Como suele suceder en las infancias de los niños de ciudad, vividas a cámara rápida, mis padres habían dejado de ser las personas más importantes de mi vida. No, la verdad es que ya no me importaba qué pensaran de mí. Sólo contaba la opinión de mi amiga, ahora más que nunca, y sospecho que ella, al percibirlo, decidió mantenerla cada vez más oculta.

8

Más adelante se dijo que me porté mal con Aimee, que siempre fui una mala amiga, que sólo esperaba el momento oportuno para hacerle daño, incluso para arruinarla. Quizá ella lo crea así. Sin embargo, una buena amiga es la que te hace ver que vives en un sueño. Al principio pensé que no tendría que hacerlo yo, que la aldea la haría despertar, porque no parecía posible seguir soñando en ese lugar o creerte una excepción en ningún sentido. Me equivocaba. A las afueras de la aldea, hacia el norte, junto a la carretera a Senegal, se alzaba una gran casa ocre de ladrillo con dos plantas (la única de ese tipo en muchos kilómetros a la redonda), abandonada, aunque a la construcción sólo le faltaban las ventanas y las puertas. Lamin me contó que se había construido con las remesas de dinero que enviaba un joven autóctono al que le habían ido bien las cosas trabajando de taxista en Ámsterdam, hasta que su suerte cambió y de pronto el dinero dejó de llegar. Ahora la casa, deshabitada desde hacía un año, se recuperaría como nuestra «base de operaciones». Cuando llegamos ya caía el sol, y el ministro de Turismo nos mostró complacido las bombillas que colgaban desnudas del techo de todas las habitaciones.

—Y cada vez que nos visiten —nos informó—, habrá más y más mejoras.

La aldea llevaba mucho tiempo esperando la luz eléctrica (desde el golpe militar, más de veinte años atrás), y en cambio a Aimee le bastaron un par de días para convencer a las autoridades competentes de que agregaran un generador a aquel armazón de casa, y había enchufes para cargar nuestros teléfonos y una cuadrilla de peones había puesto ventanas de plexiglás y puertas de conglomerado, camas para todo el mundo e incluso una cocina. Los niños estaban emocionados, para ellos era como ir de acampada, y para Aimee las dos noches que había programado pasar allí tomaron la forma de una aventura ética. La oí decirle al reportero de *Rolling Stone* lo importante que era permanecer «en el mundo real, entre la gente», y a la mañana siguiente, junto con las fotografías de los actos formales (la primera palada, el baile de las colegialas), se tomaron muchas imágenes de Aimee en ese mundo real, comiendo de los cuencos compartidos, acuclillada a sus anchas entre las mujeres (gracias a los músculos que había desarrollado con la bicicleta estática) o alardeando de su agilidad al trepar a los árboles de anacardo con un grupo de muchachos. Después del almuerzo, se puso sus pantalones militares y juntas recorrimos la aldea con la mujer del DFID, cuya tarea consistía en señalar «áreas de particular carestía». Vimos letrinas infestadas de lombrices, una clínica olvidada a medio construir, muchos habitáculos sin ventilación con techos de chapa ondulada, en los que dormían diez niños en una sola cama. Después recorrimos los huertos comunitarios, para ser testigos de los «límites de la agricultura de subsistencia», pero cuando entramos en el campo el sol casualmente proyectaba largas sombras cautivadoras y las matas de patata se veían frondosas y verdes, los árboles plagados de enredaderas, y la exuberancia de la escena creaba un efecto de extraordinaria belleza. Las mujeres, jóvenes y viejas, formaban una estampa utópica, con sus pareos coloridos, arrancando malas hierbas del suelo, charlando unas con otras mientras trabajaban, gritando entre las hileras de guisantes o pimientos, riéndose de las bromas que intercambiaban. Al ver que nos acercábamos, se erguían y se secaban el sudor de la cara, con los mismos pañuelos que les cubrían la cabeza, si los llevaban, o si no con la mano.

—Buen día. ¿Cómo va la mañana?

—Ahora entiendo —le dijo Aimee a una anciana que se había atrevido a pasarle el brazo por la finísima cintura—. Las mozas venís aquí a charlar a vuestras anchas. Sin hombres a la vista. Claro, ya me imagino lo que se cuece.

La mujer del DFID se rió más de la cuenta. Pensé en lo poco que sabía yo de lo que se cocía. Ni siquiera las ideas más simples que había llevado conmigo parecían funcionar allí cuando trataba de aplicarlas. En ese momento, por ejemplo, no estaba en un campo con mujeres que en el fondo eran de mi propia tribu, mis congéneres negras. Esa categoría allí no existía. Sólo había las mujeres serer, las wólof y las mandinga, las serahuli, las fula o las jola, a las que una vez me dijeron, a regañadientes, que me parecía, aunque sólo fuese por la arquitectura facial básica: la misma nariz larga, los mismos pómulos. Desde donde estaba oí la llamada a la oración procedente del minarete cuadrado de cemento de la mezquita verde, alzándose por encima de los árboles y la aldea donde las mujeres, cubiertas y descubiertas, eran hermanas y primas y amigas unas de las otras, eran madres e hijas unas de las otras, o se cubrían por la mañana y se descubrían por la tarde, simplemente porque habían acudido de visita unos chicos y chicas de la misma quinta, y alguien se había ofrecido a trenzarles el pelo. Allí la Navidad se celebraba con un fervor asombroso, y se consideraban «hermanos y hermanas» a todas las «gentes del libro», mientras que en mí, pese a tenerme por impía, no veían una enemiga, no, sólo alguien a quien compadecer y proteger debidamente, según me explicó una de las muchachas con las que compartía habitación, como un becerro cuya madre había muerto al parir.

Me quedé mirando a las chicas que hacían cola en el pozo e iban llenando de agua unos enormes barreños de plástico que luego cargaban sobre la cabeza para emprender el largo camino de vuelta a la aldea. Reconocí a algunas del complejo de chozas donde me había alojado durante la semana anterior, las primas gemelas de mi anfitriona, Hawa, así como a tres de sus hermanas. Las saludé con la mano, sonriendo. Me respondieron con una leve inclinación de cabeza.

—Sí, siempre nos impresiona cuánto hacen aquí las mujeres y las niñas —dijo la mujer del DFID, por lo bajo, siguiéndome la mirada—. Se ocupan de las tareas domésticas, como sabéis, pero también de las labores del campo, y como veréis son sobre todo ellas quienes gestionan tanto la escuela como el mercado. Las chicas al poder, sin duda.

Se agachó a acariciar un brote de berenjena y Aimee aprovechó la oportunidad para volverse hacia mí, ponerse bizca y sacarme la lengua. La mujer del DFID se irguió y echó un vistazo a la cola del pozo, cada vez más larga.

—Muchas deberían estar en la escuela, por supuesto, pero por desgracia sus madres las necesitan aquí. Y entonces piensas en esos muchachos que acabamos de ver, holgazaneando en las hamacas entre los anacardos...

—La educación es la respuesta al desarrollo para nuestras niñas y mujeres —intervino Lamin, ligeramente dolido y con el cansancio, me pareció, de quien ha soportado ya muchos sermones de representantes del DFID—. Educación, educación y más educación.

Aimee lo miró con una sonrisa radiante.

—Por eso estamos aquí —dijo.

Durante todas las actividades del día, Aimee procuró mantenerse cerca de Lamin, confundiendo su tendencia a susurrar con una intimidad especial entre los dos, y al cabo de un rato empezó a susurrarle también, coqueteando como una colegiala. Peligroso, pensé, con un periodista que no la dejaba ni a sol ni a sombra, pero no encontré el momento de advertírselo a solas. Tuve que limitarme a ver cómo se esforzaba por contener la impaciencia cada vez que al pobre Carrapichano no le quedaba más remedio que apartarla de Lamin y retomar las cuestiones ineludibles y prosaicas del día: firmar papeleo, citas con ministros, discutir las tasas de la escuela, sostenibilidad, programación, sueldo del profesorado. Varias veces nos obligó a Aimee y a todos los demás a detener la marcha para escuchar a otro funcionario del gobierno dando otro discurso (sobre la cooperación y el respeto mutuo, y en particular el respeto que el «presidente vitalicio» deseaba presentar a Aimee en su ausencia, que no era más que la correspondencia debida al respeto que Aimee «demuestra sentir por nuestro querido presidente»), mientras sufríamos de pie bajo un sol de justicia. Cada discurso era prácticamente idéntico al anterior, como si en la ciudad hubiese un códice primitivo de cita obligada para todos aquellos ministros. Mientras nos acercábamos a la escuela, lentamente, como para darle ventaja al fotógrafo que correteaba hacia atrás delante de nosotros, uno de los ministros estrechó una vez más la mano de Carrapichano, y cuando éste intentó disuadirlo discretamente y sin que Aimee lo viera, el ministro se negó a que lo disuadiera, parapetándose frente a la verja de la escuela, bloqueando el paso, y empezó su discurso, pero Aimee le dio la espalda bruscamente.

—Mira, Fern, no quiero parecer estúpida, pero de verdad intento estar presente en este momento, ¿vale? Y me lo estás poniendo muy difícil ahora mismo. Hace calor, estamos todos achicharrados, y soy muy consciente de que no tenemos todo el tiempo del mundo esta vez. Así que creo que podemos mantener los discursos a raya. Creo que todos sabemos cuál es nuestra postura, todos nos sentimos muy bien recibidos, todos nos respetamos mutuamente, etcétera. Ahora mismo estoy aquí para estar presente. No más discursos por hoy, ¿de acuerdo?

Carrapichano, medio derrotado, miró su portafolios, y por un momento pensé que iba a perder los nervios. A su lado, el ministro permanecía impertérrito, ajeno al comentario de Aimee, simplemente esperando a que le dieran pie para retomar la palabra.

—Es hora de visitar la escuela —dijo Carrapichano, sin levantar la mirada, esquivando al ministro y empujando la puerta de la verja.

La niñera, Estelle, nos salió al encuentro, con Jay y Kara, y los niños cruzaron corriendo el patio polvoriento del colegio, vacío salvo por dos porterías torcidas y sin red, chocando los cinco con cualquier niño que se acercara, encantados de que los soltaran entre tantos críos de su edad. Jay tenía entonces ocho años, y Kara seis, siempre los habían educado tutores en casa. Mientras hacíamos la visita relámpago por las seis grandes aulas, calurosas y pintadas con colores alegres, los dos empezaron a hacer un montón de preguntas infantiles, no muy distintas de las mías, pero en su caso francas y espontáneas, que la niñera procuraba en vano acallar. Me habría encantado sumarme. ¿Por qué el director del colegio tiene dos esposas, por qué algunas chicas llevan hiyab y otras no, por qué todos los libros están rotos y sucios, por qué se les enseña en inglés si no hablan inglés en casa, por qué los maestros escriben las palabras con faltas en la pizarra, y si la nueva escuela es para chicas qué pasará con los chicos?

9

Muchos sábados, a medida que se aproximaba mi propia travesía, acompañaba a mi madre a marchas de protesta de diversa índole, contra el apartheid, contra el gobierno, contra las bombas nucleares, contra el racismo, contra los recortes, contra la desregulación de los bancos o en apoyo al sindicato de profesores, el CGL o el IRA. Me costaba entender el propósito de todo eso, dada la naturaleza de nuestra enemiga. La veía en la televisión casi todos los días —bolso rígido, pelo rígido, inmóvil, inamovible— y siempre indiferente al número de personas que mi madre y sus compinches hubieran conseguido convocar en una manifestación, el sábado anterior por la mañana, desde Trafalgar Square hasta su propia puerta negra y reluciente. Recuerdo la marcha por la preservación del Consejo del Gran Londres, un año antes, caminando durante lo que se me antojaron días enteros (un kilómetro por detrás de mi madre, que iba delante, enfrascada en una conversación con Red Ken), sosteniendo una pancarta en alto, y luego, cuando empezó a resultarme demasiado pesada, sobre el hombro, como Jesucristo en la Crucifixión, cargándola por Whitehall, hasta que por fin volvimos a casa en autobús, me desplomé en el sofá, encendí la televisión y me enteré de que el CGL se había abolido varias horas antes, ese mismo día. Aun así, mi madre me decía que no había tiempo «para ir a bailar» o, con una ligera variación, que no estaban «los tiempos para bailes», como si el propio momento histórico lo prohibiera. Yo tenía «responsabilidades», vinculadas a mi «inteligencia», que había quedado confirmada recientemente por una joven maestra sustituta de la escuela a quien se le ocurrió pedir en clase que lleváramos «lo que estábamos leyendo en casa». Fue uno de esos muchos momentos en los que a los alumnos se nos recordaba la inocencia fundamental de nuestros maestros. En primavera nos daban semillas para que las plantáramos en «nuestros jardines», o nos pedían, después del verano, escribir una página sobre adónde habíamos ido «de vacaciones». A mí no me dolía: había ido a Brighton varias veces, y una a Francia para comprar alcohol barato, y cuidaba con esmero la jardinera de mi ventana. Pero ¿y la niña gitana que olía mal, tenía pupas en la boca y cada semana aparecía con un ojo morado? ¿O los gemelos, demasiado mayores y oscuros para que los adoptaran, que saltaban sin parar de una casa de acogida municipal a la siguiente? ¿Qué pasaba con el chico con eczema, a quien Tracey y yo reconocimos a través de los barrotes de Queen's Park una noche de verano, solo, dormido en un banco? Los suplentes eran los más inocentes de todos. Recuerdo la sorpresa de aquella maestra al ver que bastantes niños llevaban la revista *Radio* o *TV Times*.

Yo llevé mis biografías de bailarines, tomos gruesos en cuyas cubiertas aparecían retratos setenteros velados de las grandes estrellas en la senectud —con sus vestidos de seda y pañuelos, con sus boas rosadas de plumas de avestruz—, y sólo por el número de páginas se decidió que había que «debatir» sobre mi futuro. Mi madre acudió a una reunión, a primera hora, antes de empezar las clases, donde le dijeron que los mismos libros por los que a veces ella se burlaba de mí demostraban mi inteligencia, y que los niños tan «dotados» podían hacer una prueba, y que si la aprobaban podía abrirles las puertas de alguno de esos buenos colegios que conceden becas. No, no, no, no de pago, descuide, me refería a institutos de humanidades «selectivos», nada que ver con los colegios privados, no hay que pagar nada, no, no, por favor no se preocupe. Miré de reojo a mi madre, que la escuchaba con cara de póquer. Es por su madurez lectora, explicó la maestra, sin hacer caso de nuestro silencio, para su edad es realmente precoz, ¿sabe? La maestra examinó a mi madre de arriba abajo (su camiseta sin sostén, los vaqueros, el tocado de *kente*, unos pendientes enormes con la forma de África) y preguntó si el padre iba a acompañarnos. El padre está trabajando, dijo mi madre. Ah, dijo la maestra, volviéndose hacia mí, ¿y a qué se dedica tu padre, cariño, es el lector de la casa, o...? El padre es cartero, dijo mi madre. La lectora es la madre. Bueno, normalmente, dijo la maestra, sonrojándose, consultando sus notas, normalmente, no sugerimos el examen de acceso para las escuelas independientes, la verdad. Quiero decir que hay algunas becas disponibles, pero no tiene sentido alentar a estos chicos con falsas esperanzas... Pero la joven señorita Bradwell, que se ha incorporado recientemente, pensó que quizá, bueno, pensó que, en la situación de su hija, podría darse el caso de que...

Volvimos caminando a casa en silencio, no había nada más que hablar. Ya habíamos ido a visitar el inmenso y bullicioso centro de secundaria donde empezaría a estudiar en otoño, me lo habían vendido con la promesa de que tenía un «estudio de baile» en alguna parte del laberinto de pasillos llenos de rozaduras, aulas prefabricadas y aseos químicos. Todos mis conocidos, exceptuando a Tracey, irían a estudiar allí, y eso era un consuelo: la seguridad de la masa. Sin embargo, mi madre me sorprendió. Al llegar a nuestro bloque se paró al pie de la escalera y me dijo que me presentaría a aquel examen, y que me esforzaría para aprobar. Nada de bailar el fin de semana, nada de distracciones de ningún tipo. Se me presentaba una oportunidad, dijo, que ella nunca había tenido, porque cuando llegó a mi edad sus propios profesores le habían aconsejado que practicara mecanografía hasta escribir cuarenta palabras por minuto, igual que a todas las demás chicas negras.

Sentí que viajaba a bordo de un tren encaminado adondequiera que fuese la gente como yo en la adolescencia, salvo que de pronto algo había cambiado. Acababan de informarme que me apearía en una parada imprevista de la línea, más adelante. Pensé en mi padre, sacado a empujones del tren apenas salió de la estación. Y en Tracey, tan decidida a saltar, precisamente porque prefería caminar a que le dijeran cuál era su parada o hasta dónde le permitían llegar. Bueno, ¿acaso no había nobleza en su actitud? ¿No había cierta resistencia, al menos, cierto desafío? Y luego además me venían a la cabeza todos los ultrajes de la historia que había oído sentada en las rodillas de mi madre, historias de mujeres de tremendo talento (siempre eran mujeres en los relatos de mi madre), mujeres que podrían haber corrido más rápido que un tren a toda velocidad de haber sido libres para hacerlo, de haber nacido en otro momento y otro lugar, pero a quienes se les cerraron todas las puertas, a quienes ni siquiera se les permitió nunca entrar en la estación. ¿Y acaso no era yo mucho más libre que cualquiera de ellas —nacida en Inglaterra, en tiempos modernos—, y encima mucho más ligera, con una nariz mucho más recta, mucho menos susceptible de que me tomaran por la quintaesencia de la negritud? ¿Qué me impedía prolongar el viaje? Y a pesar de todo, cuando me senté en el auditorio de la escuela, un día sofocante de julio, fuera del horario habitual de clase (un momento antinatural para estar en el colegio), y abrí el examen que me franquearía la oportunidad a la que mi madre deseaba que «me aferrara con ambas manos», una rabia hosca se apoderó de mí, sentí que no me apetecía subirme a ese tren, escribí unas palabras sueltas aquí y allá, ignoré las páginas de matemáticas y ciencias, y suspendí vergonzosamente.

10

Unas semanas después, Tracey entró en la escuela de artes escénicas. A su madre no le quedó más remedio que llamar al timbre de mi casa, entrar y contárnoslo todo. Se colocó a Tracey delante como un escudo, cruzó el pasillo arrastrando los pies y no se sentó ni quiso tomar una taza de té. Hasta entonces, nunca había pasado del umbral.

—El jurado dijo que no habían visto nada tan original como su... —La madre de Tracey calló de pronto y miró enojada a su hija, que entonces le sopló la palabra de marras—. Tan original como su coreografía, nada parecido. Imagínate si era increíble. ¡Nunca! Siempre le he dicho que tendría que ser el doble de buena que cualquiera si quería llegar a algún sitio —dijo, estrechando a Tracey contra sus pechos descomunales—, y ahora ha demostrado que lo es.

Nos había llevado un vídeo de la audición, que mi madre aceptó con mucha elegancia. Lo encontré debajo de una pila de libros en su cuarto y lo vi sola una noche. La canción era *Swing is Here to Stay*, y cada movimiento, cada guiño, cada inclinación de la cabeza, eran los de Jeni LeGon.

Aquel otoño, en mi primer trimestre en el nuevo instituto, descubrí quién era sin mi amiga: un cuerpo sin un perfil definido. Una de esas chicas que pasaban de grupo en grupo, ni bien recibidas ni despreciadas, toleradas sin más, y siempre ansiosas por evitar la confrontación. Sentía que no dejaba ninguna impronta.

Hubo, durante un tiempo, un par de chicas del curso anterior convencidas de que presumía de mi color de piel, de mi nariz larga, de mis pecas, y me acosaban, me quitaban dinero, me avasallaban en el autobús, pero los abusones necesitan algún tipo de resistencia, aunque sólo sean lágrimas, y yo no les ofrecí ninguna, así que pronto se aburrieron y me dejaron en paz. Prácticamente no recuerdo nada de los años que pasé en ese instituto. Incluso mientras los vivía, una parte obcecada de mí se negaba a considerarlo más que un lugar al que debía sobrevivir cada día hasta volver a ser libre. Me atraía más fantasear con las andanzas de Tracey en su escuela que afrontar la realidad de la mía. Recuerdo que me contó, por ejemplo, poco después de empezar sus estudios, que cuando Astaire murió celebraron un festival de homenaje y pidieron a algunos alumnos que bailaran para rendirle tributo. Tracey, vestida de Bojangles, con un sombrero de copa blanco y frac, desató la ovación del público. Sé que nunca la vi bailar ese número, pero incluso ahora tengo la sensación de recordarlo.

Trece, catorce, quince, la difícil travesía a la madurez... La verdad es que durante esos años no la vi demasiado. Su nueva vida la engulló. No estaba a mi lado cuando mi padre por fin se mudó ni cuando me vino la regla. No sé cuándo perdió la virginidad ni quién le rompió el corazón por primera vez, si es que ocurrió. Cuando la veía por la calle, me parecía que las cosas le iban bien. Pasaba a mi lado abrazada a un hombre joven y guapo, de aspecto maduro, a menudo alto y con algún corte de pelo extremado, y al pensar en ella en esas ocasiones la recuerdo como si, más que caminar, brincara (la cara tersa, el pelo tirante recogido en un moño de bailarina, con unas mallas fosforescentes y un top corto), pero también con los ojos enrojecidos, se notaba que iba fumada. Eléctrica, carismática, escandalosamente sensual, desbordante de energía veraniega en cualquier época, incluso en un gélido febrero. Y encontrármela así, como era de verdad —es decir, al margen de mis ideas envidiosas—, siempre me provocaba una especie de conmoción existencial, como ver en la vida real a un personaje de cuento, y era capaz de cualquier cosa con tal de zanjar el encuentro enseguida, a veces incluso cruzaba la calle antes de toparme con ella, o me montaba en un autobús, o decía que tenía prisa por llegar a algún sitio. Incluso cuando me enteré, un poco más adelante, por mi madre y otra gente del barrio, de que estaba pasando una mala racha, que se metía cada vez en más problemas, no me cabía en la cabeza, cuando su vida me parecía perfecta. Quizá ése sea un efecto secundario de la envidia, esa incapacidad de imaginar más allá. Para mí, Tracey había superado todas las dificultades. Era bailarina: había encontrado su tribu. A mí, entretanto, la adolescencia me pilló completamente por sorpresa, tarareando aún las canciones de Gershwin al fondo del aula mientras los lazos de la amistad empezaban a formarse y afianzarse a mi alrededor, definidos por el color, la clase, el dinero, el código postal, la nacionalidad, la música, las drogas, la política, el deporte, las aspiraciones, las lenguas, la sexualidad... En aquel inmenso juego de las sillas, un día me di la vuelta y descubrí que no tenía dónde sentarme. Perdida, me hice gótica, esa tribu urbana donde acababan los que no tenían adónde ir. Los góticos en sí ya eran una minoría, y yo me uní a los más marginados, una pandilla de sólo cinco chavales. Uno era rumano y tenía un pie deforme, otro era japonés. Los góticos negros eran raros, pero existían: había visto a algunos por Camden y entonces me dediqué a copiarlos lo mejor que pude: me maquillaba la cara de un blanco cadavérico y los labios de un rojo sangre, me hice algunas rastas en el pelo enmarañado y me teñí varios mechones con espray morado. Me compré unas botas Dr. Martens y las cubrí con símbolos anarquistas dibujados con típex. Tenía catorce años: el mundo era dolor. Estaba enamorada de mi amigo japonés, él estaba enamorado de la rubia frágil de nuestra pandilla que tenía los brazos llenos de cicatrices y parecía un gato desamparado bajo la lluvia; ella no podía amar a nadie. Durante cerca de dos años estuvimos juntos a todas horas. Yo detestaba esa música, y bailar no estaba permitido, salvo para hacer pogos dando botes o chocando unos con otros como borrachos, pero me gustaba que nuestra apatía política indignara a mi madre y que la brutalidad de mi nueva imagen exacerbara el lado maternal de mi padre, que ahora se preocupaba por mí hasta el hartazgo y procuraba cebarme mientras yo perdía peso góticamente. Me saltaba casi todas las clases de la semana: el autobús que iba al instituto también pasaba por Camden Lock. Nos sentábamos en los caminos de sirga a beber sidra y fumar, las botas colgando sobre el canal, y hablábamos de la falsedad de toda la gente que conocíamos, conversaciones sin estructura que podían consumir días enteros. Yo despotricaba con saña contra mi madre, contra el viejo barrio, contra cualquier cosa relacionada con mi infancia, sobre todo contra Tracey. Obligué a mis nuevos amigos a escuchar cada detalle de nuestra historia común, contada con un poso amargo, hasta remontarme al día en que nos conocimos, cruzando el patio de una parroquia. Al final de la tarde volvía a subirme al autobús, pasaba junto al instituto donde no había conseguido entrar y me bajaba en una parada que me dejaba enfrente, justo enfrente, del nuevo piso de soltero de mi padre, donde podía retroceder alegremente en el tiempo, consolarme con la comida que me preparaba, permitirme los antiguos placeres secretos. Judy Garland haciéndose pasar por zulú, bailando el cakewalk, en *Cita en St. Louis*.

11

Nuestra segunda visita fue cuatro meses después, en la estación de las lluvias. Aterrizamos ya oscurecido, después de que el vuelo se retrasara, y cuando llegamos a la casa ocre no pude soportar la extrañeza de ese lugar triste y vacío, la sensación que me embargó de estar ocupando los sueños rotos de otra persona. La lluvia arreciaba sobre el techo del taxi. Le pregunté a Fernando si le importaba que me fuera a la choza de Hawa.

—Por mí, estupendo. Tengo mucho trabajo pendiente.

—¿Y estarás bien, aquí solo?

Se echó a reír.

—He estado solo en sitios mucho peores.

Nos separamos junto al enorme cartel desconchado que marcaba la entrada de la aldea. Caminé veinte metros escasos y llegué chorreando a la puerta de aluminio del complejo de la familia de Hawa, ajustada con un bidón de gasóleo medio lleno de arena, pero abierta como de costumbre. El interior me resultó casi irreconocible. En el patio, donde cuatro meses atrás la tierra rojiza estaba rastrillada con esmero, y abuelas, primos, sobrinos, hermanas y muchos críos se sentaban en corro hasta altas horas de la noche, ahora no había nadie, sólo un foso embarrado en el que de inmediato me hundí y perdí un zapato. Cuando me agaché a buscarlo, oí risas. Levanté la mirada y me di cuenta de que me observaban desde el porche de cemento. Hawa y varias de sus amigas, cargando los platos de hojalata de la cena a dondequiera que los guardaran.

—Oh, oh —exclamó Hawa, riéndose al verme calada hasta los huesos y acarreando una maleta gigantesca que se negaba a rodar por el barrizal—. ¡Mirad lo que nos trae la lluvia!

No había planeado quedarme de nuevo con Hawa, no la había avisado, pero ni ella ni ningún otro ocupante del complejo parecieron sorprenderse mucho de mi llegada, y aunque la primera vez no había dejado un recuerdo muy entrañable o profundo, me recibieron como si fuese de la familia. Estreché la mano a las varias abuelas y Hawa y yo nos abrazamos y dijimos cuánto nos habíamos echado de menos. Le expliqué que esta vez sólo habíamos ido Fernando y yo —Aimee estaba grabando en Nueva York— con la intención de observar más de cerca lo que se hacía en la vieja escuela y lo que podía mejorarse en la nueva. Me invitaron a unirme a Hawa y sus amigas en la pequeña estancia, iluminada con la tenue luz blanca de las lámparas solares, además de con las pantallas de los móviles de cada una de las chicas. Todas intercambiamos sonrisas, las chicas, Hawa, yo. Luego me preguntaron cortésmente por la salud de mis padres, una vez más se asombraron de que no tuviese hermanos, y después por la salud de Aimee y de sus hijos, y por Carrapichano y Judy, aunque por nadie tan solícitamente como por Granger. Su salud era lo que les interesaba de verdad, porque Granger había sido la auténtica sensación de la primera visita, mucho más que Aimee o cualquiera de nosotros. Por los demás sentían curiosidad; por él, afecto. Granger conocía todas las canciones melosas de soul que Hawa adoraba, que Aimee despreciaba y que a mí ni siquiera me sonaban, llevaba las deportivas que a ella le chiflaban y, en una fiesta con tambores que prepararon las madres de la escuela, saltó sin dudarlo al centro del corro y, desplegando su repertorio de baile, hizo el mimo, el robot, el vogue y el *moonwalk*, mientras yo me encogía avergonzada y me afanaba haciendo fotos.

—¡Ese Granger! —exclamó Hawa en la segunda visita, moviendo alegremente la cabeza ante el recuerdo chispeante de Granger, el polo opuesto de mi sosería—. ¡Qué bailes tan locos! Todos los chicos preguntaban: «¿Ésos son los pasos de moda?» Y acuérdate, tu Aimee nos dijo: «¡No, son viejos!» ¿Te acuerdas? Pero ¿no ha venido contigo esta vez? Qué lástima. ¡Ay, es tan divertido ese Granger!

Las chicas se rieron meneando la cabeza y suspiraron, y luego se hizo de nuevo el silencio, y de pronto comprendí que mi llegada había interrumpido una reunión, un buen rato de bromas y chismes, que ahora, tras un minuto de silencio incómodo, continuó en wólof. Sin ganas de retirarme al dormitorio oscuro, me recosté en el sofá y dejé que la charla me envolviera y que la ropa se me secara al aire. A mi lado, Hawa llevaba la voz cantante, y se embarcó en dos horas de historias que, por lo que alcancé a entender, iban de la diversión a la pena y a la contrariedad, aunque sin llegar nunca al enfado. Las risas y los suspiros me servían de guía, así como las fotos de su teléfono, que iba mostrando en mitad de ciertas anécdotas y me daba sucintas explicaciones en inglés cuando me daba por preguntar. Deduje que sufría mal de amores —por un joven policía de Banjul a quien apenas veía— y que aguardaba ansiosamente el momento de ir a la costa cuando acabaran las lluvias, para una reunión familiar a la que el policía estaría invitado. Me enseñó la fotografía de esa misma celebración el año anterior: una panorámica donde aparecían por lo menos cien personas. La reconocí en primera fila y advertí que no llevaba pañuelo en la cabeza, sino que lucía unas extensiones de pelo sedoso y lacio, peinadas con la raya en medio y que le caían sobre los hombros.

—Un pelo distinto —dije, y Hawa se rió y se quitó el hiyab, que reveló unos centímetros de su pelo natural, peinado con trencitas.

—Pero crece tan despacio, ¡oh!

Me llevó un tiempo entender que Hawa era poco menos que la excepción en la aldea, una chica de clase media. Hija de dos profesores universitarios a quienes no llegué a conocer, porque su padre estaba trabajando entonces en Milán, de guardia de tráfico, y su madre vivía en la ciudad y aún trabajaba en la universidad. Su padre había emigrado por la ruta que en la aldea llamaban «la puerta de atrás», junto con el hermano mayor de Hawa, cruzando el Sahara hasta Libia y finalmente haciendo la peligrosa travesía por mar a Lampedusa. Dos años después, para entonces casado con una italiana, mandó a buscar al otro hermano, pero de eso hacía seis años, y si

Hawa todavía esperaba que llegara su turno era demasiado orgullosa para decírmelo. El dinero que el padre enviaba a casa había aportado ciertos lujos a la familia, raros en la aldea: un tractor, una gran parcela de tierra privada, un aseo, aunque sin tomas ni desagües de ningún tipo, y una televisión, aunque no funcionaba. El recinto en sí albergaba a las cuatro esposas del difunto abuelo de Hawa y a muchos de sus hijos, nietos y bisnietos fruto de sus uniones, en combinaciones que cambiaban sin cesar. Nunca era posible ubicar a todos los progenitores de esos niños: sólo las abuelas permanecían fieles a la familia, pasándose bebés y criaturas de un lado a otro, o dejándoselos a Hawa, quien, a pesar de su juventud, a menudo parecía la cabeza de la familia, o al menos su corazón. Era una de esas personas que atraían a todo el mundo. Arrebatadoramente hermosa, con una cara ovalada de tez azabache, rasgos vivarachos como un personaje de Disney, preciosas pestañas muy largas y un labio superior carnoso y atrevido que le daba un adorable aire de patito. Quien quisiera pasar un rato ameno y echar unas risas, o simplemente servir de blanco de burlas traviesas durante un par de horas, acudía a Hawa, y ella se tomaba el mismo interés en todos por igual, quería enterarse de las novedades, por cotidianas o banales que fuesen en apariencia («¿Vienes del mercado? ¡Ah, pues cuéntame! ¿Quién había? ¿Y estaba el pescadero?»). Habría sido la joya de la corona en cualquier pueblo, en cualquier parte. A diferencia de mí, no sentía ningún desdén por la vida aldeana: adoraba la modestia, los rumores, la repetición y la cercanía de la familia. Le gustaba que los asuntos de los demás la incumbieran, y viceversa. Una vecina de Hawa, con un problema amoroso más difícil, iba a visitarnos cada día (se había enamorado de un chico con el que sus padres no la dejaban casarse) y la agarraba de las manos y hablaba y lloraba, a veces no se iba hasta la una de la madrugada, pero aun así comprobé que siempre se marchaba sonriente. Traté de pensar cuándo había hecho yo algo así por un amigo. Quería saber más detalles sobre el mal de amores de la muchacha, pero a Hawa la aburría traducir, y con impaciencia reducía dos horas de charla a un par de frases («Bueno, dice que es muy guapo y cariñoso y que nunca podrán casarse. ¡Estoy tan triste! ¡Te digo que no podré dormir en toda la noche! Pero, mujer, ¿no has aprendido aún ni un poquito de wólof?»). A veces, cuando las invitadas de Hawa llegaban y me encontraban sentada en mi rincón oscuro, me miraban con recelo y daban media vuelta, porque así como a Hawa la conocían en todas partes por su talante alegre, alguien que con su sola presencia conjuraba las penas, la gente no tardó en sentir que la forastera de Inglaterra sólo había llevado consigo pesar y aflicción. Me veía obligada a hacer preguntas morbosas, bolígrafo en mano, sobre cómo paliar la pobreza, o sobre la falta de recursos en la escuela o las penurias evidentes que pasaba la propia Hawa (a las que ahora se sumaban las dificultades de la estación de las lluvias, los mosquitos, la amenaza de la malaria sin tratar), y todo aquello ahuyentaba a nuestras invitadas y ponía a prueba la paciencia de Hawa. Hablar de política no le interesaba —a menos que fuese con afán conspiratorio, estrictamente local y que afectara de lleno a gente que ella conocía— y tampoco le gustaba meterse en honduras sobre religión o cultura. Igual que todo el mundo, rezaba e iba a la mezquita, pero no me parecía que se planteara la religión demasiado en serio. Era una de esas chicas que sólo le pide una cosa a la vida: diversión. Recordaba muy bien a ese tipo de chica de mi época de estudiante, siempre me han desconcertado, me desconciertan aún, y me sentía igual de perpleja con Hawa. Me tumbaba en el suelo a su lado cada noche, en nuestros jergones contiguos, agradecida por el aura azulada que despedía su teléfono Samsung mientras ella iba pasando mensajes y fotografías, a veces hasta altas horas de la madrugada, riendo o suspirando cuando algo le hacía gracia, mitigando la oscuridad y la necesidad de conversación. Sin embargo, nada parecía indignarla o abatirla de verdad, y quizá porque había muchas cosas que a mí me provocaban precisamente esas emociones, a diario, empezó a consumirme un deseo perverso de abrirle los ojos. Una noche, tumbadas una al lado de la otra, mientras ella volvía a recordar lo bien que le había caído Granger, lo genial y divertido que era, le pregunté qué opinaba de la promesa que había hecho el presidente de su país de decapitar personalmente a cualquier homosexual que encontrara en el país. Chasqueó la lengua sin apartar la vista de la pantalla.

—Ese hombre siempre sale con alguna tontería. De todos modos, aquí no hay de ésos.

No relacionó mi pregunta con Granger, pero esa noche me dormí con la honda vergüenza de haber puesto conscientemente en juego la posibilidad de que Granger volviera allí, y total ¿por qué? ¿Por principios? Sabía cuánto había disfrutado Granger en esa aldea, más incluso que en París, y desde luego mucho más que en Londres, y que adoraba ese lugar a pesar del riesgo que visitarlo suponía sin duda para su propia vida. Lo habíamos hablado a menudo, disipaba el aburrimiento de las sesiones de grabación (sentados juntos en la cabina, sonriendo a Aimee a través del vidrio, sin escuchar nunca sus canciones), y eran las conversaciones más sustanciosas que había mantenido con él, como si la aldea hubiera destrabado en nosotros una relación hasta entonces en letargo. No es que nos pusiéramos de acuerdo o que hiciéramos las mismas conexiones. Donde yo veía privación, injusticia, pobreza, Granger veía simplicidad, ausencia de materialismo, belleza compartida, el polo opuesto de la América en la que había crecido. Donde yo veía poligamia, misoginia, hijos sin madre (la infancia de mi madre en la isla, sólo que agudizada, consagrada por la costumbre), él recordaba un sexto piso sin ascensor, una buhardilla minúscula compartida con una madre soltera deprimida, la soledad, los vales de comida, la falta de sentido, la amenaza de las calles al otro lado de la puerta, y me hablaba con lágrimas genuinas en los ojos de cuánto habría deseado que en lugar de una sola mujer lo hubieran criado quince.

Una vez, estando Hawa y yo casualmente solas en el patio mientras ella me trenzaba el pelo, intenté volver a tocar temas espinosos, explotando la intimidad del momento para preguntarle por un rumor que me había llegado sobre la desaparición de una mujer de la aldea, presuntamente capturada por la policía, la madre de un joven que había participado en una intentona golpista reciente. Nadie sabía su paradero o qué había sido de ella.

—El año pasado vino una chica, se llamaba Lindsay —dijo Hawa, como si yo no hubiera hablado siquiera—. Fue antes de que Aimee y todos vosotros llegarais. Era del Cuerpo de Paz, venía de Estados Unidos, ¡una chica muy divertida! Jugábamos al veintiuno, ¿tú juegas a las cartas? No sabes lo divertida que era, ¡en serio!

Suspiró, se rió y me tiró del pelo. Me rendí. El tema preferido de Hawa era la estrella de soul Chris Brown, pero yo apenas tenía nada que decir sobre Chris Brown y sólo una canción suya en mi teléfono («Ésa es una canción muy, pero que muy vieja», me informó Hawa), mientras que ella sabía todo lo que había que saber sobre él, incluidos sus pasos de baile. Una mañana, justo antes de irse a la escuela, la vi de lejos en el patio, bailando con los auriculares puestos. Llevaba su uniforme de maestra principiante, en apariencia modesto y aun así de lo más sugerente: blusa blanca, falda larga de licra negra, hiyab amarillo, sandalias amarillas, reloj amarillo, y un chaleco ajustado de raya fina, que se encargaba de ceñirse especialmente por detrás para realzar su cintura de avispa y su pecho espectacular. Embelesada en la rapidez de sus propios pies, cuando por fin me vio se echó a reír.

—¡No se lo cuentes a mis alumnos!

Cada día durante aquella estancia, Carrapichano y yo fuimos a la escuela, visitamos las aulas de Hawa y de Lamin y tomamos notas. Carrapichano se centraba en todos los aspectos del funcionamiento de la escuela, mientras que mi misión era más limitada: asistí primero a la clase de Lamin y luego a la de Hawa, en busca de las «mejores y más brillantes», siguiendo las instrucciones de Aimee. En la clase de Lamin, una clase de matemáticas, fue fácil: sólo tuve que escribir el nombre de las chicas que acertaban las soluciones. Y eso fue lo que hice, siempre después de que Lamin confirmara en la pizarra que las respuestas de los niños eran correctas. Porque cualquier cosa más allá de las sumas y restas básicas me superaba, la verdad, y comprobé que los alumnos de diez años de Lamin multiplicaban más rápido que yo y resolvían carros de divisiones en las que yo me atascaba. Empuñando el bolígrafo, sentí las manos sudorosas. Fue como viajar en el tiempo. De pronto volví a estar en mis clases de matemáticas, atenazada por la vergüenza de antaño, y descubrí que también conservaba el hábito de engañarme a mí misma, tapando mis operaciones con la mano cuando Lamin pasaba a mi lado y siempre arreglándomelas para medio convencerme, una vez la solución estaba en la pizarra, de que me había faltado muy poco, de no ser por tal o cual pequeño error, el calor terrible del aula, mi ansiedad irracional ante los números...

Fue un alivio dejar a Lamin e ir a la sesión de Hawa, una clase general. Había decidido buscar allí a las Traceys, o sea, las más brillantes, las más rápidas, las más tenaces, las mortalmente hastiadas, las conflictivas, las chicas que lanzaban rayos láser por los ojos y atravesaban las frases en inglés dictadas por el gobierno —frases muertas, frases vacías de contenido o significado— que Hawa transcribía laboriosamente con tiza en la pizarra antes de volver a traducirlas igual de laboriosamente al wólof y de ese modo explicarlas. Había imaginado que encontraría sólo a unas pocas chicas con ese perfil en cada clase, pero pronto quedó claro que en aquellas aulas sofocantes había más de la tribu de Tracey que de cualquier otra. Algunas chicas llevaban uniformes tan andrajosos que eran ya poco menos que harapos, otras tenían llagas en carne viva en los pies o los ojos aquejados de pus, y por las mañanas, a la hora de entregarle al maestro en mano las monedas que pagaban para ir a la escuela, muchas no las tenían. Y aun así, todas esas Traceys no se habían rendido. No se conformaban con cantarle en voz alta las frases a Hawa, que apenas unos años antes se habría sentado en esas mismas sillas, cantando las mismas frases, sin despegarse del libro de texto igual que hacía ahora. Viendo tanto fuego para tan poca leña era fácil caer en la desesperación, sin duda. Pero cada vez que la conversación se liberaba de los absurdos grilletes del inglés y podía volver a las lenguas autóctonas, las chispas de la inteligencia, como llamas colándose por una rejilla destinada a sofocarlas, se avivaban de nuevo y seguía el mismo curso que la inteligencia natural toma en las aulas del mundo entero: réplicas, humor, discusión. El triste deber de Hawa era silenciar todo eso, cualquier pregunta y curiosidad espontáneas, y arrastrar a la clase otra vez al libro oficial de marras, para escribir *La olla está sobre el fuego* o *La cuchara está en el cuenco* con un trozo de tiza rota en la pizarra, y hacer que las repitieran, y que luego las escribieran, copiándolas con exactitud, incluidos los frecuentes errores que ella misma cometía. Después de asistir varios días a ese penoso proceso, me di cuenta de que Hawa nunca comprobaba si los alumnos asimilaban esas frases escritas sin tener ya la respuesta delante o justo después de repetirla, y una tarde especialmente calurosa me creí obligada a tomar cartas en el asunto. Le pedí a Hawa que se sentara en mi sitio, en un taburete roto, y me planté delante de la clase y les pedí que escribieran en su cuaderno: *La olla está sobre el fuego.* Miraron la pizarra vacía, y luego a Hawa, expectantes, a la espera de la traducción. No la dejé hablar. Siguieron dos largos minutos, mientras las niñas miraban perplejas sus maltrechos cuadernos, forrados muchas veces con viejo papel de estraza. Luego me paseé por el aula, recogiendo los cuadernos para mostrárselos a Hawa. Una parte de mí quedó satisfecha. Tres chicas de cuarenta habían escrito correctamente la frase en inglés. El resto tenían una o dos palabras, la mayoría de los chicos no habían escrito una sola letra, sólo garabatos que recordaban vagamente a las vocales y consonantes del alfabeto, sombras de las grafías. Hawa asentía al revisar cada cuaderno, sin delatar emoción alguna, y luego, cuando terminé, se levantó y continuó la lección.

Cuando sonó la campana para el almuerzo crucé el patio corriendo hasta Carrapichano, que estaba sentado bajo el mango, tomando notas en un cuaderno, y le conté atropelladamente los sucesos de la mañana, y las repercusiones que yo veía, imaginando lo lentos que habrían sido mis progresos si mis profesores me hubieran dado el temario en mandarín, pongamos por caso, aunque yo no hablara mandarín en ningún otro sitio, ni oyera hablar mandarín, mis padres no hablaran ni una palabra de mandarín...

Carrapichano dejó el bolígrafo y me miró fijamente.

—Ya veo. ¿Y qué es lo que crees que acabas de conseguir?

Al principio pensé que no me había entendido, así que volví a empezar de cero, pero me cortó en seco, dando un pisotón en la arena.

—Lo único que has hecho es humillar a una maestra. Delante de su clase.

Su voz era serena, pero se había puesto colorado. Se quitó las gafas y me escrutó, y sentí que la solemnidad de su atractivo daba peso a su opinión, como si los que tienen razón fueran siempre más guapos.

—Pero es que... A ver, no digo que sea una cuestión de aptitud, se trata de un «aspecto estructural», como tú siempre dices, y sólo digo que quizá podríamos tener una clase de inglés, perfecto, claro, pero hagamos que en su país aprendan en su propia lengua, y así puedan, o sea, podrían, no sé, llevarse pruebas de inglés a casa, en forma de deberes o algo así.

Fernando rió amargamente y renegó en portugués.

—¡Deberes a casa! ¿Has estado en sus casas? ¿Ves algún libro en las estanterías? ¿O estanterías? ¿Escritorios? —Se puso de pie y empezó a gritar—: ¿Qué crees que hacen estos niños cuando llegan a casa? ¿Estudiar? ¿Crees que tienen tiempo para estudiar?

No se había acercado a mí, pero sin darme cuenta empecé a recular, hasta que choqué con el tronco del mango.

—¿Qué haces aquí? ¿Qué experiencia tienes en este trabajo? ¡Esto es trabajo de adultos! Te comportas como una adolescente. Pero ya no eres ninguna adolescente, ¿verdad? ¿No va siendo hora de que madures?

Me eché a llorar. En alguna parte sonó una campana. Fernando suspiró y pensé que se apiadaba de mí, y por un momento albergué la absurda esperanza de que estuviera a punto de darme un abrazo. Con la cabeza entre las manos oí a cientos de chavales salir en tropel de las aulas y correr por el patio, riendo y gritando, de camino a la siguiente clase, o hacia la puerta para ir a ayudar a sus madres en el campo, y entonces Carrapichano dio un puntapié a la pata de su silla, la derribó, y cruzó de nuevo el patio para volver al aula.

12

El final de mi propia travesía a la edad adulta llegó a mediados del invierno, el tiempo ideal para ser gótica: sintonizas con la tristeza que te rodea, igual que un reloj roto acierta dos veces al día. Iba a casa de mi padre, las puertas del autobús no se abrían por la nieve acumulada en la acera, así que tuve que separarlas a la fuerza con mis guantes de cuero negro y aterrizar en el montículo, protegida del frío que arreciaba por unas Dr. Martens negras con puntera de acero y varias capas de jerséis negros y vaqueros negros, por el calor del nido de pelo a lo afro, el tufo rancio de quien apenas se lava. Me había convertido en un animal perfectamente adaptado a su entorno. Llamé al timbre de mi padre: una chica abrió la puerta. Tendría unos veinte años a lo sumo. Llevaba el pelo ondulado con un moldeado básico, tenía una carita dulce en forma de lágrima y un cutis impecable que brillaba como la piel de una berenjena. Pareció sobresaltada, sonrió nerviosa, se volvió y llamó a mi padre, pero con un acento tan denso que el nombre apenas se entendía. Se esfumó y mi padre apareció en su lugar, y la chica ya no volvió a salir del dormitorio hasta que me marché. Mientras recorríamos el destartalado pasillo del edificio, dejando atrás el papel que se enroscaba en los bordes, los buzones oxidados, la moqueta mugrienta, mi padre me explicó en voz baja, como un misionero un poco apurado por revelar el verdadero alcance de su caridad, que había encontrado a aquella chica en la estación de King's Cross.

—¡Iba descalza! No tenía adónde ir, ningún sitio. Es senegalesa, ¿sabes? Se llama Mercy. Deberías haberme avisado de que venías.

Cené como de costumbre, vi una película antigua (*Los verdes prados*) y, cuando llegó la hora de irme sin que ninguno de los dos hubiéramos vuelto a mencionar a Mercy, vi que mi padre miraba por encima del hombro la puerta de su cuarto, pero ella no reapareció, y al cabo de poco me marché. No se lo conté a mi madre ni a nadie del instituto. La única persona que me parecía que lo entendería era Tracey, y llevaba meses sin verla.

Me había fijado en que otras personas tenían ese don adolescente para «entrar en una espiral de descontrol», o «descarrilar», pero sea cual fuera la palanca interior que accionaban en momentos de tristeza o trauma, yo no conseguía encontrarla dentro de mí. En lugar de eso, deliberadamente, como un atleta que decide optar por un nuevo régimen de entrenamiento, decidí descarrilar. Aun así, nadie me tomó demasiado en serio, y menos mi madre, porque me consideraba una adolescente en el fondo responsable. Cuando otras madres del barrio la paraban por la calle, como con frecuencia hacían, para pedirle consejo sobre sus hijos díscolos, las escuchaba con actitud comprensiva, pero sin ninguna inquietud personal, y a veces zanjaba la conversación poniéndome una mano en el hombro y decía algo como: «Bueno, nosotros somos muy afortunados, no tenemos esa clase de problemas, al menos todavía.» Ese relato estaba tan arraigado en su mente que ni siquiera era capaz de advertir los intentos que yo hacía por desviarme de él: estaba unida a esa hija espectral y no se apartaba de ella. ¿Y acaso no tenía razón? En realidad yo no era como mis nuevos amigos, no especialmente autodestructiva o temeraria. Hacía acopio de condones (innecesarios), me aterraban las agujas, me daba demasiado miedo la sangre para pensar en mutilarme, siempre dejaba de beber antes de perder los papeles del todo, tenía un apetito muy sano, y cuando salía de marcha me escabullía de mi pandilla o conspiraba para perderme poco después de medianoche, para ir al encuentro de mi madre, cuya norma era recogerme los viernes exactamente a las doce y media en la puerta por donde entraban los artistas del Camden Palace. Me subía al coche y montaba un número de rebeldía, cuando en secreto siempre agradecía que me fuese a buscar. La noche que rescatamos a Tracey fue así, a la salida del Camden Palace. Solía ir allí con mis amigos a la noche de música alternativa, que rozaba el límite de mi tolerancia, pero esa vez por alguna razón habíamos ido a una fiesta hardcore, guitarras desquiciantes distorsionando los altavoces gigantescos, un ruido furioso, y en un momento dado me di cuenta de que no aguantaría hasta medianoche, aunque había batallado con mi madre para que me recogiera más tarde. A eso de las once y media dije que iba al baño y crucé a trompicones el antiguo teatro, en otros tiempos sala de variedades, encontré un hueco libre en uno de los palcos del primer piso y me dispuse a emborracharme con la petaca de vodka barato que llevaba en un bolsillo de mi trenca negra. Arrodillada en el terciopelo raído donde habían arrancado las butacas, me asomé a mirar el foso del pogo. Sentí una satisfacción triste al pensar que probablemente era la única entre todas aquellas almas desventuradas que sabía que Chaplin había actuado allí, y Gracie Fields, por no mencionar los olvidados números con perros, familias, bailarinas de claqué, acróbatas, cómicos con la cara pintada de negro. Desde allí veía a todos aquellos apáticos niñatos blancos de los barrios residenciales vestidos de negro, abalanzándose unos contra otros, e imaginé en su lugar a G.H. Elliott, al que apodaban «el Conguito de Chocolate», con la cara pintada de negro y vestido de blanco de pies a cabeza, cantándole a la luna plateada. A mis espaldas oí el roce de una cortina: un chico entró en mi palco. Era blanco, muy flaco, no mayor que yo, y se notaba que iba colocado, con la cara muy marcada por el acné y unas greñas teñidas de negro cayéndole por la frente llena de cráteres. Pero sus ojos eran de un azul precioso. Y éramos de la misma tribu postiza, llevábamos el mismo uniforme: vaquero negro, camiseta negra, jersey negro, cuero negro. Ni siquiera creo que cruzáramos una palabra. Simplemente se acercó y me volví hacia él, ya de rodillas, y le bajé la bragueta. Nos desvestimos lo mínimo indispensable, nos tumbamos en aquel cenicero de moqueta y quedamos enganchados por la entrepierna un minuto más o menos, mientras el resto de nuestros cuerpos permanecía separado, cada cual envuelto en sus capas negras. Fue la única vez en mi vida que el sexo se presentó sin su sombra, sin la sombra de las ideas sobre el sexo o las fantasías que sólo se acumulan con el tiempo. En aquel palco todo era aún exploratorio, experimental, y técnico en el sentido de averiguar exactamente dónde iba qué. Yo nunca había visto pornografía. Esa posibilidad entonces aún existía.

Besarse estaba mal visto entre los góticos, así que nos mordimos suavemente en el cuello como pequeños vampiros. Al terminar se enderezó y dijo, con un acento mucho más fino de lo que me esperaba:

—Vaya, lo hemos hecho a pelo.

¿Era también su primera vez? Le dije que no importaba, con una voz que seguramente lo sorprendió tanto como a mí la suya, y luego le pedí un pitillo, que me dio en forma de un pellizco de tabaco en hebras, un papel de liar y un trocito de cartón. Decidimos bajar a la barra y tomar una mordedura de serpiente juntos, pero en la escalera lo perdí entre un aluvión de gente que subía, y de pronto agobiada y desesperada por respirar aire fresco, me abrí paso hasta la puerta y salí a Camden a la hora bruja. Todo el mundo iba dando tumbos medio borracho, discutiendo a voces en la puerta de los bares, con sus vaqueros rotos y camisas de cuadros, o de riguroso negro, algunos sentados en círculos por el suelo, cantando, tocando la guitarra, otros entrándole a un tipo que los mandaba a buscar a otro tipo, calle abajo, que era el que tenía las drogas que supuestamente el primer tipo debía tener. De golpe me sentí tremendamente sobria, sola, y deseé que apareciese mi madre. Me senté en un corro de desconocidos que parecían de mi tribu, y me lié el cigarro.

Desde allí alcanzaba a ver la bocacalle del Jazz Café y me chocó el personal tan distinto que hacía cola en la puerta, no para salir sino para entrar, y que no hubiera borrachos, porque a esa gente le encantaba bailar, no necesitaba alcohol para convencer a sus cuerpos de que se movieran. No llevaban ropa rasgada, ni hecha jirones o pintarrajeada con típex, todos iban a lucirse al máximo, las mujeres deslumbrantes, y no había nadie sentado en la acera, más bien parecían empeñados en elevarse del suelo: las deportivas de los hombres llevaban cinco centímetros de aire incrustado y los zapatos de las mujeres tenían tacones el doble de altos. Me pregunté para qué harían cola. Quizá una chica morena con una flor en el pelo iba a cantar para ellos. Pensé en acercarme a echar un vistazo, pero justo entonces oí jaleo en la boca del metro de Mornington Crescent, parecía un altercado entre un hombre y una mujer, se chillaban, y el hombre tenía a la mujer sujeta contra la pared, le estaba gritando y la agarraba de la garganta. Los chicos con los que me había sentado no se movieron ni se inmutaron demasiado, siguieron tocando la guitarra o liándose canutos. Fueron dos chicas las que reaccionaron (una rapada con pinta de matona y quizá su novia) y yo me levanté también, no gritando como ellas, pero siguiéndolas de cerca. Al acercarnos, sin embargo, la situación se volvió confusa, no quedó claro si a la «víctima» la estaban maltratando o ayudando, porque vimos que le flaqueaban las piernas y que el hombre en cierto modo la aguantaba en pie, así que nos frenamos un poco. La chica rapada se mostró menos agresiva, más solícita, y en ese mismo momento me di cuenta de que la mujer no era una mujer sino una chica, y la conocía: Tracey. Corrí a su lado. Me reconoció, pero no podía hablar, sólo alargó la mano y sonrió con tristeza. Le sangraba la nariz, por las dos fosas. Noté un olor asqueroso y vi el vómito, por toda la pechera y en un charco en el suelo. El hombre la soltó y se apartó para cederme el lugar. La sujeté y la llamé por su nombre, Tracey, Tracey, Tracey, pero puso los ojos en blanco y sentí que se desplomaba en mis brazos. Como estábamos en Camden, cualquier curda o fumeta que pasara por ahí tenía una teoría: éxtasis chungo, deshidratación, coma etílico, seguramente se había metido una *speedball*. Había que mantenerla erguida, o tumbarla, o darle agua, o apartarte y dejarla respirar, y empezaba a entrarme el pánico cuando, atravesando aquel galimatías desde el otro lado de la calle, llegó una voz mucho más alta, una voz con verdadera autoridad, que nos llamaba a Tracey y a mí. Era mi madre, aparcada delante del Palace en su pequeño dos caballos a las doce y media de la noche, como habíamos quedado. Levanté la mano y dio la vuelta y aparcó a nuestro lado. Cara a cara con una adulta de aspecto tan fiero y capaz, el resto de la gente se dispersó, y mi madre no perdió tiempo siquiera para hacer las preguntas de rigor. Nos separó, acostó a Tracey en el asiento trasero, colocándole bajo la cabeza un par de los libros sesudos que llevaba siempre a mano, incluso en plena noche, y condujo directa al Hospital St. Mary. Me moría de ganas de contarle a Tracey mi aventura en el palco, que por una vez había sido temeraria de verdad. Salimos a Edgware Road: Tracey recuperó la conciencia y se incorporó. Pero cuando mi madre trató de explicarle adónde íbamos, Tracey nos acusó de haberla secuestrado, de querer controlarla, de haber querido controlarla siempre, ya desde niña, de que creíamos saber lo que era mejor para ella, lo que era mejor para todo el mundo, ¡incluso habíamos intentado apartarla de su propia madre, de su propio padre! Su rabia crecía en proporción a la calma gélida de mi madre, hasta que, cuando aparcamos delante de Urgencias, Tracey estaba totalmente inclinada hacia delante, escupiendo furiosa en nuestras nucas. Mi madre no mordió el anzuelo ni se distrajo. Me dijo que agarrara a mi amiga de un lado mientras ella la agarraba del otro, y juntas medio arrastramos, medio obligamos a Tracey a entrar en la sala de espera, donde para nuestra sorpresa se volvió completamente dócil y, después de susurrarle «*speedball*» a la enfermera, esperó apretándose la nariz con un taco de pañuelos de papel hasta que la visitaron. Mi madre entró con ella en la consulta. Quince minutos después salió (me refiero a mi madre) y dijo que Tracey pasaría la noche ingresada, que le harían un lavado de estómago y que le había dicho (Tracey) varias cosas explícitamente sexuales, en su delirio, a un estresado médico indio que hacía la guardia de la noche. Aún tenía sólo quince años.

—¡A esta chica le ha pasado algo serio! —murmuró mi madre, chasqueó la lengua y se inclinó sobre el mostrador para firmar unos papeles *in loco parentis.*

En ese contexto, no merecía la pena preocuparse por mi ligero estado de ebriedad. Al atisbar la petaca de vodka en mi bolsillo, mi madre la sacó y, sin mediar palabra, la tiró en una papelera del hospital destinada a residuos farmacológicos. De camino a la salida capté mi reflejo en el largo espejo de la pared de un aseo para discapacitados que casualmente tenía la puerta abierta. Vi mi monótono uniforme negro y mi absurda cara empolvada; por supuesto ya había visto antes esa imagen, pero no bajo la luz descarnada de un hospital, y de pronto ya no era la cara de una niña, de pronto una mujer me devolvió la mirada. La impresión fue muy distinta de cualquier cosa que hubiera visto antes a la tenue luz violeta de la bombilla de mi cuarto de paredes negras. Había traspasado el umbral: abandoné la vida gótica.

QUINTA PARTE

Noche y día

1

Estaban sentados cara a cara, parecía una situación muy íntima si conseguías pasar por alto que había millones de telespectadores observando. Antes, los dos habían recorrido juntos su estrafalaria mansión, contemplando sus tesoros, sus llamativas obras de arte, sus horrendos muebles dorados, hablando de esto y lo otro, y en un momento dado él cantó para ella y ejecutó algunos de sus pasos emblemáticos. Pero sólo queríamos saber una cosa, y por fin parecía que ella se disponía a plantear la pregunta, e incluso mi madre, que andaba trajinando de aquí para allá y aseguraba que no le interesaba, vino a sentarse a mi lado delante de la televisión y esperó a ver qué pasaría. Subí el volumen con el mando a distancia. Bueno, Michael, dijo ella, pues pasemos ahora a la cuestión que más se comenta sobre ti, creo, y es el hecho evidente de que el color de tu piel es distinto de cuando eras más joven, y me parece que ha provocado muchas especulaciones y controversias por si has hecho o estás haciendo...

Él bajó la mirada y empezó su alegato. Mi madre no se creyó ni una palabra, y durante los minutos siguientes no pude oír nada de lo que ni la una ni el otro dijeron, sólo a mi madre discutiendo con la pantalla. Así que soy esclavo del ritmo, dijo él, y sonrió, aunque parecía abrumado, ansioso por cambiar de tema, y Oprah no insistió más y la conversación siguió adelante. Mi madre salió de la habitación. Al cabo de un rato, yo también me aburrí y apagué la tele.

• • •

Tenía dieciocho años. Poco después dejé de vivir con mi madre para siempre, y ya entonces no sabíamos muy bien cómo relacionarnos en esa nueva tesitura: dos mujeres adultas ocupando, por el momento, el mismo espacio. ¿Seguíamos siendo madre e hija? ¿Éramos amigas? ¿Hermanas? ¿Compañeras de piso? Llevábamos horarios distintos, no nos veíamos mucho, pero me preocupaba estar abusando de su hospitalidad, como un espectáculo que se alarga más de la cuenta. Muchos días me iba a la biblioteca, intentaba repasar para los exámenes, mientras que ella trabajaba todas las mañanas de voluntaria en un centro para jóvenes con problemas y por las noches en una casa de acogida para mujeres negras y asiáticas. No pretendo decir que no fuera honesta en ese trabajo, y además válida, pero también da la casualidad de que ambos compromisos quedan estupendamente en el currículum si vas a presentarte a las elecciones de la concejalía municipal. Nunca la había visto tan ocupada. Parecía estar en todo el barrio a la vez, involucrada en todo, y todo el mundo coincidía en que el divorcio le había sentado bien, hasta parecía rejuvenecida: a veces me asaltaba el temor de que en un momento dado, en un futuro no muy lejano, ambas convergeríamos exactamente en la misma edad. Empezó a resultarme raro ir por cualquier calle de su distrito electoral sin que alguien se acercara y me agradeciera «todo lo que tu madre está haciendo por nosotros» o me preguntara si ella tenía alguna idea de cómo organizar una asociación extraescolar para los niños somalíes recién llegados o en qué espacio municipal podrían darse cursos de educación vial para ciclistas. No la habían elegido para ningún cargo aún, pero en nuestro entorno la gente ya la había coronado.

Un aspecto importante de su campaña fue la idea de convertir el antiguo cobertizo de bicicletas de nuestros bloques en un «local de encuentro comunitario», y eso la hizo entrar en conflicto con Louie y su pandilla, que usaban el cobertizo para sus trapicheos. Mi madre me contó luego que él le había enviado a dos muchachos a casa para intimidarla, pero ella «conocía a sus madres» y no se arredró, así que se marcharon sin ganar la discusión. No me sorprende. La ayudé a pintar el cubículo de un alegre color amarillo y fui con ella por los comercios locales, buscando sillas plegables que les sobraran. Se estipuló que el acceso costara una libra, con la que se cubrían algunos refrigerios básicos, y Kilburn Books vendía una selección de libros relevantes en una mesa con caballetes colocada en el rincón. El local se inauguró en abril. Todos los viernes a las seis de la tarde se presentaban los ponentes, invitados por mi madre, un catálogo de personalidades excéntricas del barrio: recitales de poesía de *spoken word*, activistas políticos, orientadores sobre drogas, un académico sin titulación que pagaba la edición de sus libros sobre conspiraciones históricas silenciadas; un empresario nigeriano con mucha iniciativa que nos adoctrinó sobre las «aspiraciones negras»; una enfermera guyanesa apocada, devota de la manteca de karité. Invitó a muchos ponentes irlandeses, también —en señal de respeto hacia aquella comunidad autóctona que se deterioraba rápidamente—, pero mi madre podía ser insensible a los matices de las luchas de otras tribus y no dudaba en presentar con palabras nobles («¡Siempre que luchamos por la libertad, la lucha es la misma!») a gánsteres de aspecto furtivo que colgaban banderas tricolores en la pared del fondo y hacían colectas para el IRA al final de sus discursos. Los temas que me parecían históricamente oscuros y alejados de nuestra situación —las doce tribus de Israel, la vida de Kunta Kinte, cualquier cosa relacionada con el antiguo Egipto— eran los más populares, y a menudo me mandaban a la iglesia en esas ocasiones para rogarle al diácono que nos prestara más sillas. Pero cuando los ponentes abordaban los aspectos más prosaicos de nuestra vida cotidiana —delincuencia en el barrio, drogas, embarazos en la adolescencia, abandono escolar—, entonces sólo podían contar con las pocas ancianitas jamaicanas que acudían a todas las charlas, y que en realidad venían por el té y las galletas. En cambio yo no podía librarme nunca, tenía que ir a todas, incluso a la del esquizofrénico que entró en la sala cargando pilas enormes de notas, sujetas con gomas elásticas y organizadas de acuerdo a un sistema que sólo él conocía, y nos habló con vehemencia sobre la falacia racista de la evolución que osaba relacionar al Sagrado Hombre Africano con el vil y terrenal mono, cuando de hecho el Sagrado Hombre Africano descendía de la luz pura, o sea, de los mismísimos ángeles, cuya existencia quedaba demostrada, no recuerdo exactamente cómo, por las pirámides. A veces mi madre daba una charla: esas noches la sala se abarrotaba de gente. Hablaba siempre del orgullo, en todas sus formas. Debíamos recordar que éramos bellos, inteligentes, capaces, reyes y reinas, dueños de una historia, dueños de una cultura, dueños de nosotros mismos. Y aun así, cuanto más llenaba la sala con ese afán iluminador, más clara era mi percepción de la forma y las proporciones de la inmensa sombra que, al fin y al cabo, se cernía sobre nosotros.

Un día me sugirió que hablara. Quizá una oradora joven podía llegar a los jóvenes con más facilidad. Creo que estaba realmente confundida por que sus charlas, pese a su popularidad, no habían logrado que las chicas dejasen de quedarse embarazadas ni los chicos de fumar hierba o abandonar los estudios o dedicarse a robar. Me propuso varios temas posibles, sobre los que yo no sabía nada, y cuando se lo dije se exasperó.

—¡Tu problema es que nunca has tenido que luchar por nada!

Nos enfrascamos en una larga discusión. Ella atacó las materias «cómodas» que había elegido estudiar, las facultades «de segunda fila» en las que había pedido plaza, la «falta de ambición» que, según ella, había heredado de la otra parte de la familia. Me largué. Deambulé de arriba abajo por la avenida un rato, fumando un cigarrillo tras otro, antes de rendirme a lo inevitable y dirigirme a casa de mi padre. Mercy se había ido hacía mucho, desde entonces no había habido nadie más, estaba viviendo solo de nuevo y me parecía abatido, más triste de lo que lo había visto nunca. Su horario laboral, que aún empezaba cada mañana antes del amanecer, le planteaba un dilema nuevo: no sabía qué hacer por las tardes. Al ser un hombre de familia por naturaleza, se sentía completamente perdido al no tener la suya, y yo no sabía si sus otros hijos, sus hijos blancos, iban a visitarlo alguna vez. No se lo preguntaba, me daba vergüenza. Ahora ya no temía la autoridad de mis padres sobre mí, sino que pudieran sacar a la luz sus propios temores íntimos, su melancolía y sus remordimientos. Ya veía asomar esas cosas en mi padre más de la cuenta. Se había convertido en uno de aquellos desgraciados sobre los que en otros tiempos le gustaba hablarme, a quienes conocía en su ruta y siempre había compadecido, pobres viejos en pantuflas que se tragaban los programas de la tarde hasta que empezaban los de la noche, que apenas veían a nadie, que no hacían nada. Una vez fui a verlo y se presentó Lambert, pero tras un breve intercambio de comentarios animados cayeron en el sopor oscuro y paranoico de los hombres maduros abandonados por sus mujeres, empeorado por el hecho de que Lambert había olvidado llevar un poco de alivio en forma de marihuana. La televisión seguía encendida y se sentaron delante en silencio el resto de la tarde, como dos náufragos agarrados al mismo tablón a la deriva, mientras yo ponía un poco de orden a su alrededor.

A veces me daba por pensar que despotricar de mi madre con mi padre podía ofrecernos una distracción a los dos, algo que compartir, pero nunca salía bien, porque yo subestimaba tremendamente cuánto seguía amándola y admirándola él. Cuando le hablé del local de reunión, y de que me veía obligada a dar una charla, mi padre dijo:

—Ah, vaya, el proyecto suena muy interesante. Algo para toda la comunidad.

Parecía nostálgico. ¡Qué feliz lo habría hecho, incluso entonces, andar acarreando sillas desde el otro lado de la calle, ajustando el micrófono, pidiendo silencio al público antes de que mi madre apareciera en escena!

2

Se colgaron una pila de carteles —hechos a mano uno por uno, no fotocopiados— anunciando la charla («La historia del baile») en los alrededores de los bloques, donde, como todos los avisos públicos, pronto quedaron desfigurados con intervenciones creativas y obscenas, un grafiti que engendraba una respuesta, que engendraba una respuesta a la respuesta. Estaba clavando uno con chinchetas en la pasarela del bloque de Tracey cuando noté unas manos en los hombros (un apretón breve, fuerte), me volví y allí estaba. Miró el cartel, pero no hizo ningún comentario. Me quitó las gafas nuevas, se las puso y se rió al mirarse en una lámina de espejo pegada junto al tablón de anuncios. Volvió a reírse cuando me ofreció un pitillo y se me cayó al suelo, y luego otra vez al ver las alpargatas raídas que me había puesto, robadas del armario de mi madre. Me sentí como un antiguo diario que ella acababa de encontrar en un cajón: un recuerdo de una época más candorosa y alocada de su vida. Cruzamos el patio y nos sentamos en la franja de césped detrás de su edificio, mirando la iglesia de St. Christopher.

—Eso no era bailar de verdad —dijo, señalando la puerta con la cabeza—. Ahora estoy en otro nivel, nada que ver.

No me cupo ninguna duda. Le pregunté cómo le iba el estudio para los finales y me enteré de que en su escuela no había exámenes, todo eso acababa a los quince años. ¡Mientras yo seguía encadenada, ella era libre! Ahora todo dependía de una «revista de fin de curso» a la que acudían «la mayoría de los agentes de peso», y a la que me invitó de mala gana («Podría intentar ponerte en la lista»), y allí era donde se escogía a los mejores bailarines, que encontraban representantes y empezaban a hacer audiciones para la temporada de otoño de los espectáculos del West End o las giras regionales. Se pavoneaba conmigo. De hecho, pensé que se había vuelto más fanfarrona en general, sobre todo con el tema de su padre. Decía que le estaba construyendo una casa unifamiliar enorme, en Kingston, y que pronto se mudaría allí con él, y de ahí sólo era un salto, en un abrir y cerrar de ojos se iría a Nueva York, donde tendría la oportunidad de trabajar en Broadway, donde apreciaban de verdad a los bailarines, no como aquí. Sí, trabajaría en Nueva York, pero viviría en Jamaica, al sol con Louie, y por fin se libraría de «este puto país de mierda», recuerdo que dijo, como si hubiese vivido siempre aquí por un mero accidente.

Al cabo de unos días, sin embargo, vi a Louie en un contexto completamente distinto, en Kentish Town. Yo iba en un autobús, en el piso de arriba, y lo vi en la calle, abrazado a una mujer embarazada, con un bombo enorme, una de esas chicas que solíamos tachar de «quinquis», con unos pendientes dorados enormes en forma de pirámide, muchas cadenas de bisutería y el pelo esculpido con gomina en un peinado de rizos ensortijados en la frente y el resto de punta. Se estaban riendo y bromeando, y de vez en cuando se besaban. Ella empujaba un cochecito con un niño, de unos dos años, y llevaba de la mano a otro de siete u ocho años. Lo primero que pensé no fue «¿Quiénes son esos niños?», sino «¿Qué hace Louie en Kentish Town? ¿Por qué va caminando por la avenida de Kentish Town como si viviera aquí?». La verdad es que me costaba pensar más allá de nuestro radio cotidiano. Sólo al perderlos de vista recordé cuántas veces había mentido Tracey o se había marcado un farol para justificar la ausencia de su padre —dejó de llorar por eso cuando era muy niña— sin adivinar nunca lo cerca que probablemente estaba en todo momento. No acudía al concierto de la escuela o al cumpleaños o al espectáculo o al torneo deportivo o ni siquiera a casa, para cenar, porque se suponía que estaba atendiendo a una madre eternamente enferma en el sur de Kilburn, o bailando con Michael Jackson, o a miles de kilómetros de distancia, en Jamaica, construyendo el hogar soñado de Tracey. Sin embargo, aquella conversación unilateral en la franja de césped me había confirmado que nosotras ya no podíamos hablar de cosas íntimas. Así que cuando llegué a casa le conté a mi madre lo que había visto. Ella estaba metida de lleno en los preparativos de la cena, un momento siempre estresante, y se irritó conmigo con una rapidez y una vehemencia desproporcionadas. Me quedé perpleja; sabía que mi madre detestaba a Louie, entonces ¿por qué lo defendía? Baqueteando los cacharros, hablando apasionadamente de Jamaica, y no de la Jamaica actual, sino de la Jamaica del siglo XIX, la del XVIII, y más allá (el Kentish Town actual quedó soslayado, era irrelevante), hablándome de criadores y sementales, de hijos arrancados de los brazos de sus madres, de repetición y revancha, a través de los siglos, y los muchos hombres de su linaje desaparecidos, incluido su propio padre, todos hombres fantasmales, nunca vistos de cerca ni con claridad. Retrocedí mientras ella seguía despotricando, hasta que topé con la puerta caliente del horno. No supe qué hacer con tanta tristeza. ¡Ciento cincuenta años! ¿Tienes idea de cuánto son ciento cincuenta años en la familia del hombre? Chasqueó los dedos, y pensé en la señorita Isabel, marcando el compás de un baile para las niñas. Esto, dijo.

Una semana después alguien prendió fuego al viejo cobertizo de bicicletas, la noche antes de mi charla, y lo redujo a una caja negra de carbón. Recorrimos el local con los bomberos. Apestaba a todas las sillas de plástico que habíamos apilado contra las paredes y que ahora estaban derretidas y fundidas unas con otras. Sentí un gran alivio, parecía un acto divino, a pesar de que todos los indicios apuntaban más cerca, y pronto los muchachos de Louie recuperaron su espacio. El día siguiente del incendio, cuando mi madre y yo pasamos por allí, unas cuantas personas bienintencionadas cruzaron la calle para decirnos que lo sentían o tratar de hablar del asunto, pero ella no despegó los labios y los miró fijamente, como si hubiesen dicho alguna grosería o algo personal. Creo que la fuerza bruta ultrajaba a mi madre porque quedaba fuera de su venerado reino del lenguaje, y en respuesta a eso ella no tenía nada que decir. A pesar de sus ademanes revolucionarios, no creo que hubiese aportado mucho en una revolución de verdad, una vez se agotaran los diálogos y las reuniones y empezara la violencia fáctica. En cierto modo, era como si no acabara de creer en la violencia, como si le pareciese demasiado estúpida para ser real. Yo sabía (por Lambert, únicamente) que su infancia había estado plagada de violencia, emocional y física, pero ella rara vez la mencionaba más que para referirse a «aquel disparate», o a veces a «aquella gente ridícula», porque después de elevarse a la vida del intelecto todo lo que no fuera la vida del intelecto había dejado de existir para ella. Louie era un fenómeno sociológico o un síntoma político o un ejemplo histórico o simplemente una persona criada en la misma miseria rural que ella había padecido (una persona a la que reconocía, y creo que en su fuero interno comprendía), y con ese Louie mi madre era capaz de lidiar. Pero su mirada de desolación absoluta cuando los bomberos la llevaron hasta el rincón del fondo del cobertizo para enseñarle el lugar exacto donde se había iniciado el fuego, provocado por alguien a quien ella conocía en persona, por alguien con quien ella había intentado razonar, pero que, a pesar de todo, había decidido destruir con violencia algo que ella había creado con cariño, esa mirada nunca la olvidaré. Louie ni siquiera tuvo que hacerlo por su propia mano, así como tampoco tuvo que ocultar que había ordenado que lo hicieran. Al contrario, quiso que corriera la voz: era una demostración de poder. Al principio pensé que ese fuego había destruido una parte esencial de mi madre, pero al cabo de unas semanas se recompuso y convenció al pastor de que la dejara trasladar las reuniones comunitarias al salón parroquial. El incidente incluso resultó ser útil, en cierto modo, para su campaña: era la confirmación visual, literal, del «nihilismo urbano» del que ella había hablado a menudo y que en parte había sido el eje de su campaña. No mucho después, mi madre pasó a ser nuestra concejala municipal. Y ahí el segundo acto de su vida, el acto político —que estoy segura de que ella consideraba el verdadero acto de su vida—, dio comienzo.

3

La obra quedó terminada con la estación de las lluvias, en octubre. Para celebrarlo, se organizó un acto en el patio nuevo, una explanada del tamaño de medio campo de fútbol. Nosotros no participamos en los preparativos, se encargó el comité de la aldea, y Aimee no llegó hasta la mañana de la fiesta. En cambio yo llevaba un par de semanas sobre el terreno, y estaba preocupada por la logística, el equipo de sonido, el aforo que admitía el espacio y la convicción, compartida por todos (niños y adultos, el Al Kalo, Lamin, Hawa, todas sus amigas), de que el presidente en persona haría acto de presencia. Es difícil saber de dónde surgió el rumor, se había corrido la voz y no era posible conseguir más datos, sólo guiños y sonrisas, pues de todos modos se daba por supuesto que nosotros, «los americanos», estábamos detrás de la visita.

—¿Tú me preguntas si va a venir? —dijo Hawa, riendo—. Pero ¿es que no lo sabes?

El rumor y la magnitud del acontecimiento se espolearon entre sí rápidamente: primero iban a participar en el desfile tres guarderías de la región, luego cinco, luego quince. Primero era que venía el presidente, luego que también acudirían los líderes de Senegal, Togo y Benín, de modo que al corro de tambores de las madres se agregaron media docena de *griots* con esbeltas *koras* y una orquesta del cuerpo de policía. Se empezó a decir que se fletarían autobuses desde varias aldeas vecinas, y que un famoso DJ senegalés pincharía después de los actos formales. Por debajo del bullicio de todos esos preparativos había algo más, un murmullo quedo de sospecha y resentimiento, que al principio me costó oír, pero que Fernando reconoció de inmediato. Como nadie sabía exactamente cuánto dinero había ingresado el equipo de Aimee en el banco de Serekunda, nadie podía estar seguro de cuánto había recibido Lamin personalmente, ni nadie era capaz tampoco de precisar qué parte de ese dinero había metido él en el sobre que más tarde llegó a la casa del Al Kalo, ni cuánto se quedó en esa casa con Fatu, nuestra tesorera, antes de que el resto aterrizase al fin en las arcas del comité de la aldea. Nadie acusó a nadie, no directamente. Pero todas las conversaciones, sin importar dónde empezaran, acababan girando en torno a esa cuestión, por lo general con frases veladas de resonancia proverbial como «Hay un largo camino desde Serekunda hasta aquí» o «Cuando algo pasa de mano en mano, por tantas manos, ¿cómo esperar que esté limpio?». A Fern (yo también había pasado a llamarlo así) le asqueaba la ineptitud general: nunca había trabajado con gente tan inútil como aquellos idiotas de Nueva York, sólo causaban problemas y no tenían ni idea del procedimiento ni de la realidad del lugar. Él también pasó a ser una máquina de producir proverbios: «En una inundación el agua lo empantana todo, no hay que darle más vueltas. En una sequía, si quieres agua, has de dirigirla con cuidado en cada palmo de su recorrido.» Aun así, su preocupación obsesiva, a la que él se refería como «orientación al detalle», había dejado de molestarme: yo misma cometía demasiados errores a diario para no comprender a esas alturas que él sabía lo que se traía entre manos. Ya no era posible ignorar lo que nos diferenciaba realmente, que iba mucho más allá de su formación superior, su doctorado e incluso su experiencia profesional. Era la calidad de la atención. Fern escuchaba y observaba. Era más receptivo. Cuando lo veía de lejos, mientras daba mi paseo rutinario por la aldea (sin ganas, motivada meramente por la necesidad de hacer un poco de ejercicio y escapar de la claustrofobia de la choza de Hawa), Fern estaba inmerso en intensas conversaciones con hombres y mujeres de cualquier edad y condición, agachado a su lado mientras comían, caminando junto a las carretas tiradas por burros, sentado tomando *ataya* con los ancianos en los puestos del mercado, y siempre escuchando, aprendiendo, pidiendo más detalles, sin dar nada por hecho hasta confirmarlo. Comparé esa actitud con la mía: procuraba permanecer todo el tiempo posible en mi cuarto húmedo y frío, no hablaba con nadie si podía evitarlo, leía libros sobre la región alumbrándome con una linterna y mascando una furia homicida, casi adolescente, contra el FMI y el Banco Mundial, los holandeses que compraron a los esclavos, los caciques autóctonos que los vendieron y muchas otras abstracciones mentales lejanas a las que yo no podía hacer el menor daño.

El atardecer pasó a ser mi momento favorito del día, cuando me iba caminando hasta la casa ocre y cenaba con Fern algún plato sencillo que nos preparaban las mismas mujeres que cocinaban en la escuela. Un cuenco de hojalata, lleno de arroz, a veces con poco más que un tomate verde o una berenjena enterrada en alguna parte, otras veces con una abundancia de hortalizas frescas y un pescado de carne escasa pero sabrosa que Fern gentilmente me dejaba atacar primero.

—Ahora somos de la misma familia —me dijo, la primera vez que comimos así, metiendo la mano en el mismo cuenco—. Al parecer han decidido que somos parientes.

Desde nuestra última visita, el generador se había estropeado, pero como éramos los únicos que lo usábamos, Fern lo consideraba una «prioridad baja» (por la misma razón yo lo consideraba de alta prioridad) y se negó a perder un día viajando a la ciudad para reponerlo. Así que, al caer el sol, nos colocábamos nuestras pequeñas linternas frontales, procurando no deslumbrarnos mutuamente, y hablábamos hasta altas horas de la noche. Me gustaba su compañía, sus razonamientos sutiles, compasivos, intrincados. Al igual que Hawa, Fern no se deprimía, pero no porque apartara la mirada, sino porque observaba de cerca, atendiendo a cada paso lógico de cualquier problema concreto, de manera que el problema en sí ocupaba todo el espacio mental disponible. Unas noches antes de la fiesta, mientras comentábamos la llegada inminente de Granger y Judy y los demás (que pondría fin a cierta versión apacible de nuestra vida allí), me habló de un problema nuevo, en la escuela: seis niños habían faltado dos semanas a clase. No había relación de parentesco entre ellos. En cualquier caso, las ausencias habían comenzado, según le contó el director, el día que Fern y yo regresamos a la aldea.

—¿Desde que nosotros llegamos?

—¡Sí! Y pensé, qué raro es esto, ¿a qué se debe? Primero, pregunté por ahí. Todo el mundo me dijo: «Ah, no lo sabemos. Seguro que no es nada. A veces los niños tienen que trabajar en casa.» Así que volví a hablar con el director y conseguí una lista de los nombres. Luego recorrí la aldea y visité sus casas, una por una. No es fácil. No hay dirección, has de seguir tu olfato. Pero los encontré a todos. «Ay, está enferma» o «Ay, está visitando a su primo en el pueblo». Me dio la impresión de que nadie me decía la verdad. Entonces hoy, mirando la lista, pienso: estos nombres me suenan. Reviso mis papeles y encuentro el listado de los microcréditos, ¿te acuerdas?, aquello que hizo Granger, por su cuenta. Es un hombre adorable, lee un libro sobre microcréditos y... En resumen, ¡reviso el listado y descubro que son justamente esas seis familias! Las madres son las mismas mujeres a las que Granger cedió aquellos préstamos de treinta dólares, para sus puestos del mercado. Exactamente las mismas. Así que pienso: ¿cuál es la relación entre el préstamo de treinta dólares y esos niños que se ausentan de la escuela? Ahora es obvio: sus madres, al ver que no pueden saldar su deuda en el plazo que Granger acordó con ellas, suponen que el dinero se cobrará moneda a moneda, de las cuotas escolares de sus hijos, ¡y que los niños sufrirán una humillación! Al vernos llegar de nuevo a la aldea, a «los americanos», pensaron: ¡mejor que los niños se queden en casa! Es de lógica, tiene sentido.

—Pobre Granger. Se llevará una desilusión. Su intención era buena.

—No, no, no... tiene fácil solución. Sólo que para mí es un ejemplo interesante de seguimiento. O de no seguimiento. La financiación es una buena idea, creo, o al menos no es mala. Pero puede que tengamos que cambiar el calendario de los plazos.

Por una de las ventanas oscuras, vi uno de los taxis de la sabana traqueteando por la única carretera buena a la luz de la luna. Incluso a esas horas, había niños colgados de los laterales de la camioneta, y tres chicos iban tendidos bocabajo en el techo, sujetando un colchón con el peso de sus cuerpos. Me embargó esa sensación de absurdo, de inutilidad, que por norma me asaltaba a primera hora de la mañana, al despertarme al lado de Hawa, profundamente dormida, mientras los gallos cantaban enloquecidos al otro lado de la pared.

—No sé... treinta dólares aquí, treinta dólares allá...

—¿Sí? —dijo Fern entusiasmado, porque solía costarle dar con el tono, y cuando lo miré vi en su cara tanto optimismo e interés en ese nuevo problema insignificante que me irritó. Quise aplastarlo.

—No, quiero decir que... Vas a la ciudad, o a cualquier otra aldea de los alrededores, y ves a los jóvenes del Cuerpo de Paz, a los misioneros, a las ONG, a toda esa gente blanca cargada de buenas intenciones que se empeña en preocuparse por unos pocos árboles... ¡parece que no veáis el bosque!

—Ahora eres tú la que habla con proverbios.

Me levanté y empecé a rebuscar afanosamente entre los víveres y los utensilios apilados en el rincón, buscando el hornillo de gas y la tetera.

—No aceptaríais estas... soluciones microscópicas en vuestros hogares, en vuestros países. ¿Por qué nosotros deberíamos aceptarlas aquí?

—¿«Nosotros»? —repitió Fern, con una media sonrisa—. Espera, espera. —Se acercó hasta donde yo forcejeaba con la bombona de gas y se agachó a ayudarme a poner el fogón que, con mi malhumor, no lograba encajar. Nuestras caras estaban muy juntas—. «Toda esa gente blanca cargada de buenas intenciones.» Piensas demasiado en cuestiones raciales, ¿te lo han dicho alguna vez? Pero un momento: ¿para ti yo soy blanco? —Me desconcertó tanto la pregunta que me eché a reír. Fern se apartó—: Bueno, me parece interesante. En Brasil no nos consideramos blancos, ¿sabes? Al menos en mi familia. Pero te estás riendo, así que significa que sí, que crees que soy blanco.

—Oh, Fern... —¿A quién teníamos allí, salvo el uno al otro? Aparté la luz de mi frontal, enternecida por la dulce preocupación que reflejaba su rostro, que a fin de cuentas no era mucho más pálido que el mío—. No creo que importe lo que yo piense, ¿a que no?

—No, no, claro que importa —dijo, volviendo a su silla, y a pesar de que la bombilla del techo estaba apagada vi que se ruborizaba. Me concentré en buscar los dos exquisitos vasos de cristal marroquí con las aguas verdes. Fern me había contado una vez que siempre los llevaba en sus viajes, y esa revelación fue una de las pocas concesiones que le había oído hacer al placer personal, a la comodidad—. Pero no me ofende, no, todo esto me parece muy interesante —dijo, sentándose de nuevo y estirando las piernas como un erudito en su estudio—. Lo que estamos haciendo aquí, las consecuencias que provoca, el legado que dejaremos, etcétera. Todo debe meditarse, por supuesto. Paso a paso. Esta casa es un buen ejemplo. —Alargó un brazo y dio una palmada en una zona de la pared donde asomaban unos cables pelados—. Quizá hayan pagado al dueño o quizá el dueño no tenga ni idea de que estamos aquí. ¿Quién sabe? Pero ahora la estamos ocupando y toda la gente de la aldea ve que estamos aquí, de manera que ahora saben que, en definitiva, no pertenece a nadie, o a cualquiera a quien el Estado tenga el capricho de cedérsela. Entonces ¿qué pasará cuando nos marchemos, cuando la nueva escuela esté acabada y funcionando y ya no vengamos mucho de visita, o nunca más? A lo mejor se instalan aquí varias familias, a lo mejor se transforma en un espacio para la comunidad. A lo mejor. Yo apuesto a que acabará desmantelada, ladrillo a ladrillo. —Se quitó las gafas y las frotó con el dobladillo de la camiseta—. Sí, primero alguien se llevará los cables, luego las planchas, luego los azulejos, pero con el tiempo hasta la última piedra acabará destinada a otro propósito. Yo apuesto a que será así... Tal vez me equivoque, tendremos que esperar y ver. No soy tan ingenioso como esta gente. Nadie es más ingenioso que los pobres, dondequiera que estén. Cuando eres muy pobre, hay que pensar bien cada movimiento. Con la riqueza es al revés. Cuando eres rico acabas por no pensar.

—No veo nada ingenioso en esta clase de pobreza. No veo nada ingenioso en tener diez hijos cuando no puedes mantener a uno.

Fern volvió a ponerse las gafas y me sonrió con tristeza.

—Los niños pueden ser un tipo de riqueza —dijo.

Guardamos silencio un rato. Pensé, sin proponérmelo, en un flamante coche rojo a control remoto que había comprado en Nueva York para un niño de la familia de Hawa por el que sentía especial cariño, pero no había previsto el problema de las pilas, pilas para las que a veces había dinero, y las más de las veces no, así que el coche quedó destinado a una estantería que Hawa tenía en la sala de estar, llena de objetos decorativos, pero en definitiva inútiles, regalos de otros visitantes cándidos, en compañía de varios transistores que no funcionaban, una Biblia de una biblioteca de Wisconsin y el retrato del presidente en un marco roto.

—Así es como entiendo mi trabajo —dijo Fern con rotundidad cuando la tetera empezó a silbar—. No pertenezco al mundo de Aimee, eso está claro. Pero estoy aquí porque, si ella se cansa...

—Cuando se canse...

—Mi trabajo es garantizar que quede algo de provecho en el terreno, pase lo que pase, cuando ella se marche.

—No sé cómo lo consigues.

—¿El qué?

—Preocuparte por unas gotas de agua cuando puedes ver el océano.

—¡Otro proverbio! Decías que los odiabas, pero ¡mira cómo se te ha pegado la costumbre local!

—¿Vamos a tomar ese té o no?

—En realidad, es más sencillo —dijo, sirviendo el líquido oscuro en mi vaso—. Respeto a la persona que puede pensar en el océano. Mi mente ya no funciona así. Cuando era joven como tú, tal vez, pero ya no.

No supe si aún hablábamos del mundo entero, del continente en general, de la aldea en particular, o tan sólo de Aimee, a quien, a pesar de todas nuestras buenas intenciones, de todos nuestros proverbios, ninguno de los dos parecíamos capaces de entender claramente.

Me despertaba a las cinco casi todos los días con los gallos y la llamada a la oración, pero me acostumbré a volver a dormirme hasta las diez o más, con lo que iba a la escuela para la segunda o la tercera hora de clase. La mañana que llegaba Aimee, sin embargo, me levanté decidida a aprovechar el día al máximo, mientras aún pudiera disfrutarlo a mi antojo. Me sorprendí a mí misma (tanto como a Hawa, Lamin y Fern) apareciendo a las ocho en la puerta de la mezquita, donde sabía que se encontraban los tres cada mañana para ir andando hasta la escuela. La belleza de la mañana fue otra sorpresa: me recordó a mis primeras experiencias en Estados Unidos. Nueva York me introdujo por primera vez a las posibilidades de la luz, que irrumpía a través de los huecos de las cortinas, transformando a la gente y las aceras y los edificios en iconos dorados, o sombras negras, dependiendo de dónde se situaran respecto al sol. Pero la luz frente a la mezquita (la luz que me iluminaba cuando me recibieron como a una heroína local, simplemente por levantarme de la cama tres horas después que la mayoría de las mujeres y los niños con los que vivía), esa luz era algo nuevo. Zumbaba y te arropaba con su calor, era densa, vibrante de polen e insectos y pájaros, y como ninguna construcción de más de una planta se interponía en su camino, derramaba todos sus dones a la vez, bendiciéndolo todo por igual, en un estallido de iluminación simultánea.

—¿Cómo se llaman esos pájaros? —pregunté a Lamin—. Esos blancos pequeños con los picos encarnados. ¡Son preciosos!

Lamin echó atrás la cabeza y frunció el ceño.

—¿Ésos? Son sólo pájaros, nada de particular. ¿Te parecen preciosos? Tenemos aves mucho más bellas en Senegal.

Hawa se rió.

—¡Lamin, empiezas a hablar como un nigeriano! «¿Ves ese río? Tenemos uno mucho más bello en Lagos.»

Lamin esbozó una sonrisa irresistible, avergonzado.

—Sólo digo la verdad cuando digo que tenemos un ave parecida, pero de mayor tamaño. Es más imponente.

Hawa, poniendo los brazos en jarras sobre su cinturita de avispa, miró a Lamin de reojo con coquetería, y a él se le iluminaron los ojos. ¿Cómo no me había dado cuenta antes? Por supuesto que estaba enamorado de ella, ¿quién no lo estaría? Me gustó la idea, y me sentí satisfecha, deseosa de contarle a Aimee que estaba apuntando al blanco equivocado.

—Bueno, ahora hablas como un americano —sentenció Hawa. Se volvió a contemplar la aldea—. Yo creo que cada lugar tiene su belleza, gracias a Dios. Y esto es tan bello como cualquier otro lugar que conozca.

Un instante después, sin embargo, su preciosa cara se ensombreció, y cuando seguí la dirección de su mirada vi a un hombre joven junto al pozo de agua potable construido por la ONU, lavándose los brazos hasta el codo, y escrutándonos con una mirada igual de taciturna. Era evidente que ambos veían en el otro una especie de provocación. Al acercarnos lo identifiqué con otros hombres que ya había visto antes en diversas ocasiones, en el transbordador, apostados al pie de las carreteras, a menudo en la ciudad, aunque rara vez en la aldea. Tenía una barba tupida y un turbante blanco anudado con holgura alrededor de la cabeza, cargaba una paca de rafia a la espalda y llevaba unos pantalones peculiares, cortados un palmo por encima del tobillo. Mientras Hawa se adelantaba corriendo a saludarlo, le pregunté a Lamin quién era.

—Es su primo, Musa —dijo Lamin, volviendo a su susurro habitual, calado ahora por la acritud—. Qué contratiempo que nos lo encontremos aquí. No debes hacerle ningún caso. Era un holgazán, y ahora es un *mashala*, da problemas a su familia, y no debes hacerle ningún caso.

Sin embargo, al llegar junto a Hawa y su primo, Lamin lo saludó con respeto e incluso algo cohibido, y advertí que Hawa también parecía intimidada, como si estuviera en presencia de un anciano y no de poco más que un muchacho, y al recordar que se le había resbalado el pañuelo, volvió a cubrirse el pelo. Hawa me presentó a Musa educadamente en inglés. Nos saludamos inclinando la cabeza. Me pareció que el hombre se esforzaba por adoptar una expresión de benigna serenidad, como un rey de una nación más ilustrada visitando otras tierras.

—¿Cómo estás, Hawa? —murmuró.

Y ella, que siempre tenía mucho que decir a esa pregunta, se superó con un aluvión de detalles atolondrados: estaba bien, sus abuelas estaban bien, los diversos sobrinos y sobrinas estaban bien, los americanos estaban allí, y bueno, la escuela abría la tarde del día siguiente, y habría una gran celebración, DJ Khali iba a pinchar... ¿se acordaba de aquella vez en la playa, bailando con la música de Khali? ¡Ay, qué divertido fue! Y vendría gente de río arriba, de Senegal, de todas partes, porque era un acontecimiento maravilloso, una escuela nueva para las chicas, porque la educación es muy importante, sobre todo para las niñas. Esa última parte iba dirigida a mí y sonreí con aprobación. Musa asentía, aunque me pareció que con cierto nerviosismo, mientras escuchaba, pero ahora que por fin Hawa había acabado de hablar se volvió un poco, más hacia mí que hacia su prima, y dijo en inglés:

—Por desgracia no podré asistir. La música y el baile es Shaitán. Como muchas cosas que se hacen por aquí, son *aadoo*, costumbre, no religión. En este país nos pasamos la vida bailando. Todo es una excusa para bailar. De todos modos, me marcho hoy de *khurouj* a Senegal. —Se miró las toscas sandalias de cuero que calzaba como para comprobar que estaban preparadas para el viaje que lo aguardaba—. Voy allí para la *da'wah*, para invitar y predicar el islam.

Lamin soltó un bufido cargado de sarcasmo, y el primo de Hawa le contestó tajantemente en wólof, o quizá en mandinga, y Lamin replicó de nuevo, y Musa volvió a replicar, mientras yo asistía a la escena sonriendo con la mueca boba de quien no entiende una sola palabra de lo que se habla.

—¡Musa, en casa te echamos de menos! —exclamó Hawa de pronto en inglés, con verdadero sentimiento, abrazando el enjuto brazo izquierdo de su primo, como si no se atreviese a más, y el hombre volvió a asentir varias veces, pero no contestó.

Pensé que entonces se marcharía, porque su cruce de palabras con Lamin parecía difícil de reconducir si no se iba uno de los contendientes, pero seguimos caminando todos juntos hacia la escuela. Musa entrelazó las manos a la espalda y empezó a hablar, en un tono bajo, sereno y agradable que me sonó a sermón. Hawa escuchó respetuosamente, pero Lamin no dejaba de interrumpirlo, con voces cada vez más enérgicas, unas formas que me resultaban irreconocibles en él. Conmigo siempre esperaba a que terminara la frase, y guardaba largos silencios antes de responder, silencios que acabaron por parecerme cementerios de la conversación, donde mandaba enterrar cualquier asunto incómodo o desagradable que yo sacara a colación. Ese Lamin iracundo y beligerante me era tan ajeno que sentí que quizá no querría que yo lo viera en acción. Apreté un poco el paso, y cuando iba varios metros por delante me volví y vi que ellos se habían detenido. Musa tenía agarrado a Lamin de la muñeca: señalaba su gran reloj estropeado y decía algo muy solemne. Lamin apartó el brazo de un tirón y pareció compungido, y entonces Musa sonrió como si todo hubiese sido una charla agradable, o al menos necesaria, estrechó la mano de Lamin a pesar de su evidente disputa, aceptó que Hawa le estrechara de nuevo el brazo, me saludó de lejos con un gesto escueto y volvió por donde había venido.

—Musa, Musa, Musa... —dijo Hawa, meneando la cabeza mientras se acercaba a mí—. Para Musa ahora todo es *nafs*, todo es una tentación, ¡nosotras somos una tentación! Es tan extraño, somos de la misma edad, jugábamos siempre juntos, era como un hermano para mí. En casa lo queríamos, y él nos quería, pero no pudo quedarse. Ahora cree que somos demasiado anticuados. Quiere ser moderno. Quiere vivir en la ciudad: sólo él, una esposa, dos criaturas y Dios. De todos modos tiene razón: cuando eres un hombre joven, vivir con toda la familia es de locos, es difícil ser muy puro. A mí esa locura me gusta, ah, no puedo evitarlo, pero quizá cuando sea mayor... —dijo, mirándose ahora igual que su primo se había mirado las sandalias, con curiosidad, como si pertenecieran a otra persona—. Quizá cuando sea mayor seré más sensata. Ya veremos.

Pareció un tanto distraída pensando en la Hawa que era ahora y en la Hawa que podría llegar a ser, pero Lamin estaba frenético.

—¡Ese chiflado va diciendo a todo el mundo: «No reces así, reza asá, cruza los brazos sobre el pecho, no los dejes a los costados»! En su propia casa tacha a su familia de *sila keeba*, ¡critica hasta a su propia abuela! Pero ¿qué significa «musulmán viejo» o «musulmán nuevo»? ¡Somos un solo pueblo! Él le dice: «No, no deberíais hacer una gran celebración para ponerle nombre, que sea modesta, sin música, sin baile... Pero la abuela de Musa es senegalesa, como yo, ¡y cuando una criatura viene al mundo, bailamos!

—El mes pasado —empezó Hawa, y me preparé para escuchar una larga historia—, mi prima Fatu tuvo su primer bebé, Mamadú, y deberías haber visto esto aquel día, tuvimos cinco músicos, baile por todas partes, había tanta comida... ¡Ay, yo ni pude terminármelo todo, me dolía la barriga de tanto comer y tanto bailar, y mi prima Fatu estaba viendo a su hermano bailar como un...!

—Y ahora Musa está casado —interrumpió Lamin—. ¿Y cómo se casó? Apenas fue nadie a la ceremonia, ni hubo comida... ¡tu abuela se pasó días llorando, llorando!

—Es verdad. A nuestras abuelas les encanta cocinar.

—«No llevéis amuletos, no acudáis a los morabitos», y de hecho yo no acudo a ellos —dijo él, mostrándome por alguna razón la mano derecha y girando la muñeca—. Probablemente soy distinto de mi padre en algunas cosas, y de su padre, pero ¿voy diciendo a mis mayores lo que han de hacer? ¡En cambio Musa le dijo a su propia abuela que no podía ir!

Lamin se dirigía a mí, y aunque yo no tenía ni idea de lo que era un morabito o por qué se acudía a ellos, me hice la ofendida.

—Van constantemente —me reveló Hawa—, nuestras abuelas. Mi abuela me trajo esto.

Levantó la muñeca y admiré un precioso brazalete de plata del que colgaba un pequeño amuleto.

—Por favor, enseñadme dónde dice que respetar a tus mayores es un pecado, ¿eh? —exigió Lamin—. No me lo podéis enseñar. Ahora Musa quiere llevar a su nuevo hijo al «hospital» moderno en lugar de al monte. Es cosa suya, pero ¿por qué el niño no puede tener una ceremonia para presentarlo al mundo? Musa volverá a romperle el corazón a su abuela con esto, te lo aseguro. Pero ¿yo voy a consentir que un chico criado en el arrabal y que no sabe árabe me diga lo que tengo que hacer? *Aadoo*, Shaitán... ¡ése es todo el árabe que sabe! ¡Fue a la escuela de los misioneros católicos! Yo puedo recitar cada hadiz, cada hadiz. No, ni hablar.

Fue el discurso más largo, más sostenido, más apasionado que le había oído a Lamin hasta entonces, e incluso él pareció sorprendido y se detuvo un instante a secarse el sudor de la frente con un pañuelo blanco que llevaba doblado en el bolsillo trasero para ese propósito.

—A mí me parece que la gente siempre tendrá sus diferencias... —empezó a explicar Hawa, pero Lamin volvió a interrumpirla.

—Y entonces Musa me dice —Lamin se señaló el reloj estropeado—: «Esta vida no es nada comparada con la eternidad, esta vida en la que estás es sólo el medio segundo antes de medianoche. Yo no vivo para este medio segundo, sino para lo que viene después.» Pero ¿cree que porque reza con los brazos cruzados sobre el pecho es mejor que yo? No. Le he dicho: «Yo leo árabe, Musa, ¿y tú?» Créeme, Musa es un hombre sumido en la confusión.

—Lamin... —dijo Hawa—, creo que eres un poco injusto, Musa sólo quiere cumplir con la yihad, y no hay nada de malo en...

Supongo que el asombro me cambió la cara: Hawa me señaló y se echó a reír.

—¡Mírala! ¡Ay, madre mía! Cree que mi primo quiere ir por ahí matando gente... Oh, no, qué gracioso, un *mashallah* no tiene ni un cepillo de dientes, ¡cómo va a tener un arma! ¡Ja, ja, ja!

Lamin, no tan risueño, se señaló el pecho y volvió a hablar en susurros.

—No más reggae, no más holgazanear por el arrabal, no más marihuana. A eso se refiere Hawa. Musa solía llevar rastas, ¿sabes lo que son? Bueno, ¡pues unas rastas así de largas! Pero ahora está en esa yihad espiritual, interior. A eso se refiere Hawa.

—¡Ojalá fuese yo tan pura! —anunció Hawa, suspirando enternecida—. Oh, oh... es bueno ser puro, ¡supongo!

—Bueno, claro que sí —dijo Lamin, frunciendo el ceño—. Todos intentamos cumplir con la yihad, cada día a nuestra manera, en la medida en que somos capaces. Pero no hace falta cortarte los pantalones e insultar a tu abuela. Musa viste como un indio. Aquí no necesitamos a ese imán extranjero, ¡tenemos al nuestro!

Habíamos llegado a las puertas de la escuela. Hawa se ajustó la larga falda, torcida por la caminata, hasta que le quedó bien recta sobre las caderas.

—¿Por qué lleva así los pantalones?

—¿Que por qué los lleva cortos? —dijo Hawa con desgana, con ese don suyo para hacerme sentir que preguntaba las cosas más obvias—. ¡Pues para que no se le quemen los pies en el infierno!

Esa noche, bajo un cielo exquisitamente claro, ayudé a Fern y a un equipo de voluntarios de la aldea a colocar trescientas sillas y tender un entoldado, a colgar banderas en postes y a pintar BIENVENIDA AIMEE en una pared. Aimee, Judy, Granger y la chica de RP estaban durmiendo en el hotel de Banjul, agotados por el viaje, o ante la idea de volver a la casa ocre, a saber. A nuestro alrededor todo el mundo hablaba del presidente. Soportamos las mismas bromas una y otra vez: qué callado nos lo teníamos, o por qué decíamos no saber nada, o cuál de los dos sabía más. Nadie mencionó a Aimee. Entre todo ese frenesí de rumores y desmentidos, no acerté a dilucidar si la visita del presidente se esperaba con ganas o se temía. Es lo mismo que cuando oyes que se avecina una tormenta, explicó Fern, mientras hundíamos las patas de aluminio de las sillas plegables en la arena. Aunque te dé miedo, sientes curiosidad por verla llegar.

4

Estaba con mi padre en la estación de King's Cross una mañana temprano, en una de nuestras escapadas de última hora para visitar universidades. Acabábamos de perder el tren, no porque hubiésemos llegado tarde, sino porque el billete costaba el doble de lo que le había dicho a mi padre, y mientras discutíamos qué hacer (si uno se iba y el otro lo alcanzaba luego, o no íbamos ninguno de los dos, o íbamos juntos otra tarde, fuera de las tarifas de las horas punta), el tren se puso en marcha y nos quedamos en el andén. Seguíamos intercambiando reproches delante del tablero de los horarios cuando Tracey apareció a lo lejos por la escalera mecánica desde el metro. ¡Qué visión! Vaqueros blancos impecables, botines de tacón alto y una chaqueta de cuero negro muy ceñida con la cremallera subida hasta la barbilla: el conjunto parecía una especie de armadura. A mi padre le cambió el humor al momento. Levantó ambos brazos como un controlador aéreo dando instrucciones a un avión. Observé que Tracey caminaba hacia nosotros con una actitud formal extraña, una formalidad que a mi padre se le pasó por alto completamente, pues la abrazó como en los viejos tiempos, sin advertir la rigidez de su cuerpo al acercarse ni sus brazos tiesos como palos de escoba. Mi padre se apartó y le preguntó por su familia, cómo iba el verano. Tracey dio una serie de respuestas lánguidas que me sonaron vacías. Vi que a mi padre se le nublaba la cara. No por lo que ella decía, exactamente, sino por su manera de decirlo, con un estilo nuevo que no encajaba para nada con la chica alocada, divertida y valiente a la que él creía conocer. Era la actitud de una chica distinta, de un barrio distinto, de un mundo distinto.

—¿Qué te están enseñando en esa jaula de locos? —preguntó mi padre—. ¿Clases de dicción?

—Sí —dijo Tracey levantando la nariz, y quedó claro que quería dejar ahí el tema.

Mi padre, nunca muy hábil con las insinuaciones, no se dio cuenta y continuó tomándole el pelo, y para defenderse de sus burlas Tracey empezó a enumerar todas las facetas nuevas que estaba desarrollando en sus clases de verano, canto y esgrima, bailes de salón y teatro, facetas que en el barrio eran superfluas, pero imprescindibles para cualquiera que aspirara a actuar en lo que ahora denominaba «la escena teatral del West End». Me pregunté, aunque no lo dije, cómo se costeaba todo eso. Mientras ella seguía divagando conmigo, mi padre la miraba boquiabierto, hasta que de pronto la interrumpió.

—Supongo que no va en serio, ¿verdad, Trace? Déjate de historias, ¡estamos en confianza! No hace falta que nos hables con tanta finura. Nos conocemos, te conocemos desde que apenas levantabas un palmo del suelo, ¡no necesitas hacerte la remilgada!

Pero Tracey se aturulló y empezó a hablar cada vez más rápido, con aquella voz nueva y peculiar que quizá había creído que impresionaría a mi padre en lugar de causarle rechazo, una voz que no se sujetaba del todo a su control y viraba bruscamente a cada frase entre nuestro pasado compartido y su presente misterioso, hasta que mi padre no aguantó más y se le escapó la risa, en medio de la estación de King's Cross, delante de todos aquellos pasajeros en hora punta. No pretendía herirla, sólo estaba desconcertado, pero yo vi cuánto le dolía a Tracey. Hay que reconocer, sin embargo, que ella no perdió los estribos como solía ocurrirle, no en ese momento. A los dieciocho años era ya una experta en el arte de fermentar la rabia, guardándola para más adelante. Se disculpó educadamente y dijo que llegaba tarde a una clase.

En julio, la señorita Isabel llamó a mi madre para saber si a Tracey y a mí nos apetecía ayudarla en su espectáculo de fin de curso. Me sentí halagada: cuando éramos niñas, las antiguas alumnas nos parecían diosas de piernas largas, chicas independientes que se reían con picardía y se contaban sus peripecias adolescentes en susurros mientras recogían nuestras entradas, organizaban la tómbola, servían aperitivos, entregaban premios. Aun así, el regusto amargo de aquella mañana en King's Cross seguía fresco en mi memoria. Sabía que la señorita Isabel conservaba un recuerdo de nuestra amistad estancado en el tiempo, pero por nada del mundo quería destruirlo. A través de mi madre le dije que iría encantada y esperé a saber qué contestaba Tracey. Al día siguiente la señorita Isabel volvió a telefonear: Tracey había aceptado. Sin embargo, no nos llamamos ni intentamos ponernos en contacto. No la vi hasta la mañana misma del festival, cuando me decidí a dar el primer paso y acercarme a su casa. Llamé dos veces al timbre. Después de una pausa más larga de lo normal, Louie abrió. Me sorprendí; al parecer nos sorprendimos mutuamente. Se enjugó el sudor del bigote y me preguntó de mala gana qué quería. Antes de poder contestar oí que Tracey, con una voz rara que apenas reconocí, le gritaba a su padre que me dejara entrar, y Louie asintió y me abrió la puerta, pero se fue hacia el otro lado, salió y se alejó por el pasillo. Vi que bajaba deprisa las escaleras, cruzaba el césped y desaparecía. Entré, pero Tracey no estaba en el recibidor, y tampoco en la sala de estar, ni en la cocina: me dio la impresión de que cada vez que entraba en una habitación ella acababa de abandonarla. La encontré en el cuarto de baño. Me pareció que había llorado, pero no estoy segura. La saludé. En ese mismo momento bajó la mirada un segundo y vio lo mismo que yo veía, y sin mediar palabra se alisó el top hasta cubrirse de nuevo el sujetador.

Salimos juntas del piso y bajamos las escaleras. Me había quedado muda, pero Tracey, nunca reservada, ni siquiera en situaciones extremas, empezó a charlar animadamente, bromeando, y me habló de las «flacuchas» con las que tenía que competir en las audiciones, de los nuevos pasos que debía aprenderse, de lo difícil que era proyectar la voz más allá de las candilejas. Hablaba deprisa, sin parar, para tapar cualquier hueco o pausa que me diera pie a hacerle una pregunta, y así fuimos sanas y salvas desde su casa hasta la puerta de la iglesia, donde nos encontramos con la señorita Isabel. Nos dio un juego de llaves a cada una, nos explicó dónde había que guardar la caja de caudales al final, cómo abrir y cerrar la iglesia antes y después, y otras cuestiones prácticas. Mientras íbamos de un lado a otro, la señorita Isabel le hizo un montón de preguntas a Tracey sobre su nueva andadura, sobre los pequeños papeles que conseguía ya en los espectáculos de la escuela y los grandes papeles que esperaba conseguir algún día fuera. Eran preguntas hermosas y cargadas de inocencia. Me di cuenta de que Tracey deseaba ser la chica que la señorita Isabel imaginaba, una chica con una vida sin obstáculos y sencilla, que sólo tiene ante sí metas, brillantes y claras, sin que nada se interponga en su camino. Adoptando el papel de esa chica, Tracey caminaba por el espacio familiar de nuestra infancia evocando, procurando hablar con finura, las manos enlazadas a la espalda, como una turista que deambulara por un museo contemplando las piezas de una exposición sobre una historia dolorosa, una turista que no mantiene ningún vínculo personal con lo que ve. Cuando llegamos a la parte trasera de la iglesia, donde las niñas hacían cola esperando sus zumos con galletas, todas miraron a Tracey con tremenda admiración. Llevaba un moño de bailarina y una bolsa de los estudios Pineapple en bandolera, sus pies apuntaban hacia fuera al caminar, encarnaba el sueño que nosotras mismas teníamos de niñas, una década antes, mientras esperábamos el zumo en la cola. A mí nadie me prestó mucha atención, hasta ellas se daban cuenta de que ya no era bailarina, y Tracey se veía feliz rodeada de tantas admiradoras. A ellas les parecía guapísima y mayor, con un talento envidiable, libre. Y viéndola así, también, me resultó fácil convencerme de que la imaginación me había jugado una mala pasada.

Crucé la sala, a la vez que retrocedía en el tiempo, hasta llegar al señor Booth. Continuaba sentado en su maltrecha banqueta frente al piano, un poco más viejo, pero para mí igual que siempre, y tocaba una melodía impropia en esa época del año: *Have Yourself a Merry Little Christmas*. Y entonces ocurrió sin más ese fenómeno que, por su propia inverosimilitud, hace que la gente deteste los musicales, o eso me dicen muchos cuando les cuento que a mí me gustan: empezamos a hacer música juntos, sin mediar palabra ni ensayar. El señor Booth conocía la partitura, yo la letra. Canté sobre los amigos leales. Tracey se volvió hacia mí, y sonrió, una sonrisa melancólica pero afectuosa, o quizá movida sólo por el recuerdo del afecto. Vi en ella a la niña de siete, ocho, nueve y diez años, a la adolescente, a la mujercita. Todas esas versiones de Tracey atravesaron el tiempo en el salón parroquial para hacerme una pregunta: «¿Qué vas a hacer?» A pesar de que ambas sabíamos ya la respuesta. Nada.

5

No parecía tanto la inauguración de una escuela como el anuncio de la caída de un antiguo régimen. Una tropa de jóvenes soldados vestidos con uniformes azul oscuro sostenían sus instrumentos de viento en el centro del recinto, sudando a mares. Allí no había sombra, y llevaban ya una hora en posición. Yo estaba sentada a unos cien metros de ellos, bajo el entoldado, entre la flor y nata de toda la ribera alta, algunos periodistas locales y extranjeros, Granger y Judy, aunque no el presidente, y tampoco Aimee, todavía. Fern se encargaría de llevarla, cuando todo estuviese a punto y todos ocuparan sus sitios: un proceso largo. Lamin y Hawa, que no eran ni la flor ni la nata, habían quedado relegados hacia el fondo, lejos de nosotros, porque la jerarquía de los asientos era férrea. Cada tanto, Judy, o Granger o a veces yo misma, sugeríamos que alguien debía llevar un poco de agua a aquellos pobres soldados de la banda de música, pero ni nosotros ni nadie lo hizo. Mientras, las guarderías infantiles entraron en tropel, cada escuela con su uniforme distintivo, petos, camisas y pantalones cortos en llamativas combinaciones de colores (naranja y gris, o morado y amarillo), guiadas por pequeños grupos de mujeres, sus maestras, que habían superado todas las cotas de la sofisticación. Las maestras de la Guardería de Kunkujang Keitaya llevaban camisetas rojas ajustadas y vaqueros negros con bolsillos tachonados de estrás y el pelo recogido en elaboradas trenzas. Las maestras de la Guardería de Tujereng llevaban pareos y hiyabs a juego con un estampado rojo y naranja, e idénticas sandalias blancas de plataforma. Cada equipo lucía una imagen muy distinta del siguiente pero, como las Supremes, mantenían una uniformidad perfecta dentro del grupo. Entraban por la puerta principal, se pavoneaban cruzando el patio con los niños detrás y cara de póquer, como si no oyeran nuestros aplausos, y cuando llegaban al lugar designado, dos de ellas desplegaban sin sonreír una pancarta pintada a mano con el nombre de la escuela y se quedaban de pie sosteniéndola, aguantando el tipo mientras continuaba la espera. Me parece que nunca he visto a tantas mujeres hermosas en un solo lugar. Yo también me había vestido para la ocasión: Hawa fue tajante al decirme que mis habituales pantalones caqui y camisa de lino arrugada no servían, así que le tomé prestado un pareo blanco y amarillo y un corpiño que me iba muy estrecho y no me abrochaba en la espalda, por lo que para disimular me puse el amplio chal rojo con el que solía cubrirme los hombros, a pesar de los cerca de cuarenta grados de calor.

Finalmente, casi dos horas después de que nos hubiéramos sentado, todos los que debían estar en el patio estaban en el patio, y Aimee, rodeada por una multitud de admiradores, llegó guiada por Fern hasta el asiento de honor. Los flashes de las cámaras centellearon.

—¿Dónde está Lamin? —me preguntó nada más sentarse.

No me dio tiempo a contestar: sonaron los clarines, el acto estaba a punto de empezar, y sentándome de nuevo en mi silla, me pregunté si no me habría equivocado al interpretar todo lo que estaba segura de haber entendido esas dos últimas semanas. Porque en ese momento una hilera de niños, de entre siete y ocho años, entraron desfilando en el recinto, disfrazados como los líderes de las diversas naciones africanas. Llevaban trajes de tejido *kente*, *dashikis*, camisas de cuello mao y uniformes de safari, y cada uno tenía su propio séquito, formado por otros niños ataviados de guardaespaldas: trajes oscuros y gafas de sol, hablando por walkie-talkies de mentira. Muchos de aquellos minúsculos líderes iban acompañados de sus minúsculas esposas, con sendas carteritas de mano, aunque el de Liberia caminaba solo y el de Sudáfrica llegó con tres esposas que iban tomadas del brazo tras él. Viendo la reacción de la multitud, parecía que nadie hubiera visto nada más gracioso en la vida, y Aimee, que también lo encontró divertidísimo, se enjugaba las lágrimas mientras se inclinaba a abrazar al presidente de Senegal o a dar un pellizco en la mejilla al presidente de Costa de Marfil. Los líderes desfilaron ante los soldados sudorosos y desesperados, y luego ante nuestros asientos, donde saludaban y posaban para las cámaras, aunque no sonreían ni hablaban. Entonces cesaron los estridentes clarines de bienvenida y la banda empezó a tocar el himno nacional a bombo y platillo. Nuestras sillas vibraban. Me volví y vi que dos vehículos colosales entraban en el patio de la escuela y derrapaban sobre la arena: el primero era un todoterreno como el que me había llevado a la aldea cuatro meses atrás, y el segundo un verdadero coche patrulla, tan acorazado que parecía un tanque. Un centenar de niños y jóvenes de la aldea corrían a ambos lados de esos vehículos, detrás, incluso delante, pero siempre peligrosamente cerca de las ruedas, vitoreando y armando jolgorio. En el primer coche, asomado por el techo solar, había una versión del presidente del país en el cuerpo de un niño de ocho años, con su caftán blanco y su kufiya blanca, empuñando su bastón. Habían puesto mucho empeño en recrear el parecido: el niño tenía la piel tan oscura como el presidente y la misma cara de sapo. A su lado iba una sofisticada niña de ocho años, de un tono de piel parecido al mío, con una peluca y un vestido rojo sensual, lanzando puñados de billetes de Monopoly a la multitud. Agarrados a los flancos del coche había varios guardaespaldas más, con minúsculas gafas de sol y minúsculas pistolas con las que apuntaban a los otros niños, y algunos abrían los brazos y ofrecían alegremente su pecho como diana. Dos versiones adultas de estos guardaespaldas, con el mismo traje aunque sin pistola, al menos a primera vista, corrían junto al vehículo filmándolo todo con videocámaras de último modelo. En el coche patrulla que cerraba la marcha, los minúsculos policías con sus armas de juguete compartían el espacio con policías de verdad con fusiles de asalto de verdad. Unos y otros blandían las armas en alto, para deleite de los niños, que corrían detrás e intentaban trepar a la parte posterior del jeep, para acceder al poder. A mi alrededor, los espectadores parecían debatirse entre aclamaciones sonrientes (siempre que las cámaras los grababan) y gritos ahogados de terror cada vez que un vehículo amenazaba con llevarse por delante a los niños que corrían de un lado a otro.

—¡Apártate de en medio! —oí gritar a un policía de verdad a un chiquillo que se acercaba insistentemente al eje trasero para pedir caramelos—, si no quieres que te atropellemos.

Por fin, los coches aparcaron, el presidente en miniatura se apeó, caminó hasta el podio y dio un breve discurso del que no alcancé a oír una palabra porque los altavoces se acoplaban. Nadie pudo oírlo, pero todos nos reímos y aplaudimos una vez concluyó. Se me ocurrió pensar que si el presidente en persona hubiese asistido al acto, la situación no habría sido muy distinta. Una demostración de poder es una demostración de poder. Entonces Aimee se puso en pie, dijo unas palabras, besó al hombrecito, le arrebató el bastón y lo alzó en el aire en medio de una gran ovación. La escuela quedó oficialmente inaugurada.

No nos trasladamos de la ceremonia formal a una fiesta aparte porque en un abrir y cerrar de ojos la ceremonia formal se disolvió y dio paso a una fiesta. Todos los que no habían sido invitados a la ceremonia invadieron entonces la pista, la pulcra alineación colonial de las sillas se rompió y cada cual ocupó los asientos que necesitaba. Las maestras sofisticadas condujeron a sus clases a las zonas de sombra y desplegaron sus almuerzos, que emergieron calientes, en grandes tarros herméticos, de aquellos bolsones de rafia a cuadros que también se vendían en el mercado de Kilburn, un símbolo por el que se reconoce internacionalmente a los ahorrativos y muy viajados. Al fondo del recinto, en un rincón, el prometido equipo de sonido se puso en marcha. Los niños que pudieron escabullirse de un adulto o que iban a su aire estaban allí, bailando. Me sonó a música jamaicana, una especie de reggae, y como al parecer me había desconectado de todos los demás en la súbita transición, me acerqué a ver el baile. Había dos estilos. El dominante era una imitación irónica de las danzas de sus madres: rodillas dobladas, espaldas encorvadas, culo hacia fuera, mirándose los pies mientras marcaban el ritmo en el suelo. Pero de vez en cuando, sobre todo si se daban cuenta de que los estaba observando, los movimientos saltaban a otras épocas y lugares, más familiares para mí, pasando por el hip-hop y el ragga, por Atlanta y Kingston, y los vi sacudirse, brincar, deslizarse, perrear. Un niño muy guapo de unos diez años conocía algunos movimientos especialmente obscenos y los hacía en breves ráfagas, sonriendo con picardía, para que cada tanto las niñas que lo rodeaban chillaran escandalizadas y corriesen a esconderse detrás de un árbol, antes de volver a hurtadillas a ver cómo los repetía. El niño no me quitaba ojo. Me señalaba y gritaba algo, pero con la música no lo entendía bien, algo como «¿Bailas? ¡Tú vas! ¿Bailas? ¡Tú vas! ¡Tú vas!». Me acerqué un paso más, sonreí y dije que no con la cabeza, aunque supo que me lo estaba pensando.

—Ah, aquí estás —dijo Hawa, a mis espaldas, enlazó su brazo al mío y me llevó de vuelta a nuestra fiesta.

Lamin, Granger, Judy, nuestros maestros y algunos de los niños se habían reunido a la sombra de un árbol y todos sorbían de unos pequeños cucuruchos de film transparente llenos de naranjada o agua con hielo. Le compré agua a una niña que vendía los refrescos y Hawa me enseñó a rasgar una punta del cucurucho con los dientes y sorber por ahí. Cuando acabé miré el pequeño envoltorio retorcido en mi mano, como un condón desinflado, y me di cuenta de que no había ningún sitio donde tirarlo salvo el suelo, y que esas bebidas en cucurucho debían de ser el origen de todos aquellos guiñapos de plástico que veía tirados en todas las calles, en las ramas de los árboles, por los complejos de chozas, en cada arbusto como si fuesen flores. Me lo guardé en un bolsillo para postergar lo inevitable y fui a sentarme entre Granger y Judy, que estaban enzarzados en una discusión.

—Yo no he dicho eso —refunfuñó Judy—. Lo que he dicho es: «Nunca había visto nada igual.» —Se detuvo a dar un ruidoso sorbo de su refresco helado—. ¡Y es la verdad, joder!

—Ya, bueno, quizá ellos nunca hayan visto algunos de los disparates que hacemos nosotros. El día de san Patricio, por ejemplo. ¿Qué cojones se supone que es el día de san Patricio?

—Granger, soy australiana, y básicamente budista. A mí no me puedes cargar el muerto del día de san Patricio.

—A lo que voy es a que si nosotros queremos a nuestro presidente...

—¡Ja! ¡Habla por ti!

—... ¿por qué esta gente no iba a respetar y querer a sus malditos líderes? ¿A ti qué más te da? No puedes llegar aquí por las buenas sacando las cosas de contexto y juzgar...

—Nadie lo quiere —dijo una joven de mirada profunda que estaba sentada enfrente de Granger.

Llevaba el pareo bajado hasta la cintura y amamantaba a un bebé, al que en ese momento se pasó al pecho izquierdo. Tenía una cara atractiva, inteligente, y era por lo menos diez años más joven que yo, pero en sus ojos se adivinaba el poso de la experiencia que yo había empezado a ver en algunas antiguas amigas de la universidad durante las tardes largas y embarazosas en que las visitaba junto con sus bebés sosos y sus maridos aún más sosos. Una capa de la ilusión de la juventud perdida.

—Todas estas mujeres jóvenes —continuó, bajando la voz, sacando la mano que sostenía la cabeza del bebé y señalando desdeñosamente a la multitud—, pero ¿dónde están los hombres? Niños, sí, pero ¿hombres jóvenes? No. Nadie aquí quiere al presidente o lo que ha hecho aquí. Todos los que pueden se marchan. Por la puerta de atrás, por la puerta de atrás, por la puerta de atrás —dijo, apuntando hacia varios chicos que bailaban cerca de nosotros, apenas muchachos, señalándolos uno por uno como si tuviese el poder de hacerlos desaparecer. Chasqueó la lengua, exactamente como habría hecho mi madre—. Creedme, ¡yo también me iría si pudiera!

Granger, que, como yo, sin duda había dado por hecho que aquella mujer no hablaba inglés, o que al menos no podía seguir el registro que Judy y él manejaban, asentía en ese momento a cada una de sus palabras, casi antes de que las dijese. Todos los que estaban cerca (Lamin, Hawa, algunos maestros jóvenes de nuestra escuela, otros a quienes no conocía) murmuraron o dieron un silbido, pero no añadieron nada más. La atractiva mujer se irguió en su silla, reconociéndose de pronto imbuida de poder.

—Si lo amaran —continuó, ya sin hablar en susurros, aunque advertí que tampoco osaba pronunciar su nombre—, ¿no estarían ellos aquí, con nosotros, en lugar de arrojando sus vidas al mar?

Bajó la mirada para ajustar el pezón a la boca de su bebé, y me pregunté si «ellos», en su caso, sería algo más que una mera abstracción, si tenía un nombre, una voz, una relación con la criatura ávida que sostenía en brazos.

—Irse por la puerta de atrás es una locura —murmuró Hawa.

—Cada país libra su propia lucha —dijo Granger, y oí un eco invertido de lo que Hawa me había contado esa misma mañana—. Luchas serias en Estados Unidos. Para nuestra gente, la gente negra. Por eso nuestra alma encuentra la paz aquí, con vosotros.

Hablaba despacio, con deliberación, y se tocó el alma, que resultó ser el centro muerto entre sus pectorales. Parecía a punto de echarse a llorar. Mi instinto me hizo volverme, para concederle intimidad, pero Hawa lo miró a los ojos y le dio la mano.

—¡Mirad cómo Granger nos comprende! —Él le estrechó también la mano—. No sólo con la cabeza, ¡sino de corazón!

Un reproche poco sutil, dirigido a mí. La joven madre valerosa asintió; esperamos a que añadiera algo más, parecía la única que podía dotar de un sentido final el episodio, pero su bebé había acabado de mamar y su discurso había concluido. Se cubrió el pecho con el pareo amarillo e incorporó al niño para que eructara.

—Es increíble tener a nuestra hermana Aimee aquí con nosotros —comentó una de las amigas de Hawa, una joven alegre llamada Esther, a la que incomodaba cualquier atisbo de silencio—. ¡La conocen en todo el mundo! Pero ahora es de los nuestros. Tendremos que darle un nombre en la aldea.

—Sí —dije, mientras observaba a la mujer del pareo amarillo, que se dirigía hacia el baile, con la espalda sumamente erguida. Quise seguirla y continuar hablando con ella.

—¿Está aquí ahora? ¿Nuestra hermana Aimee?

—¿Cómo? Ah, no... Creo que se ha ido a hacer unas entrevistas o algo así.

—Oh, es increíble. Conoce a Jay-Z, conoce a Rihanna y a Beyoncé.

—Sí.

—¿Y a Michael Jackson?

—Sí.

—¿Crees que ella es Illuminati, también, o sólo tiene amigos Illuminati?

Todavía alcanzaba a distinguir a la mujer de amarillo, reconocible entre tantas otras, hasta que pasó por detrás de un árbol y el pabellón de los aseos y la perdí de vista.

—Yo no... Sinceramente, Esther, no creo que nada de eso exista de verdad.

—Ah, bueno —contestó Esther con ecuanimidad, como si hubiese dicho que le gustaba el chocolate y yo hubiera dicho que a mí no—. Para nosotros aquí existe, porque detrás de todo eso hay mucho poder, sin duda. Todos lo sabemos.

—Existe —confirmó Hawa—. Pero hazme caso, ¡no puedes creer todo lo que hay en internet! Por ejemplo, mi primo me enseñó fotos de un hombre blanco, en América, era grande como cuatro hombres, ¡gordísimo! Le dije: «Qué bobo eres, esta fotografía no es real, ¡anda ya! No es posible, no puede existir alguien así.» Esos chicos están locos. Se creen todo lo que ven.

Volvimos a la choza ya de noche, a la luz de las estrellas. Enlacé los brazos con Lamin y Hawa e intenté bromear un poco con ellos.

—No, no —protestó Lamin—. Aunque yo la llame «mi mujercita» y ella me llame «señor marido», la verdad es que sólo somos compañeros de quinta.

—Coqueteo, coqueteo, coqueteo —dijo Hawa, coqueteando—, ¡y nada más!

—¿Nada más? —pregunté, abriendo la puerta de par en par con el pie.

—Nada de nada —dijo Lamin.

En el complejo había muchos niños pequeños todavía despiertos y corrieron hacia Hawa, entusiasmados, igual que ella de recibirlos. Estreché la mano a las cuatro abuelas, pues había que hacerlo siempre como si fuese la primera vez, y cada una se acercó para intentar decirme algo importante (o, para ser exactos, para decirme algo importante que yo no entendía), y entonces, cuando las palabras fracasaron, como ocurría siempre, me tiraron delicadamente del pareo hacia el fondo del porche.

—¡Oh! —exclamó Hawa, acercándose con un sobrino en los brazos—. Pero ¡si está mi hermano!

Eran medio hermanos, en realidad, y no le vi mucho parecido a Hawa, entre otras cosas porque él no tenía la belleza y el porte de su hermana. Su cara era afable, seria, también redonda, pero con papada, llevaba gafas y vestía con una ropa completamente neutra que me dijo, antes de que él mismo lo hiciese, que debía de haber pasado un tiempo en Estados Unidos. Estaba de pie en el porche, tomando una taza de té Lipton, acodado en el borde del murete de cemento. Bordeé el pilar para estrecharle la mano. Me saludó con calidez, pero ladeando la cabeza, con una media sonrisa, como subrayando el gesto con ironía. Me recordó a alguien: a mi madre.

—Así que te alojas aquí en las chozas, por lo que veo —dijo, y señaló con un gesto vago hacia la laboriosidad silenciosa que nos rodeaba, al sobrinito que berreaba en los brazos de Hawa antes de que lo soltara en el patio—. Y dime, ¿cómo te trata la vida rural? Primero hay que habituarse a las circunstancias para apreciarla plenamente, supongo.

En lugar de contestar, le pregunté dónde había aprendido su perfecto inglés. Sonrió con formalidad, pero su mirada se endureció fugazmente tras las gafas.

—Aquí. Éste es un país angloparlante.

Hawa, sin saber cómo reaccionar ante la tirantez del momento, contuvo la risa con la mano.

—Lo estoy disfrutando mucho —dije, sonrojándome—. Hawa ha sido muy amable.

—¿Te gusta la comida?

—Es deliciosa, la verdad.

—Es sencilla. —Se dio una palmada en la panza y le entregó su cuenco vacío a una niña que pasaba—. Pero a veces un plato sencillo es más sabroso que uno complicado.

—Sí, exacto.

—O sea: en conclusión, ¿todo bien?

—Todo bien.

—Lleva un tiempo adaptarse a esta vida de aldea, como te digo. Incluso a mí me cuesta un poco, y eso que nací aquí.

Alguien me tendió un cuenco de comida y, aunque ya había cenado, como sentía que el hermano de Hawa me estaba poniendo a prueba, lo acepté.

—¿No irás a comer así? —se escandalizó, y cuando intenté apoyar el cuenco en el murete, dijo—: Vamos a sentarnos.

Lamin y Hawa se quedaron apoyados en la pared, mientras que nosotros nos acomodamos en un par de taburetes hechos a mano que se tambaleaban un poco. En cuanto se sintió a salvo de las miradas de todos los ocupantes del patio, el hermano de Hawa se relajó. Me contó que había ido a un buen colegio de la ciudad, cerca de la universidad donde su padre daba clases antes, y de ahí había pedido plaza en una facultad cuáquera privada de Kansas, que le concedió una de las diez becas que cada año daba a estudiantes africanos. Reciben miles de solicitudes, pero él entró; les gustó su redacción, aunque hacía tanto tiempo que apenas se acordaba de qué trataba. Hizo la tesis en Boston, en Económicas, luego vivió en Minneapolis, Rochester y Boulder, lugares que yo había visitado en algún momento u otro con Aimee y que no me habían dejado ninguna impronta, y sin embargo de pronto me di cuenta de que quería conocer más detalles sobre ellos, quizá porque un día transcurrido en la aldea se me antojaba como un año, allí el tiempo se hacía radicalmente lento, tanto que ahora incluso los pantalones de pinzas color crema y el polo rojo del hermano de Hawa parecían inspirarme el apego nostálgico del exiliado. Le hice un montón de preguntas muy específicas sobre los años que pasó en un país que en realidad no era el mío, mientras Lamin y Hawa permanecían a nuestro lado, desterrados de la conversación.

—Pero ¿por qué tuviste que marcharte? —pregunté, en un tono más quejumbroso de lo que pretendía.

Me miró con astucia.

—Nada me obligó a hacerlo. Podría haberme quedado. Volví para servir a mi país. Quería regresar. Trabajo para la Tesorería.

—Ah, para el gobierno.

—Sí. Pero nuestra Tesorería es como una hucha personal... Eres una mujer joven y despierta. Estoy seguro de que habrás oído rumores. —Sacó una tira de chicle del bolsillo y se demoró en quitarle el envoltorio plateado—. Tú entiendes, cuando digo «servir a mi país», que me refiero a todo el mundo, no a un solo hombre. Entenderás, también, que en este momento estamos atados de manos. Pero no lo estaremos siempre. Amo mi país. Y cuando las cosas cambien, al menos estaré aquí para verlo.

—Babu, ¡ahora estás aquí sólo por un día! —protestó Hawa, lanzándole los brazos al cuello—. Y quiero hablarte de los dramas que hay en este patio, ¡la ciudad no importa!

Ambos juntaron las cabezas cariñosamente.

—Hermana, no dudo que la situación aquí es más complicada... Espera, me gustaría rematar mi argumentación para nuestra invitada. Verás, mi última parada fue Nueva York. ¿Estoy en lo cierto al suponer que eres neoyorquina?

Contesté que sí: era más fácil.

—Entonces sabrás cómo va todo, y cómo pesa el clasismo en Estados Unidos. Francamente, fue demasiado para mí. Al llegar a Nueva York ya estaba harto. Claro que aquí también tenemos un sistema de clases... pero no el desprecio.

—¿El desprecio?

—Vamos a ver... ¿Este complejo de chozas donde te alojas? Estás con nuestra familia. Bueno, en realidad con una parte muy pequeña de la familia, pero como ejemplo servirá. Quizá para ti lleven una vida muy modesta, son aldeanos del campo. Pero nosotros somos *foros*, originalmente, nobles, por parte del linaje de mi abuela. Alguna gente que conoces... El director de la escuela, pongamos por caso, es *nyamalos*, que significa que sus ancestros eran artesanos. Los hay de diferentes gremios, herreros, curtidores de cuero, etcétera... O en tu caso, Lamin, tu familia son *jali*, ¿verdad?

La cara de Lamin se crispó angustiosamente. Asintió con un gesto casi imperceptible y luego apartó la mirada hacia la enorme luna llena que amenazaba con hendirse en las ramas del mango.

—Músicos, cuentacuentos, *griots* —aclaró el hermano de Hawa, simulando que rasgueaba un instrumento—. Mientras que otros, en cambio, son *jongo*. Mucha gente de nuestra aldea desciende de los *jongos*.

—No sé qué quiere decir.

—Descendientes de esclavos. —Me miró de arriba abajo, sonriendo—. Pero lo que quiero decir es que aquí la gente todavía es capaz de decir: «Por supuesto, un *jongo* es diferente de mí, pero no lo desprecio.» A ojos de Dios tenemos nuestras diferencias, pero también una igualdad esencial. En Nueva York vi que a la gente de clase baja se la trata de un modo que nunca imaginé posible. Con absoluto desprecio. Están sirviendo comida y la gente ni siquiera los mira a los ojos. Lo creas o no, a mí a veces me trataron así.

—Hay tantas formas distintas de ser pobre... —murmuró Hawa, en un rapto de inspiración. Estaba entretenida recogiendo espinas de pescado del suelo.

—Y rico —dije yo, y el hermano de Hawa, esbozando una sonrisa, me dio la razón.

6

La mañana siguiente del festival sonó el timbre, demasiado temprano, incluso antes de que pasara el cartero. Era la señorita Isabel, consternada. Las cajas de caudales habían desaparecido, con cerca de trescientas libras en efectivo, y las cerraduras no parecían forzadas. Alguien se había colado durante la noche. Mi madre, sentada en el borde del sofá en bata, se restregaba los ojos para adaptarse a la luz de la mañana. Yo escuchaba desde la entrada, nadie dudó de mi inocencia en ningún momento. La discusión era qué hacer con Tracey. Al cabo de un rato me hicieron pasar, me preguntaron y conté la verdad: cerramos a las once y media, dejando todas las sillas apiladas, y después Tracey se fue por su camino y yo por el mío. Supuse que había echado la llave en el buzón de la puerta de atrás, pero por supuesto era posible que se la hubiera guardado en el bolsillo. Mi madre y la señorita Isabel se giraron hacia mí mientras hablaba, pero me escucharon sin mucho interés, inexpresivas, y en cuanto acabé se volvieron y retomaron su charla. Cuantos más detalles daban, más me alarmaba. Había una complacencia obscena en la certeza con que ambas daban por hecho tanto la culpabilidad de Tracey como mi inocencia, aunque racionalmente me daba cuenta de que Tracey tenía que estar implicada de algún modo. Escuché sus teorías. La señorita Isabel creía que Louie debía de haber robado la llave. Mi madre estaba igual de convencida de que alguien se la había dado. No me extrañó, en esa época, que ninguna de las dos se planteara avisar a la policía.

—Con una familia así... —dijo la señorita Isabel, y aceptó un pañuelo para secarse las lágrimas.

—Cuando venga al centro, hablaré muy en serio con ella —aseguró mi madre.

Fue la primera noticia que tuve de que Tracey acudía al centro juvenil donde mi madre trabajaba de voluntaria, y de pronto me miró, sobresaltada. Tardó un momento en recobrar la compostura, pero entonces, sin mirarme a los ojos, empezó a explicarme con delicadeza que «después del incidente con las drogas» lógicamente se había encargado de que Tracey recibiera apoyo gratuito, y si no me había contado nada era por «discreción». Ni siquiera se lo había contado a la madre de Tracey. Ahora entiendo que no era ninguna insensatez, pero entonces veía conspiraciones maternas por todas partes, manipulaciones, intentos de controlar mi vida y la de mis amigas. Puse el grito en el cielo y me encerré en mi cuarto.

Después todo ocurrió muy rápido. La señorita Isabel, ingenuamente, fue a hablar con la madre de Tracey y la echaron de malas maneras, así que volvió a nuestra casa temblando como un flan, con la cara más sonrosada que nunca. Mi madre la hizo sentar de nuevo y fue a preparar té, pero de pronto oímos a alguien aporreando la puerta: la madre de Tracey, espoleada por la rabia sin desfogar, cruzó la calle, subió los escalones hasta nuestro portal y no se quedó a gusto hasta contraatacar con una acusación sobre el señor Booth, una acusación terrible. Gritó tanto que la oí a través del techo. Bajé corriendo y fui directa a ella. Bloqueaba el portal, desafiante, llena de desprecio... desprecio hacia mí.

—¡Tú y la jodida de tu madre! —dijo—. Siempre os habéis creído mejores que nosotras, siempre pensasteis que tú ibas a ser la niña bonita, pero resulta que de eso nada, resulta que es mi Tracey ¿eh? Le tenéis envidia cochina, y no voy a consentir ni muerta que os metáis en su camino, tiene toda la vida por delante y no podéis pararla ni con mentiras, nadie podrá.

Ningún adulto me había hablado así nunca, con esa saña. Según ella, estaba intentando arruinarle la vida a Tracey, igual que mi madre, y también la señorita Isabel y el señor Booth, y una miscelánea de gente del bloque, y todas las madres envidiosas de la clase de danza. Eché a correr escaleras arriba y ella me chilló:

—¡Puedes llorar todo lo que te dé la gana, bonita!

Desde arriba oí el golpe de la puerta al cerrarse y durante varias horas todo volvió a estar en calma. Justo antes de la cena, mi madre vino a mi cuarto y me hizo una serie de preguntas delicadas (la única vez que hablamos explícitamente de sexo) y dejé tan claro como pude que el señor Booth nunca nos había puesto una mano encima ni a Tracey ni a mí, ni a nadie, que yo supiera.

No sirvió de nada: a finales de esa misma semana se vio obligado a dejar de tocar el piano en la clase de danza de la señorita Isabel. No sé qué fue de él después, si siguió viviendo en el barrio, o si se mudó, o si murió, o si simplemente quedó destrozado por los rumores. Pensé en la intuición de mi madre («¡A esta chica le ha pasado algo serio!») y supe que había acertado, como de costumbre, y que si le hubiésemos hecho a Tracey las preguntas adecuadas a tiempo, con más tacto, tal vez habríamos llegado a la verdad. Pero calculamos mal el momento, arrinconamos a Tracey y a su madre contra las cuerdas, y ellas reaccionaron como cabía esperar, con fuego a discreción, arrasando todo lo que se les puso por delante, en este caso el pobre señor Booth. Y así llegamos a algo parecido a la verdad, bastante aproximado, pero no exactamente.

SEXTA PARTE

Día y noche

1

Aquel otoño, tras la repesca de plazas, entré en la universidad que había puesto en segunda opción, a menos de un kilómetro del gris y desangelado Canal de la Mancha, un paisaje que recordaba de las vacaciones de la infancia. Bordeaba el mar una playa de guijarros parduzcos y tristes, salpicados de vez en cuando por una roca azulada, trozos de conchas blancas, amasijos de coral, esquirlas brillantes fáciles de confundir con gemas que resultaban ser añicos de vidrio o loza rota. Llegué con mi provincianismo urbanita, una planta en un tiesto y varios pares de zapatillas deportivas, convencida de que cualquiera que pasara por la calle quedaría asombrado de ver a un espécimen como yo. Pero los especímenes como yo no eran tan raros. De Londres y Manchester, de Liverpool y Bristol, con nuestros vaqueros grandotes y cazadoras de aviador, con nuestros ricitos o pelos rapados o moños tirantes embadurnados con Dax, con nuestra orgullosa colección de gorras. Durante esas primeras semanas nos atrajimos mutuamente y cerramos filas en una banda defensiva que paseaba frente al mar, preparados para aguantar insultos, pero los autóctonos nunca se interesaron por nosotros tanto como nosotros mismos. El aire salobre nos agrietaba los labios, no había sitios adonde ir a arreglarte el pelo, pero cuando nos decían, «¿Estáis en la universidad?», era una pregunta educada, sin dobleces, no un ataque a nuestro derecho a estar allí. Y además resultó que había otras ventajas. Con la «beca de manutención» que me daban cubría los gastos de comida y alquiler, y los fines de semana salían baratos: no había ningún sitio adonde ir ni nada que hacer. En nuestro tiempo libre nos reuníamos, en la habitación de uno o de otro, e indagábamos sobre el pasado de cada cual, con una delicadeza que parecía amoldarse a personas con un árbol genealógico del que afloraban sólo una o dos ramas antes de hundirse en la oscuridad. Había una excepción, un chico ghanés: provenía de un largo linaje de médicos y abogados, y agonizaba cada día por no estar en Oxford. En cambio los demás, que siempre estábamos a un paso, o a lo sumo dos, de padres maquinistas y madres limpiadoras, de abuelas celadoras y abuelos conductores de autobús, aún sentíamos que habíamos obrado el milagro, que éramos los primeros de la familia en «desmarcarnos», y ya con eso nos bastaba. Que la universidad tuviese tan poca solera como nosotros también acabamos por considerarlo una ventaja. Allí no había un grandioso pasado académico, no teníamos que quitarnos el sombrero ante nadie. Nuestras materias eran relativamente nuevas (Estudios Audiovisuales, Estudios de Género), igual que lo eran nuestras habitaciones, y el joven profesorado. Allí estaba todo por inventar. Pensaba en Tracey, fugándose tan pronto a aquella comunidad de bailarines, en cuánto la había envidiado, y de pronto sentía un poco de lástima por ella, su mundo me parecía infantil, sólo una manera de jugar con el cuerpo, mientras que yo podía recorrer un pasillo y asistir a un curso titulado «Pensar el cuerpo negro: una dialéctica», o bailar feliz de la vida en las habitaciones de mis nuevos amigos, hasta altas horas de la noche, y no con las canciones de los musicales antiguos, sino con las últimas novedades, Gang Starr o Nas. Ahora cuando bailaba no tenía por qué obedecer normas rancias sobre posturas o estilos: me movía a mi antojo, guiada únicamente por el dictado del ritmo. Pobre Tracey: los madrugones, la ansiedad en la báscula, los empeines doloridos, ¡la entrega de su cuerpo joven al juicio de los demás! En comparación con ella, yo era muy libre. Allí nos acostábamos a las tantas, comíamos lo que nos apetecía, fumábamos hierba. Escuchábamos los temas de la edad de oro del hip-hop, sin darnos cuenta de que vivíamos una edad de oro. Quienes sabían más que yo me enseñaron a profundizar en composición de letras de canciones, y yo me tomaba aquellas clases informales con la misma seriedad que cualquier conferencia. Era el espíritu de los tiempos: aplicábamos alta teoría a los anuncios de champú, filosofía a los vídeos de N.W.A. En nuestro pequeño círculo la clave era estar «concienciado», y tras años de someter mi pelo a la plancha para alisarlo, ahora dejaba que se encrespara y se rizara a su aire, y empecé a llevar un pequeño colgante con la forma del mapa de África, los países más grandes hechos con retales de cuero negro y rojo, verde y dorado. Escribía largos ensayos apasionados sobre el fenómeno del «Tío Tom».

Cuando mi madre vino a verme y se estuvo tres noches conmigo, hacia el final del primer semestre, pensé que se quedaría muy impresionada por todas esas cosas. Sin embargo, me había olvidado de que yo no acababa de ser como los demás, de que en realidad no era la primera de la familia en «desmarcarme». En esa carrera de obstáculos mi madre iba un salto por delante de mí, y se me había pasado por alto que lo que para otros bastaba a ella nunca le parecería suficiente. Caminando juntas por la playa la última mañana de su visita, empezó una frase que hasta yo vi que se le iba de las manos, que se alejaba de lo que hubiera pretendido decir en un principio, pero siguió adelante a pesar de todo, comparó la licenciatura que ella acababa de terminar con la que yo estaba empezando, dijo que mi facultad era un «hotel camuflado», que no era una universidad, sino una trampa de préstamos estudiantiles para chavales incautos, con padres tan incultos como ellos, y me puse hecha una furia, nos enzarzamos en una discusión terrible. Le dije que no se molestara en volver a visitarme y me hizo caso.

Esperaba sentirme desolada, como si hubiese cortado el único lazo que me conectaba al mundo, pero esa sensación no llegó. Por primera vez en mi vida tenía un amante, y estaba tan absolutamente volcada en él que descubrí que podía soportar cualquier otra pérdida. Era un joven concienciado, se llamaba Rakim (se había cambiado el nombre, por el rapero) y tenía la cara alargada como la mía, pero de un tono más tostado, engarzada con unos ojos muy fieros, muy oscuros, una nariz prominente, y unos dientes un poco salidos que le daban un inesperado aire femenino, como un Huey P. Newton redivivo. Llevaba rastas finas hasta los hombros, Converse All Star en cualquier estación, gafas pequeñas y redondas estilo Lennon. A mí me parecía el hombre más guapo del mundo.

A él también. Se consideraba parte de la Nación del Cinco por Ciento, o sea, un dios —según el principio de que todos los hijos varones de África eran dioses—, y la primera vez que me explicó la idea pensé, ¡qué bonito debe de ser considerarte un dios viviente, qué reconfortante! Sin embargo, al parecer se trataba de una gran carga: no era fácil llevar la verdad sobre los hombros cuando tanta gente vivía en la ignorancia, el ochenta y cinco por ciento de la gente, para ser exactos. Aunque peor aún que los ignorantes eran los maliciosos, el diez por ciento que sabía todo lo que Rakim afirmaba saber, pero trabajaba activamente para enmascarar y subvertir la verdad, la mejor manera de mantener al ochenta y cinco por ciento en la ignorancia y aprovecharse de ellos. (En este grupo de farsantes perversos metía a todas las iglesias, incluida la propia Nación del Islam, los medios, el «sistema».) En la pared de su cuarto había un póster retro genial de los Panteras Negras, con el felino agazapado como a punto de saltar hacia quien lo mirase, y Rakim solía hablar de la violencia cotidiana en las grandes ciudades de Estados Unidos, de los sufrimientos de nuestra gente en Nueva York y Chicago, en Baltimore y Los Ángeles, sitios que yo nunca había visitado y apenas podía imaginar. A veces me daba la impresión de que esa vida de los suburbios, aun a siete mil kilómetros de distancia, le parecía más real que la tranquila y agradable ciudad marítima donde vivíamos en realidad.

A veces la presión de ser uno de los pocos elegidos para concienciar al mundo podía ser abrumadora. Rakim bajaba las cortinas de su cuarto, se ponía ciego de porros desde la mañana hasta la noche, faltaba a las clases, me rogaba que no lo dejara solo, pasaba horas estudiando el Alfabeto Supremo y las Matemáticas Supremas, que a mí me parecían nada más que cuadernos y cuadernos llenos de letras y números en combinaciones incomprensibles. Otras veces, en cambio, parecía haber nacido para iluminar el mundo. Sereno e informado, sentado en el suelo con las piernas cruzadas como un gurú, sirviendo té de hibisco para nuestro pequeño círculo de amigos, «difundiendo la palabra», balanceando la cabeza al ritmo de las rimas de su tocayo en el estéreo. Hasta entonces nunca me había topado con un chico así. A los chicos que conocía no los movía ninguna pasión verdadera, no podían permitírselo: lo importante para ellos era pasar de todo. Competían sin cesar unos con otros —y con el mundo— precisamente para demostrar quién pasaba más de todo, a quién se la sudaba más. Era una manera de defenderse contra la pérdida, que les parecía inevitable de todos modos. Rakim era distinto: todas sus pasiones estaban en la superficie, no podía ocultarlas, ni lo pretendía... y por eso me encantaba. Al principio no advertí cuánto le costaba reír. La risa no parecía adecuada para un dios con forma humana, y menos aún para la novia de un dios, y probablemente yo debería haber visto ahí una señal de alarma. En cambio, lo seguía con devoción a los lugares más extraños. ¡Numerología! Estaba fascinado por la numerología. Me enseñó a transcribir mi nombre con números, y luego a manipular esos números de un modo particular, según las Matemáticas Supremas, hasta que significaban: «La lucha por triunfar sobre la división interior.» A mí se me escapaban muchas cosas que me decía (la mayoría de las veces estábamos fumados durante esas conversaciones), pero la división que aseguraba ver en mi interior la entendía perfectamente, nada me resultaba más fácil de captar que la idea de que había nacido escindida entre el bien y el mal, sí, y mientras no pensara en mi padre y el amor que le profesaba, podía palpar esa sensación en mi interior con mucha facilidad.

Esas ideas no guardaban ninguna relación con los trabajos académicos de Rakim, ni ocupaban lugar alguno en ellos: estudiaba Gestión Empresarial y Hostelería. Sin embargo, dominaban el tiempo que pasábamos juntos y poco a poco empecé a darme cuenta de que me corregía constantemente, como si no diera una a derechas. Detestaba los fenómenos culturales sobre los que se suponía que yo estaba estudiando —los cómicos con la cara pintada y las negritas zumbonas, los bailarines de vodevil y las coristas—, no creía que tuvieran ningún valor aun cuando el propósito de mi estudio fuese crítico, todo le parecía hueco, un producto del «Hollywood judío», al que incluía, en masa, en aquel diez por ciento falsario. Si intentaba hablarle de algo sobre lo que estaba escribiendo, especialmente delante de nuestros amigos, se encargaba de echarlo por tierra o ridiculizarlo. Una vez, demasiado colocada, cometí el error de tratar de explicar la belleza que veía en los orígenes del claqué (la tripulación irlandesa y los esclavos africanos, marcando el compás con los pies en las cubiertas de madera de aquellos barcos, intercambiando pasos, creando una forma híbrida), pero Rakim, también emporrado y de un humor cruel, puso los ojos saltones y los morros hacia fuera y, sacudiendo las manos teatralmente, dijo: «Oh, *massa*, soy tan feliz en este barco negrero que se me van los pies de alegría.» Tras fulminarme con la mirada, volvió a sentarse. Nuestros amigos clavaron la vista en el suelo. Quise que me tragara la tierra: durante meses me ardían las mejillas cada vez que me acordaba. En ese momento, sin embargo, no lo culpé por comportarse así, ni me sentí menos enamorada: mi reacción instintiva era siempre buscar el fallo en mí misma. Mi mayor defecto entonces, tanto en su opinión como en la mía, era mi feminidad, porque estaba viciada. Según el esquema de Rakim, la mujer debía ser la «tierra», ella enraizaba al hombre, que por el contrario era idea pura, «difundía la palabra», y yo, a su juicio, estaba muy lejos de donde me correspondía, en la raíz de las cosas. No cultivaba plantas ni cocinaba, no hablaba nunca de bebés ni de asuntos domésticos, y competía con Rakim en lugar de apoyarlo. El romanticismo no era lo mío: requería un aura de misterio que no conseguía fingir y que no me gustaba en los demás. No podía aparentar que no me crecen pelos en las piernas ni que mi cuerpo no excreta diversas sustancias hediondas, ni que mis pies no eran planos como una torta. No sabía coquetear y tampoco le veía ningún sentido. No me importaba arreglarme para los desconocidos (cuando salíamos a las fiestas de la facultad o por Londres de marcha), pero en la intimidad de nuestras habitaciones no podía ser una chica, tampoco podía ser la «nena» de nadie, sólo sabía ser un ser humano femenino, y para mí el sexo era algo que ocurre entre amigos e iguales, marcando un paréntesis en la conversación, como los topes que sostienen los libros a ambos extremos de un estante. Rakim atribuía esos graves defectos a la sangre de mi padre, que corría por mis venas como un veneno. Pero también era obra mía, de mi propia mente, demasiado absorta en sí misma. Una mente urbana, según decía, que nunca encontraría la paz, porque carece de un sustrato natural sobre el que meditar, sólo hormigón e imágenes, e imágenes de imágenes: «simulacros», como decíamos entonces. Las ciudades me habían corrompido, volviéndome hombruna. ¿Acaso no sabía que las ciudades eran obra del diez por ciento? ¿Que eran una herramienta deliberada de opresión? ¿Un entorno antinatural para el alma africana? Las pruebas que respaldaban su teoría a veces eran complejas (conspiraciones gubernamentales acalladas, garabatos de planos arquitectónicos, citas oscuras atribuidas a presidentes y líderes cívicos que me exigían un acto de fe) y otras veces simples y condenatorias. ¿Cómo era posible que una africana no conociera los nombres de los árboles y de las flores? ¿Cómo podía vivir así? Rakim en cambio los conocía todos, aunque, a pesar de que no lo pregonara, se debía a que se había criado en la Inglaterra rural, primero en York y luego en Dorset, en pueblos remotos, y siempre había sido el único de su especie en su calle, el único de su especie en la escuela, un hecho que a mí me parecía más exótico que todo su radicalismo y su misticismo. Me fascinaba que conociera también el nombre de los condados y cómo se relacionaban unos con otros, el nombre de los ríos y el lugar exacto donde desembocaban en el mar, o que supiera distinguir una mora de morera de una de zarza, una arboleda de un soto. Hasta entonces a mí nunca se me había ocurrido salir a pasear sin un propósito, pero ahora lo hacía, acompañándolo en sus caminatas, por la costa agreste, recorriendo los muelles abandonados, y a veces nos adentrábamos en la ciudad por sus callejas adoquinadas, cruzábamos las zonas verdes, zigzagueábamos por los parques de los cementerios y seguíamos las autovías hasta tan lejos que al final llegábamos a los campos y nos tumbábamos a descansar. En esos largos paseos Rakim no olvidaba sus preocupaciones. Las utilizaba para contextualizar lo que veíamos, de formas que podían sorprenderme. La grandeza georgiana de una hilera de casas encaradas hacia el mar en una curva, con fachadas blancas como el azúcar: esas casas, me explicó, también se habían pagado con el azúcar, las había construido un indiano que había hecho fortuna con sus plantaciones en la isla de nuestros ancestros, la isla que ni él ni yo habíamos visitado nunca. Y el pequeño camposanto donde a veces nos reuníamos por la noche a beber y fumar y tumbarnos en el césped era el lugar donde se había casado Sarah Forbes Bonetta, una historia que Rakim recreaba con tanta vehemencia que parecía que fuera él mismo quien se había casado con aquella mujer. Tumbada a su lado entre la hierba descuidada del cementerio, yo lo escuchaba. Una chiquilla de siete años nacida en África Occidental, de alta cuna, pero atrapada en una guerra tribal, secuestrada por los bandoleros de Dahomey.

Presenció el asesinato de su familia, pero después fue «rescatada» —Rakim entrecomillaba la palabra con los dedos— por un capitán inglés, que convenció al rey de Dahomey para entregarla como un obsequio a la reina Victoria. «Un regalo del rey de los negros a la reina de los blancos.» Ese capitán la llamó Bonetta, igual que su barco, y cuando arribaron a Inglaterra ya se había dado cuenta de lo lista que era la niña, lo inusitadamente rápida y atenta, tan brillante como cualquier niña blanca, y cuando la reina la conoció también pudo advertirlo, así que decidió criar a Sarah como una ahijada, y la casó, años después, cuando fue mayor de edad, con un rico mercader yoruba. En esta iglesia, decía Rakim, sucedió en esta misma iglesia. Me incorporé en el césped apoyándome sobre los codos y miré la capilla, tan modesta, sus simples almenas y su sólida puerta rojiza.

—Y hubo ocho damas de honor negras en procesión —dijo, trazando el recorrido de la verja a la puerta de la iglesia con la punta incandescente de un porro—. ¡Imagínate! Ocho negras y ocho blancas, y los hombres africanos caminaban junto a las chicas blancas y los hombres blancos con las chicas africanas.

Incluso en la oscuridad pude ver la escena. Los doce caballos tordos tirando del carruaje y el espléndido encaje marfil del vestido y la multitud que acudió a presenciar el acontecimiento, desbordando la iglesia y abarrotando el jardín hasta el pórtico del camposanto, de pie en los muretes de piedra y colgados de los árboles, sólo para alcanzar a verla.

Pienso en cómo recababa Rakim todos esos datos entonces: en las bibliotecas públicas, en el archivo de la facultad, leyendo empecinadamente periódicos viejos, examinando microfichas, siguiendo las notas a pie de página. Y pienso en él ahora, en la era de internet, encantado de la vida; o quizá consumido, al borde de la locura. Ahora, yo misma puedo averiguar el nombre de aquel capitán en un momento y saber con un solo golpe de tecla lo que pensaba de la niña que entregó a la reina como obsequio. *Desde su llegada al país, ha hecho progresos notables en el estudio de la lengua inglesa y manifiesta un gran don para la música y una inteligencia fuera de lo común. Su pelo es negro, corto y rizado, un marcado indicio de su origen africano; en cambio, sus rasgos son agradables y atractivos, y sus modales y conducta de lo más dulces y afectuosos con cuanto la rodea.* Ahora sé que su nombre yoruba era Aina, que significa «alumbramiento difícil», como llaman a las criaturas que nacen con vueltas de cordón en el cuello. Puedo ver una fotografía de Aina con su corsé victoriano de cuello alto, el semblante contenido, el cuerpo perfectamente quieto. Recuerdo que Rakim solía declamar un lema con orgullo, mostrando sus dientes saltones: «¡Nosotros tenemos nuestros reyes! ¡Tenemos nuestras reinas!» Yo asentía por no discutir, pero en el fondo una parte de mí se rebelaba. ¿Por qué consideraba tan importante que yo supiera que Beethoven dedicó una sonata a un violinista mulato, o que la dama oscura de Shakespeare era realmente de piel oscura, o que la reina Victoria se había dignado criar a una chiquilla africana, «brillante como cualquier niña blanca»? Me resistía a que cada suceso de Europa tuviera su sombra africana, quizá temiendo que al carecer del andamiaje europeo todo lo africano acabara reducido a polvo en mis manos. No me complacía nada ver a aquella niña de cara dulce vestida como uno de sus infantes, congelada en un retrato formal, con otra clase de vuelta de cordón alrededor de su cuello. A mí me atraía siempre la vida, el movimiento.

Un domingo de calma, Rakim echó una bocanada de humo y empezó a hablar de que fuésemos a ver «una película de verdad». Era francesa, la proyectaban en el cineclub de la universidad ese mismo día, y nos habíamos pasado la mañana rasgando trocitos del folleto para hacernos las boquillas de los canutos, aunque todavía se alcanzaba a distinguir la cara de una chica morena con velo azul que, según Rakim, tenía unos rasgos parecidos a los míos, o viceversa. La chica me miraba fijamente con lo que quedaba de su ojo derecho. Fuimos a rastras hasta la sala de audiovisuales, al otro lado del campus, y nos sentamos en las incómodas sillas plegables. Empezó la película. Sin embargo, con aquella bruma en la cabeza me costaba entender lo que veía, parecía una sucesión de fragmentos sueltos, como un vitral de colores, y no sabía qué partes eran relevantes o qué escenas Rakim consideraría imprescindibles, aunque quizá todos los que estaban en la sala sentían lo mismo, quizá formaba parte del efecto de aquella película que cada espectador viese algo distinto en ella. No sé lo que vio Rakim. Yo vi tribus. Muchas tribus distintas, de todos los confines del mundo, que se regían por sus respectivos códigos internos y luego componían un intrincado mosaico que, en ese momento, me pareció dotado de una extraña lógica propia. Vi chicas japonesas vestidas con trajes tradicionales, bailando en formación, haciendo movimientos curiosamente similares a los del hip-hop sobre sus elevadas *geta*. Caboverdianos esperando con una paciencia perfecta, intemporal, un barco que podía llegar o no llegar. Vi niños rubísimos caminando por una carretera islandesa desierta, en un pueblo pintado de negro por la ceniza volcánica. Oí la voz doblada e incorpórea de una mujer solapada a esas imágenes, contrastando la experiencia del tiempo en África con la de Europa y la de Asia. Cien años atrás, dijo, la humanidad afrontó la cuestión del espacio, pero el problema del siglo XX era la existencia simultánea de distintas concepciones del tiempo. Me volví a mirar a Rakim: estaba tomando apuntes en la oscuridad, colocadísimo. Llegó un punto en que las imágenes mismas lo superaron, sólo podía escuchar la voz de la mujer y tomar apuntes cada vez más rápido a medida que avanzaba la película, hasta que tuvo la mitad del guión escrito en su cuaderno.

Para mí la película no tenía un principio ni un final, y eso no me desagradaba, sólo me resultó misterioso, como si el tiempo mismo se hubiese expandido para ceder espacio a ese infinito desfile de tribus. Las escenas se sucedían sin solución de continuidad; reconozco que en algunos trozos me dormí, y me despertaba con un respingo cuando la barbilla me chocaba con el pecho, y me topaba entonces con una imagen extraña —un templo consagrado a los gatos, James Stewart persiguiendo a Kim Novak por una escalera de caracol—, imágenes que me desconcertaban aún más porque no había seguido de dónde venían y no vería adónde iban después. Y en uno de esos resquicios de lucidez entre cabezada y cabezada oí una vez más la misma voz incorpórea hablando de la indestructibilidad esencial de las mujeres, y del papel de los hombres al respecto. Pues es la misión de los hombres, dijo, impedir que las mujeres tomen conciencia de su propia indestructibilidad, y durante tanto tiempo como sea posible. Cada vez que me despertaba con un sobresalto, percibía la impaciencia de Rakim, su necesidad de corregirme, y empecé a temer que llegaran los créditos de cierre, imaginando la intensidad y la duración exactas de nuestra discusión en el peligroso momento en que saliéramos del cine y estuviéramos de nuevo a solas en su cuarto, sin testigos. Deseé que la película no acabara nunca.

A los pocos días rompí con Rakim, cobardemente, por medio de una carta que deslicé bajo su puerta. En esa carta le decía que todo era culpa mía y que esperaba que siguiéramos siendo amigos, pero me contestó con otra, en furibunda tinta roja, informándome de que sabía que yo estaba en el diez por ciento, y de que en adelante estaría en guardia contra mí. Cumplió su palabra. Durante el resto de mi vida universitaria, giraba sobre sus talones cuando me encontraba de frente, cruzaba la calle cuando me veía por la ciudad, se marchaba de cualquier aula en la que yo entrara. Dos años después, en la graduación, una mujer blanca se acercó apresuradamente por el pasillo y asió a mi madre de la manga.

—¡Ya me parecía que era usted! —le dijo—. Es un modelo de inspiración para nuestros jóvenes, de veras, no sabe cuánto me alegro de conocerla. Y éste es mi hijo.

Mi madre se volvió con una expresión que a esas alturas ya me resultaba bien conocida, una mezcla de cortesía condescendiente y orgullo, la misma cara que solía poner cuando aparecía en televisión, siempre que la invitaban a «hablar en nombre de los que no tienen voz». Tendió la mano para saludar al hijo de aquella mujer blanca, que al principio se resistió a dejarse ver, escondido detrás de su madre, y que al fin apareció mirando hacia el suelo, la cara medio oculta por las rastas, aunque lo reconocí inmediatamente por sus Converse All Star, que asomaban por debajo de la toga de graduación.

2

En mi quinta visita, fui sola. Crucé el aeropuerto con paso decidido y salí al calor sintiendo una desenvoltura increíble. A mi izquierda, a mi derecha, gente perdida y cautelosa: turistas de sol y playa, evangelistas con camisetas enormes y un sinfín de jóvenes antropólogos alemanes circunspectos. Ningún representante oficial me condujo a mi vehículo. No tuve que esperar «al resto de mi delegación». Llevaba en la mano preparadas unas monedas para los tullidos del aparcamiento, el dinero para el taxi ya metido en el bolsillo de los vaqueros, mi media docena de frases. *Nakam! Jamun gam? Jama rek!* Hacía mucho que no usaba los pantalones militares y la camisa de lino blanca. Vaqueros negros, camisa negra de seda y pendientes de aro dorados y grandes. Me parecía que tenía bastante por la mano el horario local. Sabía cuánto se tardaba en llegar al transbordador y a qué hora zarpaba, así que cuando el taxi me dejó junto a la pasarela, cientos de personas ya habían soportado la espera por mí, y sólo tuve que salir del coche y subir a bordo directamente. El barco se alejó de la orilla dando bandazos. En la cubierta superior el balanceo me empujó hacia delante, a través de dos hileras de gente amontonada en la baranda, y me alegré de estar allí, como si me empujaran a los brazos de un amante. Mirando hacia abajo, contemplé el bullicio de vida y movimiento: gente amontonada, gallinas cacareando, delfines saltando en la espuma, barcazas que zozobraban tras nuestra estela, perros flacos corriendo por la orilla. Aquí y allá vi a varios hombres que ahora reconocía como miembros de la Jamaat Tablighi, la sociedad para la difusión de la fe islámica, con sus pantalones recortados ondeando por encima de los tobillos, porque más largos se ensuciarían y, como las oraciones de los mancillados no hallan respuesta, acaban quemándose los pies en el infierno. Más que su vestimenta, sin embargo, lo que los distinguía era una extraña inmovilidad. En medio de todo ese trajín, parecían quietos, leían sus devocionarios o permanecían sentados en silencio, a menudo con un trazo de kohl en los ojos cerrados y una sonrisa beatífica asomando entre sus barbas teñidas con henna, sumamente tranquilos en comparación con los demás. Soñando, tal vez, con su imán puro y moderno: con pequeñas familias compactas adorando a Alá en apartamentos modestos, con alabanzas sin magia, con el acceso directo a Dios sin intermediarios locales, con circuncisiones esterilizadas en un hospital, criaturas nacidas sin ninguna danza festiva, mujeres a las que no se les ocurriría combinar un hiyab fucsia con un vestido mini de licra verde lima. Me planteé lo difícil que debía de ser mantener vivo ese sueño, en ese preciso instante, en ese transbordador, en plena expansión de la indómita fe cotidiana a su alrededor.

Me acomodé en un banco. A mi izquierda había uno de esos hombres jóvenes espirituales, con los ojos cerrados y la esterilla para orar bien prieta contra el pecho. A mi otro lado, una chica sofisticada con dos pares de cejas, unas curiosamente pintadas sobre las naturales, enredaba con una bolsita de anacardos en las manos. Pensé en los meses que separaban mi primer viaje en transbordador de este último. La Academia Iluminada para Chicas —que por mera economía, y para ahorrar a la gente la vergüenza de decir el nombre entero, abreviábamos a espaldas de Aimee con las siglas AIC— había sobrevivido a su primer año de andadura. Incluso prosperado, si el éxito se mide en columnas periodísticas. Para el resto de nosotros se había convertido en un martirio periódico que se agudizaba cuando había rondas de visitas o alguna crisis llevaba al atribulado director a nuestras salas de reuniones de Londres o Nueva York a través de tensas videoconferencias. Por lo demás, era algo extrañamente distante. A menudo recordaba que la noche en que regresamos a Heathrow, después de nuestro primer viaje, Granger me abrazó en la cola de Aduanas y dijo: «¡Nada de todo esto me parece real ahora! Algo ha cambiado. ¡No seré el mismo después de ver lo que he visto!» Pero al cabo de unos días volvió a ser exactamente el mismo, igual que todos: dejábamos correr el agua del grifo, abandonábamos las botellas de plástico después de unos pocos tragos, nos comprábamos unos vaqueros que costaban lo mismo que gana un maestro de escuela en un año entero. Si Londres era irreal, si Nueva York era irreal, eran montajes muy poderosos: tan pronto volvíamos a zambullirnos en sus escenarios, no sólo parecían reales, sino la única realidad posible, y desde allí cualquier decisión relacionada con la aldea siempre se nos antojaba plausible, y únicamente después, cuando alguno de nosotros regresaba aquí, y cruzaba este río, se hacía evidente el absurdo potencial de la cuestión. Cuatro meses antes, por ejemplo, desde Nueva York, nos había parecido importante enseñar la teoría de la evolución a las alumnas (y a los maestros), porque muchos ni siquiera habían oído nombrar a Darwin. Sin embargo, resultó mucho menos prioritario en la aldea, cuando llegamos en medio de la estación lluviosa y encontramos a un tercio de los chicos con malaria, medio techo de un aula derrumbado, el contrato de los aseos sanitarios incumplido y los circuitos de los paneles solares que abastecían la red eléctrica oxidados y echados a perder. Aun así, como Fern había predicho, el mayor problema no eran nuestras ilusiones pedagógicas, sino la voluble atención de Aimee. Su nueva fijación era la tecnología. Había empezado a alternar mucho con la gente joven y brillante de Silicon Valley, y le gustaba considerarse parte de su tribu, «una loca de la informática». Le había dado por compartir su visión de un mundo transformado —salvado— por la tecnología. Ese nuevo arrebato en un principio no la llevó tanto a abandonar la AIC o la intención de paliar la pobreza, como a solapar su nueva preocupación con las antiguas, a veces con resultados alarmantes («Vamos a darle a cada una de esas malditas niñas un portátil: ése va a ser su cuaderno de ejercicios, ésa será su biblioteca, su maestro, ¡todo!»), y Fern se veía obligado entonces a acomodarlos a cierta semblanza de la realidad. Se quedaba «sobre el terreno» no unas pocas semanas, sino largas temporadas, en parte por su apego a la aldea y su compromiso con la misión que aspiraba a cumplir, pero advertí que también para no trabajar con Aimee a menos de los siete mil kilómetros que los separaban. Fern veía lo que nadie más advertía. Notó el descontento creciente entre los chicos, abandonados a su suerte en la vieja escuela, que —pese a los esporádicos donativos de Aimee— era ya poco más que un recinto espectral donde los niños deambulaban esperando a maestros sin sueldo desde hacía tanto tiempo que habían dejado de acudir a trabajar. A decir verdad, el gobierno parecía haberse retirado de la aldea en todos los sentidos: muchos de los servicios que antes funcionaban bien, al menos hasta cierto punto, languidecían ahora cruelmente. El consultorio médico no había reabierto sus puertas; el bache de la carretera justo a la salida del pueblo había cobrado las dimensiones de un cráter. Se hacía caso omiso de los informes medioambientales de un científico italiano sobre los peligrosos niveles de pesticidas en las napas de agua subterránea, por más que Fern alertara a las autoridades competentes. Quizá esas cosas hubiesen ocurrido de todos modos, pero resultaba difícil no sospechar que la aldea sufría represalias por su relación con Aimee, o quedaba relegada adrede a la espera de que el dinero de Aimee tapara los agujeros.

Además había un problema que no aparecía escrito en ninguno de los informes, pero que ni a Fern ni a mí se nos escapaba, aunque lo veíamos desde extremos opuestos. Ninguno de los dos se molestaba ya en hablarlo con Aimee. («Y si lo quiero, ¿qué pasa?», se limitaba a contestar cuando ambos uníamos fuerzas, por conferencia, en una tentativa de intervenir.) En cambio, procurábamos mediar sin que ella se diera cuenta, compartiendo información como dos detectives privados que trabajan en un mismo caso. Probablemente fui la primera en intuirlo, en Londres. Empecé a sorprenderla a todas horas intercambiando monerías, ya fuera en el escritorio de su ordenador, o por teléfono, que siempre tapaba o colgaba en cuanto yo la interrumpía. Luego dejó de ocultarse. Cuando supo que la prueba del SIDA que le había pedido hacerse había salido negativa, se puso tan contenta que me lo contó. Me acostumbré a ver la cabeza incorpórea de Lamin en un rincón, sonriéndome, hablándonos por internet en tiempo real desde, suponía, el único cibercafé de Barra. Iba allí a desayunar con los niños por las mañanas, y les decía adiós con la mano cuando llegaban a recogerlos. Aparecía de nuevo a la hora de la cena, como uno más a la mesa. Empezó a presentarse en las reuniones, en las ridículas charlas «creativas» («Lam, ¿qué te parece este corsé?»), pero también en las reuniones serias con los contables, el director financiero, el equipo de relaciones públicas. A Fern la situación no le daba tanto pudor por la cursilería romántica como por la parte pragmática: en la choza de Lamin pusieron un portón nuevo, luego un aseo, luego tabiques interiores y por último un tejado de obra. Eso no pasó desapercibido. Una televisión de pantalla plana había causado el último altercado. «El Al Kalo convocó una reunión al respecto el martes —me informó Fern cuando lo llamé para decirle que el jet iba a despegar—. Lamin estaba fuera, en Dakar, visitando a la familia. Más que nada fue gente joven. Todo el mundo estaba muy disgustado. Aquello desembocó en una discusión sobre cómo y cuándo Lamin se había unido a los Illuminati...»

Estaba mandándole un mensaje a Fern, para darle mi última ubicación, cuando oí jaleo al otro lado de la sala de máquinas del transbordador, y al levantar la mirada vi que varias personas se desperdigaban hacia las escaleras para esquivar a un hombre enclenque y tambaleante que entonces alcancé a ver; gritaba y agitaba los brazos hucsudos, como si sufriese un grave trastorno. Me volví hacia el hombre a mi izquierda: su semblante permanecía plácido, con los ojos cerrados. La mujer a mi derecha enarcó los dos pares de cejas y dijo:

—Un borracho, ay, ay, ay.

Aparecieron dos soldados y en un instante lo inmovilizaron, agarrándolo uno por cada brazo mientras el hombre seguía debatiéndose. Trataron de sentarlo a la fuerza en un hueco del banco, un poco más allá de nosotros, pero cada vez que sus escuálidas nalgas tocaban el asiento, se levantaba de un salto como si la madera estuviera ardiendo, así que cambiaron de estrategia y lo arrastraron hacia la entrada de la sala de máquinas, justo enfrente de mí, e intentaron empujarlo por la portezuela y hacerle bajar los peldaños oscuros hacia algún lugar donde nadie lo viera. A esas alturas me había dado cuenta de que era epiléptico —por los espumarajos de saliva que echaba por la boca—, y al principio pensé que nadie más lo entendía. Mientras forcejeaban con él y le tiraban de la camisa, me puse a gritar «¡Epiléptico, es epiléptico!».

—Hermana, ya lo saben —me explicó por fin la chica de las cuatro cejas.

Lo sabían, pero en su arsenal de movimientos no existía la suavidad. Eran soldados entrenados tan sólo en la brutalidad. Cuanto más se contorsionaba el hombre, cuanto más babeaba, más se enfurecían ellos, y después de una breve refriega al traspasar la puerta —donde se sacudió con unos espasmos que le trababan las extremidades con la rigidez de un chiquillo que se niega a moverse—, lo echaron de una patada escaleras abajo y se encerraron con él allí dentro. Oímos alboroto, y gritos horribles, una serie de golpes secos. Luego silencio.

—¿Qué le estáis haciendo a ese pobre hombre? —chilló la chica de las cuatro cejas, a mi lado, pero cuando la portezuela se abrió de nuevo, bajó la mirada y volvió a los anacardos, y yo no dije ninguna de las cosas que creía que iba a decir, y la muchedumbre se dispersó y los soldados bajaron las escaleras tan campantes. Nosotros éramos débiles y ellos eran fuertes, y cualquier forma de mediación entre los débiles y los fuertes brillaba por su ausencia, tanto en el transbordador como en el país. Sólo cuando los soldados desaparecieron de la vista, el *Tabligh* que estaba sentado a mi lado, con otros dos hombres que había cerca, entraron en la sala de máquinas a buscar al epiléptico y lo sacaron de nuevo a la luz. El *Tabligh* lo recostó delicadamente en su regazo: la escena recordaba la Pietà. El hombre tenía los ojos hinchados y llenos de sangre, pero estaba vivo y tranquilo. Le cedieron una parte del banco, y durante el resto de la travesía se quedó allí, descamisado, gimiendo suavemente, hasta que llegamos al muelle y se levantó como cualquier otro pasajero, bajó por la escalinata y se mezcló entre el gentío que iba hacia Barra.

Qué contenta me puse al ver a Hawa, ¡contenta de verdad! Era la hora del almuerzo cuando abrí el portón con el pie, y también la temporada del anacardo: todos estaban en corros de cinco o seis personas, acuclillados alrededor de los grandes cuencos donde habían tostado los frutos al fuego, y a continuación les quitaban las cáscaras tiznadas y los echaban en una serie de cubos manchados de tintes chillones. Hasta los chiquillos podían ayudar en la tarea, así que había muchas manos disponibles, incluso las de incompetentes como Fern, cuyo montoncito de cáscaras era el blanco de las burlas de Hawa.

—¡Mírala! Pero ¡si parece Beyoncé! Bueno, espero que no te hayas hecho una manicura demasiado elegante, querida, porque ahora vas a tener que venir y enseñar al pobre Fern cómo se hace. Hasta Mohammed va más rápido, ¡y tiene tres años!

Dejé la mochila en la puerta (también había aprendido a viajar ligera de equipaje) y fui a abrazar a Hawa, rodeando su espalda fuerte y estrecha.

—¿Aún no eres madre? —me susurró al oído, y yo le susurré lo mismo, y nos abrazamos más fuerte aún, riéndonos.

Me sorprendía mucho que Hawa y yo hubiésemos encontrado en eso un vínculo que traspasaba continentes y culturas, pero así era. Porque al mismo tiempo que en Londres y Nueva York, el mundo de Aimee (y por tanto el mío) vivía en plena eclosión de la maternidad, tanto la suya como la de sus amigas, que cuidaban a sus hijos y hablaban de ellos hasta el punto de que no parecía existir nada más, y no sólo en el ámbito privado, sino también en los periódicos, en la televisión, en las canciones de la radio, que parecían, al menos a mí, girar alrededor de la obsesión por la fertilidad en general y la fertilidad de las mujeres como yo en particular, Hawa empezaba a sentir la presión de la aldea, a medida que pasaba el tiempo y la gente se daba cuenta de que el policía de Banjul era sólo un señuelo y la propia Hawa una nueva clase de chica, a la que quizá no habían practicado la ablación, desde luego soltera, sin hijos ni planes inmediatos de tenerlos. «¿Aún no eres madre?» se había convertido en nuestra contraseña y latiguillo para aludir a esa situación mutua, y siempre que intercambiábamos la frase nos entraba la risa y resoplábamos, aunque sólo de vez en cuando me parara a pensar (y sólo cuando regresaba a mi mundo) que yo tenía treinta y dos años y Hawa era diez años más joven.

Fern se levantó, abandonando su desastrosa faena con los anacardos, y se limpió el tizne de las manos en los pantalones.

—¡Has vuelto!

Nos trajeron el almuerzo enseguida. Comimos en un rincón del patio, con los platos apoyados en las rodillas, ambos tan hambrientos como para ignorar el hecho de que nadie más interrumpía la tarea ni hacía una pausa para almorzar.

—Se te ve muy bien —me dijo Fern con una gran sonrisa—. Muy contenta.

La puerta de chapa al fondo del recinto estaba abierta de par en par y ofrecía una vista de las tierras de la familia de Hawa. Varias hectáreas de marañones teñidos de escarlata, maleza amarillenta y montones de ceniza que señalaban los lugares en los que Hawa y sus abuelas quemaban, una vez al mes, enormes pilas de desechos domésticos y plástico. Era un paisaje en cierto modo exuberante y yermo a la vez, y en ese contrapunto me parecía hermoso. Comprendí que Fern estaba en lo cierto: yo allí era feliz. A los treinta y dos años cumplidos, por fin me estaba tomando mi «año sabático».

—Pero ¿a qué te refieres cuando dices «año sabático»?

—Muchos jóvenes británicos se marchan un año fuera al acabar los estudios, y viajan por algún país lejano, aprendiendo sus costumbres, en comunión con la... comunidad. Nosotros nunca pudimos permitírnoslo.

—¿Tu familia?

—Bueno, sí, pero pensaba concretamente en mí y mi amiga Tracey. Veíamos a los que se iban un año fuera y cuando volvían los despellejábamos.

Me reí para mis adentros al recordarlo.

—¿«Despellejar»? ¿Qué es eso?

—Oh, los criticábamos, decíamos que hacían «turismo de pobreza»... Ya sabes, esos estudiantes que vuelven de su viaje con sus ridículos pantalones étnicos y estatuillas africanas «talladas a mano» por las que han pagado un ojo de la cara aunque estén hechas en alguna fábrica de Kenia... Nos parecían unos idiotas.

Aunque quizá el propio Fern había sido uno de esos jóvenes trotamundos y optimistas. Suspiró y levantó el cuenco vacío del suelo para rescatarlo de una cabra curiosa.

—Qué cínicas erais, tú y tu amiga Tracey, para ser tan jóvenes.

Los aldeanos seguirían pelando anacardos hasta bien entrada la noche, y para escaquearme le sugerí ir al pozo dando un paseo, con la débil excusa de llevar agua para la ducha de la mañana; Fern, por norma tan concienciado, me sorprendió diciendo que me acompañaba. Por el camino me contó que había hecho una visita a Musa, el primo de Hawa, para cerciorarse de que su bebé recién nacido se encontraba bien. Al llegar a la diminuta y modesta vivienda que Musa se había construido en la linde de la aldea, lo había encontrado solo. Su esposa y sus hijos habían ido a ver a la abuela.

—Me invitó a entrar, se sentía un poco solo, creo. Advertí que tenía un pequeño televisor antiguo con un aparato de vídeo incorporado. Me sorprendió, siempre es muy austero, como todos los *mashalas*, pero dijo que se lo había regalado una mujer del Cuerpo de Paz antes de regresar a Estados Unidos. Insistió mucho en que nunca ve películas de Nollywood, ni telenovelas ni nada parecido, ya no. Solo «películas puras». ¿Me apetecía ver una? Claro, le dije. Nos sentamos, y enseguida me di cuenta de que era uno de esos vídeos de los campos de entrenamiento de Afganistán, jóvenes vestidos de negro dando saltos mortales hacia atrás con sus kaláshnikovs... Le dije: «Musa, ¿entiendes lo que se dice en este vídeo?» Porque de fondo se oía sin cesar un discurso en árabe, ya te imaginas, y me di cuenta de que él no entendía una sola palabra. Y va y me dice, embelesado: «¡Me encanta cómo saltan!» Creo que para él era un hermoso vídeo de danza. ¡Un vídeo de danza islamista radical! Me dijo: «Sus movimientos me hacen desear ser más puro en mi interior.» Pobre Musa... Bueno, la cuestión es que pensé que te haría gracia. Porque sé que te interesa la danza —añadió, al ver que no me reía.

3

El primer correo electrónico que recibí fue de mi madre. Me lo mandó desde un aula de informática del sótano de la University College de Londres, donde acababa de participar en un debate público, y lo recibí en un ordenador de la biblioteca de mi facultad. Dentro había un poema de Langston Hughes: me hizo recitárselo entero cuando la llamé aquella noche, para demostrar que me había llegado: «Mientras la noche se cierne suavemente, negra como yo...» La nuestra fue la primera promoción en obtener una cuenta de correo electrónico, y mi madre, siempre curiosa con las novedades, se compró un viejo Compaq baqueteado al que conectó un módem balbuciente. Nos adentramos juntas en ese nuevo espacio que se abría entre las personas, una conexión sin un principio o un fin precisos, siempre abierta en potencia, y mi madre entendió enseguida esas posibilidades y las explotaba plenamente. A mediados de los noventa, la mayoría de los correos que mandaba la gente tendían a ser largos y similares a las cartas: empezaban y acababan con las fórmulas de saludo convencionales, las mismas que hasta entonces aplicábamos sobre el papel, y se recreaban describiendo el escenario circundante, como si el nuevo medio hubiese sacado al escritor que todos llevábamos dentro. («Escribo junto a la ventana, que da al mar gris azulado, donde tres gaviotas se zambullen en el agua.») Mi madre, en cambio, nunca escribía así, enseguida le pilló el truco al correo electrónico y cuando hacía sólo unas semanas que me había licenciado de la universidad, pero aún seguía junto a aquel mar gris azulado, empezó a mandarme varios mensajes al día, de dos o tres líneas sin apenas puntuación, que siempre parecían escritos a toda velocidad. El asunto era el mismo en todos: ¿cuándo pensaba volver a casa? No se refería al antiguo bloque donde vivíamos antes, se había mudado de allí el año anterior. Vivía en una preciosa planta baja en Hampstead, con el hombre al que mi padre y yo nos habíamos acostumbrado a llamar «el Destacado Activista», siguiendo el inciso habitual de mi madre («Estoy escribiendo un ensayo con él, es un destacado activista, probablemente habrás oído hablar de él, ¿verdad?», «Es un hombre estupendo, estupendo, estamos muy unidos, y por supuesto es un destacado activista»). El Destacado Activista era un apuesto trinitense de ascendencia india, con una perilla prusiana y una tupida melena de pelo negro espectacularmente recogida en la coronilla para destacar un solo mechón canoso. Mi madre lo había conocido en una conferencia antinuclear dos años antes. Había ido a manifestaciones con él, escrito artículos sobre él, y después con él, antes de pasar a irse de copas con él, a cenar con él, a la cama con él y, por fin, a vivir con él. A menudo los fotografiaban juntos, entre los leones de Trafalgar Square, dando discursos consecutivos (como Sartre y De Beauvoir, sólo que mucho más guapos), y ahora, siempre que emplazaban al Destacado Activista a hablar por los que no tienen voz, durante las manifestaciones, o en conferencias, mi madre solía aparecer a su lado, en su nuevo papel de «concejala local y activista de base». Llevaban juntos un año, y en ese tiempo mi madre había adquirido cierta notoriedad. Una de esas personalidades a las que un productor de un programa de radio podía llamar para que interviniera en cualquier debate progresista de actualidad. Tal vez no fuera el primer nombre de esa lista, pero si se daba el caso de que el presidente del sindicato de estudiantes, el director de *New Left Review* y el portavoz de la Alianza contra el Racismo tenían otro compromiso, podía contarse con que mi madre y el Destacado Activista estarían al pie del cañón.

Procuraba alegrarme por ella, sabía que era lo que siempre había deseado. Sin embargo, resulta difícil alegrarse por los demás cuando no sabes qué hacer con tu vida, y para colmo me daba pena por mi padre, y aún más pena por mí misma. Aunque la idea de volver a vivir con mi madre parecía anular lo poco que había logrado en los tres últimos años, no podría sobrevivir mucho más con mi crédito de estudios. Desalentada, mientras hacía el equipaje y hojeaba aquellas redacciones mías que ya no tenían ningún sentido, miré hacia el mar y sentí que me despertaba de un sueño, que eso había sido para mí la universidad, un sueño demasiado alejado de la realidad, o por lo menos de mi realidad. Cuando apenas acababa de devolver el birrete alquilado para la orla, chavales que no parecían tan diferentes de mí empezaron a anunciar que se iban a Londres, enseguida, a veces a mi propio barrio, o a otros similares, de los que contaban leyendas como si fueran fronteras indómitas por conquistar. Se marchaban con dinero en mano que les permitía pagar la fianza del alquiler para instalarse en pisos o incluso en casas, aceptaban contratos de prácticas no remunerados, o se presentaban a puestos de trabajo donde el entrevistador resultaba ser un antiguo compañero de facultad del padre. En cambio, yo no tenía planes, ni dinero para una fianza, ni a nadie que al morir pudiese dejarme una herencia: todos nuestros parientes eran más pobres que nosotros. ¿Acaso no habíamos sido nosotros los de clase media, en aspiraciones y en la práctica? Y quizá ese sueño era verdad para mi madre, y sólo por haberlo soñado sentía que se había cumplido. Pero yo estaba despierta y lúcida: algunos hechos eran inmutables, inevitables. Por muchas vueltas que le diera, por ejemplo, las ochenta y nueve libras que había en ese momento en mi cuenta corriente eran todo el dinero que tenía en este mundo. Me alimentaba a base de alubias y pan tostado, mandé dos docenas de solicitudes de trabajo, esperé.

Sola en una ciudad de la que todos los demás ya se habían ido, tenía demasiado tiempo para dar vueltas a las cosas. Empecé a ver a mi madre con otros ojos, con acritud. Una feminista a quien siempre habían mantenido los hombres (primero mi padre y ahora el Destacado Activista) y que me arengaba sin cesar sobre la «nobleza del trabajo», pero que nunca se había ganado el sustento, al menos que yo supiera. Trabajaba «para la gente»: ahí no había un salario. Me preocupaba que sucediera más o menos lo mismo con el Destacado Activista, que aunque había escrito un sinfín de panfletos, por lo visto no tenía un solo libro en su haber ni un cargo universitario oficial. Jugárselo todo por un hombre así, renunciar a nuestra casa (la única seguridad que habíamos conocido), irse a vivir con él a Hampstead, embarcándose precisamente en la clase de fantasía burguesa sobre la que ella siempre había echado pestes, se me antojó de pronto un acto tan cargado de mala fe como temerario. Cada noche bajaba hasta la orilla del mar y la llamaba desde una cabina telefónica medio averiada que confundía las monedas de dos centavos con las de diez y me enfrascaba en discusiones malhumoradas con ella. De hecho, la única de malhumor era yo, mi madre estaba enamorada y feliz, muy cariñosa conmigo, aunque eso sólo hacía que le resultara más difícil precisar detalles prácticos. Ante cualquier intento de sondear la situación económica concreta del Destacado Activista, por ejemplo, me daba largas o cambiaba de tema. En cambio, siempre estaba encantada de hablar del apartamento de tres habitaciones, adonde quería que me mudara, que él había comprado por veinte mil libras en 1969 con el dinero del testamento de un difunto tío y que ahora valía «más de un millón». Era evidente que, a pesar de sus tendencias marxistas, eso le proporcionaba a mi madre un enorme placer y una gran sensación de bienestar.

—Pero mamá: no va a venderlo, así que eso es irrelevante. No vale nada mientras los dos tortolitos estéis viviendo ahí.

—Mira, ¿por qué no coges el tren y vienes a cenar? Cuando lo conozcas, te parecerá adorable. Todo el mundo adora a este hombre. Tendréis mucho que hablar. ¡Conoció a Malcolm X! Es un destacado activista...

Sin embargo, como mucha gente que aspira a cambiar el mundo, en persona demostró ser insultantemente mezquino. Nuestro primer encuentro estuvo dominado no por la charla política o filosófica, sino por una larga diatriba contra su vecino, un paisano caribeño que, a diferencia de nuestro anfitrión, tenía dinero, una larga lista de publicaciones, un puesto de titular en una universidad estadounidense, era el propietario de todo el edificio y se estaba construyendo «una especie de puta pérgola» al fondo de su jardín, un «adefesio» que le taparía ligeramente al Destacado Activista las vistas del parque. Después de cenar, mientras el sol de junio se ocultaba al fin, abrimos una botella de ron Wray & Nephew y, en un gesto de solidaridad, salimos al jardín a contemplar el armazón a medio construir. Mi madre y el Destacado Activista se sentaron junto a la mesita de forja y lentamente liaron y fumaron un canuto hecho con poca destreza. Tomé más ron de la cuenta. En un momento dado nos quedamos meditabundos, con la mirada perdida en los estanques, y en el parque más allá, a medida que las farolas victorianas iban encendiéndose y la escena quedaba desierta salvo por los patos y algunos paseantes intrépidos. Las luces tiñeron el césped de un naranja purgatorio.

—Imaginad a dos críos isleños como nosotros, dos chavales descalzos que de la nada acaban aquí... —murmuró mi madre, y se dieron la mano y juntaron la cabeza.

Mirándolos, sentí que por muy ridícula que me pareciese la escena, más ridícula era yo, una mujer adulta resentida con otra mujer adulta que, al fin y al cabo, había hecho tanto por mí, tanto por sí misma y, sí, por su gente, y todo, tal como acababa de decir, a partir de la nada más absoluta. ¿Me sentía desgraciada por no tener dote? Y cuando levanté la vista del porro que estaba liando, pareció que mi madre me había leído el pensamiento. ¿Es que no te das cuenta, dijo, de lo afortunada que eres, por estar viva en este momento? Nosotros no podemos ser nostálgicos. En el pasado no hay lugar para nosotros. La nostalgia es un lujo. ¡Para nuestra gente, el momento es ahora!

Me encendí el porro, me serví otro dedo de ron y escuché con la cabeza gacha mientras los patos graznaban y mi madre soltaba el rollo, hasta que se hizo tarde y su amante le acarició la mejilla y vi que era hora de coger el último tren.

A finales de julio me mudé de nuevo a Londres, no con mi madre, sino con mi padre. Aunque me ofrecí a dormir en el salón, me dijo que ni hablar, que si dormía allí me despertaría por las mañanas al irse a sus rondas, y rápidamente me plegué a su lógica y dejé que durmiera encogido en el sofá. A cambio decidí que más me valía buscar trabajo: mi padre creía de verdad en la nobleza del esfuerzo, había invertido su vida en ella, y me avergonzaba estar mano sobre mano. A veces, cuando no conseguía volver a dormirme después de oírlo salir con sigilo por la puerta, me sentaba en la cama y pensaba en todo ese esfuerzo, el de mi padre y su gente, remontándose generación tras generación hacia el pasado. Trabajo para incultos, trabajo que por lo general no exigía oficio o habilidad, en parte honrado y en parte ruin, pero que en conjunto de algún modo desembocaba en mi presente estado de desidia. Cuando era pequeña, con ocho o nueve años, mi padre me había enseñado la partida de nacimiento de su padre, en la que constaban las profesiones de sus abuelos (calderero y cortador de trapos en un molino de papel), y con eso supuestamente debía quedarme claro que los de su tribu, más allá de su voluntad, siempre se habían caracterizado por su tesón. Mi padre defendía ese tesón con tanta fuerza como mi madre la convicción de que las cualidades realmente importantes eran la cultura y el color. Nuestra gente, nuestra gente. Pensé con qué facilidad habíamos pronunciado esa misma frase, unas semanas antes, aquella hermosa noche de junio en la casa del Destacado Activista, tomando ron, admirando las familias de patos cebados a lo largo de la orilla del estanque que agachaban la cabeza para hundir el pico entre las plumas. ¡Nuestra gente! ¡Nuestra gente! Y ahora, tumbada en la cama hedionda de mi padre, dándole vueltas a esas palabras —a falta de nada mejor que hacer—, me recordó a los graznidos y los arrullos de aquellas aves, que repetían una y otra vez el mismo curioso mensaje, depositándolo con el pico entre las plumas: «¡Pato! ¡Pato!»

4

Al bajarme del taxi de la sabana, después de varios meses de ausencia, vi a Fern al otro lado de la carretera, como si estuviera esperándome, justo a tiempo, como si allí hubiera una parada de autobús y un horario de paso. Me alegré de verlo, pero resultó que él no estaba de humor para saludos ni cumplidos; echó a andar a mi lado e inmediatamente me puso al tanto de las novedades, en voz baja, y así, antes incluso de llegar a la puerta de Hawa, ya me había contagiado la inquietud por el rumor que en ese momento tenía en ascuas a toda la aldea: que Aimee estaba organizando los trámites de un visado, que Lamin pronto se trasladaría a vivir a Nueva York.

—Y bien, ¿es así?

Le dije la verdad: no lo sabía, ni quería saberlo. Venía de una temporada agotadora en Londres, después de ayudar a Aimee a superar un invierno difícil, tanto en lo personal como en lo profesional, y en consecuencia sentía una particular aversión a sus clásicos dramas. Había dedicado los grises meses de enero y febrero en Inglaterra a grabar un álbum que supuestamente debía estar en la calle, pero quedó abandonado tras una aventura pasajera y desagradable con su joven productor, quien por despecho se llevó las canciones. Apenas unos años antes, una ruptura como ésa habría sido un revés sin importancia para Aimee, a lo sumo le habría valido medio día en la cama viendo antiguos episodios de series australianas olvidadas (*Los médicos voladores*, *Los Sullivan*), algo que hacía en momentos de extrema vulnerabilidad. Sin embargo, había advertido un cambio en ella, su armadura personal ya no era la de otros tiempos. Ya le afectaban más las operaciones de abandonar y ser abandonada, no se las sacudía de un plumazo, la herían de veras, y durante casi un mes no quiso ir a ninguna reunión salvo con Judy, apenas salió de casa y me pidió varias veces que durmiera en su cuarto, junto a su cama, en el suelo, porque no quería estar sola. Durante ese período de *purdah* supuse que, para bien o para mal, nadie estaba más cerca de ella que yo, así que ahora, mientras escuchaba a Fern, al principio me sentí traicionada. No obstante, pensándolo mejor me di cuenta de que no era exactamente eso: no se trataba de un engaño, sino más bien de una forma de distanciamiento mental. A Aimee mi compañía le ofrecía consuelo en un momento de pérdida, mientras que, en otro compartimento de su corazón, seguía enfrascada planeando un futuro con Lamin, y Judy era su cómplice en ese plano. En lugar de molestarme con ella, me sentí frustrada con Fern: estaba intentando involucrarme, cuando yo no quería estar en medio de esa situación, no me convenía, tenía todo mi viaje planeado, y cuanto más hablaba Fern, más veía que se me escapaba el itinerario trazado en mi cabeza. Una visita a la isla de Kunta Kinte, unas tardes en la playa, un par de noches en uno de los hoteles elegantes de la ciudad. Aimee apenas me daba vacaciones, así que tenía que ingeniármelas para rascar unos días libres siempre que podía.

—De acuerdo, pero ¿por qué no te llevas a Lamin? Seguro que contigo hablará. Conmigo se cierra como una ostra.

—¿Al hotel? Fern, no. Malísima idea.

—Pues a la excursión... De todos modos no puedes ir allí sola, nunca la encontrarías.

Cedí. A Lamin le hizo ilusión cuando se lo propuse, no sólo por visitar la isla, sospeché, sino por la oportunidad de escapar de las aulas y pasar una tarde regateando con su amigo taxista, Lolu, un precio cerrado para el trayecto de ida y vuelta. Lolu se había cortado el pelo en una cresta teñida de naranja, y llevaba un grueso cinturón con una gran hebilla plateada en la que se leía BOY TOY. Me dio la impresión de que seguían regateando durante todo el camino, un viaje de dos horas lleno de risas y discusión en el asiento delantero, la música reggae ensordecedora de Lolu, muchas llamadas por teléfono. Yo iba sentada atrás, sin saber mucho más wólof que antes, contemplando la sabana a nuestro paso, divisando uno que otro mono de pelaje plateado y asentamientos todavía más remotos, que ni siquiera podían llamarse aldeas, apenas dos o tres chozas juntas, y luego nada durante otros quince kilómetros. Se me quedó grabada la imagen de dos niñas que caminaban descalzas junto a la carretera, de la mano, como amigas inseparables. Me saludaron, y las saludé también. No había nada ni nadie a su alrededor, estaban allí en el borde mismo del mundo, o del mundo que yo conocía, y al verlas me di cuenta de que me resultaba muy difícil, casi imposible, imaginar cómo percibían ellas el tiempo, allí. Claro que me acordaba de cuando tenía su misma edad e iba de la mano con Tracey, y de que nos considerábamos «chicas de los ochenta», más espabiladas que nuestros padres, mucho más modernas. Creíamos ser producto de un momento concreto, porque además de los musicales antiguos nos gustaban cosas como *Los Cazafantasmas* y *Dallas* y las flautas de caramelo. Nos sentíamos dueñas de un lugar en el tiempo. ¿Quién en este mundo no se siente así? Y sin embargo, cuando saludé a las dos niñas, no pude evitar ver en ellas un símbolo atemporal de la niñez o de la amistad de la infancia. Sabía que no podía ser, pero no era capaz de verlas de otro modo.

Al final, la carretera acababa en el río. Bajamos del coche y subimos una cuesta hasta una estatua de cemento de unos diez metros de altura que imitaba la figura tosca de un hombre de pie, mirando al río. Con el planeta Tierra a modo de cabeza, alzaba los brazos rígidos, liberado de los grilletes. Un cañón solitario del siglo XIX, el esqueleto colonial de ladrillo rojo de un antiguo almacén de abastos, un pequeño «museo de la esclavitud construido en 1992» y una cafetería desolada completaban lo que un guía desesperado y con pocos dientes llamó «el centro de bienvenida». Detrás de nosotros había un poblado de barracas decrépitas, varios grados más pobre que la aldea de donde veníamos, tercamente encarado hacia el antiguo almacén de abastos, como esperando que reabriera sus puertas. Una panda de chiquillos nos observaron al llegar, pero nuestro guía me regañó cuando los saludé.

—No se les permite acercarse más. Mendigan dinero, a los turistas os molestan. El gobierno nos ha escogido como guías oficiales para que ellos no os atosiguen.

A un par de kilómetros, en medio del río, se veía la isla, un peñasco con las pintorescas ruinas de un cuartel. Eché de menos unos instantes de recogimiento para contemplar dónde estaba y entender lo que significaba aquel lugar. Aquí y allá, entre el triángulo que formaban la cafetería, la estatua del esclavo y los niños que observaban, vi y oí a varios grupos de turistas (una solemne familia negra británica, algunos adolescentes afroamericanos entusiastas, un par de holandesas blancas que lloraban a mares) que trataban de hacer lo mismo, y soportaban también un discurso recitado de uno de los guías oficiales del gobierno, con sus camisetas azules raídas, o aceptaban los menús de la cafetería que les endosaban, o regateaban con los barqueros deseosos de cruzarlos a ver las celdas donde confinaron a sus ancestros. Me di cuenta de que ir con Lamin era una suerte: mientras él se enfrascaba en su pasatiempo favorito (intensas negociaciones económicas en voz baja, a varias bandas), pude pasear a mis anchas hasta el cañón, sentarme a horcajadas en él y contemplar el río. Traté de sumirme en mis meditaciones. Imaginar los barcos en el agua, los cargamentos humanos subiendo por las pasarelas, los pocos valientes que se la jugaban y saltaban al agua, en un intento condenado al fracaso de alcanzar la orilla. Pero todas las imágenes tenían una textura caricaturesca, y no parecían más próximas a la realidad que el mural de una de las paredes del museo, donde se mostraba a los miembros de una familia mandinga robusta y desnuda, con cadenas al cuello, perseguidos monte a través por un holandés cruel, y que parecían más presas capturadas por un cazador que seres humanos vendidos como sacos de grano por el jefe de su tribu. Todos los caminos llevaban de vuelta ahí, me había dicho siempre mi madre, pero estando ahora aquí, en este confín del continente cargado de historias, más que un lugar excepcional se me antojó un ejemplo de una regla general. Aquí el poder había explotado la debilidad: toda clase de poder (local, racial, tribal, monárquico, nacional, global, económico) y toda clase de debilidad, sin detenerse ante nada, ni siquiera ante una niña desvalida. Pero así obra el poder en todas partes. El mundo entero está bañado de sangre. Cada tribu tiene su propio legado sangriento: ahí estaba el mío. Esperé la catarsis que la gente ansía experimentar en esos sitios, pero no logré convencerme de que el dolor de mi tribu se concentraba únicamente allí, en ese lugar concreto, era más que evidente que el dolor estaba en todas partes, sólo daba la casualidad de que allí era donde habían erigido el monumento. Me di por vencida y fui en busca de Lamin. Estaba recostado en la estatua, hablando por su nuevo teléfono, una elegante BlackBerry, embobado y con una gran sonrisa, y cuando me vio llegar cortó la conversación sin despedirse.

—¿Quién era?

—Y ahora, si estás lista —susurró Lamin, guardándose el aparato en el bolsillo de atrás—, este hombre nos cruzará hasta allí.

Compartimos la barcaza con la familia negra británica. Intentaron entablar conversación con el guía sobre qué distancia separaba la isla de tierra firme y preguntándole si cabía la posibilidad de que un hombre, y para colmo encadenado, pudiera nadar a través de las rápidas corrientes. El guía los escuchaba, pero parecía muy cansado, con los ojos inyectados en sangre de tantos capilares rotos, y no se lo veía demasiado interesado en especulaciones hipotéticas. Repitió su mantra:

—Si un hombre alcanzaba la orilla, se le concedía la libertad.

En la isla vagamos alrededor de las ruinas y luego hicimos cola para entrar en el «último calabozo», un pequeño habitáculo subterráneo, menos de tres metros por dos, donde «se retenía a los hombres más rebeldes, como Kunta».

«¡Imagínate!», exclamaban los demás a cada momento, e intenté con todas mis fuerzas imaginarme encerrada allí abajo, aunque instintivamente sabía que no era una rebelde, que cabían pocas probabilidades de que hubiera pertenecido a la tribu de Kunta. Hay poca gente así. A mi madre podía imaginarla allí, sin duda, igual que a Tracey. Y a Aimee: a su manera, era de la misma raza. En cambio, a mí no. Sin saber qué hacer, agarré un aro de hierro de la pared al que encadenaban a esos «más rebeldes» del cuello.

—Dan ganas de echarse a llorar, ¿verdad? —dijo la madre de la familia británica, y supuse que debía de ser así, pero al volver la cara, por si acaso, y mirar hacia arriba al ventanuco, vi al guía oficial asomado bocabajo, mostrando sus tres dientes, bloqueando prácticamente la luz que entraba por el hueco.

—Ahora sentirán el dolor —explicó a través de los barrotes—, y necesitarán un minuto a solas. Los esperaré fuera después de que hayan sentido el dolor.

• • •

En la barca, de regreso, le pregunté a Lamin de qué hablaba tanto con Aimee últimamente. Sentado en la bancada del bote, irguió la espalda y levantó la barbilla.

—Cree que soy un buen bailarín.

—¿Ah, sí?

—Le he enseñado muchos movimientos que ella no conocía. Por ordenador. Le muestro los pasos de nuestras danzas autóctonas. Dice que los usará en sus actuaciones.

—Ya veo. ¿Y alguna vez te ha propuesto que vayas a Estados Unidos? ¿O a Inglaterra?

—Todo está en manos de Dios —dijo él, mirando con nerviosismo a los otros pasajeros.

—Sí. Y de Extranjería.

Lolu, que había estado esperando pacientemente en su taxi, acercó el vehículo a la orilla cuando nos vio llegar y abrió la puerta, como si pretendiera llevarme directamente del agua al coche, y hacer otro trayecto de dos horas sin probar bocado.

—Pero, Lamin, ¡tengo que comer!

Me fijé en que no había soltado el menú plastificado de la cafetería durante toda la visita a la isla, y ahora lo esgrimió como si fuera la prueba vital e irrefutable en un drama judicial.

—¡Es demasiado dinero por un almuerzo! Hawa nos preparará algo de comer cuando volvamos a casa.

—Pagaré yo. Sale a unas tres libras por cabeza. En serio, Lamin, para mí no es demasiado.

Entonces hubo una discusión entre Lamin y Lolu, que por lo visto, para mi satisfacción, perdió Lamin. Lolu enjaretó los pulgares en la hebilla de su cinturón como un vaquero triunfal, cerró la portezuela del coche y volvió a aparcar en lo alto de la cuesta.

—Es demasiado —insistió Lamin, con un gran suspiro, pero yo seguí a Lolu y Lamin me siguió a mí.

Nos sentamos a una de las mesas de la terraza y comimos pescado en papillote con arroz. Escuché lo que hablaban en las mesas vecinas, conversaciones extrañas, dispares, que oscilaban entre las reflexiones profundas que debe suscitar la visita a un lugar traumático y la charla trivial de los veraneantes de playa entre cóctel y cóctel. Una mujer alta y blanca, achicharrada por el sol, de no menos de setenta años, estaba sola frente a una mesa al fondo, rodeada de pilas de telas estampadas, tambores y estatuillas, camisetas con el lema NUNCA MÁS, y otras mercaderías de la región. Nadie se acercaba a su tenderete ni parecía interesado en comprar nada, así que al cabo de un rato se levantó y empezó a pasar mesa por mesa, saludando a los clientes, preguntándoles dónde se alojaban, de dónde eran. Recé por que acabáramos antes de que llegara a nuestra mesa, pero Lamin comía con una parsimonia increíble, así que la mujer nos pilló, y al enterarse que no me hospedaba en ningún hotel, ni era una trabajadora humanitaria ni misionera, se tomó un interés especial y se sentó con nosotros, demasiado cerca de Lolu, que se encorvó sobre el pescado y ni siquiera la miró.

—¿Qué aldea has dicho? —me preguntó, aunque yo no la había mencionado.

Lamin se lo dijo antes de que yo tuviera oportunidad de titubear, y ella enseguida ató cabos.

—¡Ah, así que estás con lo de la escuela! Claro... Bueno, sé que la gente dice cosas horribles sobre esa mujer, pero a mí me encanta, la admiro, sinceramente. En realidad soy estadounidense, también, de nacimiento —dijo, y me pregunté cómo podía pensar que a nadie le cupiera duda—. Normalmente no me interesan mis compatriotas, en general, pero ella es de las que tiene pase, no sé si me explico. Me parece curiosa y apasionada de verdad, y es una gran cosa para el país toda la publicidad que trae. Ah, ¿australiana? Bueno, da igual, ¡me identifico con esa mujer! ¡Una aventurera! Aunque debo decir que yo llegué aquí por amor, no por caridad. La caridad vino después, en mi caso.

Se llevó una mano al corazón, que prácticamente quedaba al descubierto por el escote vertiginoso de su vestido multicolor de tirantes finos. Tenía los pechos caídos, colorados y rugosos como el crespón. Me propuse no preguntarle bajo ningún concepto por el amor que la había llevado allí, ni en qué buenas acciones había desembocado su hazaña, pero intuyendo mi reticencia decidió, con el derecho que se otorga una mujer mayor, contármelo de todos modos.

—Yo era igual que esa gente, estaba aquí de vacaciones. ¡No me proponía enamorarme! Menos de un chico al que doblaba la edad. —Me guiñó un ojo—. ¡Y de eso hace veinte años! Pero fue mucho, mucho más que un idilio de vacaciones, como ves: juntos construimos todo esto.

Miró con orgullo alrededor, contemplando aquel gran monumento al amor: una cafetería con tejado de chapa, cuatro mesas y tres platos en el menú.

—No soy rica, en realidad sólo era una humilde profesora de yoga, pero bastó con ir a esa gente de Berkeley y decirles: «Miren, ésta es la situación, aquí la gente está pasando calamidades.» Y de verdad, te sorprendería, se lanzaron sin dudarlo, de cabeza. Todo el mundo quiso arrimar el hombro. Cuando les explicas lo que se puede hacer aquí con un dólar, cuando les explicas cuánto puede dar de sí un dólar, ¡no se lo creen! Ahora que, por desgracia, mis propios hijos, los de mi primer matrimonio, no me han apoyado tanto. Sí, a veces son los desconocidos los que te mantienen a flote. Pero siempre le digo a la gente de aquí: «¡No creáis todo lo que oís, por favor! Porque no todos los americanos son unos indeseables, ni muchísimo menos.» Hay una gran diferencia entre la gente de Berkeley y la gente de Fort Worth, ya me entiendes. Nací en Texas, en el seno de una familia cristiana, y para mí no fue fácil crecer allí, porque yo era un espíritu libre y no encontraba mi sitio. Aunque supongo que ahora encajo un poco mejor.

—Pero ¿usted vive aquí, con su marido? —preguntó Lamin.

Ella sonrió, pero no pareció muy entusiasmada por la pregunta.

—En verano. Los inviernos los paso en Berkeley.

—¿Y él va con usted? —preguntó Lamin.

Me dio la impresión de que estaba haciendo un sondeo sutil.

—No, no. Él se queda. Aquí tiene mucho que hacer, todo el año. Es el que maneja el cotarro aquí, ¡y supongo que podría decirse que yo manejo el cotarro allá! Así que todo funciona estupendamente. Para nosotros.

Pensé en aquella capa de ilusión juvenil que todas las amigas de Aimee que acababan de ser madres parecían haber perdido, una especie de brillo que se les había apagado en la mirada, a pesar incluso de haber alcanzado la celebridad o la riqueza, y entonces escruté el interior de los enormes ojos azules medio desquiciados de aquella mujer y vi un vaciado absoluto. Parecía inconcebible que a alguien le hubieran arrancado tantas capas y aún fuese capaz de interpretar su papel.

5

Después de licenciarme, con base en el piso de mi padre, me presenté a todas las ofertas de empleo que pudieran abrirme una puerta para entrar en el sector mediático. Cada noche dejaba mis cartas de solicitud en la encimera de la cocina para que él las mandara por la mañana, pero pasó un mes, y nada. Sabía que a mi padre esas cartas le provocaban sentimientos encontrados (una buena noticia para mí sería mala para él, porque implicaría mi marcha) y a veces me asaltaban fantasías paranoides de que ni siquiera las echaba al correo, sino que se limitaba a tirarlas en la papelera del final de la calle. Meditando en cómo lo había criticado siempre mi madre por su falta de ambición, y en cómo lo defendía yo a capa y espada, ahora no me quedó más remedio que reconocer que la entendía. Para él no había mayor alegría que las visitas de mi tío Lambert algún que otro domingo, cuando los tres podíamos plantarnos en el terrado cubierto de hiedra de los vecinos de abajo a fumar marihuana, comer unos buñuelos de pescado caseros que eran la excusa de Lambert para llegar dos o tres horas tarde, oír el boletín internacional de la BBC y ver los trenes de la línea de Jubilee emergiendo, cada ocho o diez minutos, de las entrañas de la tierra.

—Esto sí que es vida, cariño, ¿no te parece? Ya nada de «haz esto, no hagas lo otro». Sólo juntos como amigos, iguales. ¿Eh, Lambert, cuando acabas siendo amigo de tu propio hijo? Esto sí que es vida, ¿verdad?

¿Lo era? Yo no recordaba que mi padre hubiera adoptado nunca ese papel autoritario, nunca me había dicho «Haz esto, no hagas lo otro». Amor y laxitud era lo que siempre me había ofrecido, ¿y para qué? ¿Para acabar retirada antes de tiempo con Lambert, fumando hierba todo el día? Sin ver otras salidas, volví a la espantosa pizzería de Kensal Rise donde había trabajado el primer verano de la universidad. Mi jefe era Bahram, un iraní grotesco, muy alto y flaco, que a pesar de su entorno se consideraba un hombre de nivel. Le gustaba pasearse con un abrigo beige largo y elegante en cualquier estación, y a menudo lo llevaba sobre los hombros, como un barón italiano, y llamaba a su antro «restaurante», aunque el local fuera del tamaño de un cuarto de aseo, encajado en un solar baldío que hacía esquina entre la terminal de autobuses y las vías del tren. Nadie entraba nunca a comer, los clientes pedían comida por teléfono o se la llevaban a casa. Desde el mostrador, solía ver ratones correteando por el suelo de linóleo. Había una sola mesa en la que teóricamente un cliente podía comer, pero en realidad Bahram la ocupaba el día entero y la mitad de la noche: tenía problemas en casa, una mujer y tres hijas solteras difíciles, y sospechábamos que prefería estar con nosotros que con su familia, o al menos gritarnos a nosotras en vez de discutir con ellas. No se mataba a trabajar. Se pasaba las horas comentando cualquier programa que emitiera la televisión que había colgada en el rincón izquierdo del local, o agrediéndonos verbalmente a nosotros, sus empleados, sin necesidad de moverse de la silla. Se enfurecía a todas horas por cualquier cosa. Una furia exagerada, cómica, que se expresaba en constantes pullas soeces contra todo el que lo rodeaba —pullas raciales, sexuales, políticas, religiosas—, y que casi a diario le hacían perder un cliente o un empleado o un amigo, así que más que ofensas acabaron por parecerme piedras que se tiraba sobre su propio tejado. En cualquier caso, era el único pasatiempo disponible. Sin embargo, cuando entré allí por primera vez, con diecinueve años, no fue grosero conmigo, ni mucho menos: me saludó en lo que más tarde supe que era farsi, y tan efusivamente que hasta creí captar el sentido de sus palabras. Qué joven era, qué preciosidad, y se notaba que era lista... ¿de verdad estaba en la universidad? Vaya, ¡qué orgullosa debía de estar mi madre! Se levantó y me agarró de la barbilla, examinándome la cara de un lado y del otro, sonriendo.

Pero cuando le contesté en inglés, arrugó el ceño y escrutó con una mirada crítica el pañuelo rojo que me había puesto para cubrirme el pelo, pensando que sería bien recibido en un establecimiento de comidas, y al cabo de unos momentos, cuando hubimos aclarado que a pesar de mi nariz persa, yo no era persa, ni siquiera un poco, ni egipcia, ni marroquí, ni árabe de ninguna clase, cometí el error de nombrar la isla de mi madre, y toda la cordialidad se desvaneció: me mandó al mostrador, donde mi trabajo consistiría en atender el teléfono, llevar los pedidos a la cocina y coordinar a los repartidores. Mi tarea más importante era ocuparme de un proyecto por el que Bahram sentía especial devoción: la Lista de Clientes Vetados. Se había tomado la molestia de elaborar esa lista en un largo rollo de papel y colgarla en la pared detrás de mi mostrador, a veces con polaroids grapadas.

—Son sobre todo de tu gente —dejó caer como si nada, en mi segundo día—. No pagan, o discuten, o son traficantes de droga. ¡No pongas esa cara! ¿Cómo vas a ofenderte? ¡Tú lo sabes! ¡Es verdad!

No podía permitirme estar ofendida. Estaba decidida a aguantar allí los tres meses de verano, lo necesario para dar a cuenta la fianza y pagarme un alquiler en cuanto me licenciara. Pero en la televisión había tenis, y eso lo complicaba todo. Un repartidor somalí y yo seguíamos los partidos con avidez, y Bahram, que por norma también los seguía (consideraba el deporte la manifestación más pura de sus teorías sociológicas), ese verano no soportaba el tenis, ni soportaba que nosotros disfrutáramos viéndolo, y cada vez que nos pillaba se encolerizaba, después de que su sentido del orden quedara profundamente perturbado cuando Bryan Shelton no cayó en la primera ronda.

—¿Por qué vas con él, eh? ¿Eh? ¿Porque es de los tuyos? —farfulló, clavándole el dedo índice en el pecho enjuto al repartidor somalí, Anwar, que irradiaba una gran luminosidad de espíritu, un notable don para la alegría, a pesar de que nada en su vida parecía justificarlo. El chico contestó dando unas palmadas y sonriendo de oreja a oreja.

—¡Sí, hombre! ¡Vamos con Bryan!

—Sabemos que tú eres idiota —dijo Bahram, y luego se volvió hacia mí, acodada tras el mostrador—. Pero tú eres lista, y eso te hace más idiota. —Como no dije nada, se plantó delante de mí y aporreó el mostrador con los puños—. Ese Shelton no va a ganar. No puede.

—¡Gana, sí que gana! —exclamó Anwar.

Bahram bajó el volumen de la tele con el mando a distancia para hacerse oír en el fondo del local, incluso donde estaba la mujer congoleña que venía a limpiar restregando las paredes del horno de las pizzas.

—El tenis no es deporte de negros. Debéis saberlo: cada pueblo tiene su deporte.

—¿Cuál es vuestro deporte? —pregunté, con curiosidad genuina, y Bahram se irguió cuan largo era, orgulloso en su asiento.

—El polo —contestó.

La cocina estalló en carcajadas.

—¡Al cuerno todos, hijos de perra!

Histeria.

A decir verdad, hasta ese momento yo no iba con Shelton, ni siquiera había oído hablar de él antes de que Anwar me hiciera prestarle atención, pero a partir de entonces empecé a seguirlo y, con Anwar, me convertí en su fan número uno. Los días que jugaba me llevaba banderitas estadounidenses al trabajo, y durante el partido me aseguraba de mandar a los repartos a cualquiera de los chicos salvo a Anwar. Juntos vitoreábamos a Shelton, bailábamos por el local cada vez que se llevaba un punto, y al ver que ganaba un partido tras otro, empezamos a sentir que, con nuestros bailes y alaridos, éramos nosotros quienes lo alentábamos a seguir adelante, y que sin nosotros caería eliminado. A veces Bahram se comportaba como si también lo creyera, como si ejecutáramos algún rito vudú africano ancestral. Sí, de alguna manera hechizamos a Bahram tanto como a Shelton, y a medida que avanzaba el torneo y Shelton seguía resistiéndose a la derrota, vi que todas las demás preocupaciones que acuciaban a Bahram (el negocio, su difícil esposa, la angustiosa búsqueda de pretendientes para sus hijas) se diluían, hasta que su única obsesión pasó a ser que no animáramos a Bryan Shelton y que el propio Shelton no llegara a la final de Wimbledon.

Una mañana, hacia la mitad del torneo, estaba aburrida junto al mostrador cuando vi que Anwar llegaba con la moto a toda velocidad hasta la acera, frenaba en seco, desmontaba de un salto y venía corriendo hacia nosotros con un puño en la boca y una sonrisa que a duras penas podía controlar. Me plantó el *Daily Mirror* delante, señaló una columna en la sección de deportes y dijo:

—¡Árabe!

No podíamos creérnoslo. Se llamaba Karim Alami. Era marroquí, y en la clasificación estaba incluso por debajo de Shelton. Se enfrentarían en un partido a las dos de la tarde. Bahram llegó a la una. Se respiraba mucha ansiedad y expectación en el local, los repartidores que empezaban el turno a las cinco se presentaron temprano, y la mujer de la limpieza congoleña se puso a trabajar desde el fondo de la cocina a una velocidad inusitada con la esperanza de llegar al mostrador (y por tanto a la televisión) cuando comenzara el partido. Fue un combate a cinco asaltos. Shelton salió fuerte, y en varios momentos del primer set Bahram sólo pudo ponerse de pie en una silla y chillar. Cuando acabó, 6-3 para Shelton, Bahram bajó de un brinco de la silla y salió a la calle. Nos miramos unos a otros: ¿podíamos cantar victoria? Cinco minutos más tarde volvió por la cuesta con un paquete de Gauloises en la mano que había ido a buscar al coche, y se puso a fumar un cigarrillo tras otro con la cabeza gacha. Pero en el segundo set las cosas empezaron a ponerse mejor para Karim, y Bahram fue irguiéndose poco a poco, luego se puso de pie y empezó a andar en círculos por el pequeño espacio, ofreciendo sus propios comentarios, que abarcaban desde la eugenesia hasta los reveses y globos y dobles faltas, y a medida que nos acercábamos a la muerte súbita hablaba cada vez más rápido, esgrimiendo el cigarrillo en la mano, más certero que nunca con su inglés. El hombre negro, nos informó, es instinto, es cuerpo en movimiento, es fuerte, y es música, sí, por supuesto, y es ritmo, todo el mundo lo sabe, y es velocidad, y eso es hermoso, quizá, sí, pero dejadme deciros que el tenis es un juego de la mente, ¡la mente! El hombre negro puede ser buena fuerza, buen músculo, puede golpear duro la pelota, pero Karim es como yo: él piensa un paso, dos pasos más allá. Tiene mente árabe. La mente árabe es una máquina compleja, delicada. Nosotros inventamos las matemáticas. Inventamos la astronomía. Gente sutil. Dos pasos por delante. Vuestro Bryan ahora está perdido.

No estaba perdido, sin embargo: se llevó el set 7-5, y Anwar le quitó la escoba a la congoleña (ni siquiera sé cómo se llamaba, a nadie se le ocurrió nunca preguntar su nombre) y la agarró para bailar un ritmo hi-life que sonaba en el transistor de radio que lo acompañaba a todas partes. En el siguiente set, Shelton se vino abajo, 1-6. Bahram estaba exultante. Vayas a donde vayas en el mundo, le dijo a Anwar, ¡vosotros estáis en la cola! A veces arriba está el hombre blanco, judío, árabe, chino, japonés... depende. Pero vuestra gente siempre pierde. Cuando empezó el cuarto set habíamos dejado de fingir que aquello era una pizzería. El teléfono sonaba y nadie atendía, el horno estaba vacío, y todos nos apiñábamos en el pequeño espacio junto a la entrada. Anwar y yo, sentados en el mostrador, balanceábamos las piernas y nuestros pies nerviosos chocaban con los paneles de fórmica barata. No apartábamos la vista de los dos jugadores (la verdad, eran rivales a medida), que batallaron hacia una prolongada y martirizante muerte súbita que en ese caso perdió Shelton, 6-7. Anwar lloró con amargura.

—Pero, Anwar, joven amigo: todavía tiene un set más —explicó el bondadoso cocinero bosnio, y Anwar sintió tanta gratitud como un reo sentado en la silla eléctrica que ve llegar al gobernador a través de la mampara de metacrilato, corriendo por el pasillo.

El último set fue rápido: 6-2. Juego, set, partido: Shelton. Anwar puso la radio a todo volumen y mi cuerpo estalló en toda clase de danzas, giros, saltos, cabriolas... incluso hice el shim-sham. Bahram nos acusó a todos de fornicar con nuestras madres y salió hecho un basilisco. Volvió al cabo de una hora. Era ese momento crítico en que cae la noche y las madres deciden que no tienen fuerzas para preparar la cena, y los que se pasan el día fumando porros se dan cuenta de que no han comido nada desde el desayuno. Estaba agobiada al teléfono, intentando descifrar las diversas variantes de inglés macarrónico tanto de las llamadas como de nuestros repartidores, cuando Bahram se acercó y me puso el periódico vespertino delante de las narices. Señaló una fotografía de Shelton con el brazo en alto, preparándose para uno de sus potentes servicios, la pelota en el aire delante de él, congelado en el momento del golpe. Tapé el auricular con la mano.

—¿Qué? Estoy trabajando.

—Mira bien. No es negro. Moreno. Como tú.

—Estoy trabajando.

—Probablemente es mitad y mitad, como tú. Entonces: así se explica.

No miré a Shelton, sino a Bahram, detenidamente. Sonrió.

—Medio ganador —dijo.

Colgué el teléfono, me quité el delantal y me largué de allí.

No sé cómo averiguó Tracey que volvía a trabajar en el local de Bahram. Yo no quería que lo supiera nadie, a mí misma me costaba afrontar la triste realidad. Quizá simplemente me vio a través del vidrio. Cuando entró, una tarde bochornosa de finales de agosto, causó sensación, con sus mallas ceñidas como una segunda piel y su top mostrando el ombligo. Vi que su ropa no había cambiado con la moda, que no le había hecho falta. Tracey no se esforzaba, como yo (y la mayoría de las mujeres que conocía), en buscar maneras de envolver su cuerpo con los símbolos, las formas y los signos de la época. Era como si estuviese por encima de esas cosas, como si fuera atemporal. Siempre iba vestida para un ensayo de danza, y siempre le sentaba divinamente. Anwar y el resto de los chicos, que esperaban fuera en sus motos, se recrearon contemplando su delantera y luego cambiaron de posición para echar un ojo a lo que los italianos llaman la cara B. Cuando Tracey se acodó en el mostrador para hablar conmigo, uno de los chavales se tapó los ojos, como si la imagen le doliera.

—Me alegro de verte. ¿Qué tal te fue por la costa?

Sonreía con sorna, confirmando que mi vida universitaria se había convertido en una especie de broma en el barrio, como ya intuía, un intento fallido de meterme en un papel que me iba grande, del que no había salido bien parada.

—Veo a tu madre por ahí. Está en todas partes últimamente.

—Sí. Estoy contenta de haber vuelto, creo. Te veo estupenda. ¿Estás trabajando?

—Bah, no paro. Tengo un notición. ¿A qué hora sales?

—Acabo de empezar.

—Entonces, ¿qué tal mañana?

Bahram se acercó furtivamente y, con sus modales más distinguidos, preguntó si por casualidad Tracey era persa.

• • •

Quedamos a la noche siguiente, en un pub de la zona que toda la vida había sido irlandés, pero que ya no era ni irlandés ni nada. Los antiguos reservados habían desaparecido para dar paso a varios sofás majestuosos, sillones de orejas y butacas, todos de diferentes épocas, tapizados con estampados chocantes y diseminados por el bar, como un decorado teatral recién desmantelado. Un papel estampado lila forraba la campana de la chimenea, y varios animales mal disecados en mitad de un salto o agazapados en las vitrinas acechaban nuestro reencuentro con sus ojos bizcos de vidrio desde las estanterías altas. Aparté la mirada de una ardilla petrificada para recibir a Tracey, que volvía de la barra con una copa de vino blanco en cada mano y cara de asco.

—¿Siete libras? ¿Qué clase de timo es éste?

—Podemos ir a otro sitio.

Arrugó la nariz.

—No. Eso es lo que quieren. Nosotras nacimos aquí. Bebe despacio.

Nunca podíamos beber despacio. Seguimos tomando copas, con la tarjeta de crédito de Tracey, partiéndonos de risa (me reí con más ganas que en los tres últimos años enteros en la universidad) al recordar las zapatillas amarillas de la señorita Isabel, el hoyo de arcilla de mi madre, *La historia del baile*, pasando por todo, incluso cosas de las que nunca había creído que seríamos capaces de reírnos juntas. Louie bailando con Michael Jackson, mis fantasías con el Royal Ballet. Me envalentoné y le pregunté por su padre.

Dejó de reírse.

—Por ahí anda. Tiene un puñado de hijos «fuera de casa», según he oído...

Su cara, siempre expresiva, adoptó un aire meditabundo y luego aquella gelidez absoluta que tan bien recordaba de cuando éramos niñas. Pensé en contarle lo que había visto, años antes, en Kentish Town, pero aquella frialdad atajó la frase en mis labios.

—¿Qué hay de tu viejo? Hace tiempo que no lo veo.

—Lo creas o no, me temo que aún sigue enamorado de mi madre.

—Qué bonito —dijo, pero la expresión de su cara no cambió. Miraba más allá de mí, hacia la ardilla—. Qué bonito —repitió.

Me di cuenta de que habíamos llegado al final de los recuerdos, de que era el momento de aventurarnos en el presente. Intuí con qué facilidad las novedades de Tracey superarían lo poco que yo podía ofrecer. Y así fue: le habían dado un papel en un musical. Era una reposición de uno de nuestros espectáculos favoritos, *Ellos y ellas*, y Tracey interpretaba a la «Chica Número Uno del Hot Box», que en mi recuerdo no era un papel muy destacado (en la película no tenía nombre propio y sólo decía cuatro o cinco frases), pero de todos modos estaba muy presente, cantando y bailando en el club Hot Box, o acompañando a Adelaide, de quien se supone que es muy amiga. Tracey bailaría *Take Back Your Mink* (una canción que hacíamos de pequeñas, con un par de boas de plumas raídas) y llevaría corsés de blonda y vestidos de raso auténtico, y tendría que arreglarse el pelo y alisárselo.

—Ahora estamos metidos de lleno en los ensayos con vestuario. Me pasan la plancha todas las noches, me está matando.

Se tocó el nacimiento del pelo, y debajo de la cera que llevaba para alisarlo vi que en efecto ya lo tenía quemado y con clapas.

Se había acabado el pavoneo. Me pareció que se quedaba vulnerable y a la defensiva, y tuve la impresión de no haber reaccionado precisamente como ella hubiera querido. Quizá Tracey había imaginado que una licenciada universitaria de veintiún años se caería al suelo de emoción al oír la noticia. Se acabó la copa de vino de un trago, y por fin me preguntó cómo me iba la vida. Respiré hondo y repetí lo mismo que le contaba a mi madre: era un apaño, mientras se presentaban otras oportunidades, de momento vivía en casa de mi padre, los alquileres eran caros, ninguna relación, pero es que las relaciones son tan complicadas, ahora mismo era lo que menos necesitaba, y quería tiempo para trabajar por mi cuenta...

—Vale, vale, vale, pero no puedes seguir trabajando en una pizzería de mierda, ¿no? Necesitas un plan.

Asentí en silencio y esperé. Me invadió un gran alivio, familiar, aunque hacía tiempo que no lo sentía, y que relacionaba con que Tracey me llevara de la mano, con no tener que tomar decisiones y dejar las cosas a merced de su voluntad, sus intenciones. ¿Acaso

Tracey no había sabido siempre a qué teníamos que jugar, qué historias contar, qué ritmo elegir, con qué movimiento bailarlo?

—Mira, ya sé que eres mayorcita —dijo, con complicidad, recostándose en la silla, con los pies en puntas debajo, creando una bella línea vertical hasta las rodillas—. No es cosa mía. Pero si necesitas algo, ahora mismo están buscando tramoyistas. Podrías probar. Yo podría recomendarte. Son sólo cuatro meses, pero menos da una piedra.

—No sé nada sobre teatro. No tengo experiencia.

—Ay, chica... —dijo Tracey, negando con la cabeza y levantándose a por otra ronda—. ¡Pues miente!

6

Supuse que mi interrogatorio a Lamin había llegado a oídos de Aimee, porque el día que me marchaba del hotel Coco Ocean me llamaron de recepción para decirme que tenían un mensaje para mí, y dentro del sobre blanco había una nota: «El jet no está disponible. Tendrás que venir en vuelo comercial. Guarda las facturas. Judy.»

Me estaban castigando. Al principio me hizo gracia que para Aimee la idea de castigo fuese viajar en aviones comerciales, pero cuando llegué al aeropuerto me sorprendió comprobar cuántas cosas había olvidado: la espera, las colas, el sometimiento a instrucciones irracionales. Todo, la presencia de tanta gente, la brusquedad del personal, incluso la hora inmutable del vuelo en las pantallas de la sala de espera, acabó por parecerme una afrenta. Me tocó sentarme al lado de dos camioneros de Huddersfield, ambos sesentones, que viajaban juntos. Les encantaba aquello, iban «todos los años», si se lo podían permitir. Después de comer empezaron con unas botellitas de Baileys mientras puntuaban a sus «chicas» y las comparaban. Los dos llevaban alianza, medio incrustada en sus dedos rollizos y peludos. Como ya me había puesto los auriculares, probablemente pensaron que no los oía.

—La mía me dijo que tenía veinte, pero su primo, que es camarero allí, también, me dijo que tiene diecisiete. Aunque sabe mucho para la edad que tiene...

Uno tenía un goterón reseco de yema de huevo en la pechera de la camiseta. Su amigo tenía los dientes amarillos y piorrea.

Todos los años les daban siete días de vacaciones. El de los dientes amarillos había doblado el turno durante tres meses sólo para poder pagarse ese fin de semana largo con su chica en Banjul. Me asaltaron fantasías asesinas en las que blandía mi cuchillo serrado de plástico y les rebanaba la garganta, pero cuanto más los escuchaba, más triste me parecía todo.

—Le dije, ¿no quieres venir a Inglaterra? Y ella básicamente me dice: «Ni loca, cariño.» Quiere que nos hagamos una casa en Wassu, donde coño esté eso. No son tontas, estas chicas, no. Realistas. Una libra aquí se estira que da gusto. Es como mi parienta, lloriqueando que quiere ir a España. Le dije: «Vives en el pasado, cariño. ¿Tú sabes cuánto cuesta todo en España hoy en día?»

Una clase de debilidad nutriéndose de otra.

A los pocos días ya estaba de vuelta en el trabajo. Seguía esperando una reunión formal o que me pidieran un informe, pero era como si mi visita ni siquiera hubiera existido. Nadie mencionó mi viaje y, aunque eso no me pareció tan inhabitual porque había muchas otras cosas en marcha a la vez (nuevo álbum, nueva gira), me di cuenta de que Judy y Aimee, con la sutileza de quienes saben avasallar, procuraban dejarme al margen de todas las decisiones importantes, logrando al mismo tiempo que nada de lo que dijeran o hiciesen pudiera interpretarse explícitamente como un castigo o una revancha. Estábamos preparándonos para el traslado a Nueva York de cada otoño, una época en la que Aimee y yo apenas solíamos despegarnos. Sin embargo, ahora casi no la veía, y me pasé dos semanas haciendo el trabajo bruto más propio de una asistenta doméstica. Al teléfono con las empresas de transporte. Clasificando zapatos. Acompañando a los niños a la clase de yoga. Un sábado por la mañana acorralé a Judy para hablar de ello. Aimee estaba en el sótano, entrenando, los niños estaban viendo su hora semanal de televisión. Peiné la casa y encontré a Judy sentada en la biblioteca, pintándose las uñas de los pies de un fucsia horrendo sobre el tapete del escritorio, con una cuña de espuma blanca entre dedo y dedo. No levantó la vista hasta que acabé de hablar.

—Bueno, detesto tener que decírtelo, corazón, pero a Aimee no le importa una puta mierda lo que pienses de su vida privada.

—Intento velar por sus intereses. Ése es mi trabajo, como amiga.

—No, corazón, te equivocas. Tu trabajo es ser su ayudante personal.

—Llevo aquí nueve años.

—Y yo llevo veintinueve. —Bajó los pies al suelo y los colocó en una caja negra que despedía un resplandor púrpura—. He visto ir y venir a muchas ayudantes. Pero te juro que a ninguna tan ilusa como tú.

—¿Acaso no es verdad? ¿Acaso Aimee no está intentando conseguirle un visado?

—No pienso hablar de eso contigo.

—Judy, hoy me he pasado el día trabajando para el perro. Soy licenciada. No me digas que no me estáis castigando.

Judy se echó atrás el flequillo con ambas manos.

—En primer lugar, déjate de melodramas baratos. Lo que estás haciendo es trabajar. Aunque te cueste entenderlo, pava, tu trabajo no es ni ha sido nunca el de «mejor amiga». Eres su ayudante personal. Como siempre. Pero últimamente parece que lo hayas olvidado, y ya era hora de que te lo recordaran. Así que ésa es la primera cuestión. Número dos: si ella quiere traerlo aquí, si quiere casarse con él, o bailar con él en lo alto del puto Big Ben, eso no es asunto tuyo. Se te ha ido la mano. —Judy suspiró y se miró los dedos de los pies—. Y lo más gracioso es que ella ni siquiera está mosqueada contigo por el chico. Ni siquiera es por el maldito chico.

—Entonces, ¿qué?

—¿Has hablado con tu madre últimamente?

Me sonrojé. ¿Cuánto tiempo hacía? ¿Un mes? ¿Dos? El Parlamento estaba en sesión, ella estaba ocupada, y si quería sabía dónde encontrarme. Repasé mentalmente esas justificaciones antes de que se me ocurriera pensar por qué Judy se interesaba.

—Bueno, pues a lo mejor deberías. Ahora mismo nos está complicando la vida, y la verdad es que no me explico por qué. Estaría bien que lo averiguaras.

—¿Mi madre?

—A ver, hay un millón de asuntos en este pequeño estercolero en forma de isla que llamáis país, un millón, literalmente. ¿Y ella quiere hablar de «las dictaduras en África Occidental»? —dijo Judy, entrecomillando con los dedos—. La complicidad británica con las dictaduras en África Occidental. Sale por la tele, escribe artículos de opinión, se levanta en el maldito turno de preguntas de las sesiones de ministros a la hora del té o como demonios lo llaméis. Se le ha metido entre ceja y ceja. Estupendo, pero eso no es problema mío: qué hace el DFID, qué hace el FMI... esas cosas están fuera de mi ámbito. Aimee, en cambio, sí es mi ámbito, y el tuyo. Trabajamos conjuntamente con ese presidente majadero, y si le preguntas a tu querido Fern te dirá que ahora mismo estamos en la cuerda floja. Créeme, corazón, si su Excelentísimo y Todopoderoso Rey de Reyes no nos quiere en su país, nos echan en dos patadas. La escuela se va al carajo, todos a tomar por culo. Vamos a ver, sé que eres licenciada. Me lo has dicho muchas, muchas veces. ¿Te licenciaste en Desarrollo Internacional? No, no lo creo. Y estoy segura de que la bocazas de tu madre en su escaño de la última fila probablemente también crea que está ayudando, bien lo sabe Dios, pero ¿sabes qué está haciendo en realidad? Perjudica a la gente a la que afirma querer ayudar, y fastidia a los que intentamos que algo cambie ahí fuera. Muerde la mano que da de comer. Parece cosa de familia.

Me senté en la *chaise longue*.

—Por Dios, ¿es que no lees nunca los periódicos? —preguntó Judy.

Tres días después de esa conversación volamos a Nueva York. Dejé recados a mi madre, le mandé mensajes por teléfono y por correo electrónico, pero no me llamó hasta el final de la semana siguiente, y, con ese extraordinario don de la oportunidad que tienen las madres, se decidió por las dos y media de la tarde de un domingo, justo cuando el pastel de Jay salía de la cocina mientras caían serpentinas del techo de la Sala Arcoíris y doscientos invitados cantaban el *Cumpleaños feliz* acompañados de los violinistas de la sección de cuerdas de la Filarmónica de Nueva York.

—¿Qué es todo ese jaleo? ¿Dónde estás?

Abrí las puertas correderas y salí a la terraza.

—Es el cumpleaños de Jay. Cumple nueve años. Estoy en la azotea del Rockefeller Center.

—Mira, no quiero discutir contigo por teléfono —dijo mi madre, aunque sonaba a que tenía muchas ganas de discutir por teléfono—. He leído tus correos y entiendo tu postura. Pero espero que comprendas que yo no trabajo para esa mujer. Ni para ti, de hecho. Trabajo para el pueblo británico, y si he cultivado un interés por esa región, si me he involucrado cada vez más...

—Sí, pero mamá, ¿no puedes involucrarte cada vez más en otra cosa?

—¿Es que no te importa quiénes son vuestros socios en ese proyecto? Te conozco, cariño, y sé que no eres una mercenaria, sé que tienes ideales... Yo te he criado, por el amor de Dios, y lo sé. Me he metido muy a fondo en el tema, y Miriam también, y hemos llegado a la conclusión de que en este momento la cuestión de los derechos humanos está llegando a extremos intolerables. Ojalá no fuera así, no sabes cuánto me gustaría, por ti, pero ahí está. Cariño, no te haces una idea...

—Mamá, perdona. Ya te llamaré. Tengo que colgar.

Fern, con un traje fachoso, sin duda alquilado, con los pantalones demasiado cortos, se acercaba saludándome como un bobo, y creo que hasta ese momento no me había dado cuenta de hasta qué punto me estaban ninguneando. Me pareció una figura pegada en la fotografía equivocada, en el momento equivocado. Sonrió, descorrió las puertas, inclinando la cabeza hacia un lado como un fox terrier.

—Caramba, estás preciosa.

—¿Por qué no me han avisado de que venías? ¿Por qué no me lo habías dicho?

Se pasó la mano por los rizos medio domados con gomina barata, y pareció apocado, un colegial sorprendido en plena travesura.

—Bueno, era un asunto confidencial. Es absurdo, pero de todos modos no podía contártelo, lo siento. Querían discreción.

Miré hacia donde señalaba y vi a Lamin. Estaba sentado a la mesa central con un traje blanco, como el novio en una boda, entre Judy y Aimee.

—Joder.

—No, no creo que fuera cosa de él. A menos que trabaje para Asuntos Exteriores. —Fern dio un paso hacia delante y puso las manos en la pared de vidrio que bordeaba la terraza—. Pero ¡qué vista!

La ciudad se extendía ante nosotros. Sin embargo, me coloqué de espaldas a ella para observar a Fern, para comprobar que era real, y luego me fijé en Lamin, que aceptaba un trozo de pastel de un camarero al pasar. Intenté buscar una explicación al pánico que me recorría. Iba más allá de que me hubieran ocultado todo, era un rechazo a mi propia manera de ordenar la realidad. Porque en ese momento, como quizá ocurre cuando eres joven, me creía el centro del mundo, me consideraba la única persona que era libre de verdad. Me movía de aquí para allá, tomando la vida tal como se me presentaba, mientras que el resto de la gente que aparecía en esos escenarios, todos los personajes secundarios, pertenecían sólo a los compartimentos donde los había situado a mi voluntad: Fern, eternamente en la casa ocre; Lamin, confinado a los caminos polvorientos de la aldea. ¿Qué hacían aquí ahora, en mi Nueva York? No sabía cómo hablar con ninguno de los dos en la Sala Arcoíris, no estaba segura de cómo relacionarme con ellos en ese contexto, o si yo estaba en deuda o ellos lo estaban conmigo. Traté de imaginar cómo se sentiría Lamin en ese momento, por fin al otro lado de la matriz, y si contaba con alguien que lo guiara por ese desconcertante nuevo mundo, alguien que le explicara las obscenas sumas de dinero que se habían gastado allí en caprichos como globos de helio y panecillos negros con tinta de calamar y cuatrocientas peonías. Pero era Aimee quien estaba a su lado, no yo, y ella no se preocupaba por esas cosas, me percaté incluso de lejos, ése era su mundo y a Lamin sencillamente se lo había invitado a entrar, igual que podría haber invitado a cualquiera, como un privilegio y un regalo, del mismo modo que las reinas de antaño ofrecían su auspicio con total naturalidad. A ella todo le parecía obra del destino, estaba escrito, y por tanto esencialmente simple. En el fondo, para eso nos pagaban a Judy, a Fern, a mí y a todos los demás: para simplificarle la vida. Vadeábamos las zarzas y la maleza con tal de que ella se deslizara sin esfuerzo por la superficie.

—De todos modos, me hacía ilusión venir. Tenía ganas de verte.

Fern me rozó el hombro derecho con la mano, y en ese momento creí que me sacudía unas motas de polvo, tenía la cabeza en otra parte, fijada todavía en esa imagen de mí misma atrapada en las zarzas mientras Aimee flotaba serenamente por encima de mi cabeza. Entonces me puso la otra mano en el otro hombro, pero seguí sin comprender. Como el resto de los invitados de la fiesta, salvo quizá el propio Fern, me resultaba imposible dejar de mirar a Lamin y Aimee.

—Dios mío, ¡mira eso!

Fern miró un instante hacia donde le señalaba y alcanzó a ver a Lamin y Aimee dándose un beso fugaz. Asintió.

—¡Ah, así que ya no se esconden!

—Cielo santo. ¿Va a casarse con él? ¿Va a adoptarlo?

—¿A quién le importa? No quiero hablar de ella.

De pronto Fern me agarró de las manos, y al volverme me di cuenta de que me miraba con una intensidad cómica.

—Fern, ¿qué haces?

—Te haces la cínica —seguía escrutándome mientras yo me esforzaba por rehuir su mirada—, pero me parece que sólo estás asustada.

Con su acento, la frase sonó como las telenovelas mexicanas que solíamos ver con la mitad de la aldea, los viernes por la tarde, en la sala de audiovisuales de la escuela. No pude evitarlo: me eché a reír. Sus cejas se unieron en una línea triste.

—Por favor, no te burles de mí. —Se miró, y yo también lo miré: creo que era la primera vez que lo veía sin sus bermudas de explorador—. La verdad es que no sé cómo viste la gente en Nueva York.

Me solté.

—Fern, no sé qué te propones. En realidad no me conoces.

—Bueno, es difícil conocerte bien. Pero quiero conocerte. Eso es estar enamorado. Querer conocer mejor a alguien.

Me pareció una situación tan violenta que creí que en ese momento Fern desaparecería, igual que en las telenovelas cortan esas escenas y dan paso a los anuncios, porque de lo contrario no sabía cómo íbamos a superar los dos minutos siguientes. No se movió. Más bien cogió al vuelo dos flautas de champán de la bandeja de un camarero y se tomó la suya de un trago.

—¿No tienes nada que decir? ¡Te estoy ofreciendo mi corazón!

—Dios mío, Fern, ¡por favor! ¡Deja de hablar así! ¡No quiero tu corazón! ¡No quiero ser responsable del corazón de nadie! ¡De nada de nadie!

Parecía confundido.

—Una idea peculiar. Desde que vienes al mundo, eres responsable.

—De mí misma. —Entonces fui yo quien se tomó la copa entera—. Sólo quiero ser responsable de mí misma.

—A veces en esta vida hay que arriesgar por alguien. Mira a Aimee.

—¿Que mire a Aimee?

—¿Por qué no? Es digna de admiración. No se avergüenza. Ama a ese muchacho. Lo más seguro es que le traiga muchos problemas.

—Querrás decir a nosotros. Que nos traiga muchos problemas a nosotros.

—Porque a ella no le importa lo que piensen los demás.

—Eso es porque, como de costumbre, no tiene ni idea de dónde se está metiendo. Todo esto es un despropósito.

Acaramelados, miraban al mago, un caballero encantador con traje de sastrería y pajarita que también había actuado cuando Jay cumplió ocho años. Estaba haciendo el truco de los aros chinos. La luz inundaba la Sala Arcoíris y los aros se entrecruzaban unos con otros a pesar de su aparente solidez. Lamin parecía embelesado; todo el mundo, a decir verdad. Alcancé a oír, de fondo, música sacra oriental, y comprendí, en abstracto, que debía de ser parte del hechizo. Veía lo que todo el mundo sentía, pero yo no estaba con ellos y no lo sentía.

—¿Estás celosa?

—Ojalá pudiera engañarme a mí misma igual que Aimee. Estoy celosa de cualquiera que viva tan ajeno a la realidad. Un poco de ignorancia nunca la ha detenido. Nada la detiene.

Fern apuró su copa y la dejó torpemente en el suelo.

—No debería haberte dicho nada. Creo que he malinterpretado la situación.

Su lenguaje amoroso me había parecido muy cándido, pero cuando retomó su habitual registro administrativo sentí lástima. Dio media vuelta y volvió adentro. El mago acabó. Vi que Aimee se levantaba y se acercaba al pequeño escenario circular. Llamó a Jay, o por lo menos el niño llegó a su lado, y luego Kara, y luego Lamin. Todos los invitados los rodearon con adoración en una media luna. Al parecer era la única que permanecía todavía fuera, viendo la escena de lejos. Aimee, rodeando a Jay y Kara con un brazo, levantó con el otro la mano izquierda de Lamin en un gesto triunfal. Todos aplaudieron y vitorearon, un rugido ahogado a través del doble vidrio. Ella mantuvo la posición: la sala se inundó con los flashes de las cámaras. Desde mi perspectiva, la pose fundía varios períodos de su vida en uno: madre y amante, hermana mayor, mejor amiga, superestrella y diplomática, multimillonaria y chica de la calle, joven alocada y mujer de enjundia. Pero ¿por qué ella debía conseguirlo todo, tenerlo todo, hacerlo todo, serlo todo, en todas partes, en todo momento?

7

Lo que recuerdo más vívidamente es el calor de su cuerpo cuando salía corriendo del escenario para lanzarse en mis brazos, entre bastidores, donde la esperaba con una falda de tubo a punto para sustituir el vestido de raso, o con una cola negra de gata para prendérsela detrás —una vez se quitaba la falda de tubo sacudiendo las rodillas—, y pañuelos limpios para secarle las gotitas de sudor que siempre afloraban en su nariz pecosa. Desde luego había muchos otros «ellos y ellas» a los que me encargaba de dar pistolas o bastones, o de arreglarles la aguja de la corbata, enderezarles una costura y ponerles un broche así o asá, pero a quien recuerdo es a Tracey, que me agarraba del codo para mantener el equilibrio mientras se enfundaba a toda prisa un pantalón pirata turquesa y yo le subía la cremallera del costado cuidando de no pellizcarle la piel, antes de arrodillarme a abrochar las hebillas de sus zapatos blancos para el número de claqué. Durante esos rápidos cambios de vestuario, Tracey siempre estaba seria y callada. Nunca se reía tontamente ni hacía aspavientos, como las otras Chicas del Hot Box, ni dudaba de sí misma o necesitaba palabras tranquilizadoras, como pronto supe que era típico de las coristas, pero ajeno a la personalidad de Tracey. Mientras la vestía o la desvestía, ella seguía enfrascada en lo que ocurría en el escenario. Si podía ver un número, lo veía. Si no le quedaba más remedio que ir a un camerino y escucharlo por los monitores, estaba tan absorta que era imposible entablar conversación con ella. Daba igual cuántas veces lo hubiera visto, no se cansaba nunca, siempre estaba impaciente por volver a zambullirse en el espectáculo. Cualquier cosa fuera del escenario la aburría: la vida real para ella transcurría allí arriba, en esa historia de ficción, bajo los focos. A mí eso me confundía, quizá porque era la única que sabía que Tracey estaba liada en secreto con uno de los protagonistas del musical, un hombre casado que interpretaba a Arvide Abernathy, el afable señor maduro que lleva el bombo en la banda del Ejército de Salvación. No hacía falta que le pintaran canas con espray, prácticamente triplicaba a Tracey en edad y ya tenía muchas, un pelo a lo afro veteado que contribuía a darle ese aire que los críticos teatrales suelen denominar «distinguido». En la vida real era de Kenia, donde se había criado antes de ingresar en la Royal Academy of Dramatic Arts y seguidamente pasar una temporada en la Royal Shakespeare Company: declamaba con una voz shakespeariana muy engolada, de la que muchos se burlaban a sus espaldas, pero que a mí me gustaba, sobre todo en el escenario, pues era un derroche de suntuosidad, terciopelo verbal. Vivían un romance contenido en pequeños paréntesis, sin libertad para expandirse. En la función apenas coincidían juntos en ninguna escena —sus personajes procedían de dos mundos distintos, una casa de oración y un antro de perdición—, mientras que fuera del escenario todo era clandestino y agobiante. En cualquier caso asumí gustosamente el papel de intermediaria, buscando camerinos vacíos, haciendo guardia, encubriéndolos cuando había que mentir... Me permitía matar el tiempo con algo concreto, en lugar de pasarme las noches pensando qué demonios pintaba yo allí.

Además me resultaba interesante observar el curioso equilibrio de su romance. Se notaba que el pobre hombre estaba enamorado hasta los huesos de Tracey, a pesar de que ella no se mostraba nunca muy cariñosa con él, hasta donde yo veía, y a menudo oía que lo llamaba «viejo bobo», o se mofaba de su esposa blanca, o hacía bromas crueles sobre su libido en horas bajas. Una vez los interrumpí sin querer al entrar en un camerino, y presencié una escena singular: él estaba de rodillas en el suelo, completamente vestido pero con la cabeza agachada y llorando sin tapujos, mientras que ella permanecía sentada en un taburete, dándole la espalda, de cara al espejo, pintándose los labios.

—Basta, por favor —la oí decir mientras cerraba la puerta de golpe—. Y ponte de pie. Levántate de una puta vez...

Luego me contó que él le había propuesto dejar a su mujer. Lo que más me extrañaba de la ambigüedad con que Tracey lo trataba era cómo subvertía las jerarquías del mundillo del teatro en el que ella se movía, donde cada miembro de la producción tenía un valor concreto y un poder equivalente, y todas las relaciones se ceñían estrictamente a ese esquema. Desde un punto de vista social, práctico, sexual, una actriz estrella valía como veinte coristas, por ejemplo, y la Chica Número Uno del Hot Box valía más o menos como tres coristas y todas las suplentes, mientras que cualquier actor varón con texto equivalía a todas las mujeres en escena juntas —salvo quizá la actriz principal— y un actor protagonista podía acuñar su propia moneda, cuando entraba en una sala todo se reordenaba a su alrededor, cuando elegía a una corista ella se sometía de inmediato, cuando sugería un cambio el director se erguía en la butaca y escuchaba. Era un sistema tan firme que permanecía inmutable a otra clase de revoluciones. Los directores habían empezado, por ejemplo, a transgredir las viejas fronteras de clase y de raza al asignar papeles —había más de un rey Enrique negro y Ricardos III con acento barriobajero, y Arvide Abernathys keniatas que declamaban igual que Laurence Olivier—, pero las eternas jerarquías sobre el escenario seguían tan férreas como siempre. En mi primera semana, perdida entre bastidores y sin acertar a encontrar el armario de utilería, le pedí indicaciones a una bonita chica india vestida con un corsé que pasaba corriendo a mi lado.

—A mí no me preguntes —dijo sin detenerse—, yo no soy nadie...

La aventura de Tracey me parecía una forma de venganza contra todo eso: como ver a un gato doméstico capturar a un león, domarlo, tratarlo como a un perro.

Yo era la única con quien los dos amantes podían alternar fuera de horas. No podían ir al Coach and Horses con el resto de la troupe, pero tenían las mismas ganas de ahogar en alcohol el subidón de adrenalina después de la función, así que iban al Colony Room, un club privado que no frecuentaba ninguno de sus compañeros, pero del que él era socio desde hacía años. A menudo me invitaban a ir con ellos. Allí todo el mundo lo apodaba «Chalky», y sabían que tomaba whisky con ginger ale, y la copa siempre estaba en la barra esperándolo cuando aparecía puntualmente a las once menos cuarto. Eso le encantaba, igual que el absurdo mote que lo tildaba de blancuzco, porque era una costumbre inglesa pomposa poner motes absurdos, y él se chiflaba por todo lo que fuera pomposo e inglés. Me fijé en que casi nunca hablaba de Kenia o África. Una noche intenté sondearlo un poco, pero se puso irritable.

—Mirad, chavalas, los que crecéis aquí pensáis que de donde yo vengo todo son niños famélicos y Live Aid, o a saber qué demonios. Bueno, pues mi padre era profesor de economía, mi madre es ministra del gobierno, crecí en una aldea preciosa, afortunadamente, con sirvientes, cocinera, jardinero...

Siguió así un rato y luego volvió a su tema favorito, los días de gloria del Soho. Me sentí avergonzada, pero también de que me hubiera malinterpretado adrede: claro que sabía que ese mundo existía, que esa clase de mundo existe en todas partes. Mi pregunta no iba por ahí.

En realidad su patria era el propio Colony Room, y se empeñaba en traducir su apego por ese lugar a dos chicas que apenas habían oído hablar de Francis Bacon y sólo veían un local estrecho, manchado de humo, las paredes verdes desvaídas y el delirante batiburrillo —«mierda artística», lo llamaba Tracey— que ocupaba todas y cada una de las superficies. A Tracey le gustaba alardear de su ignorancia para fastidiar a su amante, pero aunque procuraba disimular, sospecho que a menudo le interesaban sus largas digresiones etílicas sobre artistas, actores y escritores a los que había conocido, su vida y sus obras, con quién se acostaban y qué bebían o tomaban y cómo habían muerto. Cuando Chalky iba al lavabo o a comprar cigarrillos, a veces yo la sorprendía absorta contemplando uno u otro cuadro, siguiendo el movimiento, imaginaba, del pincel, mirando atentamente, con la intensidad que ponía en todo. Y cuando Chalky volvía tambaleándose y retomaba la historia, aunque Tracey fingía exasperarse me daba cuenta de que escuchaba. Chalky había conocido a Bacon de refilón, lo suficiente para tomarse una copa juntos, y habían tenido un buen amigo en común, un joven actor que se llamaba Paul, un hombre «de gran belleza, gran carisma personal», hijo de ghaneses, que había vivido con su novio y con Bacon, una temporada, en un triángulo platónico, en Battersea.

—Y lo que tenéis que entender —dijo Chalky (después de varios whiskis siempre había cosas que teníamos que entender)—, lo que tenéis que entender es que aquí, en el Soho, en esa época, no había blancos y negros. Nada tan banal. No era como en Brixton, no, aquí éramos hermanos, en el arte, en el amor —estrechó a Tracey con fuerza—, en todo. Entonces, cuando Paul consiguió aquel papel en *Un sabor a miel*, vinimos aquí a celebrarlo, y todo el mundo hablaba de la obra, y sentíamos que éramos el meollo de toda la historia, la efervescencia de Londres en los sesenta, del Londres bohemio, el Londres literario, el Londres teatral, y que éste era nuestro país, también. ¡Era maravilloso! Os digo, si Londres empezara y acabara en Dean Street, todo sería... felicidad.

Tracey se escurrió de su regazo y volvió a su taburete.

—Eres un puto borracho —murmuró.

El camarero, que oyó lo que había dicho, se rió y dijo:

—Me temo que aquí eso es requisito de admisión, encanto...

Chalky se volvió hacia Tracey y la besó efusivamente.

—«Ven, ven, avispilla; a fe mía, qué airada estás.»

—¡Mira lo que tengo que aguantar! —gritó Tracey, zafándose.

Chalky tenía debilidad por las baladas shakespearianas lúgubres, y Tracey se subía por las paredes verdes, en parte celosa de su hermosa voz, pero también porque cuando Chalky empezaba a cantar sobre sauces e infieles arpías era una señal certera de que pronto habría que sacarlo a cuestas por aquella escalera empinada y combada, montarlo en un taxi y mandarlo de vuelta con su esposa blanca, la carrera pagada de antemano con el dinero que Tracey le sacaba de la cartera, por norma un poco más del estrictamente necesario. Pero era pragmática, sólo daba la noche por finalizada cuando había aprendido algo. Creo que intentaba recuperar lo que había perdido y yo había ganado en los últimos tres años: una educación gratuita.

El musical cosechó muy buenas críticas, y en noviembre, una noche, cinco minutos antes de que se levantara el telón, nos reunieron a todos entre bambalinas y los productores nos informaron de que la temporada se alargaría después de Navidad, la fecha prevista en un principio, hasta primavera. Los actores estaban encantados, y esa noche trasladaron su alegría a escena. Me quedé entre bastidores, contenta por ellos, también, pero aún más por la buena noticia que estaba saboreando antes de contársela a la gente de dirección y a Tracey. Por fin una de mis solicitudes de trabajo había llegado a buen puerto: un puesto de asistente de producción, una pasantía remunerada, en la versión británica de YTV, que acababa de iniciar su andadura. La semana anterior me había presentado a una entrevista, había congeniado con el entrevistador, que me dijo, quizá en un gesto no muy profesional dada la cola de chicas que esperaban fuera, que el trabajo era mío. Cobraría sólo mil trescientas libras, pero si me quedaba en casa de mi padre sería más que suficiente. Me hacía ilusión contárselo a Tracey, pero no me decidía, ni ahondaba realmente en el porqué de mi indecisión. Las Chicas del Hot Box pasaron como un relámpago a mi lado, recién maquilladas, y salieron a escena, vestidas de gatas, con Adelaide al frente en el centro y la Chica Número Uno del Hot Box justo a su izquierda. Hinchaban el pecho provocativamente, se lamían las zarpas, se agarraban la cola —yo misma le había prendido a Tracey la suya hacía diez minutos— agazapadas como cachorros a punto de saltar, y empezaban a cantar sobre «abuelitos» perversos que te estrujan demasiado fuerte y te dan ganas de largarte, y de otros, desconocidos cariñosos, que te hacen sentir en casa... Era siempre un número genial, pero esa noche causó verdadera sensación. Desde donde estaba alcancé a ver perfectamente la lujuria que brillaba sin disimulo en los ojos de los hombres de la primera fila, y me di cuenta de que muchas de las miradas estaban fijas en Tracey cuando lo normal habría sido que lo estuviesen en la mujer que hacía de Adelaide. Todas las demás quedaban eclipsadas por las tersas piernas de Tracey con aquellas medias, la pura vitalidad de sus movimientos, realmente felinos, con una feminidad que yo envidiaba y que jamás podría recrear con mi cuerpo por muchas colas que me pusiera. Había trece mujeres bailando en ese número, pero los movimientos de Tracey eran los únicos que importaban, y cuando abandonó el escenario corriendo con el resto y le dije que había bailado de maravilla, no lo cuestionó ni me pidió que le repitiera el elogio, sólo dijo, «Sí, lo sé», se agachó, se desnudó y me dio las medias enredadas.

Esa noche la troupe celebró la noticia en el Coach and Horses. Tracey y Chalky se sumaron, y yo también, pero acostumbrados como estábamos a la intensidad ebria e íntima del Colony Room (así como a estar sentados, y a oírnos hablar), al cabo de diez minutos de pie, gritando a voces y sin conseguir que nos sirvieran, Tracey quiso marcharse. Pensé que se refería al Colony Room, con su amante, como de costumbre, para poder emborracharse juntos y acabar otra vez a vueltas con su situación imposible: Chalky quería contárselo a su mujer, Tracey se negaba en redondo, y además estaba la complicación de los hijos (que rondaban nuestra edad) y la posibilidad, que Chalky temía, pero que a mí me parecía improbable, de que la prensa se enterara y montara una especie de escándalo. Sin embargo, cuando él fue al baño, Tracey me sacó fuera y dijo:

—Esta noche no quiero tirármelo. —Recuerdo ese «tirármelo»—. Vamos a tu casa y nos fumamos unos canutos.

Eran alrededor de las once y media cuando llegamos a Kilburn. Tracey había liado uno en el tren y nos lo íbamos fumando calle abajo, recordando los tiempos en que hacíamos eso mismo por esa misma calle con veinte años, quince, trece, doce...

Mientras caminábamos le conté mis novedades. Sonaba muy glamuroso, YTV, tres letras de un mundo que nos fascinaba de adolescentes, y casi hasta me daba apuro mencionar la noticia, me sentía escandalosamente afortunada, como si fuera a salir en el canal y no a archivar el correo británico y preparar el clásico té británico. Tracey se detuvo y me quitó el porro.

—Pero no irás a marcharte ahora mismo, en plena temporada, ¿no?

Me encogí de hombros y confesé:

—El martes. ¿Estás muy cabreada conmigo?

No contestó. Caminamos en silencio un trecho y luego dijo:

—¿Y también piensas mudarte o qué?

De momento no. Había descubierto que me gustaba vivir con mi padre y estar cerca de mi madre sin necesidad de compartir el mismo espacio con ella. A mí misma me sorprendió darme cuenta de que no tenía ninguna prisa por marcharme. Y recuerdo cómo se lo recalqué a Tracey, que el barrio me encantaba, queriendo impresionarla, supongo, demostrar que mis pies seguían firmes en aquel suelo, y que a pesar de las vueltas de la fortuna, yo aún vivía con mi padre, igual que ella aún vivía con su madre. Me escuchó, sonrió con una mueca tensa, levantó la nariz y no soltó prenda. Cuando llegamos a casa de mi padre, me di cuenta de que no tenía la llave. A menudo la olvidaba, pero prefería no llamar al timbre por si ya dormía, sabiendo que tenía que madrugar, así que me colaba por la galería de la cocina, que normalmente estaba abierta. Como me estaba terminando el porro y no quería que mi padre me viera (hacía poco que nos habíamos prometido mutuamente que dejaríamos de fumar), mandé a Tracey. Volvió al cabo de un minuto y dijo que la cocina estaba cerrada con llave y que mejor fuéramos a su casa.

El día siguiente era sábado. Tracey se marchó temprano para la sesión matinal, pero yo no trabajaba los sábados. Volví a casa de mi padre y pasé la tarde con él. No vi la carta ese día, aunque quizá ya estaba en el felpudo. La encontré el domingo por la mañana: la habían metido por debajo de la puerta e iba a mi nombre, escrita a mano, tenía un rastro de comida en la esquina del folio, y creo que de hecho fue la última carta personal escrita a mano que recibí, porque a pesar de que Tracey no tenía ordenador todavía, la revolución estaba ocurriendo a nuestro alrededor y pronto mi única correspondencia en papel sería la de los bancos, los servicios o el gobierno, con una ventanita de plástico donde me advertían del contenido. Esa carta me llegó sin advertencia (hacía años que no veía la letra de Tracey) y la abrí mientras me sentaba a la mesa, enfrente de mi padre.

—Bueno, ¿y quién te ha escrito? —me preguntó, y hasta que leí varias líneas yo tampoco lo supe.

Al cabo de dos minutos, la única incógnita era si se trataba de realidad o ficción. Tenía que ser ficción: creer lo contrario implicaba hacerme la vida imposible a partir de entonces, así como destruir gran parte de mi vida anterior. Implicaba permitir que Tracey me colocara una bomba lapa y me hiciera saltar en pedazos. Volví a leerla, para cerciorarme de que la había entendido. Empezaba diciendo que era su deber, y un deber terrible, y que se había preguntado una y otra vez (con una falta de ortografía) qué debía hacer, hasta llegar a la conclusión de que no tenía más opción (otra falta de ortografía). Describió la noche del viernes igual que yo la recordaba: fuimos caminando por la calle hasta casa de mi padre, fumando un porro, hasta el punto en que ella se coló por la galería para entrar por la cocina, aunque no pudo. Aquí, sin embargo, la secuencia temporal se escindía, entre su realidad y la mía, o sus fantasías —decidí— y mis evidencias. Según su versión, dio la vuelta hasta el pequeño patio de grava, y entonces, como la cocina parecía cerrada con llave, dio un par de pasos a la izquierda y asomó la nariz por la ventana de atrás, la ventana del dormitorio de mi padre, donde yo dormía, y pegó las manos al vidrio para mirar adentro. Entonces vio a mi padre, desnudo, encima de algo, moviéndose arriba y abajo, y al principio pensó que era una mujer, lógicamente, y Tracey aseguraba que si hubiera sido una mujer nunca me lo habría mencionado, no era asunto suyo ni mío, pero la cuestión era que no era una mujer, ni mucho menos, era una muñeca hinchable, de tamaño natural, y de tez muy oscura —«parecía un Conguito»— con una mata de pelo sintético rizado como la lana de oveja y unos labios enormes muy rojos, rojos como la sangre.

—¿Estás bien, cariño? —preguntó mi padre, desde el otro lado de la mesa, mientras yo sostenía aquella carta irrisoria, trágica, absurda, demoledora y horrenda con una mano temblorosa. Le dije que estaba bien, me llevé la carta de Tracey al patio de atrás, saqué un mechero y le prendí fuego.

SÉPTIMA PARTE

Últimos días

1

No volví a ver a Tracey en ocho años. Fue una noche de mayo intempestivamente cálida, la noche que salí con Daniel Kramer, una primera cita. Kramer venía a la ciudad cada tres meses, y era uno de los favoritos de Aimee porque, al ser guapo, no se confundía del todo con el resto de los contables, asesores financieros y abogados de derechos de autor a los que solía recurrir, y por eso recordaba su nombre y le concedía cualidades como «buena onda» o un «humor neoyorquino», así como unos pocos detalles biográficos que había logrado retener. Nació en Queens. Estudió en Stuyvesant. Juega al tenis. Procurando que la cosa fuera lo más espontánea posible, le propuse a Daniel quedar en el Soho e «improvisar», pero Aimee quiso que pasáramos antes por su casa a tomar algo. No era nada común, esa clase de invitación casual, íntima, pero a Kramer no pareció sorprenderlo ni inquietarlo. En los veinte minutos que se nos concedieron, no dejó asomar ni rastro de la conducta típica de un «consumidor». Admiró las obras de arte, pero sin exagerar, escuchando cortésmente mientras Aimee repetía los mismos detalles que el marchante le había explicado al venderle las obras, y pronto estuvimos libres, de Aimee, de la suntuosidad opresiva de aquella casa, y nos escapamos por la escalera de atrás, los dos un poco achispados después de tomar champán del bueno, y salimos a Brompton Road, a una noche cálida y sofocante, bochornosa, que amenazaba tormenta. Kramer quería dar la larga caminata hasta el centro (teníamos el vago propósito de ver qué había en cartel en el Curzon), pero yo no era una turista y aquéllos eran mis años mozos de tacones imposibles. Me disponía a llamar un taxi cuando, por «diversión», él bajó del bordillo y le hizo una señal a un bicitaxi.

—Aimee colecciona mucho arte africano —dijo, mientras subíamos hacia los asientos estampados de leopardo; sólo pretendía dar conversación, pero, alerta a cualquier atisbo de un «consumidor», lo corté en seco.

—Bueno, la verdad es que no sé a qué te refieres con «arte africano».

Pareció sorprendido por el tono de mi respuesta, pero se las arregló para esbozar una sonrisa neutra. Él pendía del negocio de Aimee, y yo era una extensión de Aimee.

—La mayoría de las cosas que has visto —empecé, con un tono más propio de una sala de conferencias—, de hecho son obras de Augusta Savage. Muy Harlem. Vivía ahí cuando llegó a Nueva York. Aimee, quiero decir. Desde luego, es una gran aficionada al arte en general.

Kramer de pronto parecía aburrido. Yo misma me estaba aburriendo. No volvimos a cruzar palabra hasta que el triciclo llegó a la esquina de Shaftesbury Avenue con Greek Street. Cuando nos paramos junto a la acera quedamos sorprendidos por la presencia de un joven bangladesí, del que nos habíamos olvidado por completo hasta entonces, aunque sin duda nos había llevado hasta allí, y que en ese momento se volvió en su sillín, con la cara sudorosa, apenas capaz de explicar, entre jadeos, cuánto costaba aquella forma de desgaste humano por minuto. En el cine no había nada que nos apeteciera ver. Ligeramente tensos, con la ropa pegada al cuerpo por el calor, deambulamos hacia Piccadilly Circus, sin saber hacia qué bar nos dirigíamos, o si era mejor ir a cenar, los dos dando ya la noche por fracasada, mirando al frente y topándonos, cada pocos pasos, con los gigantescos carteles de los teatros. Fue frente a uno de ellos, un poco más adelante, cuando me detuve en seco. Una reposición del musical *Show Boat*, la imagen del «coro negro»: pañuelos en la cabeza, pantalones remangados, mandiles y sayas de faena, pero todo hecho con gusto, con esmero, «con autenticidad», sin rastros de la criada Mammy o del afable mayordomo negro que salía en los paquetes de arroz de la marca Uncle Ben. Y la chica que aparecía más cerca de la cámara, con la boca abierta en plena canción y un brazo en alto empuñando una escoba, la viva imagen de la alegría, era Tracey. Kramer se acercó por detrás a echar un vistazo. Señalé con el dedo la nariz respingona de Tracey, tal como la propia Tracey solía señalar la cara de un bailarín cuando pasaba por la pantalla de nuestros televisores.

—¡La conozco!

—¿Ah, sí?

—La conozco mucho.

Sacó un cigarrillo dando un golpe seco al paquete, lo encendió y miró el teatro de arriba abajo.

—Bueno, ¿quieres que entremos?

—Pero a ti no te gustan los musicales, ¿a que no? A nadie serio le gustan.

Se encogió de hombros.

—Estoy en Londres, es un espectáculo. Eso es lo que se supone que hay que hacer en Londres, ¿no? Ir a ver un espectáculo.

Me pasó el cigarrillo, empujó las recias puertas y fue hacia la taquilla. De pronto todo parecía muy romántico y fortuito y oportuno, y dentro de mi cabeza recreé una escena ridícula y pueril, de un futuro lejano en el que estaría explicándole a Tracey (entre los bastidores de algún teatro triste de provincias, mientras ella se subía unas medias de rejilla ajadas) que el momento exacto en que me di cuenta de que había conocido al amor de mi vida, el momento en que hallé la verdadera felicidad, fue el mismo instante en que la vi, por azar, en aquel pequeño papel que había interpretado, tiempo atrás, en el coro de *Show Boat*, hacía tantos y tantos años...

Kramer salió con dos entradas, asientos estupendos en segunda fila. En lugar de cena me compré una bolsa enorme de chocolatinas, un capricho que rara vez me daba, porque a Aimee esas cosas le parecían no sólo alimentos letales, sino una prueba clara de debilidad moral. Kramer compró vino tinto para los dos, malo y servido en vasos grandes de plástico, y el programa. Le eché un vistazo, pero no pude encontrar a Tracey. Su apellido no figuraba en la lista alfabética del elenco, y empecé a dudar si me habría traicionado la imaginación o si había sufrido una embarazosa confusión. Repasé las páginas del derecho y del revés, con sudor frío en la frente; supongo que parecía ida.

—¿Estás bien? —preguntó Kramer.

Había llegado otra vez casi al final del programa cuando él puso un dedo en una página para impedirme que la pasara.

—Pero ¿no es ésa tu chica?

Miré de nuevo: en efecto, era ella. Había cambiado el apellido corriente y bárbaro por el que yo la conocía desde siempre por un afrancesado, y a mi juicio absurdo, Le Roy. También se había adaptado el nombre: ahora era Tracee. Y en la fotografía aparecía con un pelo lacio y lustroso. Solté una carcajada.

Kramer me miró con curiosidad.

—¿Y sois buenas amigas?

—La conozco mucho. Aunque, bueno, hace ocho años que no la veo.

Kramer frunció el ceño.

—Vaya, en el mundo de los hombres eso lo llamaríamos un «ex amigo», o mejor aún: «un desconocido».

La orquesta empezó a tocar y me apresuré a leer la biografía de Tracey, analizándola furiosamente, en una carrera contrarreloj antes de que se apagaran las luces, como si las palabras visibles ocultaran otras, con un significado mucho más profundo que había que descifrar y revelaría algo esencial sobre Tracey y la clase de vida que llevaba ahora:

TRACEE LE ROY
CORO/BAILARINA DE DAHOMEY
Trayectoria teatral:
Ellos y Ellas (Teatro Wellington); *Desfile de Pascua* (gira por Reino Unido); *Grease* (gira por Reino Unido); *¡Fama!* (Teatro Nacional Escocés); Anita, *West Side Story* (taller)

Si ésa era la historia de su vida, vaya decepción. Carecía de los omnipresentes hitos de todas las demás biografías: nada en televisión ni en cine, y tampoco constaban «méritos académicos», por lo que supuse que no había llegado a graduarse. Aparte de *Ellos y Ellas*, no había ninguna otra obra en el West End, sólo la vaga mención de aquellas «giras». Imaginé pequeños salones parroquiales y escuelas bulliciosas, matinés vacías en los escenarios de cines abandonados, festivales de teatro en plazas pequeñas.

Pero si en parte todo eso me complació, me indigné en la misma medida ante la idea de que cualquiera de los espectadores que en ese momento estaban en el teatro, o cualquiera de los demás actores del reparto, pudiese comparar esa nota biográfica de Tracee Le Roy con cualquiera de las demás historias. ¿Qué tenía que ver Tracee Le Roy con esa gente? Con la chica que figuraba a su lado en el programa, sin ir más lejos, la chica de la biografía interminable, Emily Wolff-Pratt, que había estudiado en la Royal Academy of Dramatic Arts, y que no podía saber, como sabía yo, hasta qué punto era improbable estadísticamente que mi amiga actuase en ese escenario, o en cualquier otro (con cualquier papel, en cualquier contexto), y que quizá osara pensar que ella, la tal Emily Wolff-Pratt, era amiga de verdad de Tracey, sólo porque la veía cada noche, sólo porque bailaban juntas, cuando en realidad no tenía la menor idea de quién era Tracey o de dónde venía, o cuánto le había costado llegar hasta allí. Me fijé de pronto en la foto de Tracey. Bueno, debía admitir que salía bastante favorecida. La nariz ya no me parecía tan escandalosa, se había amoldado a su cara, y la crueldad que siempre había detectado en su expresión se difuminaba tras la radiante sonrisa de Broadway que compartía con todos los demás actores de la página. No me sorprendió su belleza, o su sensualidad, porque eran atributos que ya poseía desde la más tierna adolescencia. Me sorprendió su elegancia. Sus hoyuelos de Shirley Temple habían desaparecido, junto a cualquier atisbo de la turgencia provocativa con que se paseaba de niña. Se me hizo casi imposible imaginar su voz, tal como la conocía, como la recordaba, en boca de esta criatura de nariz respingona y pecosilla de pelo liso. Le sonreí. Tracee Le Roy, ¿quién finges ser ahora?

—¡Vamos allá! —dijo Kramer, mientras se abría el telón.

Apoyó los codos en las rodillas y la cara sobre los puños apretados, como un crío, y puso una mueca graciosa, como diciendo: «Estoy en vilo.»

A la izquierda del escenario, un roble rojo del sur, cubierto de musgo, bellamente recreado. A la derecha del escenario, se insinuaba un pueblo de la cuenca del Misisipi. En el centro, un teatro flotante, el *Flor de Algodón*. Tracey, con otras cuatro mujeres, apareció en escena por detrás del roble, escoba en mano, y detrás de ella llegaron los hombres cargados con azadones y palas. La orquesta tocó los primeros compases de una canción. La reconocí en el acto, era el gran número coral, y me entró pavor de inmediato, pero tardé un momento en averiguar por qué, hasta que la propia música hizo aflorar el recuerdo. Vi desplegarse la canción entera en la vieja partitura, y recordé, también, cómo me había sentido la primera vez que la vi. Y entonces la letra, que de niña me impactaba, se formó en mi boca, perfectamente sincronizada con el preámbulo de la orquesta, recordé el Misisipi, donde todos los negros trabajan y los blancos no, y me agarré a los brazos de la butaca sintiendo el impulso de levantarme —fue como la escena de un sueño— con la idea de detener a Tracey antes de que empezara a cantar, pero cuando se me ocurrió ya era demasiado tarde, y oí que algunas palabras de la letra que creía conocer se habían cambiado por otras. Claro, era lógico: hacía muchos, muchos años ya que nadie cantaba la letra original. «Aquí todos trabajamos... Aquí todos trabajamos...»

Volví a hundirme en el asiento. Observé que Tracey manejaba la escoba de un lado a otro con habilidad, dotándola de vida, a tal punto que casi parecía una presencia humana más en el escenario, como aquel truco de Astaire con el perchero en *Bodas reales*. En un momento dado la vi exactamente alineada con la imagen del cartel, la escoba en el aire, el brazo extendido, la alegría vibrante. Deseé congelarla eternamente en ese gesto.

Las verdaderas estrellas aparecieron en escena y empezó el drama. Al fondo, Tracey barría la entrada de un almacén de abastos. Quedó a la izquierda de los protagonistas, Julie LaVerne y su devoto esposo, Steve, dos actores de variedades que trabajan juntos en el *Flor de algodón* y están enamorados. Pero pronto, justo antes del entreacto, sale a la luz que Julie LaVerne es en realidad Julie Dozier, o sea, que no es la mujer blanca por la que se ha hecho pasar siempre, sino en realidad una mulata desventurada, una «impostora» que convence a todo el mundo, incluso a su propio marido, hasta el día en que la descubren. En esa tesitura, la pareja se ve amenazada con ir a la cárcel, pues su matrimonio es ilegal según las leyes contra el mestizaje. Steve le hace un corte a Julie en la palma de la mano y bebe un poco de su sangre: según la regla de que bastaba una sola gota para contaminar la raza, ahora los dos son negros. A la tenue luz, en medio de aquel ridículo melodrama, eché una ojeada a la biografía de la actriz que interpretaba a Julie. Tenía un apellido griego y la piel no más oscura que Kramer.

Durante el intermedio bebí mucho, y demasiado rápido, y empecé a hablar sin parar. Estaba apoyada en la barra, impidiendo que otra gente pudiera llegar a los camareros, y no paraba de mover las manos y despotricar de la injusticia del reparto, de qué pocos papeles había para los actores como yo, y cuando los había ni siquiera te los daban, siempre acababa haciéndolos una chica blanca, porque ni siquiera una mulata desventurada parecía idónea para interpretar a una mulata desventurada, ni siquiera hoy en día y...

—¿Actores como tú?

—¿Qué?

—Has dicho «actores como yo».

—No, no he dicho eso.

—Sí lo has dicho.

—A lo que voy es a que ese papel debería haber sido para Tracey.

—Si acabas de decir que no tiene una gran voz. Por lo que he visto, básicamente es un papel de canto.

—¡Canta bien!

—Oye, ¿por qué me chillas?

Vimos la segunda parte tan callados como la primera, pero el silencio adquirió una nueva textura, enfriado por la gelidez del desdén mutuo. Deseaba salir de allí. Pasaron largos tramos de la obra sin que Tracey hiciera acto de presencia, y no me despertaron el menor interés. Sólo hacia el final reapareció el coro, esta vez encarnando a los «Bailarines de Dahomey», o sea, africanos, venidos del reino de Dahomey, que presuntamente actuaban en la Exposición Universal de Chicago de 1893. Observé a Tracey en el corro de mujeres —los hombres bailaban frente a ellas, en su propio corro— balanceando los brazos, en cuclillas, y cantando en una lengua africana inventada, mientras los hombres daban pisotones y golpeaban con las lanzas contra el suelo en respuesta: «¡Gunga, hungo, bunga, gumba!» Inevitablemente pensé en mi madre, y en su versión de las leyendas de Dahomey: la orgullosa historia de los reyes; la forma y el tacto de las caracolas de cauri, que se usaban como moneda; el batallón de las amazonas, compuesto sólo por mujeres que entregaban a los prisioneros de guerra como esclavos del reino, o simplemente decapitaban a los enemigos y levantaban en alto sus cabezas a modo de trofeo. Igual que otros niños crecen con los cuentos de Caperucita Roja y Ricitos de Oro, yo crecí con el de aquella «Esparta negra», el noble reino de Dahomey, luchando para resistir contra los franceses hasta el final. Sin embargo, resultaba casi imposible conciliar esos recuerdos con la farsa que en esos momentos transcurría tanto dentro como fuera del escenario, porque la mayoría del público a mi alrededor ignoraba el giro que daba la obra después, y comprendí que por eso creían estar asistiendo a una especie de parodia vergonzosa y deseaban que la escena acabara. En escena, también, el «público» de la exposición universal reculaba ante los Bailarines de Dahomey, aunque no por vergüenza, sino por miedo, al pensar que quizá eran salvajes, igual que el resto de su tribu, que acaso sus lanzas no fueran accesorios de utilería, sino armas. Miré a Kramer; no sabía dónde meterse. Me volví y miré a Tracey. Qué bien se lo estaba pasando con el malestar general, igual que disfrutaba de pequeña con esa clase de situaciones. Blandía su lanza y rugía, avanzando con el resto hacia el público amedrentado de la feria, y luego se reía con los demás cuando los espectadores salían corriendo del escenario. A sus anchas, los Bailarines de Dahomey se sentían liberados: cantaron, de alegría y hartazgo, contentos de ver que los blancos ponían pies en polvorosa, y cansados, sumamente cansados de actuar en una «pantomima de Dahomey».

Y entonces el público, el verdadero público, comprendió. Se dieron cuenta de que lo que veían pretendía ser divertido, irónico, que aquéllos eran bailarines americanos, no africanos... sí, por fin captaban que les habían tomado el pelo. ¡Esos tipos no eran de Dahomey, qué va! Eran sólo los típicos negros de la Avenida A de Manhattan, ¡del corazón de Nueva York, ni más ni menos! Kramer se rió por lo bajo, la música cambió a ragtime, y sentí que se me iban los pies, tratando de reproducir en la mullida moqueta roja el eco de los ligeros e intrincados ritmos que Tracey ejecutaba en la tarima del escenario justo delante de mí. Eran pasos que me resultaban familiares, como a cualquier bailarín, y deseé estar allí arriba con ella. Me encontraba anclada en Londres, en el año 2005, mientras que Tracey estaba en Chicago en 1893, y en Dahomey cien años antes, y en cualquier lugar y cualquier época en que la gente moviera así los pies. Me dio tanta envidia que me eché a llorar.

Acabada la función, salí de la larga cola del baño y divisé a Kramer antes de que me viera; estaba en el vestíbulo, aburrido y de malhumor, con mi abrigo colgado del brazo. Fuera había empezado a arreciar la lluvia.

—Bueno, me voy a ir —dijo, pasándome el abrigo, casi incapaz de mirarme a la cara—. Seguro que querrás saludar a tu «amiga».

Se levantó el cuello de la chaqueta y salió a la calle en esa noche de perros, sin paraguas, todavía enfadado. Nada ofende tanto a un hombre como que lo ignoren. Aun así me impresionó: estaba claro que le había provocado una aversión mucho más fuerte que cualquier temor a que sus tratos profesionales se resintieran. Una vez lo perdí de vista di la vuelta hasta la bocacalle del teatro y descubrí que era exactamente como siempre se ve en las películas antiguas: en la puerta se leía «ENTRADA DE ARTISTAS» y había un grupo considerable de gente esperando a que salieran los actores, a pesar de la lluvia, sosteniendo sus cuadernitos y bolígrafos.

Sin paraguas, me pegué a la pared, mirando hacia el otro lado, bajo un escueto alerón. No sabía lo que le iba a decir o cómo iba a abordarla, pero justo cuando empecé a pensar en eso un coche aparcó en el callejón, con la madre de Tracey al volante. Apenas había cambiado: a través del parabrisas empañado por la lluvia vi los mismos pendientes de bisutería, la doble papada, el pelo tirante cepillado hacia atrás, un cigarrillo colgando de la boca. Me volví inmediatamente de cara a la pared y, mientras ella aparcaba, huí. Corrí por Shaftesbury Avenue, calándome hasta los huesos, pensando en lo que acababa de ver en el asiento de atrás: dos niños dormidos, sujetos con los cinturones de las sillitas. Me pregunté si ésa, y no otra, sería la verdadera razón de que se tardara tan poco en leer la biografía de Tracey.

2

Quieres creer que no todo puede conseguirse con dinero, que hay líneas que el dinero no puede cruzar. Lamin, con aquel traje blanco en la Sala Arcoíris, parecía demostrar justo lo contrario. Pero en realidad todavía no tenía visado, sólo un pasaporte nuevo y una fecha de regreso. Y cuando llegara el momento de marcharse, me encargaría de acompañarlo de vuelta a la aldea, con Fern, y pasaríamos allí una semana completando el informe anual para la junta de la fundación. Después, Fern se quedaría y yo volvería a Londres para encontrarme con los hijos de Aimee y supervisar la visita que hacían cada tres meses a sus respectivos padres. Judy nos informó de todo. Hasta entonces, un mes juntos en Nueva York.

Desde hacía una década, siempre que estábamos en la ciudad me instalaba en el cuarto de la sirvienta, una habitación de la planta baja junto a la cocina, y aunque a veces habíamos barajado la posibilidad de que me alojara por mi cuenta, en un hotel o en un sitio de alquiler donde fuera, la idea nunca cuajaba y pronto caía en el olvido. Esta vez, en cambio, ya antes de mi llegada me habían alquilado una vivienda, un apartamento de dos habitaciones en West 10th Street, de techos altos, con chimeneas, toda la segunda planta de una preciosa casa residencial. La poeta Emma Lazarus había vivido allí: una placa azul bajo mi ventana conmemoraba sus «amontonadas masas, anhelantes de respirar en libertad». La vista era un cornejo rojo en flor. Al principio pensé que era una compensación, pero luego apareció Lamin y comprendí que me habían echado con la intención de hacer sitio para Lamin.

—¿Qué pasa contigo, exactamente? —me preguntó Judy, a la mañana siguiente de la fiesta de cumpleaños de Jay. Sin preámbulos, sólo su alarido estridente a través del teléfono mientras yo intentaba explicarle al camarero de la bodega del Mercer que no pusiera manzana en mi zumo verde—. ¿Has tenido algún tipo de desencuentro con Fernando? Porque ahora mismo no podemos tenerlo en casa, no hay habitaciones en la fonda. La fonda está completa, ya te habrás dado cuenta. Nuestros tortolitos quieren intimidad. El plan era que él se quedara contigo unas semanas, en el apartamento, estaba todo arreglado. Y ahora de repente pone pegas.

—Bueno, cómo voy a saberlo, si nadie me lo ha dicho. ¡Judy, ni siquiera me avisaste de que Fern venía a Nueva York!

Judy resopló con impaciencia.

—Mira, Aimee quería que yo manejara la situación. Era por lo de traer a Lamin aquí, no quería que corriera la voz... Era un asunto delicado, y me encargué de manejarlo.

—¿Y ahora también manejas con quién vivo?

—Oh, encanto, perdona... ¿acaso pagas tú el alquiler?

Me las arreglé para zanjar la conversación y acto seguido llamé a Fern. Iba en un taxi por algún sitio de West Side Highway. Alcancé a oír la sirena de un crucero que atracaba.

—Será mejor que me busque otro sitio. Sí, es mejor. Esta tarde voy a ver un sitio en... —Oí que removía papeles con tristeza—. Bueno, no importa. Por el centro.

—Fern, no conoces la ciudad... Y no sabes lo que cuesta un alquiler aquí, hazme caso. Instálate en la habitación. Me sentiría fatal si no lo hicieras. Yo estaré con Aimee día y noche. Tiene un espectáculo dentro de dos semanas, estaremos metidas hasta las orejas. Te lo prometo, prácticamente no vas a verme.

Cerró una ventanilla, el viento del río dejó de soplar. El silencio era inoportunamente íntimo.

—A mí me gusta verte.

—Oh, Fern... ¡Por favor, instálate aquí!

Esa noche el único indicio de su presencia fue una taza de café vacía en la cocina y una mochila de lona alargada (como la de los estudiantes en su año sabático) apoyada en el marco de la puerta de su habitación vacía. Cuando subía la escalinata del transbordador con esa mochila a cuestas, la simplicidad de Fern, su austeridad, me parecían una muestra de cierta nobleza a la que yo aspiraba; en cambio, en Greenwich Village, la idea de un hombre de cuarenta y cinco años con una sola mochila en su haber se me antojaba sencillamente triste y excéntrica. Sabía que había cruzado Liberia, solo y a pie, con sólo veinticuatro años (en una especie de homenaje a Graham Greene), pero ahora lo único que se me ocurría pensar era: «Hermano, esta ciudad te comerá vivo.» Le escribí una nota cordial y neutra de bienvenida, la prendí bajo las correas del macuto y me fui a la cama.

Acerté al suponer que apenas iba a verlo: cada mañana tenía que estar en casa de Aimee a las ocho (ella se levantaba a las cinco para hacer dos horas de ejercicio en el sótano, seguidas de una hora de meditación) y Fern siempre dormía hasta tarde, o lo fingía. En la casa de Aimee todo era un frenesí de planificación, ensayos, nervios: el nuevo espectáculo se presentaría en un local de aforo medio, iba a cantar en directo, con una banda en directo, cosas que no había hecho desde hacía años. Para mantenerme fuera de la línea de fuego, de los colapsos, las discusiones, opté por pasar el máximo de tiempo en el despacho y evitar los ensayos en la medida de lo posible. Sin embargo, me enteré de que había en marcha un tema inspirado en África Occidental. Entregaron en la casa unos timbales *atumpan*, y una esbelta *kora*, telas *kente*, y una radiante mañana de martes llegó una compañía de doce bailarines, «subsaharianos de Brooklyn»; los condujeron al sótano y no salieron de allí hasta después de cenar. Eran jóvenes, en su mayoría hijos de inmigrantes senegaleses, y Lamin quedó fascinado con ellos: quiso saber sus apellidos y las aldeas de donde procedían sus padres, buscando cualquier posible conexión entre las familias o los lugares. Y Aimee no se despegaba de Lamin: ya no se podía hablar con ella a solas, él siempre estaba presente. Pero ¿qué Lamin era? A ella le parecía muy provocador y divertido contarme que seguía rezando cinco veces al día, en su vestidor, que por lo visto miraba hacia La Meca. Yo deseaba creer en esa continuidad, en esa parte de él aún intacta y fuera del alcance de Aimee, pero había días en que apenas lo reconocía. Una tarde llevé una bandeja de aguas de coco al estudio y lo encontré, con su camisa blanca y sus pantalones anchos, mostrando un movimiento que reconocí del Kankurang, una combinación de pisotón lateral, arrastre y caída. Aimee y las otras chicas lo observaban con atención y repetían sus movimientos. Estaban sudadas, vestidas con tops recortados y maillots enteros, y se habían colocado tan cerca de él y una de la otra que cada movimiento que Lamin hacía parecía una única onda recorriendo cinco cuerpos. Sin embargo, el gesto verdaderamente irreconocible fue cuando agarró una botella de agua de coco de mi bandeja, sin dar las gracias, sin el menor saludo; cualquiera habría pensado que llevaba toda la vida agasajado por criadas con bandejas tambaleantes. Quizá el lujo sea la matriz más fácil de atravesar. Quizá no haya nada más fácil que acostumbrarse al dinero. Aun así, a veces detectaba en su expresión cierta angustia, como si se sintiera acosado. Al entrar en el comedor un día, hacia el final de su visita, lo encontré aún en la mesa del desayuno, hablando con Granger, que parecía muy cansado, como si llevara mucho rato allí. Me senté con ellos. La mirada de Lamin estaba fija en algún punto entre la cabeza rapada de Granger y la pared de enfrente. Volvía a hablar en susurros, un discurso desconcertante y monocorde que se sucedía como un conjuro:

—... y ahora mismo, nuestras mujeres están sembrando las cebollas en los surcos de la derecha y luego los guisantes en los surcos de la izquierda, y si los guisantes no se riegan como es debido cuando vayan a rastrillar el suelo, dentro de un par de semanas, tendrán un problema, la hoja estará ocre y arrugada, y entonces es que hay plaga, y arrancarán lo que han plantado y volverán a sembrar los surcos, y espero que se aseguren de poner un mantillo de turba que traemos de río arriba, sabes, porque los hombres van río arriba, dentro de una semana más o menos, y hay que ir hasta allí para conseguir la turba...

—Ajá —musitaba Granger, de vez en cuando—. Ajá. Ajá.

• • •

Fern aparecía de manera esporádica en nuestras vidas, en las reuniones de la junta o cuando Aimee lo convocaba para tratar problemas prácticos relacionados con la escuela. Siempre parecía afligido, ponía una mueca de dolor cuando nuestras miradas se cruzaban, y anunciaba su pena allá adonde iba, igual que un personaje de cómic con una nube negra sobre la cabeza. Delante de Aimee y el resto de la junta daba novedades pesimistas, centradas en las agresivas declaraciones que había hecho el presidente hacía poco sobre la presencia extranjera en el país. Yo nunca lo había oído hablar así, con tanto fatalismo, no iba con su carácter, y sabía que en el fondo esas críticas iban dirigidas a mí.

Aquella tarde en el apartamento, en lugar de esconderme en mi habitación como de costumbre, me encaré con él en el pasillo. Acababa de llegar de correr, estaba sudando y agachado, con las manos en las rodillas, jadeante, y me escrutaba por debajo de sus tupidas cejas. Fui muy razonable. Él no habló, pero pareció asimilarlo todo. Sin las gafas, sus ojos parecían enormes, como los de la caricatura de un bebé. Cuando acabé, se irguió y se inclinó hacia el otro lado, presionándose las lumbares con las dos manos.

—Bueno, te pido perdón si te he incomodado. Tienes razón: fue poco profesional.

—Fern, ¿no podemos ser amigos?

—Claro. Pero también quieres que diga «Me alegro de que seamos amigos», ¿no?

—No quiero verte triste.

—Mira, esto no es uno de tus musicales. La verdad es que estoy muy apenado. Quería algo, te quería a ti, y no he conseguido, ni mucho menos, lo que quería o esperaba, y ahora estoy triste. ¿Hay algún problema en que lo esté? ¿No? Perfecto. Ahora voy a ducharme.

Me costaba horrores, en ese momento, entender a alguien que hablaba así. La mera idea me resultaba ajena, no me habían criado de esa manera. ¿Qué reacción podía esperar un hombre así, de los que renuncian a todo el poder, de una mujer como yo?

No asistí al espectáculo, no me sentía capaz. No quería estar en la tribuna con Fern, sintiendo su rencor mientras veíamos versiones de pacotilla de las danzas que los dos habíamos conocido en sus orígenes. A Aimee le dije que iría, y tenía la intención de hacerlo, pero cuando llegaron las ocho de la tarde aún estaba con la ropa de ir por casa, recostada en la cama con el portátil en el regazo, y luego se hicieron las nueve, y luego las diez. Debía ir a toda costa: mi cabeza no dejaba de repetírmelo, y yo sabía que era cierto, pero mi cuerpo estaba paralizado, parecía un peso muerto e inamovible. Sí, debía ir, eso estaba claro, aunque igual de claro estaba que no iba a ir a ninguna parte. Entré en YouTube y fui saltando de bailarín en bailarín: Bojangles en lo alto de la escalera, Harold y Fayard sobre un piano, Jeni LeGon sacudiendo su falda de enea, Michael Jackson en el especial de los veinticinco años de la Motown. A menudo acababa en esa actuación de Jackson, aunque esta vez, mientras lo veía hacer el *moonwalk* sobre el escenario, más que los gritos extasiados de la multitud, o incluso que la fluidez irreal de sus movimientos, me fijé en qué cortos llevaba los pantalones. Y aun así, la opción de ir a ver a Aimee actuando no pareció perdida o descartada del todo hasta que dejé de navegar sin rumbo por la red y vi que eran las doce menos cuarto, lo que nos situaba en el tiempo del pasado irrevocable: no había ido. Buscar a Aimee, buscar el lugar de la actuación, buscar el elenco de bailarines de Brooklyn, buscar imágenes, buscar agencias de noticias, buscar blogs. Al principio lo hice movida por la culpa, pero pronto me di cuenta de que podía reconstruir —con mensajes de ciento cuarenta caracteres, imagen a imagen, publicación a publicación en los distintos blogs— la experiencia de haber estado allí, hasta que, hacia la una de la madrugada, nadie podía haber estado más presente que yo. Estuve más presente que cualquiera de los que habían estado allí en persona, limitados a una ubicación y una perspectiva, a un solo flujo temporal, porque estuve en todos los lugares de la sala en todos los momentos, viendo lo mismo desde todos los ángulos, en un prodigioso acto de multiplicación. Podría haberlo dejado ahí, era material de sobra para hacerle a Aimee una crónica detallada de la velada a la mañana siguiente, pero no paré. Quedé atrapada en el proceso. Observar, en tiempo real, los debates a medida que toman forma y convergen, ver cómo se moldea el consenso, cómo se identifican los momentos más brillantes y los patinazos, cómo se aceptan o se niegan sus sentidos y trasfondos. Los insultos y las bromas, los cotilleos y los rumores, los memes, el Photoshop, los filtros, y las muchas variedades de críticas a las que se daba rienda suelta en el espacio virtual, lejos del alcance o el control de Aimee. Unos días antes, viendo una prueba de vestuario en la que Aimee, Jay y Kara lucían las galas típicas de los nobles asante, había planteado con tiento el asunto de la apropiación. Judy gruñó. Aimee me miró, antes de contemplar su delicado cuerpo de duende, pálido como un fantasma, envuelto en ropajes de colores tan vivos, y me dijo que ella era una artista, y los artistas tienen derecho a amar las cosas, tocarlas y usarlas, porque el arte no es apropiación, ésa no es la meta del arte: la meta del arte es el amor. Y cuando le pregunté si era posible amar algo sin perturbarlo, me escrutó de una manera extraña, abrazó a los niños y me preguntó: ¿Has estado enamorada alguna vez?

En cambio ahora me sentía defendida, respaldada virtualmente. No, no me apetecía parar. Actualizaba las páginas una y otra vez, esperando a que despertaran nuevos países y al ver las imágenes se formaran su propia opinión o se alimentaran de las opiniones ya expresadas. A altas horas oí que la puerta del apartamento crujía y Fern entraba a trompicones, seguro que directo de la fiesta posterior al espectáculo. No me moví. Y debían de ser las cuatro de la madrugada, mientras ojeaba las opiniones más recientes y escuchaba los primeros trinos de los pájaros en el cornejo, cuando vi el nombre «Tracey LeGon», y el alias «Sincera». Me escocían los ojos por las lentillas, me dolía pestañear, pero no tenía visiones. Pinché en el mensaje. Apareció la misma foto que a esas alturas ya había visto cientos de veces, con Aimee, las bailarinas, Lamin, los niños, todos en fila en el borde del escenario, vestidos con las telas *adinkra* que les había visto probarse aquel día: un fondo azul turquesa estampado con triángulos negros, y en cada triángulo un ojo. Tracey había seleccionado esa imagen, la había ampliado varias veces y recortado, de manera que sólo el triángulo y el ojo eran visibles, y debajo de este símbolo preguntaba: «¿OS SUENA?»

3

Al regresar con Lamin, viajamos en el jet privado, pero sin Aimee —que estaba en París porque el gobierno francés le concedía una medalla—, así que tuvimos que proceder por el aeropuerto principal, como todo el mundo, hasta un vestíbulo de llegadas abarrotado de hijos e hijas que vivían fuera. Los hombres llevaban vaqueros modernos y gruesos, camisas estampadas y rígidas con cuellos de agentes de bolsa, sudaderas de marca con capucha, chaquetas de cuero, deportivas a la última. Y las mujeres parecían igual de decididas a lucir todas sus mejores galas al mismo tiempo. Peinados sofisticados, manicuras recién hechas. A diferencia de nosotros, se desenvolvían con soltura por ese vestíbulo y se agenciaban enseguida los servicios de los mozos, a quienes entregaban sus descomunales maletas indicándoles que fuesen con cuidado —aunque cada bulto iba envuelto en varias capas de plástico— antes de conducir a sus jóvenes porteadores de equipaje sofocados y nerviosos hacia la salida entre la multitud, volviéndose cada tanto para darles instrucciones, como alpinistas con sus sherpas. ¡Por aquí, por aquí! Móviles inteligentes levantados en alto, indicando la ruta. Observando a Lamin en ese contexto, comprendí que había elegido su vestimenta a propósito: a pesar de toda la ropa y los anillos y cadenas y zapatos que Aimee le había regalado a lo largo del último mes, iba exactamente igual que cuando se marchó. La misma camisa blanca vieja, los pantalones informales y unas sencillas sandalias de cuero, negras y gastadas en el talón. Me hizo pensar que había cosas de su carácter que yo no había entendido; muchas, quizá.

En el taxi me senté atrás, con Lamin. El coche tenía tres ventanillas rotas y un agujero en el chasis por el que se veía la rueda girando sobre el asfalto. Fern se sentó delante, junto al conductor: su nueva política era mantener una fría distancia conmigo en todo momento. En el jet leyó sus libros y boletines, en el aeropuerto se ciñó a las cuestiones prácticas, ve a por aquel carrito, ponte en esa cola. En ningún momento era mezquino, nunca decía nada cruel, pero me hacía sentir aislada.

—¿Quieres que paremos a comer? —me preguntó en ese instante, por el espejo retrovisor—. ¿O puedes esperar?

Me habría gustado ser de esas personas a quienes no les importa saltarse el almuerzo, que hacen de tripas corazón, como Fern, en una réplica de la práctica de las familias más pobres de la aldea, que comían sólo una vez al día, al caer la tarde. Sin embargo, yo no era de esa clase de personas: no podía saltarme una comida sin sentirme exasperada. Tras cuarenta minutos de viaje paramos en una cafetería a pie de carretera enfrente de lo que al parecer era la Academia Universitaria Estadounidense. Tenía barrotes en las ventanas y faltaban la mitad de las letras del rótulo. Dentro de la cafetería, las cartas anunciaban apetitosas comidas «con patatas fritas», al más puro estilo americano, con precios que Lamin leía muy serio en voz alta moviendo la cabeza, como si fuera un asunto profundamente sacrílego u ofensivo, y tras una larga conversación con la camarera llegaron tres platos de pollo *yassa* por una tarifa «local» pactada.

Estábamos comiendo en silencio cuando oímos una voz atronadora procedente del fondo de la cafetería.

—¡Lamin, mi muchacho! ¡Hermano! ¡Soy Bachir, aquí!

Fern saludó con la mano. Lamin no se movió: hacía rato que había visto al tal Bachir, y desde entonces no había parado de rezar para pasar inadvertido. Me volví y vi a un hombre sentado solo a la última mesa junto a la barra, en la penumbra, el único otro cliente que había en el establecimiento. Era corpulento y musculoso como un jugador de rugby, y llevaba un traje azul marino a rayas, corbata con aguja, mocasines sin calcetines y una gruesa cadena de oro en la muñeca. El traje parecía a punto de reventar, y el sudor le chorreaba por la cara.

—No es mi hermano. Es un compañero de quinta. Se crió en la aldea.

—Pero ¿no vas a...?

Bachir ya se nos había echado encima. De cerca, vi que llevaba un pinganillo, compuesto por un auricular con micrófono, no muy distinto del que Aimee usaba en el escenario, y cargaba un portátil, una tableta y un teléfono enorme entre los brazos.

—¡A ver dónde pongo todo esto! —Pero se sentó con nosotros estrechando los aparatos contra el pecho—. ¡Lamin! ¡Hermano! ¡Cuánto tiempo!

Lamin asintió sin apartar la mirada de la comida. Fern y yo nos presentamos y recibimos sendos apretones de manos, firmes, dolorosos y húmedos.

—¡Nosotros dos crecimos juntos, hombre! ¡En el pueblo! —Bachir agarró a Lamin de la cabeza y le trabó el cuello entre las manos sudorosas—. Pero luego me tuve que ir a la ciudad, nena, ¿sabes lo que quiero decir? ¡A buscar fortuna, nena! Trabajando para los grandes bancos. ¡La pasta por delante! ¡La auténtica Babilonia! Aunque en mi corazón sigo siendo un chico de pueblo.

Le dio un beso a Lamin y lo soltó.

—Tienes acento americano —dije, aunque sólo era una hebra del intrincado tapiz de su voz. Allí había muchas películas y anuncios, y un montón de hip-hop, *Esmeralda* y *As the World Turns*, las noticias de la BBC, la CNN, Al Jazeera y toques del reggae que oías por toda la ciudad, en cada taxi, puesto del mercado, peluquería. Una melodía de Yellowman sonaba en ese momento en los estridentes altavoces que había sobre nuestras cabezas.

—Ya te digo, ya te digo... —Apoyó su enorme cabeza cuadrada en el puño, en ademán pensativo—. Pues mira, aún no he estado en Estados Unidos, de momento. Tengo muchas cosas entre manos. Esto es un no parar. Hablando, hablando, tengo que estar al día con la tecnología, tengo que mantenerme en primera línea. Mira lo que me pasa con esta chica: ¡me llama, nena, noche y día, día y noche! —Me enseñó una imagen en su tableta, de una hermosa mujer de melena ondulada y lustrosa y unos labios espectaculares pintados de un morado intenso. Me pareció una imagen de anuncio—. Estas chicas de la gran ciudad, ¡están loquísimas! Ay, hermanito, necesito una chica de río arriba, quiero formar una familia como está mandado, pero ¡estas chicas ya ni siquiera quieren familia! ¡Están locas! ¿Qué edad tienes tú, por cierto?

Se lo dije.

—¿Y sin niños? ¿Ni siquiera estás casada? ¿No? ¡Perfecto! Perfecto, perfecto... Ya te capto, hermana, ya te capto: Miss Independiente, ¿verdad? Si vas por ahí, perfecto. Pero para nosotros, una mujer sin hijos es como un árbol sin fruto. Como un árbol —levantó el culo de la silla, irguiéndose un poco, y alargó los brazos y los dedos como si fueran las ramas— sin fruto. —Volvió a sentarse y cerró los puños—. Sin fruto —repitió.

Por primera vez en varias semanas Fern consiguió mirarme esbozando una sonrisa.

—Creo que lo que está diciendo es que eres como un árbol...

—Sí, Fern, lo he pillado. Gracias.

Bachir se fijó en mi teléfono con tapa, mi móvil personal. Lo cogió y le dio la vuelta con un asombro exagerado. Entre sus enormes manos parecía de juguete.

—Esto no puede ser tuyo. ¿En serio? ¿Es tuyo? ¡Esto es lo que se lleva en Londres! Ja, ja, ja. ¡Joder, aquí estamos más al día! ¡Joder! Genial, genial. Quién lo diría. La globalización, ¿eh? ¡Tiempos extraños, tiempos extraños!

—¿Para qué banco has dicho que trabajas? —preguntó Fern.

—Bah, tengo muchas historias entre manos, amigo. Desarrollo, desarrollo. Terrenos aquí, terrenos allá. Construcción. Pero trabajo para el banco de aquí, sí, rollos de compraventa, ¡ya sabes cómo va, hermano! El gobierno a veces te complica la vida. Pero la pasta por delante, ¿no? ¿Te gusta Rihanna? ¿La conoces? ¡Ella sí que tiene pasta! Illuminati, ¿eh? Viviendo el sueño, cariño.

—Tenemos que irnos ya al transbordador —susurró Lamin.

—Sí, supongo que en estos momentos voy a tope, operaciones complicadas, tío. Hay que mover la cosa, moverla, pim, pam. —Lo demostró moviendo los dedos por encima de sus aparatos, como preparado para usar cualquiera de ellos en cualquier momento para algo tremendamente urgente. Advertí que la pantalla del portátil estaba apagada y con grietas en varios sitios—. Mira, hay gente que tiene que llevar esa vida campesina cada día, pelando cacahuetes, ¿me sigues? Pero yo tengo que mover la cosa. Esto es el nuevo equilibrio entre el trabajo y la vida, ¿sabes? ¡Sí, amigo! Pero en este país tenemos nuestra mentalidad de viejo mundo, ¿o me equivoco? Aquí hay mucho atraso. A la gente le lleva su tiempo, ¿vale? Cuesta que se les meta en la cabeza. —Con los dedos dibujó un rectángulo en el aire—. El futuro. Se te tiene que meter en la cabeza. Pero oye, ¿para ti? ¡Cuando quieras! Me gusta tu cara, amigo, tienes una piel preciosa, tan clara y fina. ¡Y yo podría ir a Londres, a hablar de negocios en serio! Ah, ¿que no estás en negocios? ¿Obras benéficas? ¿ONG? ¿Misionero? ¡Me gustan los misioneros, hombre! Tenía un buen amigo, era de South Bend, Indiana... Mikey. Pasamos mucho tiempo juntos. Mikey era genial, colega, genial de verdad, era adventista, pero todos somos hijos de Dios, claro...

—Están aquí por un proyecto educativo, con nuestras chicas —dijo Lamin, dándonos la espalda, intentando avisar a la camarera.

—Ah, ya, me he enterado de que ha habido cambios por allí. Vivimos tiempos grandes, en serio. Es bueno para la aldea, ¿no? Desarrollo.

—Eso esperamos —dijo Fern.

—Pero, hermano, ¿tú sacas tajada? ¿Vosotros sabéis que aquí mi hermano le hace ascos al dinero? Sólo le interesa la próxima vida. A mí, no: ¡yo quiero esta vida! Ja, ja, ja, ja, ja. Dinero, dinero, que no pare. ¿O no es verdad? Ya te digo...

Lamin se levantó.

—Adiós, Bachir.

—Demasiado serio, mi amigo. Pero me quiere. Tú también me querrías. Joder, ¡que pronto tendrás treinta y tres años, chica! ¡Deberíamos hablar! El tiempo vuela. Hay que vivir la vida, ¿eh? La próxima vez, en Londres, chica, en Babilonia, ¡hablamos!

Volviendo hacia el coche, oí que Fern se reía con disimulo, animado por el episodio.

—Caramba, es lo se llama «un personaje» —dijo, y cuando llegamos al taxi que nos esperaba y nos volvimos para entrar, vimos a Bachir, el personaje, de pie en la entrada, con el pinganillo todavía puesto, aguantando sus diversas tecnologías y despidiéndose con la mano. Visto así, su traje parecía especialmente peculiar, los pantalones demasiado cortos en los tobillos, como un *mashala* de raya fina.

—Bachir perdió su empleo hace tres meses —dijo Lamin en voz baja, mientras nos montábamos en el coche—. Está cada día en esa cafetería.

Ese viaje pareció torcerse desde el principio, sí. En lugar de la gloriosa eficacia de la que había hecho gala en ocasiones anteriores, de pronto no podía ahuyentar cierta sensación de chasco, de haberlo malinterpretado todo, empezando por Hawa, que me abrió la puerta del complejo con un velo negro nuevo cubriéndole la cabeza y la mitad del torso, y una falda larga y recta, de las que ella siempre se había burlado cuando las veíamos en el mercado. Me abrazó tan fuerte como siempre, pero a Fern sólo lo saludó inclinando la cabeza y su presencia parecía inquietarla. Nos quedamos todos en el patio un rato, Hawa hablando de trivialidades con una cortesía irritante, aunque sin dirigirse a Fern para nada, y yo deseando que se mencionara la cena, hasta que pronto entendí que eso no ocurriría hasta que Fern se marchara. Al final se dio por aludido: estaba cansado, así que iría directo a la casa ocre. Y tan pronto la puerta se cerró, volvió la Hawa de siempre, me agarró la mano, me dio besos por toda la cara y se echó a llorar.

—Ay, hermana, buenas noticias... ¡voy a casarme!

La abracé, aunque con una sonrisa de circunstancias, la misma sonrisa postiza que ponía en Londres y Nueva York al recibir noticias parecidas que me hacían sentir igual de profundamente traicionada. Me avergoncé de sentirme así, pero no pude evitarlo, y un trozo de mi corazón se cerró para Hawa. Me dio la mano y me llevó hacia la casa.

Había tanto por contar. Se llamaba Bakary, era un *tabligh*, amigo de Musa, y ella no mentiría y diría que era guapo, porque en realidad era más bien al contrario, y quiso aclarármelo cuanto antes, sacando el teléfono móvil como prueba.

—¿Ves? ¡Parece un sapo! Sinceramente, ojalá no llevara ese potingue negro en los ojos ni usara henna para teñirse la barba, ¡y a veces incluso lleva *lungi*! ¡Mis abuelas creen que parece una mujer maquillada! Pero sin duda se equivocan, porque incluso el Profeta usaba kohl, es bueno para las infecciones de los ojos, y la verdad es que hay tantas cosas que no sé y que debo aprender. ¡Ay, mis abuelas lloran día y noche, noche y día! Pero Bakary es cariñoso y paciente. Dice que nadie llora para siempre, ¿y no te parece que tiene razón?

Las sobrinas gemelas de Hawa nos llevaron la cena: arroz para Hawa, patatas fritas al horno para mí. Escuché, sumida en una especie de aturdimiento, mientras Hawa me contaba anécdotas divertidas sobre su reciente *masturat* a Mauritania, lo más lejos que había viajado en su vida, donde a menudo se había dormido en los sermones («Al hombre que está hablando, no lo ves, porque no se le permite mirarnos, así que habla desde detrás de una cortina, y todas las mujeres estamos sentadas en el suelo y el sermón es muy largo, así que a veces sólo queríamos dormir») y se le había ocurrido coser un bolsillo en el forro del chaleco para esconder el teléfono y poder mandar mensajes a escondidas a su Bakary durante las monótonas recitaciones. Pero siempre concluía estas anécdotas con alguna frase beata: «Lo importante es el amor que siento por mis nuevas hermanas.» «No me corresponde a mí preguntar.» «Está en manos de Dios.»

—Al final —dijo, mientras otras dos niñas nos llevaban té Lipton muy dulce en tazas de aluminio—, lo único que importa es alabar a Dios y dejar atrás las cuestiones mundanas del *dunia*. Aunque ahora aquí sólo se oye hablar de todas esas cosas efímeras. ¡Quién fue al mercado, quién tiene un reloj nuevo, quién se marcha «por la puerta de atrás», quién tiene dinero, quién no, yo quiero esto, yo quiero lo otro! Pero cuando estás viajando, difundiendo entre la gente la verdad del Profeta, no hay tiempo para todas esas cosas del *dunia*.

Pregunté por qué seguía viviendo en el complejo, si esas cosas la irritaban tanto.

—Resulta que Bakary es bueno, pero muy pobre. En cuanto podamos, nos casaremos y nos marcharemos, pero por ahora duerme en el *markaz*, cerca de Dios, mientras que yo sigo aquí, cerca de las gallinas y las cabras. Pero ahorraremos mucho dinero porque mi boda será muy, muy modesta, como la boda de un ratón, y sólo vendrán Musa y su esposa, y no habrá música ni baile ni banquetes, y ni siquiera me hará falta un vestido nuevo —dijo con alegría ensayada, y de pronto me sentí triste, porque si algo sabía de Hawa era cuánto le gustaban las bodas y los vestidos de boda y los banquetes y los festejos de las bodas—. Así que ya ves, nos ahorraremos mucho dinero con eso, seguro —dijo, y enlazó las manos en el regazo para señalar formalmente su conclusión, y no la rebatí.

Sin embargo, me di cuenta de que tenía ganas de hablar, de que esas frases preparadas eran como tapas bailando encima de ollas borboteantes, y que bastaría con esperar pacientemente a que subiera el hervor. Sin necesidad de que le preguntara nada, empezó a contar cosas de su novio, primero con vacilación y luego cada vez con más aplomo. Al parecer lo que más la impresionaba de Bakary era su sensibilidad. Era aburrido y feo, pero sensible.

—¿Aburrido, cómo?

—Ay, no debería decir «aburrido», pero tendrías que verlos a él y a Musa juntos. Se pasan el día escuchando esas grabaciones piadosas, sagradas de verdad, y Musa está intentando aprender árabe, como yo, para apreciarlas plenamente, porque ahora todavía me resultan muy aburridas... ¡En cambio, Bakary llora al escucharlas! ¡Llora y abraza a Musa! A veces voy al mercado y vuelvo, ¡y siguen abrazados llorando! ¡Nunca había visto a un granuja llorando! ¡A menos que le robaran las drogas! No, no, Bakary es muy sensible. Es algo que se lleva dentro. Al principio yo pensaba: mi madre es una mujer instruida, me enseñó mucho árabe, enseguida superaré a Bakary en la fe, pero ¡qué gran error! Porque no se trata de lo que lees, sino de lo que sientes. Y me queda mucho camino por recorrer hasta que mi corazón rebose de la fe que tiene Bakary. Creo que un hombre sensible será un buen marido, ¿no te parece? Y nuestros *mashalas*... aunque no debería llamarlos así, la palabra correcta es *tabligh*... pero ¡son tan tiernos con sus mujeres! Yo no lo sabía. Mi abuela siempre decía: son mediocres, están locos, no hables con esos hombres afeminados, no tienen oficio ni beneficio. La pobre, llora y llora cada día. Pero ella no entiende, es muy anticuada. Bakary siempre repite: «Hay un hadiz que dice: "El mejor hombre es el que ayuda a su esposa y a sus hijos y es compasivo con ellos."» Y es verdad. Por eso, cuando hacemos esos viajes en el *masturat*, para que otros hombres no nos vean en el mercado, nuestros propios maridos van a hacer la compra en nuestro lugar, ellos compran la verdura. Me reí cuando me enteré, pensé: no puede ser, pero ¡es verdad! ¡Mi abuelo ni siquiera sabía dónde estaba el mercado! Intento explicárselo a mis abuelas, pero son anticuadas. Se pasan el día llorando porque es un *mashala*... o sea, un *tabligh*. A mí me parece que en el fondo están celosas. Ay, ojalá pudiera irme de aquí ahora mismo. ¡Cuando estuve con mis hermanas era tan feliz! Rezábamos juntas. Paseábamos juntas. Después del almuerzo, una de nosotras tenía que guiar la oración, ¿sabes?, y una de las hermanas me dijo: «¡Hazlo tú!» Así que ese día fui imán, ¿sabes? Aunque no me cohibí. Muchas de mis hermanas son tímidas, dicen: «No me corresponde a mí hablar», pero de verdad que en este viaje descubrí que no soy una persona tímida, ni mucho menos. Y todo el mundo me escuchó, ¡oh! Hasta me hicieron algunas preguntas al final, ¿te lo puedes creer?

—No me sorprende.

—Hablé de los seis pilares. Es sobre cómo debe comer una persona, ¿sabes? De hecho, ahora mismo no estoy respetándolos, porque estás tú aquí, pero desde luego los tendré presentes la próxima vez.

Ese sentimiento de culpa llevó a otro: se inclinó hacia mí para susurrarme algo, esbozando una media sonrisa irresistible.

—Ayer fui a la sala de audiovisuales de la escuela y vimos *Esmeralda*. No debería reírme —dijo, y borró la sonrisa—. Pero tú sabes muy bien cuánto me gusta *Esmeralda*, y estoy segura de que entenderás que nadie puede dejar atrás de golpe todas las cosas del *dunia*. —Se miró la falda, recta y sin forma—. También mi ropa tendrá que cambiar, al final... no sólo la falda, sino de pies a cabeza. Todas mis hermanas coinciden en que al principio cuesta, porque vas acalorada y la gente te mira, te llaman Osama o ninja por la calle. Pero me acordé de lo que me dijiste una vez al principio, cuando llegaste aquí: «¿Qué más da lo que piensen los demás?» Y siempre me aferro a esa idea, porque mi recompensa será el Cielo, donde nadie me llamará ninja porque seguro que toda esa gente arderá en llamas. Me sigue encantando Chris Brown, no puedo evitarlo, y hasta a Bakary le gustan todavía las canciones de Marley, lo sé porque lo oí cantar una el otro día. Pero aprenderemos juntos, somos jóvenes. Como ya te he dicho, cuando estábamos de viaje Bakary hacía todas las tareas por mí, iba al mercado, aunque la gente se riera de él, iba de todos modos. Me hacía la colada. Les dije a mis abuelas: ¿acaso mi abuelo lavó un mísero calcetín por vosotras en cuarenta años?

—Hawa, pero ¿por qué no pueden verte los hombres en el mercado?

Parecía aburrida: otra vez le había hecho una pregunta de lo más tonta.

—Cuando los hombres miran a mujeres que no son sus esposas, es el momento que Shaitán está esperando para meterse dentro y llenarlos de pecado. ¡Shaitán acecha en todas partes! Pero bueno, ¿es que ni siquiera sabes eso?

No podía seguir escuchando nada más y me excusé. Aun así, el único sitio adonde podía acudir y al que sabía llegar en la oscuridad era la casa ocre. Desde la carretera vi que las luces estaban apagadas, y cuando llegué a la puerta la encontré colgando de un gozne roto.

—¿Estás ahí? ¿Puedo entrar?

—Mi puerta siempre está abierta —contestó Fern desde las sombras, con una voz estentórea, y nos reímos a la vez.

Entré, me preparó un té, y repetí mecánicamente todas las novedades de Hawa. Fern escuchó mi pataleta, echando poco a poco la cabeza atrás, hasta que la luz de su frontal iluminó el techo.

—Tengo que confesarte que no me extraña —dijo cuando por fin acabé—. Trabaja como una mula en esas chozas. Apenas sale de ahí. Imagino que está desesperada, como cualquier persona joven e inteligente, por hacer su propia vida. ¿Tú no querías marcharte de la casa de tus padres, a esa edad?

—¡A su edad yo quería libertad!

—¿Y crees que Hawa sería menos libre recorriendo Mauritania y predicando, por ejemplo, de lo que lo es ahora, encerrada en casa? —Arrastró la sandalia por la capa de polvo rojizo que se había acumulado en el suelo de linóleo—. Es interesante. Es un punto de vista interesante.

—Bah, sólo intentas irritarme.

—No, nunca es mi intención. —Miró el dibujo que había trazado en el suelo—. A veces me pregunto si la gente no desea tanto la libertad como encontrar sentido —dijo, hablando despacio—. Eso es lo que pretendía decir. Al menos, mi experiencia ha sido ésa.

Si seguíamos hablando, acabaríamos discutiendo, así que cambié de tema y le ofrecí una de las galletas que había escamoteado de la choza de Hawa. Recordé que en el iPod tenía algunos programas guardados y, con un auricular cada uno, nos sentamos apaciblemente, muy juntos, mientras mordisqueábamos las galletas y escuchábamos los relatos de esas vidas americanas, con sus pequeños dramas y satisfacciones, sus placeres y frustraciones y epifanías tragicómicas, hasta que llegó la hora de irme.

A la mañana siguiente, nada más despertar pensé en Hawa, en que pronto se casaría, en los hijos que probablemente llegarían, y quise hablar con alguien que compartiera mi desilusión. Me vestí y fui en busca de Lamin. Lo encontré en el patio de la escuela, repasando un temario de clases bajo el mango. Sin embargo, la noticia no lo desilusionó, o al menos su primera reacción no fue ésa, sino la congoja. No eran aún las nueve de la mañana y ya me las había arreglado para romperle a alguien el corazón.

—Pero ¿cómo te has enterado?

—Por Hawa.

Trató de no delatar ninguna emoción.

—A veces las chicas dicen que se casarán con alguien y no lo hacen. Es frecuente. Había un agente de policía... —Dejó la frase sin terminar.

—Lo siento, Lamin. Sé lo que sientes por ella.

Forzó una sonrisa y volvió a enfrascarse en el temario.

—Oh, no, te equivocas, somos como hermanos. Siempre lo hemos sido. Se lo dije a nuestra amiga Aimee: ésta es mi hermanita. Si se lo preguntas, recordará que se lo dije. No, sólo me da pena por la familia de Hawa. Se pondrán muy tristes.

Sonó la campana de la escuela. Estuve toda la mañana visitando las aulas y, por primera vez, alcancé a darme cuenta de lo que Fern había logrado allí, en nuestra ausencia, a pesar de las interferencias de Aimee, y hasta teniendo que esquivarla para poder trabajar. En secretaría estaban todos los ordenadores que ella había enviado, y una conexión a internet más fiable que, por lo que vi en los historiales de búsqueda, hasta entonces habían usado exclusivamente los maestros para dos únicos fines: consultar Facebook e introducir el nombre del presidente en Google. En cada aula había una serie de juegos de lógica tridimensionales, que para mí representaban un misterio, y pequeñas consolas en las que se podía jugar al ajedrez. Pero no fueron ésas las innovaciones que me impresionaron. Justo detrás del edificio principal, Fern había dedicado una pequeña parte del presupuesto a crear un huerto en el patio, que no recuerdo que hubiera mencionado en nuestras reuniones de la junta, y allí se cultivaban toda clase de hortalizas que, según me explicó, eran para el colectivo de las familias. Y eso, entre otras cosas, significaría que cuando acabara el primer trimestre, la mitad de la escuela no desaparecería para ayudar a sus madres en el campo, sino que se quedarían allí cuidando de los sembrados. Supe que Fern, a sugerencia de las madres de la asociación, había invitado a varios maestros de las *majlis* de la zona a nuestra escuela, donde les cedían una sala para enseñar árabe y estudios coránicos, y a cambio cobraban una modesta suma, con lo que se evitaba también que otro gran porcentaje del alumnado desapareciera a mediodía o se pasara la mitad de la tarde haciendo tareas domésticas para esos maestros de las *majlis*, como en otros tiempos, a cambio de las cuotas. Pasé una hora en la nueva aula de artes plásticas, donde las niñas más pequeñas mezclaban colores y estampaban las huellas de las manos, jugando en las mesas, mientras que los ordenadores portátiles que Aimee había imaginado para ellas habían desaparecido, según me confesó Fern, antes de llegar a la aldea, lo cual no era de extrañar, dado que cada uno costaba el doble del salario anual de cualquier maestro. Al final, la Academia Iluminada para Chicas no era aquella incubadora de futuro radicalmente novedosa y sin precedentes de la que tanto había oído hablar en las cenas que daba Aimee en Nueva York y Londres. Era la «Academia de la Iluminada», como la llamaba la gente de por allí, donde ocurrían cosas pequeñas pero interesantes, a diario, que luego se discutían y debatían cada semana en las asambleas de la aldea, y desembocaban en otras adaptaciones y cambios, que si bien rara vez llegaban a oídos o conocimiento de Aimee, Fern seguía de cerca, escuchando a todo el mundo con aquella asombrosa receptividad suya, tomando páginas y páginas de notas. Era una escuela activa, construida con el dinero de Aimee, pero no controlada por ese dinero, y por pequeño que fuera el papel que yo hubiera desempeñado en su creación, ahora sentía, como cualquier miembro de a pie de la aldea, mi parte de orgullo. Mientras gozaba de esa cálida satisfacción, caminando desde el huerto de la escuela al despacho del director, vi a Lamin y Hawa debajo del mango, demasiado cerca uno del otro, discutiendo.

—No pienso tolerar que me sermonees —la oí decir, y cuando me vio se volvió y repitió—: No pienso tolerar que me sermonee. Quiere que me quede aquí toda la vida. No.

Junto al despacho del director, a unos treinta metros, un corro de maestros curiosos que acababan de almorzar estaban a la sombra de la entrada, lavándose las manos en un cazo de hojalata lleno de agua y observando la disputa.

—No hablemos ahora —susurró Lamin, sabiendo que los observaban, pero era difícil frenar a Hawa cuando estaba desatada.

—Tú te has ido un mes, ¿verdad? ¿Sabes cuántos otros se han marchado de aquí durante este mes? Busca a Abdulaye. No lo verás. ¿Ahmed y Hakim? ¿Mi sobrino Joseph? Tiene diecisiete años. ¡No está! Mi tío Godfrey, nadie lo ha visto. Ahora yo cargo con sus hijos. ¡Se ha ido! No quería pudrirse aquí. Han emigrado por la puerta de atrás, todos.

—Emigrar así es una locura —murmuró Lamin, pero entonces quiso ser audaz—. Los *mashalas* están locos, también.

Hawa dio un paso hacia él, y Lamin se achicó. Además de estar enamorado de ella, pensé, la teme un poco. Lo entendía: a mí también me infundía respeto.

—Y cuando vaya a la facultad de Magisterio en septiembre —dijo Hawa, clavándole un dedo en el pecho—, ¿seguirás aquí, Lamin? ¿O tienes otro sitio adonde ir? ¿Seguirás aquí? —Lamin me lanzó una mirada de pánico, culpable, que Hawa tomó como una confirmación—: No, ya me parecía.

El susurro de Lamin adoptó un tono persuasivo.

—¿Por qué no acudes a tu padre? Le consiguió el visado a tu hermano. Podría conseguírtelo también a ti, si se lo pidieras. No es imposible.

Yo había pensado lo mismo, muchas veces, pero nunca se lo había preguntado a Hawa directamente, porque me daba la impresión de que no le gustaba hablar de su padre, y ahora, al ver que se le encendía la cara de rabia, me alegré de no haberlo hecho. El corro de maestros se puso a chismorrear como el público de un combate de boxeo cuando un púgil encaja un buen gancho.

—No nos queremos, ya deberías saberlo. Tiene una nueva esposa, una nueva vida. Hay personas que pueden comprarse, hay gente capaz de sonreír a personas a las que no quieren, sólo por sacar provecho. Pero yo no soy como tú —dijo, y el pronombre aterrizó en algún punto entre Lamin y yo, mientras ella daba media vuelta y se alejaba de los dos, su larga falda rozando la arena.

Esa tarde le pedí a Lamin que me acompañara a Barra. Accedió, pero parecía abrumado por la humillación. Guardamos silencio en el taxi, y en el transbordador también. Yo necesitaba cambiar dinero, pero cuando llegamos a los pequeños ventanucos de la pared —donde había hombres sentados en taburetes altos detrás de las persianas, contando enormes torres de billetes mugrientos sujetos con gomas elásticas— me dejó allí. Lamin nunca me había dejado sola en ningún sitio, ni siquiera cuando más me había apetecido, y en ese momento descubrí cuánto me aterrorizaba la idea.

—Pero ¿dónde nos encontraremos? ¿Adónde vas?

—Tengo que hacer varios recados, pero estaré por aquí, no muy lejos, cerca del transbordador. No pasa nada, llámame y ya está. Tardaré cuarenta minutos.

Antes de que pudiera replicar se había ido. No me creí la excusa de los recados: sólo quería librarse de mí un rato. Pero tardé apenas dos minutos en cambiar el dinero, así que deambulé por el mercado, y luego, para que la gente no me atosigara, fui más allá del muelle hasta el antiguo fuerte militar, que había sido un museo y ahora estaba abandonado, aunque todavía se podía escalar la fortificación para ver el río y contemplar con frustración la ciudad construida de espaldas a la orilla, ignorando sus aguas, agazapada a la defensiva, como si la hermosa vista de la otra ribera, del mar y los delfines saltarines, resultara por alguna razón ofensiva o superflua, o simplemente llevara en su cauce la memoria de un sufrimiento excesivo. Bajé de nuevo y me quedé cerca del transbordador, pero como disponía aún de veinte minutos, fui al cibercafé. Era la escena habitual: un chico tras otro con los auriculares puestos, diciendo «Te quiero» o «Sí, cariño», a la vez que desde las pantallas mujeres blancas entradas en años los saludaban y les lanzaban besos. Eran casi todas británicas, a juzgar por la decoración de interiores, y apostada en el mostrador para pagar los veinticinco dalasi por quince minutos de conexión, pude verlas a todas simultáneamente saliendo de sus duchas de ladrillos de vidrio, o comiendo en sus cocinas americanas, o caminando por los rincones de sus jardines, o repantingadas en una mecedora en el invernadero, o simplemente sentadas en un sofá, viendo la tele, con sus teléfonos o portátiles en mano. No había nada inusual en esa escena, la había visto muchas veces, pero esa tarde en particular, mientras dejaba mi dinero en el mostrador, un hombre enloquecido entró farfullando en el local y empezó a hacer eses entre los ordenadores, blandiendo un bastón largo tallado, y el dueño del cibercafé me dejó allí plantada para perseguirlo de una terminal a otra. El lunático era alto y guapísimo, como un masái, e iba descalzo, vestido con un *dashiki* tradicional bordado con hilo de oro, aunque raído y sucio, y sobre las rastas llevaba una gorra de un campo de golf de Minnesota. Tocaba a los jóvenes en el hombro, un golpecito en cada lado, como un rey armando a los caballeros, hasta que el dueño del local consiguió arrebatarle el bastón y empezó a darle de palos. Y mientras lo apaleaban seguía hablando, con un cómico acento inglés refinado, que, tantos años después, me hizo recordar a Chalky.

—Señor mío, ¿acaso sabe quién soy yo? Eh, ilusos, ¿alguno de vosotros sabe quién soy? ¡Pobres, pobres ilusos! ¿Ni siquiera me reconocéis?

Dejé el dinero en el mostrador y salí afuera, a esperar al sol.

4

Cuando volví a Londres fui a cenar con mi madre, que había reservado mesa en Andrew Edmunds, abajo («un capricho»), pero me sentí oprimida por las paredes verdes oscuras y confundida por las miradas furtivas de los otros comensales, hasta que de pronto ella forcejeó para arrancarme el teléfono de la mano derecha.

—Mira esto —dijo—. Mira lo que te está haciendo esa mujer. Ya no te quedan uñas y te sangran los dedos.

Me pregunté cuándo había empezado mi madre a ir a los restaurantes del Soho, y por qué la veía tan delgada, y dónde estaba Miriam. Quizá hubiera profundizado en esas cuestiones de haber existido algún hueco para meditarlas seriamente, pero esa noche mi madre hablaba sin parar y copó la velada con un monólogo sobre la gentrificación de Londres —dirigido tanto a las mesas vecinas como a mí— que empezó con las consabidas quejas contemporáneas y se remontó en el tiempo hasta convertirse en una improvisada lección de historia. Cuando nos sirvieron el plato principal habíamos llegado a principios del siglo XVIII. Las casas victorianas de la calle en la que estábamos sentadas en ese momento (una diputada sin cartera en el gobierno y una ayudante personal de una estrella del pop, comiendo ostras mano a mano) antiguamente alojaban a ensambladores y fabricantes de marcos, albañiles y carpinteros, que pagaban una renta mensual que, incluso ajustada a la inflación, no bastaría ahora para cubrir la ostra del lago Ryan que me estaba metiendo en la boca.

—Trabajadores —explicó, sorbiendo una a su vez—. Además de radicales, indios, judíos, esclavos caribeños fugitivos. Panfletistas y agitadores. ¡Robert Wedderburn! Uno de los «Pájaros Negros». Ellos también se reunían aquí, delante de las narices de Westminster... Esas cosas ya no pasan, y a veces me gustaría que no fuera así. ¡Dadnos a todos algo con lo que trabajar! ¡O algo que perseguir! O incluso contra lo que oponernos... —Alargó la mano hacia los paneles de madera de trescientos años de antigüedad y los acarició con nostalgia—. La verdad es que la mayoría de mis colegas ni siquiera recuerdan lo que es la izquierda auténtica, y créeme, más vale que no se acuerden. Ah, pero en otros tiempos esto era un hervidero de...

Siguió por esos derroteros un poco más de la cuenta, como de costumbre, pero con pasión, tan emocionada que algunos clientes se inclinaban para cazar retazos al vuelo, y en ningún momento fue mordaz o acusadora conmigo, todas sus aristas parecían haberse limado. Nos retiraron las ostras vacías. Por mera costumbre empecé a morderme las cutículas de las uñas. Mientras siga hablando del pasado, pensé, no me preguntará por el presente o el futuro, ni cuándo dejaré de trabajar para Aimee o tendré un hijo, y evitar esos dos flancos de ataque se había convertido en mi máxima prioridad cuando la veía. Pero no me preguntó por Aimee, no me preguntó por nada. Pensé: por fin ha llegado al meollo, está «en el poder». Sí, a pesar de que le gusta describirse como «un grano en el culo del partido», el hecho es que por fin está en el meollo, y ésa debe de ser la diferencia. Ya tenía lo que había querido y lo que más había necesitado toda la vida: respeto. Quizá ya ni siquiera le importaba lo que hiciera yo con mi vida. Ya no se sentía juzgada por eso, o por cómo me había criado. Y aunque me fijé en que no tomaba alcohol, también lo atribuí a mi nueva versión de una madre madura, sobria, que confiaba en sí misma y ya no estaba a la defensiva, que había conseguido triunfar a pulso.

Esa deriva de pensamientos me desarmó para el vuelco que dio entonces la conversación. Mi madre dejó de hablar y apoyó la cabeza en una mano.

—Cariño, tengo que pedirte que me ayudes con algo —me dijo.

Crispó la cara en un gesto de dolor. Me blindé contra cualquier aspaviento dramático. Duele recordar ahora y comprender que esa mueca era seguramente una reacción involuntaria a un dolor físico real.

—Y me gustaría haberlo resuelto sola —continuó— para no molestarte, sé que estás muy liada, pero estoy en un punto en que ya no sé a quién más recurrir.

—Vale, vale, ¿de qué se trata? —pregunté, muy concentrada en recortar la grasa de una chuleta de cerdo. Cuando al fin la miré me di cuenta de que nunca había visto a mi madre tan cansada.

—De tu amiga... Tracey.

Solté los cubiertos.

—Bueno, es absurdo, la verdad, pero recibí un correo electrónico, cordial... me llegó al despacho. No la había visto hacía años..., pero pensé, «¡Vaya, Tracey!». Era por uno de sus hijos, el mayor. Lo habían expulsado de la escuela, según ella injustamente, y me pedía ayuda, ya ves, así que le contesté, y al principio la verdad es que no me pareció nada raro, recibo ese tipo de cartas constantemente. Ahora, en cambio, me pregunto: ¿no sería todo una artimaña?

—Mamá, ¿de qué estás hablando?

—Sí, me extrañó un poco que mandara tal cantidad de mensajes, pero... bueno, ya sabes, no trabaja, eso es evidente, no sé si ha trabajado alguna vez, la verdad, y sigue viviendo en ese maldito bloque... Sólo por eso, cualquiera se volvería loca. Supongo que tiene mucho tiempo muerto, y enseguida empezaron a llegarme un montón de mensajes, dos o tres al día. Según ella, la escuela expulsaba injustamente a los chicos negros. Indagué un poco, pero parecía que en este caso, bueno... la escuela tenía razones de peso y no pude ir más allá. Le escribí y se enfadó mucho, y me mandó algunos correos coléricos, y pensé que todo quedaría ahí, pero... sólo era el principio.

Se rascó la nuca con nerviosismo, por debajo del tocado que le cubría la cabeza, y me di cuenta de que tenía la piel irritada en esa zona.

—Pero, mamá, ¿cómo se te ocurrió contestar nada que viniera de Tracey? —Me agarré a los bordes de la mesa—. Podría haberte dicho que está desequilibrada. ¡Hace años que lo sé!

—Bueno, para empezar es una electora de mi distrito, y yo siempre contesto a mis electores. Y cuando me di cuenta de que era «tu» Tracey, porque ya sabrás que se ha cambiado el nombre, pues lógicamente... Lo que pasa es que sus mensajes se han vuelto muy... raros, muy peculiares.

—¿Cuánto tiempo lleváis así?

—Unos seis meses.

—¡Por qué no me lo has contado antes!

—Cielo —dijo, y se encogió de hombros—, ¿cuándo habría tenido ocasión?

Había perdido tanto peso que su majestuosa cabeza parecía vulnerable sobre su cuello fino como el de un cisne, y esa delicadeza nueva, esa insinuación de que los estragos del tiempo la alcanzaban igual que al resto de los mortales, caló en mí mucho más hondo que cualquiera de sus clásicos reproches por mi abandono. Puse una mano sobre la suya.

—¿Raros en qué sentido?

—La verdad es que no quiero entrar en detalles aquí. Ya te reenviaré algunos de los correos.

—Mamá, no exageres tanto. Seguro que puedes darme una idea.

—Son bastante groseros —dijo, con lágrimas en los ojos—, y como no me encuentro muy bien últimamente, y me llegan muchos, a veces una docena al día, aunque sé que es una estupidez, me están disgustando...

—¿Por qué no dejas que se encargue Miriam? Ella te lleva la correspondencia, ¿no?

Apartó la mano y puso su cara de diputada sin cartera, una sonrisa triste y tensa, apropiada para rebatir cuestiones sobre los servicios de salud, pero enervante en una cena.

—Bueno, tarde o temprano te ibas a enterar: hemos roto. Sigo viviendo en Sidmouth Road. Tengo que quedarme en el barrio, obviamente, y no encontraré un sitio mejor, por lo menos enseguida, así que le pedí que se marchara. Claro, técnicamente el piso es suyo, pero fue muy comprensiva, ya conoces a Miriam. De todos modos nos llevamos bien, sin resentimientos, y hemos conseguido que el asunto no llegue a la prensa. Y no hay mucho más que decir.

—Oh, mamá... Lo siento. De verdad.

—No lo sientas, no. Hay gente que no lleva bien que una mujer tenga cierto poder, es la pura verdad. Lo he visto antes y volveré a verlo, estoy segura. ¡Mira lo que pasó con Raj! —dijo, y hacía tanto tiempo que no pensaba en el Destacado Activista por su verdadero nombre que me di cuenta de que lo había olvidado—. ¡Largarse con aquella chica boba en cuanto acabé mi libro! ¿Es culpa mía que él no acabara nunca el suyo?

No, la tranquilicé; no era culpa suya que Raj nunca acabara el libro en el que había trabajado dos décadas, sobre la mano de obra culí en las Antillas, mientras que ella en un año y medio había empezado y terminado su ensayo sobre Mary Seacole. Desde luego, el Destacado Activista sólo podía culparse a sí mismo.

—Los hombres son ridículos. Pero resulta que las mujeres también. De todos modos, casi es mejor así. En un momento dado sentí que Miriam quería interferir en cosas que... Por ejemplo, esa obsesión suya con «nuestras» prácticas empresariales en África Occidental, la violación de los derechos humanos y esas cosas... Bueno, ¡me alentaba a hacer preguntas en la cámara sobre cuestiones que no estoy cualificada para tratar! Y al final, creo que en el fondo todo era un intento desesperado de abrir una brecha entre tu y yo... —Pensando en Miriam me costaba mucho imaginar una motivación más improbable, pero me mordí la lengua—. Me hago mayor, ya no tengo tanta energía como antes, y quiero centrarme en los temas locales que me preocupan, en mis electores. Soy una representante local, y eso es lo que quiero hacer. No aspiro a nada más. Cariño, no te rías, que hablo en serio. Ya no aspiro a nada más. Llegó un punto en que le dije a Miriam: «Mira, cada día acude a mi despacho gente que viene de Liberia, de Senegal, de Gambia, ¡de Costa de Marfil! Mi trabajo es global. Aquí es donde está mi trabajo. Esa gente llega de todos los rincones del mundo a mi distrito electoral, en esas terribles pateras, están traumatizados, han visto a otros morir allí mismo, y han venido aquí, precisamente aquí. Creo que el universo intenta decirme algo. Siento que nací para hacer este trabajo, de verdad.» Pobre Miriam... Tiene buena intención, y sabe Dios que es muy organizada, pero a veces le falta perspectiva. Quiere salvar a todo el mundo. Y una persona así no es la mejor compañera de vida, desde luego, aunque siempre la consideraré una administradora muy eficaz.

Era impresionante... y un poco triste. Me pregunté si existiría para mí un epitafio así de gélido. «No fue la mejor de las hijas, pero era la persona ideal para ir a cenar.»

—¿Tú crees...? —empezó mi madre—. ¿Tú crees que está trastornada... o es una enferma mental o...?

—Miriam es una de las personas más cuerdas que he conocido.

—No, hablo de tu amiga Tracey.

—¡Deja de llamarla así!

Pero mi madre, sumida en sus ensoñaciones, no me escuchaba.

—Mira, de alguna manera... Bueno, la llevo en la conciencia. Miriam pensaba que debería haber acudido directamente a la policía por esos mensajes, pero... no sé... cuando te haces mayor, no sé por qué, hay cosas del pasado que te pesan. Recuerdo que Tracey acudía al centro a recibir asesoramiento... Nunca llegué a ver su historial, por supuesto, pero me dio la impresión, hablando con el equipo de allí, de que ya entonces había problemas, cosas de salud mental. Quizá me equivoqué al pedirle que dejara de ir, pero créeme si te digo que no fue fácil conseguirle la plaza, para empezar, y además confieso que en aquel momento de verdad sentía que había abusado de mi confianza, de la tuya, y de la de todos... Sé que todavía era una cría, pero fue un delito en toda regla, y era mucho dinero. Seguro que se lo embolsó su padre, pero ¿y si te culpaban a ti? En ese momento creí que lo mejor era cortar todos los vínculos. Bueno, seguro que tienes mucho que decir de lo que pasó, tú siempre tienes mucho que decir, pero ojalá entiendas que no fue fácil criarte, que mi situación no era fácil, y para colmo estaba centrada en mis estudios, intentando terminar la carrera, quizá demasiado centrada, en tu opinión... pero tenía que abrirme camino, por ti y por mí. Sabía que tu padre no era capaz. Le faltaba entereza. Nadie más iba a hacerlo. Había que salir adelante. Y yo tenía demasiados frentes abiertos, o así lo sentía, y... —Alargó la mano hacia mí y me agarró del codo—: Deberíamos haber hecho más... ¡para protegerla!

Sentí sus dedos pellizcándome, huesudos y tenaces.

—Tú fuiste afortunada, tenías un padre maravilloso. Ella no. Tú no sabes lo que se siente porque fuiste afortunada, la verdad es que naciste con suerte, pero yo sí lo sé. ¡Y esa cría prácticamente era de la familia!

Me estaba suplicando. Por fin, rompió a llorar.

—No, mamá... no era de la familia. La memoria te traiciona: nunca te cayó bien. ¿Quién sabe lo que se cocía en aquella casa o de qué había que protegerla, en cualquier caso? Nadie nos lo dijo nunca; desde luego, ella nunca nos contó nada. Todas las familias de ese rellano tenían sus secretos. —La miré y pensé: ¿acaso quieres conocer los nuestros?—. Mamá, tú misma lo has dicho: no puedes salvar a todo el mundo.

Asintió varias veces y se secó las lágrimas de las mejillas con la servilleta.

—Eso es cierto —dijo—. Muy cierto. Pero ¿no es verdad también que siempre se puede hacer más?

5

A la mañana siguiente me llamaron al móvil británico, un número que no reconocí. No era mi madre, ni Aimee, ni los padres de sus hijos, ni mis tres amigos de la facultad que aún confiaban, una o dos veces al año, en tentarme para salir a tomar algo antes de que volviera a subirme a otro avión. Tampoco reconocí la voz, al principio: nunca había oído a Miriam tan adusta y fría.

—Pero ¿eres consciente —me preguntó, tras unas torpes frases de rigor— de que tu madre está muy enferma?

Reclinada en el suntuoso sofá gris de Aimee, contemplando los jardines de Kensington (tejados de pizarra, cielo azul, robles verdes), sentí, mientras Miriam me explicaba la situación, que esa vista se mezclaba con otra previa: cemento gris, cielo azul, por encima de las copas de los castaños de Indias, más allá de Willesden Lane, hasta las vías del tren. En la habitación de al lado oía a Estelle, la niñera, tratando de disciplinar a los hijos de Aimee con aquel acento cantarín que me conectaba con mis recuerdos más tempranos, con nanas y cuentos a la hora del baño o de acostarse, con el repiqueteo de un cucharón de madera. La luz de los faros de los coches que pasaban de noche se deslizaba por el techo.

—¿Hola? ¿Sigues ahí?

Fase tres: había empezado en la columna. Una cirugía con resultados parciales, el febrero anterior (¿dónde estaba yo, en febrero?). Se encontraba en remisión, pero la última tanda de quimio la había debilitado mucho. Debía guardar reposo, procurar recuperarse. Era una locura que siguiese yendo a las sesiones de la Cámara, una locura que saliera a cenar, una locura que yo se lo consintiera.

—¿Cómo iba a saberlo? No me dijo nada.

Oí que Miriam chasqueaba la lengua.

—¡A cualquiera con un mínimo de sentido común le basta con mirarla para ver que la mujer no está bien!

Me eché a llorar. Miriam guardó silencio pacientemente. Mi primer impulso fue colgar y llamar a mi madre, pero Miriam me rogó que no lo hiciera.

—No quiere que lo sepas. Sabe que tienes que viajar y estás en mil jaleos... No quiere truncar tus planes. Se enteraría de que te lo he contado yo. Soy la única que lo sabe.

No podía soportar esa noción de mí misma que se desprendía de la idea de que mi madre prefiriera no molestarme cuando se estaba muriendo. Con tal de desterrar ese pensamiento, me puse a buscar una reacción a la altura de las circunstancias y, sin saber siquiera si era posible, ofrecí los servicios de los médicos privados que Aimee tenía en Harley Street. Miriam se rió con tristeza.

—¿Privados? ¿A estas alturas aún no conoces a tu madre? No, si quieres hacer algo por ella, te diré lo que ahora mismo sería imprescindible: que esa loca deje de molestarla. No sé por qué ese asunto la obsesiona tanto, pero tiene que acabarse, no piensa en otra cosa... Y eso en este momento no le conviene. Me dijo que te lo había comentado, ¿verdad?

—Sí. Iba a reenviarme los mensajes, pero no lo ha hecho.

—Los tengo, ya te los mando yo.

—Ah, de acuerdo. Pensaba que... Bueno, me dijo, en la cena, que vosotras...

—Sí, sí, hace varios meses. Pero tu madre siempre formará parte de mi vida. No es de esas personas que salen de tu vida una vez han entrado. En cualquier caso, cuando alguien que te importa cae enfermo, todo lo demás... simplemente desaparece.

Pocos minutos después de colgar, empecé a recibir los correos electrónicos, en pequeñas ráfagas, hasta que hubo más de cincuenta. Los leí perpleja, inmovilizada por la rabia, una rabia tan intensa que me hizo sentir inepta, como si Tracey tuviera sentimientos más fuertes por mi madre que yo, aunque no se expresaran por medio del amor, sino del odio. Perpleja, al mismo tiempo, por lo bien que escribía, no te aburrías ni por un instante, su dislexia y sus faltas gramaticales no suponían ningún obstáculo: te atrapaba sin remedio. No podías empezar a leer un mensaje y no acabarlo. Ante todo acusaba a mi madre de abandono: con los problemas de su hijo en la escuela, con las quejas y los correos de la propia Tracey, y con su deber —el deber de mi madre— de velar por los intereses de su electorado. Si soy sincera, los primeros correos no me parecieron una insensatez, pero después Tracey amplió el radio de tiro. Abandono de las escuelas públicas del barrio, abandono de los niños negros en esas escuelas, de los negros en Inglaterra, de los negros de clase trabajadora en Inglaterra, de las madres solteras, de los hijos de madres solteras, y de la propia Tracey como hija única de una madre soltera, tantos años atrás. Me llamó la atención que allí hablara de «madre soltera», como si su padre nunca hubiera existido. El tono se volvía insultante, avasallador. En algunos de los mensajes parecía borracha o colocada. Pronto se convertía en una correspondencia de sentido único, una disección sistemática de todas las maneras en que Tracey creía que mi madre le había fallado. Nunca te caí bien, nunca me quisiste en tu casa, siempre intentabas humillarme, nunca me creíste a la altura, te daba miedo que te relacionaran conmigo, siempre marcabas las distancias, fingías ser de la comunidad, pero te considerabas especial, le dijiste a todo el mundo que robé aquel dinero, pero no tenías ninguna prueba y nunca me defendiste. Había un montón de cartas que hablaban exclusivamente de los bloques donde vivíamos. No se hacía nada para mejorar los pisos de protección oficial, se permitía que se cayeran a pedazos (la mayoría estaban en el bloque de Tracey), no se había hecho nada desde principios de los años ochenta. En cambio el bloque de la acera de enfrente (el nuestro, que el ayuntamiento se afanaba ahora por liquidar) se había llenado de parejas blancas jóvenes y sus bebés y parecía un «puto complejo turístico». ¿Y qué pensaba hacer mi madre con los chicos que vendían crack en la esquina de Torbay Road? ¿Con el cierre de la piscina? ¿Con los prostíbulos de Willesden Lane?

Así era: una mezcla surrealista de venganza personal, recuerdos dolorosos, protesta política sagaz y quejas de una vecina del barrio. Advertí que las cartas se hacían más largas con el paso de las semanas, el par de párrafos del principio iba ampliándose hasta convertirse en miles y miles de palabras. En las últimas resurgían algunas de las fantasías e ideas conspiratorias que yo recordaba de diez años atrás, si no literalmente, al menos en espíritu. Los lagartos no aparecían: ahora una secta bávara del siglo XVIII había sobrevivido a su propia extinción y operaba en todo el mundo en el presente, muchos de sus miembros eran negros poderosos y célebres —confabulados con blancos y judíos de la élite— y Tracey estaba investigando todo el asunto muy a fondo y cada vez se convencía más de que mi madre podía ser un instrumento de esa gente, menor pero peligroso, que se las había ingeniado para abrirse camino con malas artes hasta las entrañas mismas del gobierno británico.

Justo después de mediodía leí el último correo, me puse el abrigo, bajé a la calle y esperé el autobús 52. Me bajé en Brondesbury Park, caminé un trecho por Christchurch Avenue, llegué al bloque de Tracey, subí las escaleras y llamé al timbre. Ya debía de estar en el recibidor, porque abrió la puerta enseguida, con un bebé de cuatro o cinco meses a la cadera, al que no le vi la cara. Dentro se oían voces de otros niños, peleando, y una televisión a todo volumen. No sé lo que había esperado encontrar, pero me topé con una mujer de mediana edad, nerviosa, fondona, con unos pantalones de pijama de felpa, zapatillas y una sudadera negra con una única palabra estampada: OBEY. Me di cuenta de que yo parecía mucho más joven.

—Ah, eres tú —dijo.

Puso una mano protectora en la cabeza del bebé.

—Tracey, tenemos que hablar.

—¡MAMÁ! —chilló una voz desde el interior—. ¿QUIÉN ES?

—Ya, bueno, me pillas preparando la comida.

—Mi madre se está muriendo —dije, dejándome llevar por la vieja costumbre infantil de exagerar—, así que tienes que parar con toda esta historia que...

Justo entonces, sus dos hijos mayores asomaron la cabeza por la puerta y me miraron sin disimulo. La niña parecía blanca, con un pelo castaño ondulado y ojos verde mar. El niño tenía el color de piel de Tracey y un pelo crespo y rizado, pero no se parecía especialmente a ella, debía de haber salido a su padre. La cría que tenía en brazos era mucho más oscura que cualquiera de nosotros, y cuando se volvió hacia mí, vi que era idéntica a Tracey, y preciosa. Aunque todos eran guapísimos, la verdad.

—¿Puedo pasar?

No me contestó. Suspiró, abrió la puerta con la zapatilla y la seguí adentro.

—¿Quién eres, quién eres, quién eres? —me preguntaba la niña, y antes de que le contestara me dio la mano.

Al entrar en la sala de estar me di cuenta de que los había interrumpido mientras veían *Al sur del Pacífico*. Ese detalle me enterneció, e hizo que me resultara difícil pensar en la odiosa Tracey de los correos electrónicos o en la Tracey que había deslizado aquella carta bajo mi puerta diez años antes. Conocía a la Tracey capaz de pasarse una tarde entera viendo *Al sur del Pacífico*, y la quería.

—¿Te gusta? —me preguntó su hija, y cuando dije que sí, me tiró del brazo hasta que me senté en el sofá entre ella y su hermano mayor, que estaba jugando con un móvil.

Había caminado desde Brondesbury Park espoleada por la indignación, pero ahora parecía completamente posible que me quedara toda la tarde en aquel sofá viendo *Al sur del Pacífico* de la manita de una niña. Le pregunté cómo se llamaba.

—¡Mariah Mimi Alicia Chantelle!

—Se llama Jeni —dijo el niño, sin levantar la vista.

Calculé que tendría ocho años, y Jeni cinco o seis.

—¿Y tú cómo te llamas? —pregunté, estremeciéndome al oírme con la voz de mi madre, hablando con todos los niños, de cualquier edad, como si apenas tuvieran luces.

—¡Me llamo Bo! —dijo, imitando mi entonación, con una carcajada; la risa era Tracey en estado puro—. ¿Y qué te trae por aquí, señorita Desconocida? ¿Eres del Departamento de Bienestar Social?

—No. Soy... amiga de tu madre. De la infancia.

—Mmm, puede ser —dijo, como si el pasado fuese una hipótesis que pudiera aceptar o rechazar. Se concentró de nuevo en el juego del móvil—. Aunque yo nunca te había visto, así que tengo mis sospechas.

—¡Este número es *Happy Talk*! —exclamó Jeni, encantada, señalando la pantalla.

—Sí, pero tengo que hablar con tu mamá —le dije, a pesar de que lo que más deseaba era quedarme en el sofá, agarrando su manita caliente, sintiendo la rodilla de Bo apoyada distraídamente contra la mía.

—¡Vale, pero vuelve en cuanto acabes de hablar!

Tracey estaba trajinando en la cocina con su bebé a la cadera y no interrumpió la tarea cuando entré.

—Tus hijos son geniales —dije sin pensar, mientras ella apilaba platos y preparaba los cubiertos—. Encantadores... y listos.

Abrió el horno; la puerta casi rozó la pared de enfrente.

—¿Qué estás cocinando?

Empujó la puerta para volver a cerrar el horno y, de espaldas a mí, se cambió al bebé a la otra cadera. Todo iba al revés: yo me mostraba solícita y apocada, y ella arrogante. Era como si aquella casa sacara de mí ese papel sumiso. En el escenario de la vida de Tracey no podía interpretar ningún otro papel.

—Tengo que hablar contigo, de verdad —dije otra vez.

Se dio la vuelta. Tenía cara de palo, como solíamos decir, pero cuando nos miramos a los ojos sonreímos; fue involuntario, un gesto de complicidad mutua.

—No, no me río —dijo, poniéndose seria de nuevo—, y si has venido aquí a liarla, ya te puedes ir largando, porque no estoy para historias.

—He venido a pedirte que dejes de acosar a mi madre.

—¡Ja, eso es lo que te ha dicho!

—Tracey, he leído tus mensajes.

Se colocó a la niña al hombro y empezó a sacudirla y a darle palmadas en la espalda sin parar.

—Oye, yo vivo en este barrio —dijo—, no como tú. Veo lo que pasa. En el Parlamento pueden hablar todo lo que quieran, pero yo estoy sobre el terreno, y se supone que tu madre debe velar por lo que pasa en estas calles. Sale por la tele casi cada noche, pero ¿tú ves que algo haya cambiado por aquí? Mi hijo tiene un cociente intelectual de 130, ¿vale? Le han hecho pruebas. Tiene déficit de atención, el cerebro le va muy rápido, y en ese estercolero se aburre todos los días. Sí, se mete en problemas. Porque se aburre. ¡Y a esos maestros lo único que se les ocurre es expulsarlo!

—Tracey, no sé nada de todo eso, pero no puedes...

—Anda, deja de dar la lata y haz algo útil. Ayúdame a llevar estos platos.

Me los pasó, puso los cubiertos encima y me mandó de vuelta a la sala de estar, donde me encontré colocándolo todo en una mesita redonda para su familia, como en otros tiempos preparaba los cacharritos del té para sus muñecas.

—¡El almuerzo está servido! —dijo, en lo que parecía ser una imitación de mi voz. En broma, les dio un cachete cariñoso a los dos niños mayores.

—Si hay lasaña otra vez me echaré a llorar de rodillas —dijo Bo.

—Hay lasaña —contestó Tracey, y Bo adoptó la postura y golpeó cómicamente el suelo con los puños—. Levanta, payaso —dijo, y todos se echaron a reír, y yo ya no supe por dónde avanzar en mi propósito.

En la mesa guardé silencio mientras ellos discutían y se reían con la menor excusa, todos parecían hablar a gritos, soltando palabrotas a mansalva, y Tracey, mientras comía con una mano y bromeaba con los otros dos, hacía saltar a la cría todavía sentada sobre su regazo, y a lo mejor la hora de la comida en esa casa era siempre así, pero no podía librarme de la sospecha de que también Tracey le echaba un poco de teatro, era una manera de decir: «Mira qué vida tan llena tengo. Mira qué vacía está la tuya.»

—¿Sigues bailando? —pregunté de repente, interrumpiéndolos—. Profesionalmente, me refiero.

Se hizo un silencio y Tracey se volvió hacia mí.

—¿Tengo pinta de seguir bailando? —Se miró, miró alrededor de la mesa y soltó una risotada—. Ya sé que la lista era yo, pero... suma dos más dos.

—Nunca... nunca te lo he contado, Trace, pero te vi en *Show Boat*.

No pareció sorprendida, ni de lejos. Me pregunté si me habría divisado entre el público.

—Ya, bueno, todo eso es historia antigua. Mamá se puso enferma, no tenía a nadie que me cuidara a los niños... se me hacía cuesta arriba. Yo también he tenido algunos problemas de salud. No era para mí.

—¿Y su padre?

—Y su padre, ¿qué?

—¿Por qué no puede cuidarlos?

Hablé en singular adrede, pero Tracey, siempre atenta al eufemismo o la hipocresía, no se dejó engañar.

—Bueno, como ves, probé vainilla, café con leche y chocolate, ¿y sabes lo que descubrí? Por dentro, son todos la misma bazofia: hombres.

Su lenguaje me crispaba, pero los niños (con las sillas encaradas hacia *Al sur del Pacífico*) no parecían sorprendidos ni preocupados.

—Quizá el problema está en los hombres que eliges.

Tracey resopló.

—¡Gracias, doctora Freud! ¡No se me había ocurrido! ¿Alguna otra perla de sabiduría para mí?

Me callé y comí la lasaña, que estaba aún un poco congelada en el centro, pero riquísima. Me recordó a su madre y le pregunté cómo estaba.

—Murió, hace un par de meses. ¿A que sí, princesa? Murió.

—La abuelita murió. ¡Se fue con los ángeles!

—Sí... ahora estamos solos los cuatro. Pero nos va bien. Esos putos asistentes sociales nos dan la lata, pero estamos bien. Los cuatro mosqueteros.

—¡Quemamos a la abuelita en un fuego enorme!

Bo se volvió hacia su hermana.

—Qué idiota eres, nosotros no la quemamos, ¿vale? ¡Ni que la hubiéramos echado a una hoguera o algo! Fue in-ci-ne-ra-da. Es mejor a que te metan bajo tierra, encerrado en una caja. No, gracias. Yo quiero lo mismo para mí. Nana era como yo, porque odiaba los espacios cerrados. Era claus-tro-fó-bi-ca. Por eso siempre iba por las escaleras.

Tracey sonrió afectuosamente a Bo y fue a hacerle una caricia, pero él se agachó y la esquivó.

—Al menos llegó a conocer a los niños —murmuró, como para sí—. Incluso a la pequeña Bella. Así que de eso me alegro.

Acercó a Bella a los labios y le dio besos en la nariz. Luego me miró y me señaló la tripa.

—¿A qué estás esperando?

Alcé la nariz, comprendiendo demasiado tarde que era un gesto prestado (que llevaba años usando en arranques de orgullo o terquedad) y que pertenecía en toda regla a la mujer sentada delante de mí.

—A que la situación acompañe —dije—. A que llegue el momento.

Sonrió con la clásica crueldad de siempre.

—Ah, claro. Pues que te vaya bien. Es de risa, ¿no? —dijo, exagerando su deje barriobajero y volviéndose hacia la televisión, sin mirarme—. Tipas ricas sin hijos, tipas pobres cargadas de críos. Seguro que tu madre tendría mucho que decir al respecto.

Los niños acabaron de comer. Recogí sus platos, los llevé a la cocina y me senté un momento en el taburete, inspirando hondo y exhalando despacio —como nos había enseñado la profesora de yoga de Aimee—, mientras miraba las plazas de aparcamiento por la ventanita. Quería respuestas de Tracey, de cosas que se remontaban mucho tiempo atrás. Me puse a pensar cómo volver al salón de un modo que girase la tarde a mi favor, pero antes de que llegara a una conclusión, entró Tracey.

—La cuestión es que lo que hay entre tu madre y yo queda entre tu madre y yo. Ni siquiera sé para qué has venido, la verdad.

—Sólo estoy tratando de entender por qué has...

—¡Ya, pero ésa es la cuestión! ¡Tú y yo ya no podemos entendernos! Ahora perteneces a otro sistema. La gente como tú cree que puede controlarlo todo. Pero ¡a mí no puedes controlarme!

—¿La gente como yo? ¿De qué hablas? Trace, eres una mujer adulta, tienes tres hijos preciosos, en serio, tienes que mantener a raya ese tipo de historias delirantes...

—Puedes llamarlo tan pomposamente como quieras, encanto: hay un sistema, y tú y tu condenada madre formáis parte de él.

Me levanté.

—Deja de acosar a mi familia, Tracey —dije, y salí de la cocina con paso decidido, seguida de Tracey, y crucé el salón hacia la entrada—. Si esto continúa, tendrá que intervenir la policía.

—Sí, sí, andando, lárgate —dijo, y cerró de un portazo.

6

A principios de diciembre Aimee regresó para ver cómo progresaba la academia, y esta vez viajó con un equipo más pequeño —Granger, Judy, la obtusa Mary-Beth (que se encargaba del correo electrónico), Fern y yo—, sin prensa y con un plan específico: quería crear un consultorio de salud sexual dentro del recinto de la escuela. En principio nadie se oponía, pero al mismo tiempo resultaba difícil ver cómo se enfocaría públicamente el asunto y cómo los discretos informes de Fern sobre la vulnerabilidad sexual de las chicas de la región —que había recabado poco a poco, y gracias a la enorme confianza de algunas de las maestras, que se habían arriesgado hablando con él— podían salir a la luz en la aldea sin causar conflictos personales y ofensas, o incluso acabar con todo nuestro proyecto. Durante el vuelo hablamos de ello. Intenté, titubeando, explicarle a Aimee la necesidad de actuar con tacto y de que se hiciera una idea del contexto local, sin poder quitarme a Hawa de la cabeza, mientras que Fern, más elocuente, mencionó las intervenciones anteriores de una ONG de médicos alemanes en una aldea mandinga próxima donde se practicaba la ablación femenina generalizada, ya que las enfermeras habían comprobado que abordando el tema con estrategias sesgadas se ganaba más que con la repulsa directa. Aimee arrugó la nariz al oír esas comparaciones y luego retomó la cuestión donde la había dejado.

—Mira, me pasó en Bendigo, me pasó en Nueva York, pasa en todas partes. No se trata de vuestro «contexto local»: es igual en todas partes. Vengo de una familia numerosa, primos y tíos yendo y viniendo... sé cómo funciona. Y apuesto un millón de dólares a que si entras en una clase de treinta chicas en cualquier lugar del mundo, habrá por lo menos una que tiene un secreto que no puede contar. Yo me acuerdo. No tuve adónde acudir. ¡Quiero que estas chicas tengan un sitio al que acudir!

Comparadas con su pasión y compromiso, nuestras reservas e inquietudes parecían insignificantes y puritanas, pero conseguimos convencerla de que lo llamáramos simplemente «consultorio», y de poner el énfasis —al menos al abordar el asunto con las madres— en la higiene menstrual, que por sí sola planteaba un problema a muchas chicas sin medios para comprar tampones o compresas. De todos modos, a mí no me parecía que Aimee se equivocara: recordé mi colegio, mis clases de danza, los recreos en el patio, las pandillas juveniles, las fiestas de cumpleaños, las despedidas de soltera, y siempre había una chica con un secreto, con un aire furtivo y algo roto por dentro, y mientras paseábamos por la aldea con Aimee, entrando en los hogares de la gente, estrechándoles la mano, aceptando la comida y la bebida que nos ofrecían, recibiendo los abrazos de los niños, a menudo me parecía ver de nuevo a esa chica, que vive en todas partes y en todos los momentos de la historia, que está barriendo el patio o sirviendo el té o cargando en la cadera a un bebé que no es suyo, y que te mira con un secreto que no puede contar.

Fue un primer día difícil. Nos alegraba estar de vuelta, y encontrábamos un placer inesperado en recorrer una aldea que ya no nos resultaba tan extraña o ajena, viendo caras conocidas (en el caso de Fern, personas con las que había trabado una estrecha amistad), y sin embargo también estábamos tensos porque sabíamos que Aimee, a pesar de que atendía sus obligaciones y sonreía en las fotografías que Granger se ocupaba de hacer, no se quitaba a Lamin de la cabeza. Cada pocos minutos miraba con expectación a Mary-Beth, que probaba a llamarlo de nuevo, pero sólo conseguía hablar con el buzón de voz. Preguntamos por él en las chozas de parientes o amigos, pero nadie parecía saber dónde estaba, lo habían visto el día anterior o esa mañana temprano, a lo mejor había ido a Barra o a Banjul, quizá a Senegal a visitar a la familia. Al caer la tarde, Aimee apenas lograba ocultar su irritación. Íbamos sondeando a la gente acerca de cómo valoraban los cambios de la aldea y qué otros echaban en falta, pero Aimee miraba al vacío cuando alguien se explayaba un poco, y empezó a entrar y salir de los complejos demasiado rápido, ofensivamente. A mí me habría apetecido ir sin prisas: sospechando que ésa podía ser nuestra última visita, ansiaba retenerlo todo, que la aldea quedara grabada en mi memoria, su luz indómita, los verdes y los ocres, aquellas aves blancas de picos rojos como la sangre, y la gente, mi gente. Sin embargo, en algún lugar de esas calles un hombre se escondía de Aimee, un sentimiento humillante y nuevo para ella, acostumbrada a que los demás la persiguieran, y me di cuenta de que para no pensar en eso optaba por seguir adelante sin tregua y, aunque sus propósitos frustraran los míos, me dio lástima. Aunque tuviera doce años menos que ella, a mí también me pesaba la edad entre todas aquellas chicas escandalosamente jóvenes, hermosísimas, con las que nos topábamos a cada momento y que nos plantaban cara a ambas, en esa calurosa tarde, con la única cosa que ni todo el poder ni el dinero pueden devolverte una vez se ha perdido.

Justo antes de la puesta de sol llegamos a las afueras de la aldea, en el límite hacia el este, donde la zona poblada daba paso de nuevo a la sabana. Allí no había complejos de viviendas, sólo barracas de uralita, y fue en una de ellas donde encontramos al bebé. Estábamos ya exhaustos, sofocados de calor, y al principio no reparamos en que hubiera nadie más en el pequeño habitáculo aparte de la mujer a la que Aimee estrechaba la mano en ese momento, pero cuando me hice a un lado para que Granger pudiera entrar a refugiarse del sol, vi a un bebé acostado encima de un paño en el suelo, junto a una niña de unos nueve años que le acariciaba la carita. Habíamos visto muchos bebés, por supuesto, pero aquél sólo tenía tres días. La mujer lo envolvió en un pequeño fardo y se lo pasó a Aimee, que se quedó mirándolo fijamente, sin hacer ninguno de los típicos elogios que la gente piensa que debes hacer cuando tienes a un recién nacido en brazos. Granger y yo, incómodos, nos acercamos e hicimos esos comentarios: niño o niña, qué preciosa, qué chiquitina, qué ojos, qué lindos ricitos, qué pelo tan negro y tupido. Empecé a decir esas cosas por inercia, hasta que la miré. Sus ojos eran enormes, con unas pestañas preciosas, negros y violetas, desenfocados. Por más que intenté que me mirara, no hubo manera. Era un pequeño dios negándome la gracia, aunque yo estaba de rodillas. Aimee estrechó al bebé contra su pecho, se volvió de espaldas a mí y pegó la nariz a los labios de corazón de la cría. Granger salió a tomar aire. Me acerqué de nuevo a Aimee y alargué el cuello para seguir contemplándola. El tiempo se detuvo. Nos quedamos así, juntas de pie, tan pegadas que hasta compartíamos el sudor, pero no queríamos arriesgarnos a quedar fuera de su campo de visión. La madre estaba hablando, pero creo que ni siquiera la oíamos. Finalmente, Aimee, de mala gana, se volvió y me puso a la niña en los brazos. Quizá sea cuestión de química, como la dopamina que recorre las venas de los enamorados. A mí me ahogó completamente. Nunca he experimentado algo igual, ni antes ni después.

—¿Te gusta? ¿Te gusta? —dijo un hombre jovial, que había salido de alguna parte—. ¡Llévala a Londres! ¡Ajá! ¿Te gusta?

Haciendo de tripas corazón, se la devolví a su madre. Al mismo tiempo, en algún lugar de un futuro alternativo, salí corriendo de allí con el bebé en los brazos, me monté en un taxi hasta el aeropuerto y tomé el vuelo de regreso a casa.

Cuando cayó el sol y se hizo tarde para más visitas, dimos por zanjado el día y quedamos a la mañana siguiente para ir a la escuela y a la asamblea del poblado. Aimee y los demás siguieron a Fern a la casa ocre, mientras que yo, deseando conocer las novedades desde mi última estancia, fui a ver a Hawa. A oscuras, me encaminé muy despacio hacia lo que creía que era el cruce principal, tanteando los troncos de los árboles como si fuese ciega, y sobresaltándome en cada recodo del camino cuando sentía que un adulto o un niño pasaba a mi lado con zancadas rápidas y seguras, sin linternas, hacia allá adonde fuesen. Conseguí llegar al cruce, y estaba a pocos pasos de la puerta de Hawa cuando Lamin apareció a mi lado. Le di un abrazo y le dije que Aimee lo había buscado por todas partes y esperaba verlo al día siguiente.

—Estaba aquí, no he ido a ningún sitio.

—Bueno, voy a ver a Hawa, ¿me acompañas?

—No la encontrarás. Se marchó hace dos días para casarse. Volverá mañana, quiere verte.

Me habría gustado compadecerlo, pero no encontré las palabras.

—Has de venir a la visita de la escuela mañana —repetí—. Aimee no ha parado de buscarte en todo el día.

Pateó una piedra del suelo.

—Aimee es una mujer muy amable, me ayuda y le estoy agradecido, pero... —Dejó la frase en suspenso, como quien se acobarda antes de dar un gran salto, pero de pronto saltó de todos modos—: ¡Es muy mayor! ¡Yo soy joven, y un hombre joven quiere tener hijos!

Nos quedamos frente a la puerta de Hawa, mirándonos, tan cerca que sentí su aliento en mi cuello. Creo que entonces supe lo que iba a ocurrir entre nosotros, esa noche, o la siguiente, y que sería un consuelo ofrecido con el cuerpo, a falta de cualquier solución más clara o articulada. No nos besamos, no en ese momento, ni siquiera me dio la mano. No hizo falta. Los dos comprendimos lo que ya estaba decidido.

—Bueno, pasa —dijo finalmente, abriendo la puerta de Hawa como si fuese la de su propio hogar—. Estás aquí, es tarde. Cena con la familia.

De pie, asomado en el porche, más o menos en el mismo sitio donde lo había visto la última vez, estaba el hermano de Hawa, Babu. Nos saludamos afectuosamente: como a todos con quienes me reencontraba, le parecía que mi decisión de presentarme allí una vez más implicaba cierta virtud, o por lo menos me dio esa impresión. A Lamin lo saludó sólo inclinando la cabeza, no sé si por mera familiaridad o para guardar distancias. Sin embargo, cuando le pregunté por Hawa, el semblante se le ensombreció del todo.

—Estuve ayer con ella en la boda, fui el único testigo. A mí no me importa si hay cantantes, o vestidos, o bandejas de comida... todo eso me da igual, pero ¡no sabes el disgusto que tienen mis abuelas! ¡Ay, mi hermana ha iniciado una guerra! ¡Tendré que escuchar a las mujeres lamentándose hasta el fin de mis días!

—¿Crees que es feliz?

Sonrió, como si me hubiese desenmascarado.

—Ah, sí... ¡para los americanos ésa siempre es la pregunta más importante!

Nos llevaron la cena, un auténtico festín, y comimos fuera, mientras las abuelas charlaban animadamente en un corro al otro lado del porche, mirándonos de vez en cuando, aunque demasiado enfrascadas en sus discusiones para prestarnos mucha atención. Teníamos una lámpara solar a nuestros pies que nos iluminaba desde abajo: podía ver mi comida y la línea del mentón de las caras de Lamin y el hermano de Hawa, y a lo lejos se oía el habitual trajín doméstico y unos niños que reían, lloraban, gritaban, y gente que salía de los cobertizos e iba de un lado al otro por el patio. De pronto me llamó la atención oír varias voces de hombre, muy cerca, y Lamin se levantó de súbito y señaló hacia la tapia del patio, donde había media docena de muchachos sentados a cada lado de la entrada, con las piernas colgando, de espaldas a nosotros. Lamin hizo ademán de acercarse, pero el hermano de Hawa lo sujetó por el hombro y lo hizo sentarse; fue él quien se dirigió hacia los muchachos, flanqueado por dos de sus abuelas. Vi que uno de los jóvenes estaba fumando y tiraba la colilla a nuestro patio, pero cuando el hermano de Hawa habló con ellos, la conversación fue breve: dijo algo, uno de los muchachos se rió, una de las abuelas dijo algo, él volvió a hablar, con más firmeza, y los seis se dejaron caer de la tapia y se alejaron. La abuela que había hablado abrió la puerta y los vigiló hasta perderlos de vista por la carretera. La luna asomó entre unas nubes y alcancé a ver que uno de los jóvenes llevaba un arma a la espalda.

—No son de por aquí, vienen de la otra punta del país —me explicó el hermano de Hawa, al volver. Seguía con su impávida sonrisa de sala de conferencias, pero tras sus gafas de diseño vi qué impresionado estaba—. Cada vez es más habitual. Oyen que el presidente quiere gobernar mil años. Se les agota la paciencia. Empiezan a escuchar otras voces. Voces extranjeras. O la voz de Dios, si crees que puede comprarse en una cinta Casio por veinticinco dalasi en el mercado. Sí, se les agota la paciencia, y no los culpo. Incluso a nuestro sereno Lamin, a nuestro paciente Lamin, también se le ha agotado la paciencia.

Lamin cogió una rebanada de pan, pero no habló.

—¿Y cuándo te marchas? —le preguntó Babu, con un tono tan cargado de reproche, de acusación, que supuse que se refería a la puerta de atrás, pero los dos se rieron por lo bajo al ver el pánico que debió de mudarme la cara—. No, no, no, tendrá la documentación oficial, gracias a que vosotros estáis aquí. Ya estamos perdiendo a todos nuestros hombres más brillantes, y ahora os lleváis a otro. Es triste, pero así son las cosas.

—Tú te marchaste —dijo Lamin, con hosquedad.

Se sacó una espina de la boca.

—Era otra época. Yo no hacía falta aquí.

—Yo tampoco hago falta aquí.

Babu no contestó, y su hermana no estaba para llenar los silencios. Una vez acabamos de cenar, dispensé a nuestras pequeñas sirvientas, recogimos los platos y caminamos en la dirección por la que había visto irse a las niñas, hacia la última puerta, que resultó ser un dormitorio. Me quedé de pie en la penumbra, sin saber qué hacer, hasta que uno de los chiquillos que dormían allí levantó la cabeza y, al verme cargada con la loza, me señaló una cortina. Me encontré de nuevo fuera, al aire libre, pero ahora en el patio trasero, y allí estaban las abuelas y algunas de las chicas más mayores, acuclilladas alrededor de varias tinas de agua en las que lavaban la ropa con grandes panes de jabón casero. Un cerco de lámparas solares iluminaba la escena. Al llegar junto a ellas, interrumpieron la faena para observar una escena de la vida animal: un gallo perseguía a una gallina, y al darle alcance la acogotó con una de las patas, hundiéndole la cabeza en el polvo, y por último la montó. La operación duró apenas un minuto, pero la gallina en todo momento parecía aburrida, impaciente por seguir con sus otras tareas, así que la brutalidad del gallo al someterla resultó en cierto modo cómica.

—¡Muy macho, muy macho! —exclamó una de las abuelas, señalándome al gallo.

Las mujeres rieron, la gallina quedó libre: dio un par de vueltas o tres, como aturdida, antes de regresar al corral junto a sus hermanas y polluelos. Dejé los platos donde me dijeron, en el suelo, y cuando volví Lamin ya se había marchado. Entendí que era una señal. Anuncié que también me iba a dormir, pero me quedé en mi cuarto, vestida, aguardando a que decayeran las idas y venidas de los demás. Justo antes de medianoche me puse el frontal, crucé el patio en silencio, salí del complejo y atravesé la aldea.

• • •

A pesar de que Aimee había planteado el viaje como un «sondeo sobre el terreno», para el comité de la aldea cualquier excusa era buena para una celebración, y al día siguiente, cuando acabamos el recorrido por la escuela y entramos en el patio, encontramos a una docena de mujeres colocadas en corro bajo el mango, con tambores entre los muslos, todas mayores. Ni siquiera a Fern lo habían avisado, y Aimee se puso nerviosa por ese nuevo retraso en su agenda, pero no hubo forma de evitar la emboscada. Los niños salieron en tropel y formaron un segundo corro, enorme, alrededor de las madres con los tambores, y a nosotros, «los americanos», nos indicaron un círculo de sillitas en el centro, sacadas de las aulas por los maestros; desde la otra punta de la escuela, donde estaba el aula de matemáticas, Hawa y Lamin se acercaron juntos, cargando cuatro sillas cada uno. No me sentí nada cohibida ni avergonzada al verlo: los sucesos de la noche anterior me resultaban tan ajenos a la luz del día como si los hubiera vivido otra persona, una sombra de mí misma que perseguía objetivos distintos de los míos y se negaba a salir de las tinieblas. Los saludé con la mano, pero no dieron muestras de haberme visto. Empezaron los tambores, y ya no conseguí hacerme oír. Me di la vuelta y ocupé el asiento que me ofrecían, al lado de Aimee. Las mujeres empezaron a turnarse en el corro, dejando su tambor una por una para bailar en arrebatos desenfrenados de tres minutos, una especie de espectáculo al revés, pues a pesar de la magnífica ejecución de los pasos, del endiablado movimiento de las caderas, no actuaban de cara al público, sino mirando a sus hermanas percusionistas, dándonos la espalda. Cuando empezó la segunda mujer, Hawa entró en el corro y ocupó el asiento que yo le reservaba a mi lado, pero Lamin se limitó a saludar a Aimee de lejos antes de sentarse, tan lejos de ella, y de mí, supongo, como pudo. Estreché la mano de Hawa y le di la enhorabuena.

—¡Estoy muy contenta! No me ha sido fácil venir hoy, pero ¡quería verte!

—¿Te ha acompañado Bakary?

—¡No! ¡Cree que estoy comprando pescado en Barra! No le gustan estos bailes... —dijo, y movió los pies un poco al son de los pisotones que daba la mujer que danzaba a pocos metros de nosotras—. Pero yo no bailaré, por supuesto, así que no hago daño a nadie.

Le apreté la mano de nuevo. Era maravilloso estar cerca de ella, encajaba cada situación en su medida, creía que podía adaptar cualquier cosa hasta que encajara, incluso cuando la flexibilidad quedaba desfasada. Al mismo tiempo me recorrió un impulso paternalista, o quizá aquí cabría decir «maternalista»: seguí agarrándola de la mano, demasiado fuerte, con la esperanza, la vana esperanza, de que eso la protegiera, como uno de esos amuletos que venden los morabitos, la mantuviera a salvo de los malos espíritus, de cuya existencia ya no dudaba. Cuando vio mi cara de preocupación, se echó a reír y apartó la mano para aplaudir a Granger, que salió al centro y empezó a moverse como en un corro de breakdance, alardeando de sus movimientos pesados, para delicia de las madres que tocaban los tambores. Tras resistirse un momento, Aimee se unió a él. Con tal de no mirarla, eché una ojeada al corro y advertí cuánto amor tenaz, inflexible y no correspondido me rodeaba. Sentí a Fern a mi derecha, mirándome. Lamin levantaba la vista de vez en cuando, y sólo tenía ojos para Hawa, para su cara perfecta rigurosamente envuelta, como un regalo. Y al final ya no pude evitar la imagen de Aimee, bailando para Lamin, hacia Lamin, por Lamin. Como quien baila la danza de una lluvia que no caerá.

Después de que otras ocho de las mujeres de los tambores salieran al centro, incluso Mary-Beth se había atrevido a bailar y llegó mi turno. Entre dos madres me hicieron levantar y me sacaron, una de cada brazo. Aimee había dado una lección de improvisación, Granger había dado una lección de historia —el *moonwalk*, el robot, el corredor—, pero yo seguía sin tener ideas sobre el baile, sólo instintos. Observé a las dos mujeres unos instantes mientras bailaban frente a mí, incitándome a unirme a ellas, y al escuchar detenidamente los múltiples ritmos, supe que también podía hacer lo que hacían ellas. Me situé entre las dos y las seguí, paso a paso. Los niños enloquecieron. Me jaleaban tanto que no podía oír los tambores, y la única manera de seguir adelante era responder a los movimientos de las mujeres, que jamás perdían el ritmo, que lo oían a pesar de todo. A los cinco minutos me rendí, más agotada que si hubiera corrido diez kilómetros.

Me desplomé junto a Hawa, que me ofreció un pliegue de su hiyab nuevo para que me secara el sudor de la cara.

—¿Por qué dicen «tú vas»? ¿Tan mal bailo que quieren que me vaya?

—¡No, has estado fantástica! Dicen *toobab*, que significa... —Me pasó la mano por la mejilla—. Quieren decir «¡Aunque eres blanca, bailas como una negra!». Y es verdad: Aimee y tú, las dos, bailáis como si en realidad fuerais negras. Es un gran cumplido, diría yo. ¡Jamás lo hubiera pensado de ti! ¡Madre mía, si bailas tan bien como Granger!

Aimee, oyéndola, soltó una carcajada.

7

Unos días antes de Navidad, estaba sentada en la casa de Londres, frente al escritorio del estudio de Aimee, acabando la lista para la fiesta de Fin de Año, cuando oí a Estelle, arriba.

—Ea, ea...

Era un domingo, el despacho de la segunda planta estaba cerrado. Los niños aún no habían vuelto de su nuevo internado, y Judy y Aimee estaban en Islandia, por dos noches, haciendo promoción. Como no había visto ni sabido nada de Estelle desde que los niños se marcharon, había supuesto —si es que había pensado en ella— que sus servicios ya no eran necesarios. Y de pronto oí el arrullo familiar: «Ea, ea.» Subí corriendo arriba y la encontré en la antigua habitación de Kara, que tiempo atrás llamábamos «el cuarto del bebé». Estaba junto a las ventanas de guillotina, mirando hacia el parque, con sus cómodos zuecos y un suéter negro bordado con hilo dorado, como de oropel, y unos prácticos pantalones plisados azul marino. Me daba la espalda, pero cuando me oyó entrar se volvió, con un bebé envuelto en los brazos. Estaba tan arropado en la mantilla que parecía irreal, de atrezo. Me acerqué rápidamente —«¡No puedes venir así y tocar al bebé! ¡Tienes que lavarte las manos!»— y tuve que hacer un gran esfuerzo para controlarme y dar un paso atrás con las manos a la espalda.

—Estelle, ¿de quién es el bebé?

El bebé bostezó. Estelle lo miró con veneración.

—La adoptaron hace tres semanas, creo. ¿No lo sabías? ¡Pensaba que todo el mundo lo sabía! Pero llegó anoche. Se llama Sankofa. No me preguntes qué clase de nombre es ése, porque no sabría decirte. A quién se le ocurre ponerle un nombre así a una preciosidad como ella... Mientras no me lo impidan, yo la llamaré Sandra.

La misma mirada violácea azulada, oscura, sin foco, resbalando sobre mí, fascinada en su propia existencia. Me di cuenta de que Estelle estaba prendada de la cría —mucho más, me pareció, de lo que nunca se había prendado de Jay y Kara, a los que prácticamente había criado—, intenté concentrarme en la historia de esa «niña tan, tan afortunada» que sostenía en brazos, rescatada «de la miseria más grande» para criarse «entre algodones». Más valía no indagar cómo se había conseguido: una adopción internacional en menos de un mes. Quise tocarla otra vez. Me temblaban las manos.

—Si tanto te mueres por tenerla en brazos, ahora mismo voy a lavarla: ven arriba conmigo y te lavas las manos.

Fuimos al gigantesco cuarto de baño de la habitación de Aimee, que en algún momento alguien había preparado sigilosamente para un bebé: un juego de toallas con capucha y orejas de conejito, polvos de talco y aceites de masaje, esponjas y jabones, y media docena de patos de plástico multicolores alineados en el borde de la bañera.

—¡Cuántas pamplinas! —Estelle se acuclilló para examinar un pequeño artilugio de tela de toalla con un armazón metálico que se enganchaba a la pared de la bañera y parecía una tumbona de playa para un anciano diminuto—. Qué cachivache. La única manera de lavar a un bebé tan pequeño es en el lavabo.

Me arrodillé a su lado y la ayudé a desenvolver a la cría de la mantilla. Con los bracitos y las piernas abiertos, como una rana asombrada.

—La impresión —explicó Estelle, cuando la niña se echó a llorar—. Estaba calentita y abrigada, y ahora tiene frío y nada que la cubra.

Me quedé de pie mientras metía a Sankofa, indignada y dando alaridos, en la mole de porcelana antigua de siete mil libras que recordaba haber encargado tiempo atrás.

—Ea, ea —dijo Estelle, secando con una toallita los muchos pliegues de la criatura.

Luego, sosteniéndole el culito, besó la cara aún llorosa de Sankofa y me dijo que tendiera la mantilla en un triángulo sobre el suelo caliente. Me senté sobre los talones para mirar cómo Estelle le untaba manteca de coco por todo el cuerpo. A mí, que nunca había tenido a un bebé en brazos más de un instante, todo el proceso se me antojó magistral.

—¿Tienes hijos, Estelle?

De dieciocho, dieciséis y quince; pero como tenía las manos embadurnadas, me indicó el bolsillo trasero del pantalón y saqué su teléfono. Deslicé el dedo por la pantalla. Me detuve un momento a admirar la imagen de un joven alto y pulcro con la toga de la graduación del instituto, flanqueado por sus sonrientes hermanas menores. Me dijo sus nombres y mencionó en qué destacaba cada uno, su altura y su temperamento, y con qué frecuencia hablaban por Skype o le contestaban en Facebook. No demasiado a menudo. En los diez años que llevábamos trabajando para Aimee, era la conversación más larga e íntima que manteníamos.

—Mi madre los cuida por mí. Van al mejor colegio de Kingston. Luego él empezará Ingeniería en la Universidad de las Indias Occidentales. Es un muchacho estupendo. Un modelo para las chicas. Es la estrella de la familia. Cómo lo admiran...

—Yo soy jamaicana —dije, y Estelle asintió y le sonrió tiernamente al bebé. La había visto hacer eso mismo muchas veces, seguirles la corriente a los niños, o incluso a Aimee. Ruborizándome, rectifiqué—. Quiero decir que la familia de mi madre es de St. Catherine.

—Ah, sí. Mmm... ¿Has estado allí alguna vez?

—No. Todavía no.

—Bueno, aún eres joven. —Envolvió a la niña de nuevo en su capullo y la abrazó contra su pecho—. Tienes mucho tiempo por delante.

Llegó Navidad. Me presentaron a la niña, igual que a todos, como un *fait accompli*, una adopción legal, propuesta y acordada con los padres, y nadie lo cuestionó, al menos en voz alta. Nadie preguntó siquiera qué significaba «acuerdo» en una situación tan desigual. Aimee estaba volcada en la niña, y todos los demás parecían alegrarse por ella: era su milagro navideño. Y yo tan sólo tenía sospechas por el hecho de que me hubieran ocultado todo el proceso hasta que estuvo finalizado.

Unos meses después volví a la aldea por última vez, y como buenamente pude hice algunas indagaciones. Nadie quería hablarme del tema, ni decían más que obviedades con una gran sonrisa. Los padres biológicos ya no vivían allí, nadie parecía saber con exactitud adónde se habían mudado. Si Fernando tenía información al respecto, no iba a dármela, y Hawa se había ido a vivir a Serrekunda con su Bakary. Lamin deambulaba por la aldea como un alma en pena, añorándola; tal vez a mí me ocurría lo mismo. Las noches en el complejo, sin Hawa, eran largas, oscuras, solitarias, y transcurrían en su totalidad en lenguas desconocidas para mí. Y aunque mientras iba a la casa de Lamin —cinco o seis veces en total, y siempre a altas horas de la noche— me repetía que nos movía un deseo sexual incontrolable, creo que los dos sabíamos muy bien que la pasión que existía entre nosotros se canalizaba a través del otro hacia algo más, hacia Hawa, o hacia la idea de ser amado, o simplemente era para demostrarnos a nosotros mismos que ambos éramos independientes de Aimee. En realidad, a quien apuntábamos con nuestro sexo sin amor era a ella, tan presente en el proceso como si hubiera estado en la habitación.

Volviendo a hurtadillas de casa de Lamin al complejo de Hawa, una mañana muy temprano, antes de las cinco, justo cuando amanecía, oí la llamada a la oración y supe que sería imposible pasar desapercibida —una mujer tirando de un burro terco, un grupo de niños saludando desde la puerta—, así que cambié de dirección como si estuviera dando un paseo, sin más, como todo el mundo sabía que a veces hacen los americanos. Bordeando la mezquita, vi a Fernando justo delante de mí, apoyado en un árbol, fumando. Nunca lo había visto fumar. Traté de sonreír como si nada al saludarlo, pero echó a andar a mi lado y me agarró del brazo, demasiado fuerte. Apestaba a cerveza. Se notaba que no había pegado ojo.

—¿Qué estás haciendo? ¿Por qué haces estas cosas?

—Fern, ¿me estás siguiendo?

No contestó hasta que llegamos al otro lado de la mezquita, junto al enorme termitero, donde nos detuvimos, ocultos a la vista desde tres flancos. Me soltó y empezó a hablar como si estuviéramos en medio de una larga discusión.

—Y tengo buenas noticias para ti: puedes agradecerme que pronto lo tendrás en Inglaterra para ti, indefinidamente. Sí, gracias a mí. Mira, precisamente hoy iré a la embajada. Estoy moviendo los hilos para unir al joven enamorado con sus no tan jóvenes enamoradas. Los tres juntos.

Quise negarlo, pero no tenía sentido. Era muy difícil engañar a Fern.

—Debes de sentir algo muy fuerte por él, para arriesgar tanto. Tanto. La última vez que estuviste aquí, ya lo sospeché, y la vez anterior... Aun así, me choca confirmar que es cierto.

—Pero ¡si no siento nada por él!

Toda la agresividad se desvaneció de su cara.

—¿Y crees que eso me consuela?

Finalmente, la vergüenza. Una emoción sospechosa, ancestral. Siempre recomendábamos a las chicas de la academia que dejaran de lado la vergüenza, porque era algo anticuado e inútil y conducía a prácticas que no aprobábamos. Sin embargo, al final no pude evitar sentirla.

—Por favor no digas nada. Por favor. Me marcho mañana y ya está. Empezó no sé cómo y ya se ha acabado. Por favor, Fern... tienes que ayudarme.

—Lo intenté —dijo, y se alejó, en dirección a la escuela.

El resto del día fue una tortura, y el siguiente, y el vuelo de regreso fue una tortura, atravesar el aeropuerto, mi teléfono una granada en el bolsillo del pantalón. No estalló. Cuando entré en la casa de Londres todo seguía igual que antes, sólo que más alegre. Los niños se habían adaptado bien, o por lo menos no teníamos noticias de ellos, el último álbum había tenido una buena acogida. Fotografías de Lamin y Aimee juntos, los dos guapísimos (en el cumpleaños de Jay, en el concierto) circulaban por la prensa rosa y con más éxito, a su manera, que el disco en sí. Y la niña también debutó en sociedad. Resultó que el mundo no sentía una curiosidad especial por los detalles logísticos, y la pequeña hizo las delicias de la prensa. A todo el mundo le parecía lógico que Aimee consiguiera un bebé con la misma facilidad que un bolso de edición limitada de Japón. Sentada en la caravana de Aimee un día durante el rodaje de un videoclip, almorzando con Mary-Beth, la ayudante personal número dos, la tanteé sobre el asunto, confiando en sonsacarle algo, aunque en realidad no habría hecho falta tanto tacto, porque Mary-Beth me contó toda la historia de buena gana: uno de los abogados de la discográfica había redactado un contrato, días después de que Aimee viera a la cría por primera vez, y Mary-Beth se había ocupado de que se firmara. Se regodeaba en esa prueba de su importancia y del lugar en que me dejaba eso en la jerarquía. Sacó el teléfono y fue pasando las fotografías de Sankofa, sus padres y Aimee sonriendo juntos, y advertí que entre las imágenes había también una del contrato. Cuando se fue al baño y dejó el teléfono allí delante, aproveché para mandar la captura de pantalla a mi correo electrónico. Un documento de dos páginas. Una monumental suma de dinero, según los estándares locales. Gastábamos prácticamente lo mismo en un año en flores para la casa. Cuando le planteé la cuestión a Granger, mi último aliado, me sorprendió al considerar que «obras son amores, no buenas razones», y habló con tanta ternura del bebé que cualquiera de mis objeciones habría sonado monstruosa y despiadada. Me di cuenta de que no era posible hablarlo de manera racional. La niña los tenía hechizados. Granger adoraba tanto a Kofi, como la llamábamos, como todo el que se acercaba a ella, y sabe Dios que la cría enamoraba, nadie quedaba inmune, y desde luego tampoco yo. Aimee estaba embelesada: podía pasarse una o dos horas al día con la niña sentada sobre el regazo, contemplándola, sin hacer nada más, y sabiendo cómo valoraba Aimee el tiempo, siempre escaso, comprendíamos que era una medida de amor inmensa. La niña redimía cualquier clase de situaciones agónicas —largas reuniones con los contables, pruebas de vestuario tediosas, sesiones estratégicas de relaciones públicas—, alegraba el día sólo por estar en un rincón de la habitación, en brazos de Estelle o en un moisés, con sus risas, gorgoritos y llantos, limpia, pura y sin mácula. A la menor oportunidad nos amontonábamos a su alrededor. Hombres y mujeres, de cualquier edad y raza, aunque todos con cierta andadura en el equipo de Aimee, desde viejos caballos de batalla como Judy, a rangos medios como yo misma, a chavales recién salidos de la universidad. Todos la venerábamos. La niña empezaba de cero, la niña no debía transigir, la niña no metía prisas, la niña no tenía que imitar la firma de Aimee en cuatro mil fotos que salían para Corea del Sur, la niña no estaba obligada a dar sentido a los retazos deshilvanados de tal o cual tema, la niña no era nostálgica, no albergaba recuerdos ni reproches, no necesitaba una exfoliación química, no tenía teléfono, ni correo electrónico, de verdad tenía mucho tiempo por delante. Pasara lo que pasara después, no sería por falta de cariño hacia la niña. Estaba rodeada de amor. La cuestión es qué te da derecho a hacer el amor.

8

Ese último mes trabajando para Aimee —justo antes de que me despidiera, de hecho— hicimos una minigira europea, que empezó con un acto en Berlín; no un concierto, sino una exposición de sus fotografías. Eran fotos de fotos, imágenes apropiadas y refotografiadas; había copiado la idea de Richard Prince (un viejo amigo de los viejos tiempos) y no había añadido nada salvo que ahora era ella, Aimee, quien lo hacía. Aun así, una de las galerías más respetadas de Berlín exhibió gustosamente su «obra». Todas eran fotografías de bailarines —Aimee se consideraba en primer lugar y ante todo bailarina, y se identificaba profundamente con ellos—, pero yo me había encargado del trabajo de investigación y Judy era quien había hecho casi todas las fotos, porque siempre que tocaba ir al estudio y refotografiar las fotografías había alguna otra cosa urgente: un encuentro exclusivo con un pequeño grupo de fans en Tokio, el «diseño» de un nuevo perfume, a veces incluso la grabación de una canción nueva. Refotografiamos a Barishnikov y Nuréyev, a Pávlova, Fred Astaire, Isadora Duncan, Gregory Hines, Martha Graham, Savion Glover, Michael Jackson. Fui yo quien apostó por Jackson. Aimee no quería, no encajaba con su idea de un artista, pero la pillé en un momento de agobio y logré convencerla, mientras Judy presionaba para incluir a «una mujer de color». Judy era partidaria de la discriminación positiva, aunque más bien la inquietaba que pudiera percibirse cualquier forma de discriminación, y cuando debatíamos estas cuestiones me turbaba verme desde esa óptica, no como una persona sino casi como un objeto, un elemento necesario para completar una serie matemática, o quizá ni siquiera un objeto, sino una especie de velo conceptual, una hoja de higuera moral destinada a proteger a tal o cual persona de tal o cual crítica, y a la que rara vez se tenía en cuenta salvo cuando desempeñaba esa función. No me ofendía especialmente: la experiencia me resultaba interesante, era como ser ficticia. Y eso me hizo pensar en Jeni LeGon.

Mi oportunidad se presentó durante un trayecto en coche por la frontera entre Luxemburgo, adonde Aimee había ido a hacer un poco de promoción, y Alemania. Saqué el teléfono y busqué en Google a LeGon, y Aimee fue pasando las imágenes con aire distraído —simultáneamente enviaba mensajes de texto con su teléfono— mientras yo hablaba a toda velocidad de LeGon como persona, actriz, bailarina, símbolo, procurando captar su atención volátil, y de pronto asintió decidida al ver una fotografía de LeGon y Bojangles juntos, donde LeGon aparecía de pie bailando, en una postura de vibrante alegría, y Bojangles arrodillado a sus pies, señalándola.

—Sí, ésta me gusta —dijo—. Sí, me gusta la subversión, el hombre de rodillas, la mujer al mando.

Una vez obtuve ese «sí», al menos pude empezar a buscar lo que aparecería como texto en el catálogo, y unos días más tarde Judy hizo la foto, ligeramente inclinada, rompiendo en parte el encuadre de la composición, porque Aimee había pedido que todas se refotografiaran así, como si «la propia fotógrafa estuviera bailando». En términos relativos, fue la pieza más exitosa de la muestra. Y me alegré de que me diera pie a redescubrir a LeGon. Investigándola, a menudo sola, a menudo de madrugada, en una serie de habitaciones de hoteles europeos, me di cuenta de cuánto había fantaseado sobre ella de niña, qué ingenua había sido sobre casi todos los aspectos de su vida. Había imaginado, por ejemplo, todo un relato de amistad y respeto entre LeGon y la gente con quien trabajaba, los bailarines y los directores, o había querido creer que la amistad y el respeto podían haber existido, con ese mismo espíritu de optimismo infantil que hace creer a una niña que sus padres están profundamente enamorados. Sin embargo, Astaire nunca le dirigía la palabra a LeGon durante el rodaje, a sus ojos no sólo interpretaba a una doncella, sino que en realidad apenas se distinguía del personal doméstico, y lo mismo ocurría con casi todos los directores, era como si no la vieran, y rara vez la contrataban salvo para interpretaciones de doncella, y pronto incluso esos papeles se agotaron, y hasta que llegó a Francia no empezó a sentirse «alguien». Casualmente, cuando averigüé estas cosas también estaba en París, sentada al sol frente al Odéon, tratando leer la información en la pantalla de mi teléfono a pesar del resplandor, tomando un Campari, mirando compulsivamente la hora. Vi desaparecer las doce horas que Aimee había concedido a París, minuto a minuto, casi más rápido de lo que podía vivirlas, y pronto llegaría el taxi, y entonces una pista de despegue se desvanecería como por arte de magia y seguiríamos adelante, a pasar otras doce horas en otra ciudad bella, incognoscible: Madrid. Pensé en todos los cantantes y bailarines y trompetistas y escultores y escritores de todo pelaje que aseguraban haberse sentido alguien por fin aquí, en París, que habían dejado de ser sombras para convertirse en personas por derecho propio, una toma de conciencia que posiblemente requería más de doce horas, y me pregunté cómo habían sido capaces de determinar, con tanta precisión, el momento en que habían empezado a sentirse alguien. La sombrilla de la terraza no me daba sombra, el hielo de mi bebida se había derretido. Vi mi propia sombra, larga y afilada como un cuchillo bajo la mesa. Parecía prolongarse hasta el centro de la plaza y señalar la majestuosa casa blanca de la esquina, que ocupaba la mayor parte de la manzana, donde en ese momento un guía levantó una pequeña pancarta y comenzó a recitar una serie de nombres, algunos de los cuales me eran conocidos, otros nuevos: Thomas Paine, E. M. Cioran, Camille Desmoulins, Sylvia Beach... Un corrillo de turistas estadounidenses jubilados escuchaba, asintiendo, sudando. Volví a mirar el teléfono. Y así fue como en París —tecleé la frase con el pulgar— LeGon empezó a sentirse alguien. De manera —esta parte no la escribí— que la persona a quien Tracey imitaba a la perfección hacía tantos años, a la que admirábamos mientras bailaba con Eddie Cantor, dando patadas al aire, sacudiendo la cabeza, ni siquiera era una persona, sino sólo una sombra. Incluso su precioso nombre, que las dos tanto envidiábamos, incluso eso era irreal; en realidad era hija de Hector y

Harriet Ligon, inmigrantes de Georgia, descendientes de aparceros, mientras que la otra LeGon, la que creíamos conocer, la que danzaba como una posesa, era una criatura de ficción, nacida de una errata, a la que Louella Parsons soñó un día por su error al escribir «Ligon» en su columna de ecos de sociedad del *L. A. Examiner*.

9

La granada estalló al fin el Día del Trabajo. Estábamos en Nueva York, pocos días antes de marcharnos a Londres para encontrarnos allí con Lamin, que ya dispondría de su visado británico. Hacía un calor espantoso: el aire rancio de cloaca podía propiciar una sonrisa entre dos desconocidos que se cruzaban por la calle: «¿No es increíble que vivamos aquí?» Era como la bilis, y era lo que se respiraba en Mulberry Street aquella tarde. Caminaba tapándome la boca con la mano, un gesto profético: cuando llegué a la esquina de Broome ya me habían despedido. Fue Judy quien mandó el mensaje, y la docena que vinieron después, todos tan cargados de saña como si los hubiese escrito la propia Aimee. Me tachaba de puta y de traidora, de ser una maldita no sé qué y una desgraciada no sé cuántos. Incluso la afrenta personal de Aimee podía subcontratarse a una mano subsidiaria.

Un poco aturdida, alelada, llegué hasta Crosby y me senté en el escalón de la entrada de Housing Works, en el lado de la ropa de segunda mano. De cada pregunta brotaban más preguntas: ¿dónde viviré y qué haré y dónde están mis libros y mi ropa y cómo quedará mi visado? No estaba tan enfadada con Fern como irritada conmigo misma por no haber calculado mejor el momento. Era de esperar: ¿acaso no sabía exactamente cómo se sentía Fern? Podía reconstruir su experiencia. Gestionando el papeleo del visado de Lamin, comprando el billete de avión de Lamin, organizando la partida y la llegada de Lamin, sus recogidas y traslados, soportando el tráfico de correos electrónicos que intercambiaba con Judy a cada paso, entregando todo su tiempo y su energía a la existencia de otro, a los deseos y necesidades y requisitos de otro. Es una vida de sombra, y al final te deja tocado. Niñeras, ayudantes, agentes, secretarias, madres... las mujeres están acostumbradas. Los hombres tienen una tolerancia más baja. Fern debía de haber mandado cien correos con relación a Lamin esas últimas semanas. ¿Cómo iba a resistirse a mandar el que haría saltar mi vida por los aires?

Mi teléfono vibraba tan a menudo que parecía tener una vida animal propia. Dejé de mirarlo y me puse a observar a un hermano muy alto que estaba en el escaparate de Housing Works, con unas cejas tremendas y arqueadas, sosteniendo una serie de vestidos frente a su grueso corpachón, para ver el efecto, con unos enormes tacones altos. Al percatarse de que lo miraba, sonrió, metió la tripa, se inclinó un poco e hizo una reverencia. No sé por qué ni cómo, pero la imagen me electrizó. Me levanté y paré un taxi. Varias preguntas obtuvieron respuesta rápidamente. Todas mis pertenencias estaban metidas en cajas en la acera de la casa de West 10th Street, y las cerraduras ya se habían cambiado. Mi visado dependía de mi situación laboral: disponía de treinta días para abandonar el país. Dónde alojarme llevó más tiempo. En Nueva York nunca había pagado nada, la verdad: vivía a expensas de Aimee, comía con Aimee, salía con Aimee, y cuando la pantalla de mi teléfono me informó de cuánto costaba una noche de hotel en Manhattan, me sentí como Rip Van Winkle despertando de su sueño de cien años. Sentada en los escalones de West 10th Street, traté de pensar en alternativas, amigos, conocidos, contactos. Todos los vínculos eran débiles y me remitían de nuevo a Aimee. Contemplé una idea imposible: echar a andar hacia el este por esa calle hasta desembocar, en un sueño sentimental, al final de Sidmouth Road, donde mi madre abriría la puerta y me acompañaría hasta el trastero, medio soterrado de libros. ¿Adónde, si no? ¿Adónde, a continuación? Carecía de coordenadas. Pasaban taxis libres, uno detrás de otro, y señoras elegantes con sus perritos. En Manhattan nadie se detenía a observar una escena que debía de parecer recreada, un montaje: una mujer llorosa, sentada en un escalón, bajo aquella placa de Emma Lazarus, acurrucada entre cajas, lejos de casa.

• • •

Me acordé de James y Darryl. Los había conocido poco antes, en marzo, un domingo por la noche, mi noche libre. Había ido sola al centro para ver a la compañía de danza de Alvin Ailey, y en el teatro me puse a hablar con mis compañeros de asiento, dos señores neoyorquinos cincuentones, pareja, uno blanco y el otro negro. James era inglés, alto y calvo, con una voz lúgubre y una risa muy jovial, que seguía vistiendo como para un agradable almuerzo en un pub de algún caserío del condado de Oxford, aunque vivía en Estados Unidos desde hacía muchos años, y Darryl era estadounidense, con el pelo a lo afro y gris en las puntas, ojos de topo tras las gafas y pantalones con el dobladillo raído y salpicados de pintura, como un estudiante de Bellas Artes. Sabía tanto de lo que ocurría sobre el escenario, de la historia de cada número, del ballet de Nueva York en general y de Alvin Ailey en particular, que al principio supuse que era coreógrafo o que había sido bailarín. En realidad, los dos eran escritores, divertidos y sagaces, y disfruté escuchando sus opiniones susurradas acerca de los usos y los límites del «nacionalismo cultural» en danza, así como yo, al carecer de opiniones sobre el baile, sencillamente subyugada por el baile, les divertí también aplaudiendo con cada cambio de luces y levantándome de un salto en cuanto cayó el telón.

—Es estupendo ver *Revelations* con alguien que no la haya visto cincuenta veces —comentó Darryl.

Después de la función me invitaron a una copa en el bar del hotel de al lado y me contaron una larga y dramática historia sobre una casa que habían comprado, una ruina de la era de Edith Wharton que estaban reformando con los ahorros de toda una vida. De ahí la pintura. A mí me parecía un empeño heroico, pero por lo visto una de sus vecinas, ya octogenaria, renegaba tanto de James y Darryl como de la rápida gentrificación del barrio: le gustaba gritarles por la calle y llenarles el buzón de panfletos religiosos. James hizo una imitación genial de la anciana, y me reí demasiado y me acabé un segundo martini. Era un alivio alternar con gente a la que no le interesaba Aimee y que no quería nada de mí.

—Y una tarde —dijo Darryl— iba caminando solo, James estaba no sé dónde, y la buena mujer aparece de las sombras, me agarra del brazo y dice: «Yo puedo ayudarte a librarte de él. No necesitas un amo, puedes ser libre, ¡déjame ayudarte!» Podría haber ido puerta a puerta, haciendo campaña para Barack, pero no: se le había metido en la cabeza que James me tenía esclavizado. Me estaba ofreciendo mi propio ferrocarril subterráneo. ¡Cruzarme clandestinamente al Harlem latino!

Desde entonces los había visto de vez en cuando, en mis noches libres de domingo en la ciudad. Me gustaba mirarlos mientras rascaban el yeso y sacaban a la luz las molduras antiguas, o imitaban el pórfido salpicando motas de pintura en una pared granate. Cada vez que los visitaba me conmovía: ¡qué felices eran juntos, después de tantos años! No tenía muchos otros modelos de ese ideal. Dos personas creando el mejor momento de sus vidas, protegidas en cierto modo por el amor, sin ignorar la historia, pero sin dejarse malear tampoco por ella. Me caían muy bien los dos, aunque en realidad no fueran más que conocidos. En cualquier caso, en ese momento pensé en ellos. Y cuando les mandé un mensaje prudente desde los escalones de West 10th Street, me contestaron enseguida, y con su generosidad característica: a la hora de cenar estaba sentada a su mesa, disfrutando de una comida que superaba con creces cualquiera de las que se servían en casa de Aimee. Comida sabrosa, suculenta, frita. Me habían preparado una cama en una de las habitaciones libres, y me di cuenta de que me trataban como unos padres cariñosos y condescendientes: les contara como les contara mis penas, se negaban a achacarme ninguna responsabilidad. A sus ojos, la que debía estar enfadada era yo, Aimee tenía toda la culpa, yo ninguna, y me refugié en mi precioso cuarto revestido de madera, consolada por esa visión de color de rosa.

No me enfadé hasta que Judy me mandó el contrato de confidencialidad, a la mañana siguiente. Vi el PDF de un documento que debía de haber firmado con veintitrés años, aunque no me acordaba. Según las férreas cláusulas, cualquier cosa que saliera de mi boca ya no me pertenecía, ni mis ideas u opiniones o sentimientos, ni siquiera mis recuerdos. Todo le pertenecía a ella. Todo lo que había ocurrido en mi vida durante la pasada década era de su propiedad. La rabia se apoderó de mí al instante: me entraron ganas de pegarle fuego a su casa. Sin embargo, hoy en día todo lo que necesitas para pegarle fuego a una casa está a mano. Tan a mano, literalmente, que ni siquiera me hizo falta salir de la cama. Creé una cuenta anónima, elegí el foro de cotilleos que ella más detestaba, escribí un correo electrónico contando todo lo que sabía sobre la pequeña Sankofa, adjunté la foto de su «certificado de adopción», y le di a «ENVIAR». Satisfecha, bajé a desayunar esperando, supongo, un recibimiento triunfal. Pero cuando mis amigos se enteraron de lo que había hecho, y de cómo lo interpretaba, James adoptó un semblante tan serio como la estatua medieval de san Mauricio que había en el vestíbulo, y Darryl se quitó las gafas, se sentó y miró perplejo la mesa de pino del comedor. Me dijo que esperaba que supiera cuánto cariño me habían tomado en poco tiempo, tanto él como James (por eso se permitía hablarme con franqueza) y que mi mensaje sólo significaba que todavía era muy joven.

10

Acamparon frente a la casa de Aimee en Washington Square. Dos días después, para mi vergüenza, estaban llamando a la puerta de James y Darryl, aunque eso fue una artimaña de Judy, para crear una cortina de humo: aventura ilícita, «antigua empleada vengativa»... Judy pertenecía a otra época, cuando las cortinas de humo no se disipaban y podías controlar la historia. Consiguieron mi nombre en cuestión de horas, y poco después me localizaron, a saber cómo. Quizá Tracey tenga razón: quizá nos controlan a todas horas a través de los teléfonos. Me quedé en la cama. James me llevaba té y le daba con la puerta en las narices a un reportero insistente, mientras Darryl y yo veíamos en tiempo real a través de la pantalla de mi portátil cómo se volvían las tornas a lo largo del día. Sin hacer nada, sin mover un solo dedo, pasé de ser la subalterna celosa y malévola de Judy a convertirme en la voz del pueblo que se atrevía a sacar la porquería de debajo de la alfombra, y todo en apenas unas horas. Actualizar, actualizar. Adictivo. Me llamó mi madre, y antes de darme tiempo siquiera a preguntarle cómo estaba, dijo:

—Alan me lo ha enseñado en el ordenador, y creo que ha sido un gesto muy valiente. Mira, siempre has sido un poco cobarde... o quizá no cobarde, pero apocada. Es culpa mía, seguramente te sobreprotegí, te malcrié. ¡Es la primera vez que te veo hacer algo tan valiente y estoy muy orgullosa!

¿Quién era Alan? Su voz sonaba un poco fatigada, y no parecía la de siempre, más sofisticada y postiza de lo que nunca la había oído. Le pregunté por su salud, como de pasada. No dijo gran cosa; había tenido un resfriado pero se encontraba bien, y aunque supe que me estaba mintiendo, sonó tan rotunda que parecía sincera. Le prometí que iría a visitarla en cuanto estuviera de vuelta en Inglaterra.

—Sí, sí, claro —dijo, con mucha menos convicción que en todo lo demás.

La siguiente llamada fue de Judy. Me preguntó si quería marcharme. Ya tenía un billete para mí, en el vuelo de madrugada, esa misma noche. Al otro lado habría un apartamento en el que podría pasar unas cuantas noches, cerca del estadio de críquet, hasta que se calmara el jaleo. Intenté darle las gracias. Se rió con su ladrido de foca.

—¿Crees que lo hago por ti? ¿Estás tarada?

—Vale, Judy, ya te he dicho que acepto el billete.

—Qué gran gesto por tu parte, encanto. Después del montón de mierda que me has echado encima.

—¿Y qué pasa con Lamin?

—¡¿Y qué pasa con Lamin?!

—Contaba con ir a Inglaterra. No podéis...

—Eres ridícula.

Me colgó.

Cuando cayó la noche, y el último hombre apostado en la puerta se marchó, abandoné mis cajas con James y Darryl y paré un taxi en Lenox. El chófer era de piel muy oscura, como Hawa, y con un nombre que sonaba verosímil, y en mi estado veía señales y símbolos por todas partes. Me incliné hacia delante, con el entusiasmo de mi año sabático y mi repertorio de detalles pintorescos, y le pregunté de dónde era. Senegalés, me dijo, pero eso no me disuadió demasiado: hablé sin pausa mientras cruzábamos el túnel y salíamos a Jamaica. El taxista daba una palmada en el volante de vez en cuando con la mano derecha y suspiraba y se reía.

—¡Así que ya sabes cómo son las cosas allí, en casa! ¡La vida de aldea! No es fácil, pero ésa es la vida que añoro. Caramba, hermana, ¡deberías haber ido a vernos! ¡Hasta podrías haber ido andando!

—De hecho, ese amigo del que te hablaba, ¿el de Senegal? —dije, levantando la mirada un momento de mi pantalla—. Hemos quedado para encontrarnos en Londres, justo le estaba mandando un mensaje.

Contuve el impulso de contarle a aquel desconocido que, movida por la generosidad, había pagado de mi bolsillo el billete de Lamin.

—Ah, qué bien, qué bien. ¿Londres es mejor? ¿Más bonito que esto?

—Diferente.

—Veintiocho años llevo aquí. Es tan agobiante, hay que estar muy rabioso para sobrevivir aquí, hay que alimentarse de la rabia... es demasiado.

Aparcamos en la terminal de JFK, y cuando intenté darle una propina, me la devolvió.

—Gracias por ir a mi país —dijo, olvidando que nunca había estado.

11

Ahora todo el mundo sabe quién eres en realidad.

Cuando aterricé, la vieja grabación del baile que hicimos de niñas ya había salido a la luz. Me parece interesante que Tracey decidiera no mandármela hasta dos días después. Supongo que deseaba que los demás supiesen quién era en realidad antes que yo misma; aunque quizá eso siempre sea así. Me recordó a nuestros cuentos infantiles de bailarinas en peligro, cómo me corregía y me editaba: «No, esa parte aquí.» «Quedaría mejor si muriera en la página dos.» Moviendo y manipulando la trama para que resultara más impactante. Ahora había conseguido ese mismo efecto con mi vida, situando el comienzo de la historia en un punto anterior, de modo que cuanto viniera después se leería como la retorcida consecuencia de una obsesión de toda la vida. Era una versión más convincente que la mía, y provocó reacciones de lo más extrañas. Todo el mundo quería ver el vídeo, pero nadie podía: tan pronto lo colgaban, retiraban el enlace. Para algunos —quizá para ti— rayaba en la pornografía infantil, si no en intención al menos en el efecto. Otros sólo lo tacharon de explotación, aunque es difícil señalar quién explota a quién. ¿Los niños se explotan a sí mismos? ¿Es algo más que la travesura de un par de niñas, simplemente dos niñas bailando —dos niñas mulatas bailando como adultas—, copiando los movimientos adultos inocentemente, pero con destreza, como suelen hacer las niñas mulatas? Y si crees que es más que eso, entonces ¿quién tiene un problema, en el fondo, las niñas de la grabación, o tú? Cualquier cosa que se diga o se piense parece convertir en cómplice al espectador: así que lo mejor es no verlo, y punto. Eso es lo único que da verdadera autoridad moral. De lo contrario esa culpa turbia, que no puede situarse con precisión, acecha de todos modos. Incluso a mí, viendo el vídeo, me asaltó una idea turbadora: bueno, si una niña se comporta así a los diez años, ¿puede considerársela inocente alguna vez? ¿Qué no hará a los quince, o a los veintidós, o a los treinta y tres? El deseo de ponerse del lado de la inocencia es tan fuerte... Latía en mi teléfono móvil a oleadas, en todos aquellos enlaces, ataques y comentarios. Por el contrario el bebé sí era inocente, estaba libre de culpa. Aimee adoraba a la cría, los padres biológicos de la niña apreciaban a Aimee, querían que criara a su hija. Judy lanzó ese mensaje a los cuatro vientos. ¿Quién era nadie para juzgar? ¿Quién era yo?

Ahora todo el mundo sabe quién eres en realidad.

Las tornas se volvieron de nuevo, con furia, y generaron una gran corriente de simpatía hacia Aimee. De todos modos aún había gente delante del apartamento que Judy me había alquilado, a pesar de todas sus precauciones y las promesas del conserje, así que al tercer día me fui con Lamin al piso de mi madre en Sidmouth Road, pues sabía que en todos los registros figuraba a nombre de Miriam. Allí no había nadie haciendo guardia en la puerta. Cuando llamé al timbre no hubo respuesta, y al marcar el número de mi madre saltaba el buzón de voz. Finalmente, una vecina nos dejó entrar. Pareció confundida, impactada, cuando le pregunté dónde estaba mi madre. Esa mujer también sabría ahora quién era yo en realidad: la clase de hija que no se había enterado aún de que su madre estaba en un hospital de cuidados paliativos.

Se parecía a cualquiera de los sitios donde mi madre había vivido antes, libros y papeles por doquier, tal como lo recordaba, pero más: el espacio habitable se había reducido. Las sillas servían de estantes para los libros, igual que todas las mesas disponibles, la mayor parte del suelo, las superficies de trabajo de la cocina. No era un caos, sin embargo, imperaba cierta lógica. En la cocina predominaban la narrativa y la poesía de la diáspora, y en el cuarto de baño había sobre todo historia del Caribe. En una pared se alineaban los relatos de la esclavitud y sus respectivos estudios críticos, desde el dormitorio siguiendo el pasillo hasta el calentador. Encontré la dirección del hospital pegada en la nevera, un papel escrito con la letra de otra persona. Me sentí triste y culpable. ¿A quién le había pedido mi madre que escribiera la nota? ¿Quién la había acompañado hasta allí? Intenté poner un poco de orden. Lamin me echó una mano, sin muchas ganas; estaba acostumbrado a que las mujeres se ocuparan de esas cosas y al poco se sentó en el sofá de mi madre y encendió el mismo viejo televisor aparatoso de mi infancia, que quedaba medio oculto detrás de un sillón, para dejar claro que nunca se veía. Moví pilas de libros de un lado a otro, haciendo escasos progresos, y al cabo de un rato me di por vencida. Me senté junto a la mesa, de espaldas a Lamin, abrí mi ordenador portátil y volví a sumergirme en la misma tarea del día anterior, buscarme a mí misma, leer sobre mí, y rastrear a Tracey, también, entre líneas. No fue difícil encontrarla. Generalmente aparecía en el cuarto o quinto comentario, y siempre iba a destajo, todas y cada una de las veces, sin concesiones, agresiva, llena de ideas conspiratorias. Escribía bajo muchos alias, algunos bastante sutiles: referencias veladas a momentos de nuestra historia compartida, las canciones que nos gustaban, los juguetes que teníamos, o combinaciones diversas del año que nos conocimos o nuestras fechas de nacimiento. Advertí que tendía a usar las palabras «sórdido» y «vergonzoso», y la frase «¿Dónde estaban sus madres?». Cada vez que veía esa línea, o una de sus variaciones, sabía que era ella. La encontré por todas partes, en los lugares más insospechados. En aportaciones de otra gente, debajo de artículos de prensa, en muros de Facebook, insultando a cualquiera que no coincidiera con sus argumentos. Mientras yo seguía su rastro, los absurdos programas de la sobremesa televisiva iban y venían a mis espaldas. Cuando me volvía hacia Lamin, lo encontraba quieto como una estatua, sin apartar la mirada de la pantalla.

—¿Puedes bajar eso un poco?

Había subido el volumen de repente con uno de esos programas de reforma de viviendas, de los que a mi padre le gustaba ver en otros tiempos.

—Ese hombre está hablando de Edgware. Tengo un tío en Edgware. Y un primo.

—¿Ah, sí? —dije, procurando no darle cuerda.

Esperé, pero volvió a enfrascarse en el programa. Anocheció. Empezó a rugirme el estómago. No me moví de mi sitio, demasiado concentrada en dar caza a Tracey, intentando que saliera de su escondrijo, y comprobando mi correo electrónico cada quince minutos para ver si había inundado mi cuenta. Pero al parecer conmigo empleaba métodos distintos que con mi madre. Aquel correo de una sola línea fue lo único que me mandó.

A las seis dieron las noticias. Lamin quedó muy afectado con la revelación de que los islandeses eran de pronto catastróficamente pobres. ¿Cómo podía ocurrir algo así? ¿Se habían echado a perder las cosechas? ¿Un presidente corrupto? A mí también me pillaba de nuevas, y al no entender todo lo que el locutor decía no era capaz de ofrecerle una interpretación.

—A lo mejor dan alguna noticia sobre Sankofa —comentó Lamin, y me reí, me levanté y le dije que no ponían esa clase de bobadas en el telediario de la noche.

Veinte minutos después, mientras me asomaba a un frigorífico lleno de comida putrefacta, Lamin me llamó. Era la noticia de cierre del informativo por antonomasia, el «Boletín Británico», como él lo llamaba, y allí en la esquina superior derecha de la pantalla había una foto de archivo de Aimee. Nos sentamos en el borde del sofá. Corte a un despacho en alguna parte, luz de fluorescentes y un retrato del presidente vitalicio con cara de sapo torcido en la pared; delante de él aparecían sentados los padres biológicos, con su ropa de campo, visiblemente acalorados e incómodos. A su izquierda, una responsable de la agencia de adopción traducía sus palabras. Intenté recordar si la madre era la misma que había visto aquel día en la barraca de uralita, pero no llegué a estar segura. Escuché a la responsable de la agencia explicar la situación al corresponsal sentado frente a ellos, que llevaba un atuendo similar a mi viejo uniforme de camisa de lino y pantalones caqui. Todo se había hecho según el protocolo, lo que se había filtrado no era el certificado de adopción, ni mucho menos, sólo un documento intermedio, que por supuesto no estaba destinado a hacerse público. Los padres estaban satisfechos con la adopción y entendían lo que habían firmado.

—No tenemos ningún problema —dijo la madre, en un inglés vacilante, sonriendo a la cámara.

Lamin cruzó las manos detrás de la cabeza, se hundió de nuevo en el sofá y me ofreció un proverbio:

—El dinero hace que los problemas se vayan.

Apagué el televisor. El silencio invadió la casa, no teníamos nada en absoluto que decirnos, una vez desaparecida la tercera punta de nuestro triángulo. Dos días antes me había complacido en mi gesto grandilocuente, cumplir con el deber de socorro que Aimee había desatendido, pero el gesto mismo había opacado la presencia real de Lamin: Lamin en mi cama, Lamin en ese salón, Lamin indefinidamente en mi vida, sin trabajo ni dinero. Ninguna de las cualificaciones que tanto esfuerzo le habían costado significaba nada aquí. Cada vez que me iba de una habitación, a servirme un té o al baño, cuando volvía a verlo me sorprendía pensando: ¿qué haces tú en mi casa?

A las ocho pedí comida etíope por teléfono. Mientras cenábamos, le mostré Google Maps y en qué parte de Londres estábamos. Le enseñé dónde estaba Edgware. Las diversas maneras de llegar a Edgware.

—Iré a ver a mi madre mañana, pero puedes quedarte por aquí si quieres, evidentemente. O, bueno, salir a explorar.

Cualquiera que nos hubiera visto esa noche habría pensado que acabábamos de conocernos hacía unas horas. Volvía a recelar de él, de su contención soberbia y su capacidad para el silencio. Ya no era el Lamin de Aimee, pero tampoco era el mío. No tenía ni idea de quién era. Cuando quedó claro que la conversación geográfica no daba más de sí, se levantó y, sin necesidad de hablarlo, se fue al trastero. Yo me fui al cuarto de mi madre. Los dos cerramos la puerta.

El hospital estaba en Hampstead, en una calle sin salida tranquila y arbolada, a un tiro de piedra de la clínica donde nací y a pocas calles del Destacado Activista. Allí el otoño lucía espléndido, rojizo y dorado sobre el fondo de ladrillo de todas aquellas fincas regias victorianas, y por asociación invoqué recuerdos intensos de mi madre caminando en mañanas frescas como aquélla, del brazo del Destacado Activista, lamentándose de los aristócratas italianos y los banqueros estadounidenses, los oligarcas rusos y las tiendas caras de moda infantil, los sótanos ganados a la propia tierra. El fin de cierta idea bohemia, ya extinguida, del lugar que atesoraba en la memoria. Mi madre tenía entonces cuarenta y siete años. Ahora sólo tenía cincuenta y siete. De todos los futuros que había imaginado para ella en esas calles, por algún motivo la situación presente parecía la más improbable. Cuando era niña, me parecía inmortal. No podía imaginarla dejando este mundo sin que todo se resquebrajara. Y en cambio, esa calle tranquila, esos ginkgos perdiendo sus hojas doradas...

En recepción di mi nombre y, tras una breve espera, un joven enfermero vino a buscarme. Antes de llevarme a su habitación, me advirtió que a mi madre le estaban dando morfina y que a veces se desorientaba. No me fijé en el enfermero, no vi en él nada de particular, pero cuando abrió la puerta de la habitación mi madre se incorporó en la cama y exclamó:

—¡Alan Pennington! ¡Así que has conocido al famoso Alan Pennington!

—Mamá, soy yo.

—Ah, Alan soy yo —dijo el enfermero, y me volví para mirar de nuevo a aquel joven a quien mi madre sonreía tan radiante.

Era un poco achaparrado, con el pelo rubio ceniza, unos pequeños ojos azules, una cara regordeta y una nariz corriente y pecosa. Lo único que me llamó la atención, en el contexto de todo el personal sanitario nigeriano, polaco y pakistaní al que oías hablar por los pasillos, fue que pareciera tan inglés.

—Alan Pennington es famoso por aquí —dijo mi madre, saludándolo con la mano—. Su amabilidad es legendaria.

Alan Pennington me sonrió, dejando entrever unos incisivos puntiagudos, como los de un perrito.

—Os dejaré a solas —dijo.

—¿Cómo estás, mamá? ¿Sientes mucho dolor?

—Alan Pennington sólo trabaja para los demás —me informó en cuanto el enfermero se hubo marchado—. ¿Lo sabías? Oyes hablar de esa gente, pero ver cómo se vuelcan es otra cosa. Claro que yo he trabajado para los demás, toda mi vida... pero no de esta manera. Aquí todos se vuelcan. Primero tuve a una chica de Angola, Fatima, adorable, era igual... lamentablemente se marchó. Luego llegó Alan Pennington. Es un velador, ¿entiendes? Nunca había pensado a fondo sobre esa palabra. Alan Pennington vela por la gente.

—Mamá, ¿por qué no paras de llamarlo así, Alan Pennington?

Mi madre me miró como a una idiota.

—Porque así es como se llama. Alan Pennington es un velador que realmente vela.

—Sí, mamá, para eso pagan a los veladores de los hospitales.

—No, no, no, no lo entiendes: vela por mí —recalcó—. ¡No sabes las cosas que hace! Nadie debería hacer esas cosas por otro ser humano, pero ¡él las hace por mí!

Cansada de seguir a vueltas con Alan Pennington, la convencí para que me dejara leerle un rato el libro que tenía en la mesilla, una fina edición independiente de *El blues de Sonny*, hasta que Alan Pennington llegó con la comida en una bandeja.

—Si no me va entrar ni un bocado... —dijo mi madre apenada cuando Alan se la colocó sobre el regazo.

—Bueno, ¿qué te parece si te la dejo veinte minutos, y luego, si estás absolutamente segura de que no te entra nada, me avisas y vengo a recogerla? ¿Qué tal así? ¿Suena bien?

Esperé a que mi madre le soltara una fresca a Alan Pennington, porque toda la vida había detestado y temido que la trataran con condescendencia o le hablaran como a una chiquilla, pero ella asintió seriamente, como si fuese una propuesta sensata y generosa, agarró las manos de Alan entre las suyas, temblorosas, y dijo:

—Gracias, Alan. Por favor, no te olvides de volver.

—¿Y olvidarme de la mujer más hermosa del lugar? —dijo Alan, aunque se notaba que era gay, y mi madre, la eterna feminista, estalló en risitas coquetas.

Y así se quedaron, de la mano, hasta que Alan sonrió y la soltó para marcharse a cuidar a otro enfermo, abandonándonos a mi madre y a mí a merced de nuestra compañía mutua. Se me ocurrió una idea descabellada, y detesté que se me pasara por la cabeza: deseé que Aimee estuviera allí conmigo. En cuatro ocasiones la había visto con otras personas en su lecho de muerte y siempre me había impresionado y conmovido su manera de acompañarlas, su franqueza, calidez y simplicidad, que nadie más en la habitación parecía capaz de lograr, ni siquiera los familiares. La muerte no la asustaba. La miraba de frente, se ponía en la piel de la persona que iba a morir, por grave que estuviera, sin nostalgia ni falso optimismo, aceptaba tu temor cuando tenías miedo, y tu dolor si lo sufrías. ¿Cuánta gente puede hacer esas cosas supuestamente sencillas? Recuerdo que una amiga suya, una pintora a quien la anorexia extrema había arrebatado décadas de vida para terminar matándola, le dijo a Aimee poco antes de morir: «Dios, Aim... ¡cuánto tiempo he derrochado absurdamente!» Y Aimee contestó: «Más del que te imaginas.» Recuerdo aquella figura escuálida entre las sábanas, con la boca abierta, tan impactada que se echó a reír. Era la verdad, aunque nadie más se había atrevido a decírsela, y descubrí que la gente que se está muriendo ansía la verdad. A mi madre no le dije ninguna verdad, ninguna, sólo hablé de trivialidades, le leí un poco más de su adorado Baldwin, escuché anécdotas sobre Alan Pennington, y le sostuve el botellín de zumo para que pudiera sorberlo con una pajita. Ella sabía que yo sabía que se estaba muriendo, pero por alguna razón (valentía, negación o autoengaño) no mencionó nada en mi presencia, salvo cuando le pregunté dónde estaba su teléfono y por qué no había contestado.

—Mira, no quiero desperdiciar el tiempo que me queda con ese chisme —dijo.

Lo encontré en el compartimento de su mesilla, en una bolsa de lavandería del hospital, junto con un traje pantalón, una carpeta de papeles, un manual de conducta parlamentaria y su ordenador portátil.

—No tienes por qué usarlo —dije, encendiéndolo y poniéndolo sobre la mesa—. Pero déjalo encendido para que pueda localizarte.

La alarma de notificaciones se disparó, el teléfono vibraba y bailaba sobre el tablero, y mi madre lo contempló con una especie de terror.

—No, no, no, ¡no lo quiero! ¡No lo quiero encendido! ¿Por qué has tenido que hacerlo?

Al cogerlo, vi correos electrónicos sin abrir, docenas y docenas, llenando la pantalla, insultantes ya desde el título, todos de la misma dirección. Empecé a leerlos en diagonal, procurando resistir aquel catálogo del dolor: problemas con las pensiones de los niños, alquileres atrasados, escaramuzas con los asistentes sociales. El más reciente era el más desesperado: temía que estuvieran a punto de quitarle a sus hijos.

—Mamá, ¿has tenido noticias de Tracey últimamente?

—¿Dónde andará Alan Pennington? No voy a comerme esto.

—¡Dios mío, con lo enferma que estás, no deberías pasar por este suplicio!

—No es propio de Alan no venir a echar una ojeada...

—Mamá, ¿has sabido algo de Tracey o no?

—¡NO! ¡Ya te he dicho que no miro ese chisme!

—¿No has hablado con ella?

Suspiró con cansancio.

—No tengo muchas visitas, cariño. Miriam viene. Lambert vino una vez. Mis compañeros del Parlamento no vienen. Ahora tú estás aquí. Como dijo Alan Pennington: «Uno descubre quiénes son sus amigos.» Me paso la mayor parte del tiempo durmiendo. Sueño mucho. Sueño con Jamaica, sueño con mi abuela. Vuelvo atrás en el tiempo... —Cerró los ojos—. Soñé con tu amiga, sí, al poco de ingresar aquí, me habían puesto una dosis muy alta de esto —dijo, dando un tirón al gotero—. Sí, tu amiga vino a visitarme. Estaba dormida y al despertar la vi junto a la puerta, callada. Me dormí de nuevo y desapareció.

Cuando llegué al piso de mi madre, con las emociones a flor de piel y aún afectada por el desfase horario, recé para que Lamin hubiera salido, y así fue. Viendo que no volvía a cenar, sentí alivio. Sólo a la mañana siguiente, cuando llamé a la puerta de su cuarto y al entreabrirla vi que su bolsa de viaje no estaba, comprendí que se había marchado. Lo llamé, pero saltaba el contestador. Seguí llamando cada pocas horas durante cuatro días, y lo mismo. Me había obcecado tanto en cómo iba a pedirle que se marchara, cómo decirle que no teníamos ningún futuro juntos, que ni siquiera había sospechado que en todo momento Lamin estaba urdiendo la forma de huir de mí.

Sin su presencia, sin la televisión encendida, en el piso reinaba una calma sepulcral. Sólo éramos yo y mi ordenador, y la radio, donde más de una vez oí la voz del Destacado Activista, todavía en plena forma, soltando opiniones a diestro y siniestro. En cambio mi historia empezaba a decaer, tanto en internet como en el resto de los medios, la llamarada de comentarios brillantes y candentes se apagaba, y únicamente quedaban los rescoldos previos a la oscuridad y la ceniza. Perdida, pasé el día mandándole correos a Tracey. Primero arrogante y digna, luego sarcástica, luego histérica, hasta que comprendí que su silencio me afectaba más que todas mis palabras a ella. Tiene sobre mí el mismo poder de siempre, el de castigarme, que va más allá de las palabras. Por más que quiera escudarme en pretextos, fui su única testigo, la única persona que sabe todo lo que lleva dentro, todo lo que se ha ignorado y derrochado, y aun así la dejé en la estacada, en las filas de los desamparados, donde hay que chillar para hacerse oír. Más adelante averigüé que Tracey tenía un largo historial con esa clase de correos electrónicos. Un director del Tricycle que no le había dado un papel, según ella por su color. Los maestros de la escuela de su hijo. Una enfermera de la consulta de su médico. Aun así, la cuestión de fondo no cambia. Si Tracey estaba atormentando a mi madre moribunda, si intentaba arruinarme la vida, si estaba sentada en aquel piso claustrofóbico viendo amontonarse mis correos y decidiendo sencillamente no leerlos... hiciera lo que hiciese, me castigaba. Era su hermana: tenía un deber sagrado hacia ella. Aun cuando sólo nosotras dos lo supiéramos y lo reconociéramos, seguía siendo verdad.

Salía contadas veces para ir a la tienda de la esquina a comprar cigarrillos y paquetes de pasta, pero por lo demás no veía a nadie ni tenía noticias de nadie. Por la noche escogía al azar algún libro de la pila de mi madre, intentaba leer un poco, perdía el interés y empezaba otro. Se me ocurrió que estaba deprimida y necesitaba hablar con otro ser humano. Me senté con el nuevo móvil de prepago en la mano, mirando la breve lista de nombres y números que había copiado del teléfono anterior, sumariamente desconectado, y traté de imaginar qué curso seguirían esas conversaciones potenciales, y cómo me desenvolvería, si es que lograba hacerlo, pero todas ellas parecían la escena de una obra de teatro, en la que yo interpretaría a la persona que había sido durante tanto tiempo, la persona que parece estar almorzando contigo, pero en realidad está volcada en Aimee, al servicio de Aimee, con Aimee en la cabeza día y noche, noche y día. Llamé a Fern. Sonó un solo timbre largo, con tono extranjero, y contestó con un «Hola». Estaba en Madrid.

—¿Trabajando?

—De viaje. Éste será mi año sabático. ¿No sabías que lo he dejado? ¡Ah, estoy tan contento de ser libre!

Le pregunté por qué, esperando un ataque hacia Aimee, pero su respuesta no apuntó a nada personal, sino que guardaba relación con el efecto «distorsionador» del dinero en la aldea, el desplome de los servicios públicos en la región y los tratos de la fundación con el gobierno, ingenuos pero cómplices. Oyéndolo hablar, recordé y me avergoncé de la profunda distancia que nos separaba. Yo siempre me precipitaba a interpretarlo todo personalmente, mientras que Fern veía los problemas estructurales, a mayor escala.

—Bueno, me alegro de saber de ti, Fern.

—No, perdona, ha sido al revés. Yo he sabido de ti.

Dejó el silencio en suspenso. Cuanto más duraba, más difícil se hacía saber qué decir.

—¿Por qué me has llamado?

Me quedé oyendo su respiración varios segundos más hasta que a mi teléfono se le agotó el crédito.

Al cabo de una semana me escribió un correo electrónico diciendo que estaba de paso por Londres. Yo llevaba días sin hablar con nadie aparte de mi madre. Nos encontramos en el café de la Filmoteca, en el South Bank, y sentados junto a los ventanales, de cara al río, nos pusimos a recordar, pero se me hizo extraño, me irritaba a la mínima, cada pensamiento me arrastraba hacia la oscuridad, hacia algo doloroso. No hice más que quejarme, y aunque me di cuenta de que a Fern le molestaba, me sentía incapaz de parar.

—Bueno, podemos decir que Aimee vive en su burbuja —dijo él, interrumpiéndome—, lo mismo que tu amiga y, ya que estamos, lo mismo que tú. Puede que sea así para todo el mundo. Sólo cambia el tamaño de la burbuja, nada más. Y tal vez el grosor de la...

¿cómo lo llamáis en inglés? La piel... la película. La fina capa que envuelve la burbuja.

Vino el camarero, le prestamos ávida atención. Cuando se alejó, contemplamos un barco turístico que pasaba por el Támesis.

—¡Ah, ya sé qué quería contarte! —exclamó Fern de pronto, dando una palmada en la barra y sacudiendo un platito—. ¡He tenido noticias de Lamin! Está bien, está en Birmingham. Me pidió una carta de recomendación. Le gustaría estudiar. Cruzamos varios correos. Resulta que Lamin es fatalista. Me escribió: «Estaba decidido que yo viniera a Birmingham. Así que siempre he estado de camino hacia aquí.» ¿No te parece gracioso? ¿No? Bueno, a lo mejor he elegido mal la palabra en inglés. Quiero decir que para Lamin el futuro es tan inevitable como el pasado. Es una teoría filosófica.

—Suena a pesadilla.

Fern volvió a quedarse desconcertado.

—Quizá lo he expresado mal, yo no soy filósofo. Para mí significa algo sencillo, como decir que el futuro ya está ahí, esperándote. ¿Por qué no aguardar, ver qué te trae?

Me miraba tan esperanzado que me hizo reír. Recuperamos un poco el ritmo de nuestra vieja amistad, y nos quedamos hablando largo rato, y pensé que no era imposible que en un futuro ese hombre llegara a importarme. Iba acomodándome a la idea de que no me marchaba a ningún sitio, ya no tenía ninguna prisa, no tenía que coger el siguiente avión. El tiempo estaba de mi parte, tanto como de cualquiera. Esa tarde todo se me antojó sumamente abierto, y me chocaba no saber qué iba a pasar los días siguientes, ni siquiera las horas siguientes... Una sensación nueva. Al levantar la mirada después de un segundo café me sorprendió ver que caía la tarde y la noche se nos echaba encima.

Después Fern quiso ir al metro, a Waterloo, y también era la parada que me convenía a mí, pero al final me despedí y fui hacia el puente. Ignorando las dos barandas, caminé justo por el centro, cruzando el río, hasta alcanzar la otra orilla.

Epílogo

La última vez que vi a mi madre viva hablamos de Tracey. Aunque debería decirlo con más contundencia: en realidad Tracey fue lo único que nos permitió cruzar unas palabras. Mi madre solía sentirse demasiado cansada para hablar o que le hablaran, y por primera vez en la vida los libros no la atraían. Así que me dio por cantarle, y parecía que le gustaba, siempre que me ciñera a los viejos clásicos de Motown. Veíamos juntas la televisión, algo que nunca habíamos hecho, y yo charlaba con Alan Pennington, que entraba de vez en cuando a vigilar los fuertes hipos de mi madre y sus deposiciones y la progresión de sus delirios. Llevaba el almuerzo, que ella ya no podía ni ver, menos aún comer. Pero ese último día, cuando Alan salió de la habitación, mi madre abrió los ojos y me dijo con una voz serena, autoritaria, igual que si constatara un hecho simple y objetivo —como el tiempo que hacía fuera o lo que había en su plato—, que había llegado el momento de «hacer algo» con respecto a la familia de Tracey. Al principio creí que estaba perdida en el pasado, a menudo le ocurría esos últimos días, pero pronto comprendí que se refería a los niños, los hijos de Tracey, aunque al mencionarlos se movía libremente entre la realidad de aquellos críos, tal como ella la imaginaba, la historia de nuestra propia pequeña familia, y una historia más profunda: fue el último discurso que dio. Trabaja demasiado, dijo mi madre, y los niños no la ven, y ahora quieren quitarme a mis hijos, pero tu padre era muy bueno, muy bueno, y muchas veces me pregunto: ¿fui una buena madre?

¿Lo fui? Y ahora quieren quitarme a mis hijos... Pero yo sólo era una estudiante, estoy estudiando, porque hay que aprender a sobrevivir, y fui madre y tuve que aprender, porque sabías que si pillaban a cualquiera de nosotros leyendo o escribiendo se enfrentaba a la cárcel o a los azotes o aún peor, y cualquiera que quisiera enseñarnos a leer o escribir lo mismo, encarcelado y azotado, era la ley de la época, muy estricta, y así nos arrancaron de nuestro tiempo y nuestro lugar, y entonces nos impidieron incluso conocer nuestro tiempo y nuestro lugar, y a un pueblo no se le puede hacer nada peor. Pero no sé si Tracey era una buena madre, aunque desde luego hice cuanto pude por criarlos a todos, pero de lo que no me cabe duda es de que tu padre era muy bueno, muy bueno...

Le dije que ella era buena. El resto no importaba. Le dije que todo el mundo lo había hecho lo mejor posible dentro de sus propias limitaciones. No sé si me oyó.

Estaba recogiendo mis cosas cuando oí que Alan Pennington se acercaba por el pasillo tarareando, con su voz desentonada, uno de los temas de Otis que a mi madre más le gustaban, una canción sobre alguien que había nacido junto al río y que desde entonces huía.

—Ayer oí que la cantabas —me dijo Alan, apareciendo en la puerta, alegre como siempre—. Tienes una voz preciosa. Tu madre está muy orgullosa de ti, ya sabes, siempre habla de ti.

La miró sonriendo, pero ella estaba más allá de Alan Pennington.

—Está clarísimo —murmuró mi madre, cerrando los ojos cuando me levanté para marcharme—. Deberían quedarse contigo. Esos niños no van a estar mejor con nadie que contigo.

Durante el resto de la tarde acaricié la fantasía, aunque creo que no muy en serio, fue sólo una canción de ensueño en tecnicolor que sonaba en mi cabeza: una familia ya formada, de pronto aquí y ahora, colmando mi vida. A la mañana siguiente di un paseo por los alrededores baldíos del polideportivo de Tiverton, mientras el viento pasaba a través de las alambradas, llevándose palos lanzados a los perros, y me encontré caminando más allá, en dirección contraria a la casa, y pasando la estación que me habría llevado al hospital. Mi madre murió a las diez y veinte, justo cuando giré por Willesden Lane.

El bloque de Tracey apareció a lo lejos, asomando sobre las copas de los castaños de Indias, y me devolvió a la realidad. Aquéllos no eran mis hijos, nunca serían mis hijos. Estuve a punto de dar la vuelta, como si me hubieran despertado después de caminar sonámbula, pero me asaltó una idea, nueva para mí, de que quizá podía ofrecer otra cosa, algo más simple, más sincero, a medio camino entre la idea de salvación de mi madre y la nada. Impaciente, salí del sendero y atajé por el césped, hacia la pasarela cubierta. Estaba al pie de la escalera cuando oí música, me detuve y miré hacia arriba. Tracey estaba justo encima, en su balcón, con bata y chanclas, las manos levantadas en el aire, dando una vuelta, y otra, mientras sus hijos la rodeaban, todos bailando.

Agradecimientos

Gracias a mis primeros lectores: Josh Appignanesi, Daniel Kehlmann, Tamsin Shaw, Michael Shavit, Rachel Kaadzi Ghansah, Gemma Seiff, Darryl Pinckney, Ben Bailey-Smith, Yvonne Bailey-Smith y, en particular, a Devorah Baum, por alentarme cuando más lo necesitaba.

Un agradecimiento especial a Nick Laird, que leyó el libro antes que nadie y vio lo que había que hacer con el tiempo, justo a tiempo.

Gracias a mis editores y a mi agente: Simon Prosser, Ann Godoff y Georgia Garrett.

Gracias a Nick Parnes, Hannah Parnes y Brandy Jolliff, por recordarme lo que era el trabajo en los noventa.

Gracias a Eleanor Wachtel por descubrirme a la sin par Jeni LeGon.

Gracias a Steven Barclay por un pequeño espacio en París cuando más lo necesité.

Me siento en deuda con el doctor Marloes Janson, cuyo apasionante, reflexivo e inspirador estudio antropológico *Islam, Youth, and Modernity in the Gambia: The Tablighi Jama'at* [Islam, jóvenes y modernidad en Gambia: la Jamaat Tablighi] resultó impagable, contextualizando mis impresiones, posibles respuestas a mis preguntas, y apuntalando muchos de los aspectos culturales de esta historia, así como contribuyendo a recrear el ambiente y la textura en ciertas escenas de la novela. Un apunte geográfico: el norte de Londres, en estas páginas, es un estado mental. Algunas calles pueden no aparecer igual que en Google Maps.

A Nick, Kit, Hal: amor y gratitud.